有爱的青春陪伴者

美华 ◎ 著

# 一颗苹果

江苏凤凰文艺出版社
JIANGSU PHOENIX LITERATURE AND
ART PUBLISHING

图书在版编目（CIP）数据

一颗苹果 / 美华著. -- 南京：江苏凤凰文艺出版社, 2025.5. -- ISBN 978-7-5594-9523-5

Ⅰ. I247.5

中国国家版本馆CIP数据核字第2025GL7423号

## 一颗苹果

美华 著

| 责任编辑 | 王昕宁 |
| --- | --- |
| 特约编辑 | 加　肥 |
| 责任校对 | 言　一 |
| 责任印制 | 杨　丹 |
| 出版发行 | 江苏凤凰文艺出版社 |
|  | 南京市中央路165号，邮编：210009 |
| 网　　址 | http://www.jswenyi.com |
| 印　　刷 | 长沙鸿发印务实业有限公司 |
| 开　　本 | 880mm×1230mm 1/32 |
| 印　　张 | 11 |
| 字　　数 | 407千字 |
| 版　　次 | 2025年5月第1版 |
| 印　　次 | 2025年5月第1次印刷 |
| 书　　号 | ISBN 978-7-5594-9523-5 |
| 定　　价 | 45.80元 |

江苏凤凰文艺版图书凡印刷、装订错误，可向出版社调换，联系电话025-83280257

# 目录
CONTENTS

第一章 /001
奇怪的"艺术品"

第二章 /022
单扬这人,挺怪的

第三章 /055
半颗苹果

第四章 /068
我比较保守,会害羞

第五章 /090
我有更想要的

第六章 /115
我更想当小龙女

第七章 /141
我有说我喜欢你吗

第八章 /160
你坏透了,颜笑

# 目录
CONTENTS

第九章 /176
你真的很难撩

第十章 /200
一颗苹果

第十一章 /226
送花的理由有一万个

第十二章 /252
胆小的我们，绝配

第十三章 /284
颜笑，我累了

终章 /317
永远

番外一 /327
帮你斩桃花

番外二 /334
你得告诉我，你爱我

新增番外 /341
求婚得有花

# 第一章
## 奇怪的"艺术品"

对面小广场的空地上,新生在军训,教官从队伍里揪出了几个同手同脚的男生,他们没走几步,那片传来的哄笑声就盖住了柏油路冒出的热气。

刚刚在实验室,硝酸银溅到了鞋背上,这会儿干了,留下了一小片星星点点的黑褐色。盯着脚上的那只帆布鞋,颜笑有些走神,包里的手机又开始振动,她知道是顾彦林打来的,却没打算接。

由远及近的超跑声浪在路边停下,颜笑抬头,看到从黑色布加迪上下来的顾彦林。顾彦林甩上车门,冲颜笑挥了挥手。颜笑没多大反应,等顾彦林走近,才起身对他挤出一个笑。

"怎么戴着口罩?"顾彦林牵起颜笑的手。

"有些感冒。"

"严重吗?"

颜笑摇头:"我们去哪儿?"

"先回趟宿舍,我得拿点东西。"

颜笑不知道顾彦林是怎么跟宿管混熟的,宿管每次都没拦她,也没叫她登记,就直接让她上楼了。可她其实不太想跟上去:"我还是在楼下等你吧。"

"没事的,宿舍这时候肯定没人。"顾彦林搂住颜笑的肩,"我还有东西要给你呢。"

宿舍楼的过道已经透着凉飕飕的阴冷了,等顾彦林打开宿舍的门,从里面涌出来的冷气让颜笑顿时起了鸡皮疙瘩。屋子里没人,空调却开着,厚重的白气从出风口钻出来。阳台的门没关,窗帘被风吹得很鼓,来回敲着边上的椅子,"砰砰"作响,听着瘆人。

颜笑走过去关了阳台的门,想要调高空调的温度,却找不到遥控器。

"站着累,"顾彦林把颜笑按到了椅子上,"坐一会儿。"

对面的书桌上架着一台超大屏的台式电脑,电脑前还摆着一个手绘屏,两个屏幕上都映着同一幅画,画的应该是个菩萨。一旁还摆着一盘没吃完的苹果,苹果肉已经氧化,发皱发黄。桌子下面放着一箱苹果,纸箱子看起来廉价,上面却印着加粗的"精品水果"。

顾彦林顺着颜笑的视线看过去:"他画的是地藏王。"

"哦。"颜笑回过头,似乎对顾彦林提到的"他"没多大兴趣,"你找到了吗?有点冷,我想出去等你。"

"怎么不早说?"顾彦林扫了眼四周,也没找到遥控器,就从柜子里翻出一件外套披到颜笑身上,"还冷吗?"

颜笑摇头。其实还是冷,但她看得出顾彦林不想让她出去。

宿舍里四个床位,颜笑听顾彦林说过,他们是混寝,不同学院上课的时间不一样,平时颜笑来,也没怎么跟他的室友碰过面。顾彦林平常也不怎么住校,他在附近租了房子,周末会去那儿住。

"待会儿要不要去我家?Daniel 说它想你了。"

颜笑划拉着手机屏幕的手指顿了顿,扯了扯嘴角:"它还会说话?"

"可不是嘛。"顾彦林自己也轻笑了一声,"狗急了也说话。"

"不了,下午有组会,要做汇报。"

"你可真忙。"顾彦林像终于找到了要用的资料,把几张纸夹到书里,"那你什么时候有空,我们约个会?"

"不确定,最近有很多实验要做,等空了我再跟你说,好吗?"

"行。"顾彦林从口袋里掏出一个淡蓝色的水晶发夹,"在商场里看到的,觉得和你挺搭的,就买了。"他似乎料到颜笑想说什么,补了句,"就几十块钱。你不要告诉我,你连这个都不收。"

"那谢谢,很漂亮。"

颜笑准备去接,顾彦林却绕到了颜笑身后:"我帮你夹上。"

顾彦林的手指有些烫,蹭得颜笑后颈有些发痒:"好了吗?"

"好了。"顾彦林的指腹有意无意地蹭着颜笑的耳郭,"人漂亮,所以戴什么都好看。"

颜笑微微偏开头,刻意忽视顾彦林眼底的滚烫:"既然东西找到了,我们走吧。"

颜笑想站起来,顾彦林的手却不轻不重地压着她的肩膀不让她动:"笑笑……"

颜笑不想黏黏糊糊,速战速决地用嘴唇轻碰了一下顾彦林的脸颊:"走吧。"

可顾彦林这次不像平时那么好打发。他取下颜笑的口罩，捏住颜笑的下巴，就准备吻上去。颜笑的身体有些紧绷，她憋着气，想伸手推开顾彦林，可没等她用劲，她就看到顾彦林皱起了眉头。

蓝黄色的排球在砸完顾彦林后，不停地在地板上上下弹跳着。

颜笑看过去，被突然从对面的床上跳下来的人影吓了一跳。那人很高，没站直，也比床板高出了大半个脑袋。一头栗棕色的微卷头发有些凌乱地搭在额前，上身裸着，那皮肤比后面的墙还要白好几个度。脖子上戴着一条银色的细链子，链子底下挂着一小块玉。下半身松垮地套着一条拖地水洗牛仔裤，拉链半开，腰上露出了小半截的黑色内裤边带。他站在两幅画边，仿佛也成了一个艺术品。

只是文在右上臂的两个字实在有些煞风景：小芳？

头发盖住了"艺术品"的大半眼睛，但颜笑还是感受到了他投来的视线。颜笑眨了下眼，侧过了头。

"还以为宿舍没人呢。"顾彦林挡在颜笑跟前，"你今天没课？"

"嗯。"那人的嗓子哑得很，他灌了一杯水后，随手套上一件T恤。

顾彦林弯腰捡起滚在地上的遥控器，关了空调，语气不差但也不算太好："你没关阳台的门。"

顾彦林自然不是那种会计较电费的人，他是不爽对床打扰了他的好事，更不爽对床在颜笑面前秀了把身材。

"抱歉。"可这语气散漫，听着丝毫没有歉意。

"艺术品"从纸箱里重新掏出一颗苹果，抽了张纸巾随意擦了几下，就叼进嘴里。

颜笑看到他打开衣柜，柜门内侧贴了一张外国女人的海报。女人的脖子上文着密密麻麻的鱼鳞，金发扎成了脏辫，臂弯里夹着一个排球，眼神挑衅而坚定。柜子里有些乱，那人在里面掏了会儿，抖出一件球服，后背印着数字"4"，上面写着两个字——"单扬"。

等那"艺术品"走后，顾彦林开了口："长得是不是挺帅的？"

"还行。"其实颜笑连对方的脸都没看清，只看到了他的一身肌肉，还有杵在那儿的两条大长腿。

"午饭吃过了吗？"顾彦林盯着颜笑露出的脖颈看了会儿，最后取掉别在她头上的发夹，还拨乱了他刚刚才为她抓好的头发，"头发还是放着吧。"

颜笑淡淡看了眼塞回她手里的发夹，对顾彦林莫名其妙的行为也没给出半点反应："吃过了。"

"我还没吃。"顾彦林踢开滚到他脚边的排球，"陪我吃点吧。"

早就过了饭点，颜笑和顾彦林到的时候，店里已经没什么人了。店门口的台阶上蹲着一个人，男人有些瘦，下陷的腮帮衬得他颧骨微微往外凸。他头上歪歪扭扭地戴着一顶瘪了的厨师帽，围裙被解下来搭在了肩上。看到颜笑，男人捏着烟头的手指微顿，他扬手挥掉了周围的烟，冲颜笑点了点头。

店内，颜康裕坐在收银台边，叶瑾手里正拆着一副膏药准备往颜康裕的背上贴，可半天都撕不开包装。

"我来吧。"颜笑走过去。

"笑笑。"叶瑾皱着的眉头顿时松了，她又瞥了眼站在颜笑身后的顾彦林，"小林也来啦，是不是还没吃饭？"

顾彦林点头，笑着跟叶瑾搭话。两人聊了几句，叶瑾招呼顾彦林坐下，她朝门口喊了几声，烨子像是没听见，半天没应一声。

叶瑾叹了口气，有些尴尬地对顾彦林笑了下，指了指耳朵："烨子是听障，他也难得偷个闲。还是老样子吧，阿姨去给你做。"

颜笑贴好膏药，帮颜康裕理了理上衣："招一个服务生吧。生意好了，我们也得学会投资，该花的钱得花，到时候折腾坏了身体，才是真的不值当。"

"行。"颜康裕倒爽快地点点头，"晚上跟你妈商量商量这事。对了，"颜康裕从底下的柜子里拎出一袋东西，"这个你帮忙拿给你王叔。是你妈晒的鱼干，他前几天来店里我都忘记给他了。"

颜笑盯着桌上的袋子，脸色变得不大好，但还是点头："嗯。"

顾彦林吃饭的时候，颜笑就坐在对面整理下午组会汇报的内容。吃完最后一口面，顾彦林下意识地想从桌上抽张纸巾擦嘴，可又收回了手，他从口袋里掏出一块手帕。

虽然转瞬即逝，但颜笑还是抓到了顾彦林眼底的嫌弃。杂牌纸巾，顾彦林怎么可能会用来擦嘴。

送走顾彦林后，颜笑去了南校区的操场。Z大的后勤部就在看台底下，一个不大的办公室，里面的装修倒不错，总共二十来平方米的地方，还腾出空间弄了一个小前台。

前台看颜笑也眼熟了："找王主管吗？他前脚刚去洗手间，你要不坐这儿等会儿，他马上就回来了。"

"不了，麻烦帮我把这个给他吧。"

颜笑似乎一刻都不想多待，放下东西就转身走了。可没走几步，就听到后头有人在喊她。颜笑自然认出了王兴的声音，却没停下来，反而加快了脚步。

王兴几步跑到颜笑身边："笑笑！怎么走这么快，没听见我喊你呢？"

王兴还在喘着气，脸热得涨红，格子衬衫被汗打湿了，有些发皱，但还是被皮带牢牢地固定在了西装裤里，勒出了王兴隆起的啤酒肚。

颜笑推了推鼻梁上的眼镜，表情略显意外："抱歉啊王叔，还真没听见，刚刚在想事情。"

王兴倒不介意，抖了抖贴在肚子上的衬衫："看到你送来的鱼干了，替我谢谢你妈妈。"

"我爸让我送来的。"颜笑纠正道。

"哦。"王兴一愣，"你妈……"

"这天挺热的，"颜笑打断道，"王叔赶紧回去吧。"

王兴抹了把脖子上的汗："是热，那你也别站在这儿晒了，如果在学校遇到什么事，来找我就行了。"

"好。"颜笑扯了扯嘴角。

颜笑一个人往理科楼走，路过便利店的时候，瞥到了齐思雅十几分钟前在群里发的消息，她问谁能帮她去小超市带点东西。

颜笑进便利店帮齐思雅挑了一些她要测评的粉扑，除了趴在收银台上睡觉的收银员，店里这会儿也没人了。颜笑轻轻敲了敲柜台，可那人只是转了个脑袋，调整睡姿后又没动静了。

"你好，结账。"见人没反应，颜笑提高了音量，"麻烦帮忙结一下账。"

趴在那儿的收银员终于动了动，他不耐烦地"啧"了一声，用力搓了下脑袋。金色寸头、浓眉、下三白眼，右耳郭上还戴着三四个耳环，加上此刻脸上不爽至极的表情，他浑身上下透着"我不好惹"。

颜笑没再说话，把盒子往他跟前推了推，示意他结账。

玻璃门又开了，门口响起了机械女声喊的"欢迎光临"，颜笑听到球撞击地面的闷响声，接着涌进了一股热风和一群人。颜笑没回头，但透过烤肠玻璃箱上的倒影能看到这群人都穿着训练服，两三个手上还拿着排球，应该是校排球队的。

身后路过了几个人，他们看了眼电视屏幕上放的球赛视频，不知道是谁吹了声口哨，接着低声来了句"我去，又输了"。

"阿行，"一个男生窜过来，冲寸头收银员笑了笑，"你今天没去打球，又留在这儿收钱呢？天天打工，毕业那天都能成世界首富了！"

寸头收银员暂停扫盒子上条形码的动作，给那男生比了个中指："滚蛋。"

那男生应了声"好"，转着手里的球："滚咯。"

颜笑感觉后头又来了一个人，黑影罩住她，映在了柜台上。下一秒，颜笑看到那个叫"阿行"的收银员笑了："困死了，你帮个忙呗。"

排在颜笑后面的人就接住了周行丢过去的粉扑盒，周行起身混进了人堆，没几秒便利店里就充斥着打闹声,刚刚那个调侃周行的男生连连喊着求饶。

颜笑盯着眼前帮她结账的人,4号球服、微卷头发、右上臂让人难忘的"小芳"文身,是她在顾彦林宿舍碰到的那个"艺术品"。颜笑这会儿看清了他的脸,顾彦林说得没错,是挺帅。

"艺术品"嘴里叼着一根碎冰冰,脑袋半垂着,手里的动作没停,扫码的动作好像比刚刚那个收银员更快速熟练些。大概刚运动完,他的皮肤微微泛着红,连带着指关节都是淡粉色的。

接着,颜笑听到单扬轻笑了声。她顺着单扬的视线望过去,发现他在看手机屏幕,里面放着《马男波杰克》。一集正好放完,单扬按掉手机,丢进口袋。他扫了眼收银台上剩下的那几盒,似乎想说什么,可他忘了嘴里还含着东西,嘴一张,碎冰冰就往下掉。

颜笑眼疾手快地接住,抬手撑回单扬嘴里。单扬咬着碎冰冰,声音含糊地回了声"谢了",接着一仰头,咽下剩下的冰,把空壳吐到了垃圾桶里。

察觉到单扬落在她脸上的视线,颜笑抬了抬下巴,提醒道:"好了吗?"

单扬点头,把小票放进袋子里,拎到了颜笑面前。颜笑准备去接,单扬又突然把袋子拽回,往里面扔了一小瓶东西。

"赠品。"

颜笑接过袋子:"谢谢。"

单扬没应,低头划拉着手机屏幕。

等颜笑走了几步,才听到他开了口,语气漫不经心:"欢迎下次光临。"

从便利店出来后,颜笑去了教学楼,实验室边上的小汇报室里已经扎了好几堆人了。

"来啦。"齐思雅对着镜子描眉,"我待会儿转你钱。"

"嗯。"颜笑把袋子放到齐思雅脚边,"你等下要直播?"

"对。等我们组的汇报做完,我就溜了。"齐思雅说着,皱了下眉,"我这眉毛是不是画得一边高一边低了?"

颜笑看了眼:"是有点。"

"算了,反正我也不是颜值主播。"齐思雅瞥了眼颜笑的脑袋,八卦了一句,"顾少爷又送你东西了?"

颜笑反应了一下,想到自己别上去的发夹:"嗯。"

"这款发夹,"齐思雅伸手比了比,"要这个数。"

"是吗?"颜笑取下发夹放回包里,嗤笑了声,"可他说只要几十块。"

"他是怕你不收吧。"齐思雅叹了口气,"要是我有这么富的男朋友,我绝对要这要那的,就一辈子抱着他的大腿,也不用在屏幕面前喊破喉咙地叫卖了。"

颜笑知道齐思雅是在开玩笑："你不会的。"

齐思雅一笑："是不会。靠男人早晚完蛋，连我爸妈都靠不住，我还指望靠谁呢。"

齐思雅其实也是个富二代，父母是开厂的。她在家里排行老二，上面有个姐姐，下面有个小四岁的弟弟。当初她爸妈一直想要一个男孩，生了第二胎还是女孩，就把老二送到亲戚家养了，等齐思雅上了初中，他们才把她接回家。

"我不像你，有颗聪明的脑袋。"齐思雅抖了抖刷子上的腮红粉末，"我就混个文凭，现在多赚些钱，以后我也要出国痛痛快快地玩一趟，看看国外的月亮是不是真比国内的圆。"

"你不笨。"颜笑实话实说，能考上Z大，智商是在平均线以上的。

"是吗？"齐思雅笑了笑，"那我也有光明的未来咯。"

"什么光明？"旁边突然传来一个声音。

齐思雅睨了眼凑上来搭话的陈淮："没什么，在聊超市打折的牛奶。"

陈淮厚着脸皮："让我看看你们组的实验数据呗。"

"你们组不是有宋羽霏那位大佬嘛，"齐思雅用手指抹了下涂出来的口红，"怎么实验没成功啊？"

"呵，"陈淮苦笑，"产率120%，你说呢？"

"牛啊！"齐思雅憋着笑，"那你赶紧改数据吧。"

陈淮纠正道："什么叫改数据，这叫根据实验结果趋势，合理地进行数据的优化。"

"哦，那你去优化吧。"齐思雅贱贱地瘪了瘪嘴。

"陈淮！"

坐在窗边的女生喊了一声。

陈淮脸上露出被抓包的尴尬表情，挤出了一个笑："哎，来了。"

齐思雅扫了一眼坐在那儿的宋羽霏，声音不大不小："跟你一样，黑长直的头发、戴一副金丝无框眼镜，穿衣打扮也和你差不多。她怎么想的？到底是讨厌你，还是喜欢你？"

颜笑并不在意："想怎么打扮都是她的自由。"

"可明眼人都看得出来，她处处把你当成竞争对手。"齐思雅冲看过来的宋羽霏翻了个白眼，"真无语了。对了，你这个学期为了凑素质分，是不是报了排球社？有考核什么的吗？"

"有。对墙垫球，一传一垫，三十个合格。"

"你能垫几个？"

颜笑回忆了一下："一个，就刚开始打过去的那一个。"

齐思雅安慰地拍了拍颜笑的肩,笑道:"找个陪练的吧。别气馁,你也有光明的未来。"

"哦。"颜笑点头,也笑了。

一堆人在汇报室闷了一下午,组会才终于结束。出了教学楼,颜笑在地下通道碰到了烨子。烨子弯腰在捡地上的东西,旁边摆着一辆小推车,上面放着几个大纸箱,颜笑走近,才看清地上散着的是些袋装盐。

"怎么买了这么多盐?"颜笑放下包,蹲下来帮烨子一起捡。

烨子半天没应,颜笑以为他没戴助听器,但抬头瞥了眼,发现他戴着。

烨子这人性格怪得很,他从来没说过自己的家事,也没提过自己的家人。他小时候发热打了"庆大霉素",出现了短暂的耳聋,十四岁那年听力突然开始下降,就失聪了。他其实能说话,就是语调怪异,语速也慢,所以他平时也不愿意开口,心情不好的时候,连手语都懒得跟别人打了。

捡了几包之后,烨子彻底没了耐心,干脆坐到了地上,开始用手语疯狂地比画着,大意是在骂某国排核污水的事。

"所以我爸妈囤了这些盐?"

烨子点头,又用手指捏住鼻翼,而后往外甩,面露厌恶的表情,做了个"讨厌"的手语。

"我帮你推回去吧。"

烨子比画着:"不用,你忙你的。"

"其实我们不用囤盐的,我们国家的盐主要是井矿盐。"

烨子点头,打着手语:"我没读过书,不知道这些。"

颜笑知道烨子是在自嘲,从包里掏出一本书:"上次借你的书你应该看完了,记得还我。这本也挺有趣的,你闲下来可以看看。"

"《一只特立独行的猪》?"烨子终于开了口,一字一顿,有些嫌弃,似乎对这本书不抱什么期待。他随手把书丢在纸箱上,察觉到颜笑的目光,又捡起书,拍了拍上面沾的灰,把它夹进臂弯。

晚上,颜笑约了顾彦林,准备把那个发卡还给他。人和人相处,必定得礼尚往来,可她没那钱一直回顾彦林的礼。顾彦林自然是不缺这钱,这大概也就是他平时请朋友吃顿饭的钱,可颜笑没法收得心安理得。

宿舍楼周围的花坛里种了一圈花草,白天这儿的蚊子就多,到了晚上,蚊子就更猖狂了。过了约定的时间,顾彦林也没来。十来分钟站下来,颜笑的手臂和露在外面的脚踝已经冒出了好几个蚊子包。

颜笑捏死了一只蚊子,把带了血的纸巾丢进垃圾桶,回头却看到了突然出现在她身后的单扬。单扬手里拎着一个石膏雕像，像是颗人头。

"麻烦让让。"

颜笑反应过来是自己挡住了垃圾桶："抱歉。"

单扬把手里的空饮料瓶投进垃圾桶，转身就准备走了。

"你好。"颜笑喊住单扬，"你是顾彦林的室友对吧？能麻烦你帮我把这个拿给顾彦林吗？"

单扬打量着颜笑，过了几秒才开口："他好像已经有女朋友了。"

"嗯，我就是。"

"哦？"单扬盯着颜笑递到他眼前的发卡，语气不咸不淡地重复了一遍，"你是他女朋友？"

不知道是不是颜笑的错觉，她觉得单扬的眼神里带着些许玩味和挑衅。她也开始不着痕迹地打量起单扬，想着这人是不是跟顾彦林有过节。

"笑笑！"

颜笑回过神，看到了不知道什么时候站在那儿的顾彦林。

"抱歉啊，突然遇到了点事。"顾彦林瞥了眼站在颜笑身边的单扬，"你们怎么在一块儿？"

"扔垃圾，就碰见了。"单扬倒是帮颜笑解释了。

"这么巧？"顾彦林拉住了颜笑的手，向单扬介绍，"我女朋友颜笑，你在宿舍见过的。"

单扬点头："你们慢慢聊，我先上去了。"

顾彦林却叫住了单扬："你平时有空闲的时间吗？"

"你先说什么事，我再决定有还是没有。"

顾彦林笑了笑："颜笑参加了排球社，期末要考核，但她不太擅长。你不是排球队的吗？所以想问问你，有没有时间带她练练。"

颜笑不知道顾彦林为什么要突然说起这事，她也就之前跟顾彦林随便提过一句。她希望单扬拒绝，她不想跟顾彦林的室友扯上什么关系，而且她莫名觉得与单扬这人相处起来会很吃力，她不想自找麻烦。

"我收费的。"

"当然不会让你白教。"顾彦林问，"怎么收费？一个小时多少？"

"五百。"

顾彦林没觉得贵，想点头答应，却被颜笑拦住："太贵了。"

"我付。"顾彦林搓了搓颜笑的手，说得宠溺。

"不用。"颜笑还是拒绝。

顾彦林知道颜笑的脾气，帮忙还价："都是室友，能打个折，便宜些吗？"
单扬抛了抛手里的人头雕像："三百五。"
"还是太贵了。"颜笑干脆利落地甩了个价格，"一百，不行就算了。"
"那就算了。"单扬像被气笑了，"我很贵的，不贱卖。"
颜笑的确是故意的，她把价格压得这么低，就是看准了单扬不会答应。
等单扬进了宿舍楼，顾彦林才开口："他是国家一级运动员，的确值那个钱。"
"嗯，但我买不起他的时间。"
"行，我到时候再帮你看看有没有合适的人。"
"谢谢。"颜笑把手里的发夹递给顾彦林，"这个还你。"
"还我干吗？"顾彦林皱眉。
"这个发夹几十块买不到吧。"
顾彦林也没否认："我是怕你不收。"
"我是不会收。"颜笑把发卡塞进顾彦林手里，"也许你会觉得我小题大做，但我以后还是会拒绝这些贵重的礼物。顾彦林，我的确可以送你同等价值的东西当作回礼，两三次可以，但经常的话，我送不起。"
顾彦林亲了亲颜笑的发顶："我又不需要你的回礼。"
颜笑轻笑了声，笑意却不达眼底，这世上没有白来的好意。

周六，颜笑去参加了排球社团的活动。她前几次都没去，昨晚被社长在群里点了名，说她这次再不去，期末考核就不让她过了。
活动在南校区的室内体育馆，颜笑到的时候，已经有好些人在练球了。颜笑垫了一张纸，坐在边上观察周围同学垫球的动作。觉得自己差不多掌握要领了，颜笑就从球筐里拿了一个排球，准备试试。可结果依旧跟之前一样，她几乎一个都接不到，还被球砸了好几次脑袋。她得承认，在运动方面，她挺废物的，眼睛看懂了，脑袋明白了，但手说"我不干"，大概就是这种感觉。
球又一次狠狠砸到了她的胸口，颜笑听到身后响起了几声笑。
"你有点像《排球少年》里的清水学姐。"
说话的女生挺高的，留着公主切，发丝还挑染了亮蓝，即使嘴角挂着笑，样子看着也还是挺凶。
"禾苗。"女生指了指自己训练服上的名字，朝颜笑伸出了手。
"你好，"颜笑摊了摊手，"我手上都是灰。"
"没事，"禾苗握住颜笑的手，"我没洁癖。"
禾苗的话还没说完，颜笑就听到体育馆门口传来的说笑声。
一行人浩浩荡荡地走进来，他们背着光，看不清人脸，但光看那高挑的体型和充满力量感的轮廓，也能让人浮想联翩了。其中一个身高相对矮的男生从队伍里冲出来，跑了几步，把手里的排球一抛，发球过网，球没旋转，在空中飘了会儿，最后狠狠地砸到了地上。

颜笑认出了那人，是她在便利店遇到的那个收银员。

"阿行，你一个自由人发什么球！"队伍里的一个男生调侃道。

周行骂了句"滚到一边去"："待会儿我没得发，现在我发个够。"

颜笑还在人群里看到了一张眼熟的脸。看来打排球的都高，颜笑以为"艺术品"已经很高了，没想到这队伍里比单扬高的还有两三个。

单扬戴着黑色宽边发带，脖子上的银链只露出了小半截，一身藏青色的球服，黑色的护膝从膝盖上方盖到小腿肚。他时不时转一下手里的球，嘴里不知道嚼着什么，顶了下腮，配上他此刻百无聊赖的表情，看着真不像是什么好人。

"帅吗？"禾苗也望向那堆扎眼的人。

颜笑想说"还行"，但毕竟在人家的场子里："嗯，挺帅。"

禾苗压低声音，指了指太阳穴："都是用脑子换的。"

个子最高的那个吹了声口哨，馆场内穿着训练服的都跑过去排队了，包括站在颜笑身边的禾苗。

白准点了名，又把手里的名单递给站在队伍里的排球社社长："泽锐，你点一下名，看看你们社团的人是不是都到了。"

"从矮到高，"吴泽锐拍了拍手，"我们排球社的同学来这儿排一下队！"

站远了还没什么感觉，离近了，两支队伍之间巨大的身高差让人觉得像是被抢了氧气，实在有些压抑。

往右对齐的时候，颜笑瞥到站在第一排的单扬，所有人都在往右侧头，就他一个人在往左看。因为多盯了几眼，颜笑撞上了单扬的视线，两人莫名其妙就对视了几秒，白准过去拍了拍单扬的肩，单扬才转过了脑袋。

吴泽锐安排了大致的活动流程，先看校队打几场比赛，选择一个队员，观察记录他们在比赛里的表现，比赛结束后再进行个人垫球练习。

禾苗凑过来看了眼颜笑手里的笔记本："你选谁？"

"4号。"

"单扬？"

颜笑点头。

"为什么选他？"

颜笑想偷懒："他好像比较轻松，就传一下球。"

"他是二传。"禾苗解释道，"二传其实挺难的，吃天赋吃球感。想要看起来轻松，背后可轻松不了一点。"

"是吗？"颜笑又指了指场上的周行，"那他打的是什么位置？球衣颜色跟别人都不一样，身高好像也比他们矮了些。"

"他是自由人，"禾苗盯着球场上的周行，眼神柔和了不少，"不能拦网进攻，也不能发球。"

"这听着可一点都不自由。"

"但他能自由替换下在后排防守不够出色的队员，"禾苗朝坐在角落里的一个女生抬了抬下巴，"白灵也是自由人。"

"白灵？"颜笑问道，"你们的名字都挺酷的，你真叫禾苗？"

"嗯。"禾苗笑着耸了耸肩，不知道是不是在开玩笑，"艺名嘛。"

那边场上，单扬在网前起跳，对面的球员盯着球，等着单扬把球传给主攻白准。白准也已经跳起来准备扣球了，可单扬假传真扣，这假动作连队友都骗过了，来了个吊球，得了分。

"哎嘿！"禾苗也跟着场上的选手喊了声，"二传心真脏！"

单扬对大家喝的倒彩充耳不闻，勾了下唇，毫不收敛，大张手臂，原地转了圈，一脸"你能拿我怎么样"的臭屁样。

几轮比赛结束后，吴泽锐收了大家的观赛笔记，给每个人分配了一个陪练，互相垫球。

和颜笑对练的是周行，他眼下挂着淡淡的黑眼圈，完全没了刚刚在场上打了鸡血的状态，看起来蔫蔫儿的，一副快晕睡过去的样子。周行呵欠连天地给颜笑传了几轮球，最后把手里的排球扔到了路过的单扬怀里："你陪她练会儿，我要去补个觉。"

也没等单扬答应，周行就自顾自在一旁的长木凳上躺下了，察觉到单扬不太情愿的眼神，周行干脆抓过地上的外套罩住了脑袋，表演了个"视而不见"。

"我自己练也可以。"颜笑清楚地记得单扬说过他有多贵。

"哦。"单扬点头，把球扔回到了颜笑的手里。

其实不太可以，刚刚周行往她跟前喂球，她都没接住几个，她自己还真练不起来。

单扬没走，抱着手臂，靠在墙边上盯着颜笑，一副看热闹的姿势。

"你还是靠边站一点吧，"颜笑好心提醒了一句，"我打出去的球不太长眼的。"

单扬应该也是个惜命的人，还真的往边上挪了好几步，可颜笑垫出去的第三个球还是不偏不倚地往单扬的胸口飞过去了。

单扬用手掌挡住了球，扔回到了颜笑脚边，嘀咕了声："我看挺长眼的。"

"阿行又去偷懒了？"吴泽锐瞥了眼躺在那儿的周行，把手里的笔记递给单扬，"这份写你的，你看看吧。"

"今天终于有空来练球了，"吴泽锐看向颜笑，"练得怎么样？"

"还行。"

"那就好。"吴泽锐拍了下单扬的肩，"有问题的话，可以多请教一下单学长。"他说完又问了颜笑一句，"对了，你是大几来着？"

"大三。"

"哦，那你和阿扬同届呀。"吴泽锐说着对远处的白准点了点头，"好好练吧，期末有考核的。"

颜笑嘴里应着"好"，但心里已经开始盘算什么时候能溜走了。等吴泽锐和白准进了馆内的小会议室，颜笑把球丢进筐里，用湿纸巾擦了手，拎起包就准备走了。

"等一下。"

颜笑回头看了眼喊住她的单扬："有事？"

"颜、笑？"单扬盯着笔记上的署名。

"嗯。"

"你要看看自己写的东西吗？"单扬抖了抖手里的纸页。

"不用，写过一遍，我都记得。"

单扬笑了声："二传心真脏？"

颜笑不知道这笔记要收，也没料到这笔记会交到单扬手里，所以刚才为了凑字数，她把禾苗说的每一句话都记在了纸上，包括大家起哄喊的那句"二传心真脏"。

"听他们都这么喊，"颜笑一本正经，开始瞎扯，"我以为这话是你们打排球的人，专门用来给二传加油打气的口号。"

"是吗？那谢谢你。"

单扬脸上的表情又恢复了平日的散漫和冷淡，颜笑看不出他想做什么，问："我能走了吗？"

单扬摇头，突然抬手冲前方打了两个响指："应该不能了。"

顺着单扬的视线看过去，颜笑看到了朝他们走过来的吴泽锐。颜笑扯了下嘴角："我也谢谢你。"

单扬把手里的纸随意塞进了口袋："客气。"

"怎么了？"吴泽锐问。

"颜同学觉得我能力不太行，"单扬从架子上捞过一个球抛到吴泽锐怀里，"你来吧。"

吴泽锐有些尴尬地看了眼颜笑："这样啊，那……"

"怎么会，我觉得单同学指导得特别好，"颜笑扶了下眼镜，看着一脸真诚，

"能力没话说。"

"是吧，阿扬的实力的确是没话说的。"吴泽锐以为单扬也想偷懒，干脆地把球塞回单扬怀里，"你俩继续。"

五百一小时的陪练，现在免费，不练白不练。颜笑礼貌地对单扬点了下头："那麻烦你了。"

周行是被球砸醒的，他刚准备发作，睁开眼却看到单扬一脸阴郁地站在他面前，训练服上还布着大大小小的黑色球印。

周行张了张嘴，幸灾乐祸的语气毫不掩饰："你被狗踢了？"

不是狗踢的，是颜笑用球砸的。她那么烂的球技，刚刚却像在球上装了GPS，目的地就是他。单扬侧头睨着周行，眼神阴恻恻的，要不是他偷懒，这会儿"被狗踢"的就是他了。

周行看了眼单扬搭在他肩上的手，准备逃，他知道单扬这人下手会有多重。可周行还没跑两步，就被单扬拽回去了。单扬箍住周行的脖子，揪起脏了的上衣就往他脸上抹。

周行举手投降，嘴里一直喊着"救命"，单扬嫌周行聒噪，最后直接用球衣包住了他的脑袋，狠狠拍了几下："怎么样，被狗踢的感觉？"

周行结实地蹭了把单扬硬邦邦的腹肌，挺犯贱的："不赖。"

宿舍里的闹铃已经响了好久，颜笑揉了揉发胀的太阳穴，再没了睡意，她叠好被子下了床。张瑶每晚都定闹钟，可她总能做到对自己的铃声充耳不闻，每次颜笑和齐思雅都被吵醒了，她还是睡得很死。

"幺儿，你要再不把你那个该死的闹钟关了，我就爬过去揍死你！"齐思雅的话刚喊完，宿舍的门锁就转了几下，接着响起了不太礼貌的敲门声。

颜笑去开了门。

门口站着两个女生，站在前面的那个鼻子上架着副斜切猫眼墨镜，脚上踩着十厘米左右的黑高跟鞋，她下巴微仰，骨子里透着高傲和不屑。

女生取下帽子，露出了别在头发上的发夹，蓝色的水晶发夹跟她这一身打扮实在不太搭。巧的是，跟顾彦林之前送颜笑的那个，一模一样。

"我能进去了吗？"

颜笑侧身让出了路。后头的女生对颜笑点了下头，拖着两个行李箱准备跟进去，底下的轮子却被高起的门槛抵住了，颜笑帮忙抬起来，拎着其中一个进了屋。

张瑶这会儿也醒了。她这人没心眼，看到有新人来就主动打招呼："你是传媒学院的，我好像记得你，去年的晚会是你主持的吧？你当时是不是穿了一件淡蓝色的礼服，超仙的！"

"不是我,"陈星怡白了张瑶一眼,"是我姐。"

"哦。"张瑶听出了陈星怡语气里的不耐烦,但还是不想把气氛搞僵,"你们是双胞胎吧?你跟她长得一样,都很漂亮,所以我认错了。"

陈星怡没回答,连眼神都没再给张瑶一个,她敲了敲面前的桌子,跟她来的那个女生就把箱子拉过去了。

齐思雅本来就不是好脾气的人,从陈星怡进屋的第一秒,齐思雅就对她没有好印象。当然了,她也不会搞什么幼稚恶毒的孤立,不过眼前这新来的室友,的确令人生厌。

三人吃完早饭去了实验室,可还没走到门口,就听见从实验室里传出来的尖叫声。

颜笑推门进去,看见桌上的铁架台倒了一排,地上掉了好几个量筒和洗气瓶,还有两个被砸碎的容量瓶。

站在窗边的男生又突然大喊了一声,一团白乎乎的东西"嗖"一下钻进了工作台,在里面滚了几圈,又钻出来了,接着跳上了一旁的架子。

颜笑这会儿看清了,是一只奶牛猫。这猫通体是白的,只有头顶那一小片是黑的,像是剪了个齐平的发帘,嘴边还留了两个不对称的圆形黑点,浑身胖胖肉肉的。那双小眼睛看起来还不太机灵,像极了两元店里卖的、从流水线上出来的劣质毛绒玩具,还是塑料眼珠子没贴对称的那种。

似乎没人敢上前去抓猫,先不说它长得难看了,行为举止还神经兮兮的。颜笑其实也害怕,毕竟这猫又丑又怪,但她还是抓过了角落里的尼龙麻袋,趁着猫咪转圈的工夫,直接把它套进了袋子。

"应该是流浪猫吧。"齐思雅用脚轻踹了下麻袋,"待会儿下课把它放出去。"

颜笑担心猫咪透不过气,给袋子剪了个小口子,丑丑猫立马把嘴凑出来,粉色的鼻头一动一动的。还挺可爱的,如果抛开它那张难看的脸……颜笑想想又摇了摇头,可惜抛不开。

丑丑猫体力还怪好的,两节实验课下来,它依旧活蹦乱跳的,麻袋上到处是被它用爪子抓烂的口子。

张瑶一下课就找肖军约会去了,颜笑和齐思雅拎着麻袋,准备把猫放到校区的小公园里,那里是流浪猫的聚集地。可贴在公告栏上的一张"寻猫启事",让两人停住了脚步。上面有幅手绘的猫画像,就跟袋子里的猫长得一样,连那短发帘和嘴边的两个黑圈也一模一样。颜笑扫了眼画下面的那段字,这猫叫"瓦瑞·阿格里",还挺洋气,有个英文名。

"悬赏五千块!"齐思雅惊了,"这丑八怪值五千?这人是有恋丑癖吗?"

颜笑也觉得好笑:"可能是个善良的人,不看外表,注重灵魂吧。"

"奶牛猫本来就个个都是神经病,"齐思雅看了眼猫咪从麻袋里伸出的爪子,"它主人不仅喜欢神经病,还恋丑,挺特别的。"

颜笑按照上面的号码打过去了,前几次都没接通,打到第五次的时候,才终于通了,可颜笑还没说话,那头的人就先开口了。

"不买房。"说完这句,那人就干净利落地挂了电话。

"怎么了?"齐思雅问。

"他挂了。"

"这么没礼貌,"齐思雅抢过颜笑的手机,拍了张猫咪爪子的照片,又打了些字,"发给他。"

颜笑点了发送,没过两秒刚刚那人又打回来了。

"你好……"这回语气温和了不少。

颜笑其实刚才就听出单扬的声音了,她没回答,把手机贴到齐思雅的耳边,齐思雅对着手机大致说了一下地点。

"声音还挺好听的,"齐思雅把手机还给颜笑,"就是审美太烂。"

单扬来得很快,骑着车,单肩挎着一个亮红色的帆布包,穿着深灰色的冲锋衣,黑色及膝运动短裤,脖子上套着头戴式耳机,一头栗棕色的小卷随着风微微晃着。

"我去……"齐思雅不动声色地撑了撑颜笑的手臂,倒吸了口气,"帅哥啊。"

单扬脚点地,刹了车,在颜笑跟前停下了。

"刚刚打电话的是你?"

齐思雅有的是眼力见,她瞥了眼单扬,又看向颜笑:"认识啊,你俩?"

颜笑:"不认识。"

单扬:"不认识。"

"哦。"齐思雅默默观察着眼前的帅哥,没再出声。

颜笑指了指放在地上的麻袋,解释道:"它跑进了实验室,一直不消停,所以只能把它装进袋子里了。"

"嗯,有没有弄坏什么东西?我会赔偿。"

"砸坏了两个容量瓶,你到时候去理科楼三楼找一下吴健廷教授吧。"

"吴健廷?"单扬愣了下,重复了一遍。

颜笑以为单扬没听清:"对,吴健廷。"

"行。"单扬弯下腰解开了绳子,里面的猫一下子窜了出来,还往单扬的胸口上来了一脚。单扬反应很快,似乎已经习惯了这猫的神经质,一把揪住了猫的脖子,语气嫌弃极了,"消停会儿,Ugly 同志。"

原来"阿格里"是"Ugly",所以"瓦瑞·阿格里"是"Very·Ugly"。挺损的,这人。

单扬拉开包,把猫塞了进去,像是怕猫跑出来,又立马拉上了拉链。Ugly只能露出一张脸,看起来还想往外钻,单扬用力拍了下它的屁股,它才终于安分下来。

"转你钱吧。"

"不用了。"

单扬指了指"寻猫启事":"上面写好的,我该给你五千的。"

颜笑本来就没打算要这钱:"真的不用了,也不算是我们发现的,它自己跑进来的。下次看好它吧,不然遇到保安,可能就要被丢到校外了。"

单扬点了点头,朝颜笑伸出了手:"那谢了,活雷锋。"

颜笑虚握了一下:"客气。"

单扬上了自行车,把包转到了背后。猫从包里探出脑袋,回头盯着颜笑,还是用刚刚那个不太灵光的呆滞眼神。

"干吗不要钱啊?"齐思雅问道。

"都是学生,他哪儿来那么多钱。"

"他可不缺钱。"齐思雅扫了眼单扬融进人群的背影,"Focal Bathys 的耳机,还有皮纳瑞罗的公路车,光车架子就要六万多,一个轮胎五万,整套下来都能买一辆不错的 SUV 了。"

"这么有钱?"颜笑叹了口气,佯装可惜道,"那是应该宰他一顿的。"

"喂。"齐思雅撞了下颜笑的肩。

"嗯?"

"你俩真不认识啊?"

颜笑看了眼顾彦林发来的消息,说:"不认识。"

顾彦林说,单扬同意带她练球了,就按她之前开的价,一百一小时。

单扬把车停在了"石丽洁"工作室门口,口袋里的手机响了一下。

顾彦林:谢了,兄弟。

单扬没回,他拉开拉链,把猫从包里拎了出来。Ugly 有些笨重地跳到地上,钻进了门缝,轻车熟路地穿过走廊,在玻璃大门前停下,等有人刷了脸,它就跟着溜进了办公室。

"Ugly 来啦!"办公室里的人起哄喊道。

Ugly 似乎挺享受大家的热情,优雅地走起了猫步,肚子上的肉一晃一晃的,跟塞了个水球似的。

"你扬哥呢?"说话的女生留着一头红色的齐耳短发,打着唇钉,脸颊上长了些淡褐色的雀斑,单眼皮,眼睛却有神漂亮,即使她摸着 Ugly 的动作温柔,语气却是冷的。

　　Ugly想走，谢宁揪着它的脖子不让它逃，Ugly挣扎了几下，最后干脆趴到地上不动了。玻璃门又开了，谢宁抬头看了眼进来的人，嘴角有了笑："怎么来这么迟，不知道我们接的外包任务明天要交稿啊？"

　　"出了点意外，"单扬瞥了眼瘫在地上的Ugly，皱眉，"别压着它，它不喜欢这样。"

　　"哦。"谢宁松了手，轻咳了声，"那个……我前几天跟你说的事，你考虑得怎么样了？"

　　"算了吧。"

　　谢宁嘴角的笑僵了僵："为什么算了，我不漂亮吗？"

　　"漂亮，"单扬拉开椅子，开了电脑，"但我喜欢丑的。"

　　这话说出去实在没人信，可谢宁刚想开口，Ugly那货就跳上了单扬的大腿，一脸死样地盯着她看。单扬对Ugly这丑东西的溺爱，还真不禁让人怀疑单扬是不是有恋丑癖。

　　谢宁叹了口气，也打开数位板开始画稿，喃喃了句："那怎么办，可我就长得这么好看啊。"

　　"我喜欢漂亮的。"邻桌的林文凯蹬了下腿，把椅子滑到了谢宁身边。

　　"所以呢？"谢宁丝毫不给面子，举起桌上的镜子给林文凯照了照，"我喜欢帅的。"

　　单扬看了眼时间："老何呢？"

　　"应该出去帮我们找活了。"谢宁瞥了眼里头的小办公室，"你找他干吗？"

　　"要工资。"

　　林文凯笑了声："扬哥，你还缺钱啊？"

　　"缺不缺是一回事，他已经拖了我三个月的工资，"单扬拍了下Ugly的屁股，示意它下去，"再不给我，我就去门口拉横幅了。"

　　"老何就逮着你欺负，"一旁的阿钟开始煽风点火，"对我们这些穷学生，他都按时发钱，每个月还提供餐费补贴。"

　　谢宁睇了阿钟一眼，阿钟憋着笑，继续道："横幅内容想好了吗？到时候我帮你一起设计。"

　　"什么横幅啊？"

　　阿钟抬头，看到刚从外面回来的何生："曹操到了。"

　　"给你们带了清补凉。"何生肩上板正地背着一个黑色电脑包，满脸是笑，"刚谈下了个合作，LBS要我们做一个三分钟左右的MG动画宣传视频。"

　　林文凯帮谢宁拿了一杯："什么时候交工？"

"五天。"

"什么？"阿钟以为自己听错了，"五天？你直接杀了我们吧，老何。"

"报价很不错。"

"多少？"谢宁好奇。

何生两手比了个"八"："八百八每秒。"

阿钟"哇"了一声，立马改了嘴脸："敬请吩咐，亲爱的老何。"

"我这边已经和客户对接好了，我们待会儿开个会，我跟你们说一下他们大致的要求。谢宁到时候做好脚本和分镜，美术还是一样，"何生弯腰摸了摸Ugly肥硕的肚子，"交给阿扬来。"

林文凯自觉举手："动画我和阿钟来。"

"行。"何生点头，"安戈外包给我们的画稿还剩多少？"

"挺多的，荣荣他们几个又去外省比赛了，"谢宁提议道，"要不我在学院群里摇几个人来？"

"可以，上次那个瘦瘦黑黑的男生就不错。"何生抬着脚尖逗了逗Ugly，"阿扬，Ugly是不是又胖了？"

"没，还瘦了，因为你不发我工资，它吃的猫粮都比之前少了。"

谁都知道单扬是在开玩笑，就Ugly这胖墩墩的体型，单扬能少了它吃的吗？

阿钟和林文凯对视了一眼，手上的动作没停，却都侧过了脑袋，等着看热闹。

"发，等做完这单，就给你打钱，连着奖金。"

单扬扔掉手里的笔："现在就转账，不然我不干了。"

"哎！"何生讨好地捏了捏单扬的肩，"你可不能不干，你才是我们'石丽洁'的大老板呀。"

这动画工作室，单扬占股51%，何生占股49%。

何生年纪不大，几个月前刚过完三十岁生日。大家叫他"老何"，是因为他长得老，还有少年白，说起话来偶尔喜欢拿腔拿调，但做事可靠。

两人能遇到一块儿也是个意外。单扬当时手里有一笔钱，学校的日子过得无聊，他也不想再单干，就准备拿着这些钱办个不大的工作室。可惜单扬对拓展业务这块不感兴趣，他讨厌说服别人，可要成功谈下一个合作，不仅需要说服人，还要巧舌如簧地向潜在客户，自卖自夸。

于是单扬遇到了在超市门口卖拖把的何生。何生那天穿着一身廉价的女仆装，头上戴着一顶打结的金色假发，脸上化着夸张滑稽的妆。路过的几个小孩冲他做鬼脸，骂他是女鬼，总而言之，丑极了。

单扬上前跟他搭讪的那刻，何生觉得这人的审美应该是有问题的。

"美女。"这是单扬跟何生说的第一句话。

虽然眼前站着的是个美少男，何生还是觉得被冒犯了。他"啪"地掀开裙摆，露出了穿在里面的大裤衩，粗着嗓子。

"我是男的，爱好女！"

颜笑在校外带了几个高中生，有Z大学生的头衔，加上在校期间的优秀履历，所以家长开的时薪都不错。

家教结束后，颜笑坐公交车回了学校，到宿舍已经不早了，屋里却透着诡异的静谧。齐思雅脱了上衣，只穿着件黑色的运动背心，后背抵着椅子，脸上的怨气很大。张瑶戴着耳机在刷小视频，脸色看起来也不怎么好。

坐在最里面的陈星怡裹着浴巾和干发帽，她捋着脸上的面膜，阴阳怪气地开了口："刚刚都叫你们去洗了，现在好了，你们三个人挤在一起，还有半小时就熄灯了，待会儿可别吵到我睡觉。"

颜笑也不知道发生了什么："你先去洗吗，幺儿？"

"还洗什么？"齐思雅觉得无语，"某人在里面待了快两个小时，把热水全用完了。"

"怎么了！"陈星怡知道齐思雅是在怪她，"澡还不让人洗了？"

颜笑在齐思雅发作之前按住了她的肩："就半个小时了，你和幺儿去隔壁洗一下澡吧，306今天就萱萱在。"

"那你呢？"

"天热，我本来就洗冷水澡的。"

颜笑的确有洗冷水澡的习惯，但前几天感冒还没好透，冲了凉，第二天早上醒来鼻子又堵住了。顾彦林这次倒准时，颜笑下去的时候，他已经在宿舍门口等着了。

"怎么又戴上了口罩？"顾彦林皱眉。

"昨晚宿舍空调打得有些低，大概又感冒了。"

"今天别去练了。"

"没事，已经约好了时间，爽约不好。"

"你……"顾彦林握住了颜笑的手，犹豫地开了口，"单扬说，你帮他找回了猫？"

"猫跑进了实验室，我和思雅正好看到了公告栏上的'寻猫启事'。"

"是吗？那还真挺巧的。"顾彦林打量着颜笑脸上的表情，突然问道，"要不我给你再找其他陪练？"

颜笑没明白："为什么？"

颜笑脸上的坦荡让顾彦林知道是自己想多了，可面对单扬这样男狐狸精般的存在，没有一个男人会毫无顾忌地把自己的女朋友往他面前送。

"没。"顾彦林解释,"货比三家嘛,对比之后,你才能知道谁教得比较好。"

颜笑并没有兴趣去研究男人的微表情或语气,但顾彦林的试探还是让她觉得有些不悦。

"也行,如果你有时间的话。"颜笑说完又似不经意地提了句,"我还给你的那个发夹,你后来怎么处理的?"

顾彦林弯了嘴角:"你想要回去啊?"

"就随口一问。"

"送给亲戚家的妹妹了。"顾彦林话里带着笑意,像是很高兴颜笑在乎那个发夹的去向。

"到了,你回去吧。"

"好。"顾彦林亲了亲颜笑的脸颊,"晚上记得给我打电话。"

这个时间点,没人在练球,体育馆被闷了一晚上,空气里透着一股不太好闻的橡胶味。馆内就只有最顶上镶着一排玻璃窗,有些暗,被阳光照亮的那片空气里滚着尘埃,颜笑越走近,那些细小的颗粒就变得越明显。眼前突然滚过去一颗排球,顺着球来的方向,颜笑看到了露在红色台子外面的一只脚。

单扬在睡觉,单手枕着脑袋,身下歪歪斜斜地铺着几块垫子,两条无处安放的大长腿架在双肩包上。黑色的头戴式耳机衬得他的脸更白更小了,这张脸长得是不错,可以去演男版的"睡美人",应该会有很多人想凑上去吻醒他。

似乎是睡得不踏实,单扬翻了个身,口袋里的手机滑了出来,颜笑下意识伸手去接,不小心点到了音乐播放器的暂停键。

单扬已经醒了,正盯着颜笑看,可能是刚睡醒,声音有些低:"来了?"

"刚刚你手机掉了。"颜笑把手机递给单扬。

单扬没去接手机,坐起来凑到了颜笑跟前,仰着头,取下了耳机,像是没听清。

"嗯?"

## 第二章

### 单扬这人，挺怪的

"没什么，练球吧。"

"先做一下拉伸和激活，"单扬说着坐到了地上，"你跟着我。"

颜笑看了眼印着黑脚印的地胶，半天没动作。单扬也没说什么，从台子后面拎出了一块垫子丢到了颜笑跟前。

前几套动作，颜笑还能勉强跟上，到了后面的拉伸，颜笑就开始滥竽充数了。单扬感觉到颜笑的呼吸变得有些重，问："口罩要不要取下来？"

"我感冒了。"颜笑解释道。

"没事，我抵抗力好，摘下来吧。"单扬的语气听起来倒不像是在说客套话，其实他俩也不熟，单扬的确没必要客气。

颜笑摘了口罩，自觉往边上退了退。

"腿再分开些，"单扬像是真不介意，还跟着移到了颜笑身边，纠正了她的动作，"背绷直，你这样拉伸不到位，待会儿容易受伤。"

单扬说着轻拍了下颜笑的肩，示意她直起腰来，可颜笑反应有些大地拍开了单扬搭上来的手。单扬倒也没生气，收回了手，轻笑了声："挺麻烦的，你。"

颜笑也知道自己刚刚的行为不太礼貌，于是扯开了话题："这个拉伸动作叫什么？"

单扬沉默了会儿，像是在思考。颜笑等着他的答案，可单扬最后耸了下肩，潇洒地甩出了句："谁知道呢。"

颜笑有些怀疑单扬的专业性了："你教过其他人吗？"

"没有。"单扬回答得倒诚实。

"所以你是根据什么开的价？"颜笑觉得有趣，没有经验，开口却要一小时五百。

"我值这么多钱。"

挺不要脸的。

"你的身体很僵硬。"

颜笑没反驳："嗯。"

"柔韧度也很差。"单扬又道。

"是。"颜笑点头,她从来都知道自己的身体有多不听使唤,"所以还有救吗?"

单扬搓了下后颈,看起来有些为难:"有难度,但应该还有救。"

颜笑先是和单扬练了对垫,单扬已经拼命在给颜笑喂球了,可颜笑还是没怎么能接住,即使接住了,球不是发不出去,就是发歪了。

"脚黏住了?"单扬叹气,"要动起来,根据球来的方向去接球。不是光靠手臂发力,你要蹬腿,用腿带动整个身体把球往前送出去。明白吗?"

"我试试。"

这回单扬干脆就站在离颜笑不到两米的地方抛球,因为他算是看出来了,这人看着冷,但实际上胆子不大,怕球。

"有进步,至少打出来了。"单扬用脚把球勾起来,"你刚刚的击球点落到了左臂上,所以球就往右飞了,抱手的时候,两臂要端平。"

单扬这话刚说完,两头都响起了闹铃声。单扬设了闹钟,颜笑也设了。单扬定时是为了把控训练时长,而颜笑定时,倒像是坐在后排混日子的不良学生,到点催着老师下课。

"辛苦你了。"颜笑吁了口气,像是终于脱离了苦海,她从包里掏出了一张一百的纸币递给单扬,"今天的课时费。"

"现金?"

这年头在路边卖菜的老人都用微信和支付宝了。

"现金也是钱,拒收现金违法。"其实颜笑手里也没现金,这一百还是昨天她去ATM机取的,但付现金比较干脆。

单扬接过那一百块钱。他当然也不是那种会拖课的"勤恳"老师,可看着颜笑迫不及待往外走的背影,单扬终于没忍住问了句:"你真是好学生吗?"

颜笑回过头,没明白单扬的话:"什么意思?"

"顾彦林说你专业第一,是个学霸,但你看着不像是个好学生。"

颜笑知道单扬在讽刺她刚刚"缺斤少两"的表现,说:"成绩好,不等于是好学生,这是你们的刻板印象。如果一件事情,我觉得有意义,我就会花时间和精力,不然,能省则省。"

单扬"哦"了声,拍了拍掌心的灰:"也是。那下课吧,同学再见。"

颜笑愣了一下,也礼貌地回了句:"再见,单老师。"

"嗯。"单扬点头,被学霸叫"老师",感觉还不赖。

单扬在体育馆里补了会儿觉,等彻底睡饱了,才骑着车慢悠悠地荡回了工作室。整个工作室看起来死气沉沉的,空气里飘着一股浓厚的咖啡味,办公室里坐满了人,可除了点鼠标的声音,就再没其他的动静了。

阿钟端着牙杯从洗手间里出来,肩上还搭着条毛巾,应该是昨晚在这儿熬通宵了。

"你早上去哪儿潇洒了?"

单扬瞥了眼挂在阿钟眼下的黑眼圈,伸手推开了他的脑袋:"你离远点,我怕做噩梦。"

阿钟打了个哈欠:"要是我死在工作室里,能赔多少钱?"

"不太想赔,剩下的我来吧。"单扬坐到了阿钟的工位上,快速扫了眼界面,"这几小球的运动都不够顺滑。"

"这还不顺滑啊?"阿钟知道单扬的要求高,"那扬哥帮忙改改呗。"

"你这学期是不是又打算报四级?"谢宁问单扬。

单扬英语挺差的,而且是越学越差的那种,他四级已经考过三次了。

"嗯。"

"那我帮你辅导吧。"

谢宁是英专的师范生,虽然染着红发,打着唇钉,看着不像大家眼里"传统"的好学生,但每学期的绩点都能进专业前十。

"不用。"单扬回绝了。

谢宁觉得纳闷:"为什么?我又不收你钱。"

"我这学期也要考,"林文凯接过话,"你辅导我呗。"

"行啊,"谢宁报了个价,"五百一小时。"

"没问题。"林文凯一脸认真,"你把时间留给我,不能让其他人占了,我现在转你钱。"

阿钟听着两人的对话,摇了摇头:"恋爱脑真可怕,凯凯病入膏肓了吧,扬哥你说是不是?"

单扬张了张嘴,可话还没说出口,就打了个响亮的喷嚏。

阿钟赶紧往后退了一步,捂住了口鼻:"你也病了?"

"可能吧。"单扬吸了吸鼻子,觉得太阳穴突突地疼。原来他的抵抗力也没那么好,看来颜笑成功把病毒传染给他了。

夏天感冒最受罪,捂汗热得很,不把汗发出来,又好不了。

单扬很久没头疼发热过了,这次感冒的势头还有些猛,他没有吃药的习惯,就请假在宿舍里睡了半天。

这一觉单扬睡得也不安生，鼻子堵住了，只能用嘴呼吸，上颚和嗓子又干又痛，他挣扎着起来跳下床，灌了两杯冰水后，才觉得嗓子舒服了些。他准备重新上床睡会儿，门却被敲响了。

"怎么磨蹭这么久才开门？"

周行准备进屋，却被单扬拦住了："我感冒了。"

"哦。"周行打掉了单扬的手，径直进了屋。

"你要被传染了，可别怨我。"

"传染不了，我身体好着呢，给你带了箱苹果。"

单扬抬了抬下巴："另外两袋是什么东西？"

"前几天我外公从老家给我寄的土鸡蛋。"周行说着笑了声，"这老东西又不识字，在快递站折腾了好久，才把两箱鸡蛋寄过来的。"

"他最近身体怎么样？"

周行沉默了几秒："老样子呗，过一天算一天。"

单扬最后被周行拉着去了食堂，他没什么胃口，点的菜也没吃几口，最后都进了周行的肚子。

"你这喝的第几杯了？"周行想去抢单扬手里的冰可乐，却被单扬挡住了。

周行觉得单扬这人也奇怪，经常把"惜命"这两个字挂在嘴边，但放纵起来像是根本不要命。

"吃过药了吗？"

单扬摇头。

"你这样胡来，感冒别想好了。"

单扬又往嘴里灌了一大口冰可乐："感冒到时候总会好的，吃不吃药，都得等上一个多星期。"

"随便你，但要是真的难受得不行，就给我打电话，我给你送点砒霜。"

单扬"哦"了声："谢谢你。"

"客气。"周行突然抬了抬下巴，"你室友？"

单扬回头，看到并排走着的颜笑和顾彦林，顾彦林也注意到了单扬，对他招了下手。

"介意一起吗？"顾彦林问单扬。

"坐吧。"

顾彦林听出了单扬的鼻音："你也感冒了？"

"嗯。"

顾彦林下意识地看向颜笑："不会是笑笑传染给你的吧？"

单扬半天没回答，察觉到颜笑投来的目光，才开了口："不是，昨晚着凉了。"

"那别喝冰可乐了吧。"顾彦林把拌好的饭推到颜笑跟前,低声说了句,"吃我这个。"

单扬"嗯"了声,却还是一口气把剩下的可乐倒进了嘴里。

顾彦林看了眼坐在单扬身边的周行:"朋友吗?"

周行看着依旧冷淡,对顾彦林点了下头:"周行。"

顾彦林笑了笑:"听说过你,计算机系的,大一的时候就拿了ACM亚洲区域赛的金奖。"

周行似乎也挺意外的,他没想到顾彦林会知道计算机专业的竞赛,两人虽然不熟,但也聊上了。颜笑低头吃着饭,单扬也没插话,塞上耳机,用手机看起了动漫。

刚喝了冰可乐,单扬这会儿嗓子眼开始发痒了,他捂住嘴侧头咳了几声。

听到单扬的咳嗽声,颜笑莫名地觉得嗓子也开始难受了,她放下了筷子,抽了张纸捂住了嘴。

"怎么了?"顾彦林伸手拍了拍颜笑的背,"呛到了?"

"没,"颜笑的嗓子发哑,"就突然有点想咳嗽。"

周行从包里掏出保温杯,塞到了单扬手里:"喝点?"

"不用。"

单扬在其他方面没有洁癖,但吃的方面有,别人吃过或喝过的东西,他是死也不会碰的。

"矫情。"周行骂了一句。

单扬的脸颊涨红,脖子上起了青筋,那样子看起来有些痛苦。不想打扰他们吃饭,单扬干脆就起身走开了,周行抓过包和餐盘也跟了上去。

"他的感冒好像有些严重,"顾彦林提醒道,"你这几天别去练球了。"

颜笑知道顾彦林的意思,他怕单扬会传染给她。但颜笑心里清楚,其实是她把单扬给传染了,昨天陪她练了球,今天单扬就感冒了。

晚上,单扬去了趟工作室,帮大家做了收尾工作。

老何想帮忙,但对电脑软件一窍不通,他一个人在小办公室里来来回回走了一会儿,然后端着一杯味道古怪的黑水坐到了单扬身边。

"什么?"单扬皱眉。

"治感冒的。"

"不要。"单扬拒绝得干脆。

"喝吧喝吧,我找老中医开的偏方,"老何把碗往单扬跟前递了递,"喝完就药到病除了。"

"不……"

"用"字还没说完,老何就趁单扬不注意往他嘴里灌了一大口。单扬咳出了一半,但还是咽进去了一大口。怕被单扬揍,灌完药后,老何撒腿就跑。

"老何给扬哥喝的什么药?"阿钟在一旁乐得不行。

林文凯也觉得好笑:"我去年有次高烧,老何穿着防护服去我家找的我,也给我送了这么一碗偏方。结果你猜怎么着,我本来好不容易退烧了,当晚又直接给我干到了39℃!"

林文凯可能真的是个乌鸦嘴,也许是路上吹了些风,单扬回到学校就觉得头疼得厉害,好像还有些低烧。实在熬得难受,单扬去了趟校医务室,想着开点药吃,兴许会好受些,可还没走到门口,就听到从屋里传出来的争吵声。

单扬掀开布帘进去,看到地上扔了好些药盒。他避开了倒在地上的椅子,在柜台前站定,侧头看了眼站在那儿愣神的人。

"好巧。"

单扬的声音有些哑,说话声还被争吵声盖了大半,但颜笑还是回过了头。

看到单扬的那刻,颜笑眼里也有些许意外。

"你站这儿干吗?"

颜笑摇头:"没干吗。"

两人完成了这个没营养的对话,眼睛齐齐望向了在不远处互相揪着头发的两个男人,似乎都想看完这场没营养的"热闹"。

没一会儿,医务室又跑进来了一个女人。女人也穿着白大褂,神色慌张,大概就是这场闹剧的始作俑者。

颜笑和单扬被赶出了医务室,身后的门"啪"地甩上了,争吵声也被门拦在了屋里。热闹算是看完了,两人互相点了下头,就都自顾自走了,可十分钟后,又在学校边的另一家药店撞见了。

"挺巧。"颜笑先开了口,嗓子哑。

"挺巧。"单扬点头,嗓子也哑。

颜笑往后退了一步:"你先吧。"

单扬跟药师描述了自己的症状,然后抬手往后指了指:"她应该也跟我差不多。"

药师一愣,想着这店里不就单扬一个顾客吗?

"谁?"

颜笑个子不矮,可单扬肩宽,人又高,往她跟前一站,几乎把她整个人都挡住了。

"我。"颜笑往边上挪了一步,样子挺乖地举了下手,"我跟他症状差不多。"

单扬偏头看了颜笑一眼,轻笑了声,现在看着倒像是个乖学生。

药师给他们开了同样的药,算了下价格,说:"一共一百五十八元。今天店里做促销,满两百减三十。"

"行,稍等。"单扬转身进了货架,没过一会儿就抓了几盒乳酸菌素片出来。

颜笑看了眼药盒:"你肠胃不好?"

"没。"单扬摇头,"这个好吃。"

"刚刚药钱多少,我给你一半。"

"不用了,"单扬指了指自己,又指了指颜笑,"老师请学生。"

颜笑觉得单扬这人还挺好为人师的,可哪有请学生吃药的?

"还是要给你的,下次连着课时费,我一起给你。"

单扬也没再拒绝:"随便你。"

他抓了一半的乳酸菌素片给颜笑,颜笑摆手想拒绝,单扬直接拉开了她的包,把药一股脑儿地塞了进去。颜笑之前带过一个初一的学生,心智不太成熟,同样的话要重复三遍,那学生才会过脑子。颜笑觉得单扬跟那个学生很像,听不进话,挺固执的。

颜笑听到单扬打了个喷嚏,接着他撕开了一包感冒灵倒进了嘴里,然后又往嘴里灌了几口水,晃了几下脑袋,把药咽了下去。

"抱歉。"

"嗯?"单扬回过头。

"我把感冒传染给你了。"

单扬却答非所问地来了一句:"你英语好吗?"

"还行。"

"四级多少分?"

"688。"

单扬打了个嗝,像是吓到了,又问了一遍:"多少?"

"688。"

"怎么准备的?"单扬好奇。

没怎么准备,当时面店刚有起色,颜笑除了待在实验室,其余时间都留在店里帮忙了,她就临考前刷了两套真题,熟悉了一下题型,但如果真这么说了,就稍微有点炫耀的嫌疑了。

"认真准备了一下。"

单扬问了句:"你怎么收费?"

这句话听着很怪异,尤其是刚刚在医务室看了一场狗血的出轨大戏之后。

"什么意思?"

"如果你有时间,帮我辅导一下四级,我给你课时费。"

想起之前单扬说的那句"我很贵的,不贱卖",颜笑也道:"我也很贵的,不贱卖。"

单扬笑了声,知道颜笑是在揶揄他:"没事,你报个价。"

"六百一小时。"

比单扬当初报的价还要高一百,只要有脑子,应该都不会答应这有些离谱的课时费,颜笑等着单扬拒绝。

可单扬同意了:"行。"

看来齐思雅说得没错,单扬应该不差钱,而且可能还是人傻钱多。

"但我目前可能没时间。"

"那等你有空再说。"

颜笑其实有些纠结,六百一小时的课时费挺可观的,但她潜意识里并不太想跟单扬有过多的接触,她觉得单扬这人……

单扬又往嘴里扔了一小把药片,手里的水瓶空了,他就直接把药干吞了下去。苦涩的味道扫过上颚,单扬皱了皱眉。

挺怪的。

"明天练球吗?"单扬问。

"你不是感冒了吗?"

"我接下来一个星期可能都没时间,如果明天不练,就要等到一个星期以后了。"

颜笑点头:"那行。"

"'那行',"单扬看了眼颜笑,"是练,还是不练?"

"练吧。"

"到了。"单扬抬了抬下巴。

"嗯。"颜笑拍了拍肩上胀鼓鼓的包,"明天给你药钱。"

单扬也觉得颜笑固执:"行。"

这个时间点,女生宿舍楼下总会有一对又一对黏黏糊糊的小情侣,拥抱、牵手或亲嘴,一个简单的分别可以拖上二十来分钟。离颜笑和单扬不到三米的柱子上就靠着一对情侣,两人"吧唧吧唧"的亲嘴声实在有些响。

"上去吧。"单扬开了口。

颜笑和单扬其实也不熟,算不上朋友,如果送她回来的是顾彦林,她可能会回一句"快回去吧",但这句话跟单扬说,听起来就会有些暧昧了,不合适。

"明天见。"这句话就挺万能的。

"嗯,"单扬点头,"明天见。"

颜笑进了宿舍楼,刚上几级台阶,齐思雅就从背后勒住了她的脖子:"坦白从宽,刚刚送你回来的帅哥是谁?"

"排球教练。"

"你找到陪练了？"

"顾彦林帮我找到的，是他室友，排球队的。"

齐思雅觉得奇怪："顾彦林是对你太有信心了，还是他太自信了？虽然看不清那人的脸，但就那身材和侧脸，绝品没跑了。顾彦林给你找了这么个花美男当陪练，他怎么想的？"

颜笑想说那"绝品"齐思雅其实见过的，就是捡到Ugly那天，她说有恋丑癖的单扬。

"你也说了，那么暗，你没看清他的脸。"颜笑开起了玩笑，"他长得不算好，眼睛很小，鼻子很塌，嘴大，脸上还都是坑。"

齐思雅皱起眉头："真的假的？那么丑，白瞎了他那完美的身材！"

另一边，单扬走在回宿舍的路上，鼻子突然一痒，连着打了好几个喷嚏，震得他的脑袋晕疼。

颜笑看了眼齐思雅手里的那盒饼干，问："刘晨峰送的？"

"嗯。"齐思雅看起来也没多高兴。

"不喜欢吗？"

"他好像还没长大，高中送饼干，现在还送饼干，我早就不是那个吃一盒甜腻腻的饼干就能乐呵一整天的傻姑娘了。我问他毕业以后想做什么，他说他不知道，反正我去哪儿，他去哪儿。"齐思雅无奈地轻笑了声，"他好像把他的未来和我的绑在了一块儿。"

"那你呢，你想和他绑在一块儿吗？"

齐思雅沉默了好久："之前想的。"

颜笑没再问下去，她从包里掏出了单扬刚刚给她的乳酸菌素片，挤出了两颗。

"尝尝。"

"什么东西？"

"听说是好吃的东西。"

"谁说的？"

"'听'说的。"

齐思雅反应了一下，作势抖了抖身体："好冷，颜笑同学。"

第二天还是顾彦林送颜笑去的体育馆，顾彦林在路上接了好几个电话，看起来挺忙的。

颜笑："就送到这儿吧，我自己上去就行了。"

"送你上去。"顾彦林挂了电话。

体育馆边的自行车亭蹲着一个人，肩上还趴着一只猫，因为那猫丑胖得太过扎眼，所以颜笑的视线就多停留了几秒。

"是单扬吧。"顾彦林也看了过去。

颜笑想径直上阶梯,顾彦林却拉着她去跟单扬打招呼了。单扬背对着他们在系鞋带,还是趴在他背上的Ugly先转过头,对着颜笑叫了一声。

顾彦林问:"你也刚来吗?"

"嗯。"单扬看了眼顾彦林,又看向颜笑。

"今天怎么还带着猫?"

"工作室今天休息,没人看着它,怕它会闯祸。"

"长得还挺——"顾彦林想去碰碰Ugly,Ugly却龇着牙,有些恶狠狠地"喵"了一声,"有趣的……"顾彦林收回手,又转头对颜笑说,"你去练吧,晚上能不能抽出几分钟跟我视频,你昨天……"

单扬没再留下来听他们说话,他把包挎到了肩上,几步上了台阶。Ugly从包里探出脑袋,转头盯着不远处的颜笑和顾彦林,两只豆子一样小的眼睛带着些哀怨。

到了体育馆,Ugly从包里爬出来,想去顶着地上的排球玩。单扬半蹲下来,勾过球,两手快速传着,Ugly的眼睛跟着球转,都快被逗成斗鸡眼了。单扬觉得好笑,站起来往后退,Ugly愣一下,追了上来。

"真要命,"看着Ugly肚子上左右晃动的肥肉,单扬笑着骂了句,"猪都没你胖!"

单扬又往后退了一步,后背就撞上了一个人。单扬侧过头,看到了在搓额头的颜笑。

"抱歉。"

"没事。"

单扬拽着Ugly的腿,把它拖到了颜笑跟前,按着它的脑袋给颜笑磕了个头。

"你在做什么?"颜笑觉得有趣。

单扬一本正经:"谢谢你当初的救命之恩。"

Ugly似乎对颜笑挺好奇的,单扬松开它之后,它就准备扑到颜笑腿上,单扬抬腿一拦,重新把它塞回了包里。

"它长得挺特别的,"颜笑委婉地评价了一句,"但你好像挺喜欢它的。"

"还行。"单扬问颜笑,"不觉得它可爱吗?"

看着在包里蠕动的"煤气罐",颜笑没回答,这人真的有恋丑癖。

体育馆里的空调开得有些大,风从顶上冲下来,吹得颜笑披在肩上的头发来回飘着。颜笑跟着单扬在做拉伸,两人站得也不远,发尾好几次扫到了单扬的脸。颜笑伸手理了理头发,可松了手,头发又被风吹开来了。

"带皮筋了吗?"

颜笑摇头。

单扬取下了手臂上的护腕："用这个？"

护腕有些紧，颜笑花了些力气才把它撑开，可还没绕到头发上，颜笑就被单扬拽住了手臂。单扬弯腰抓过装着Ugly的背包，没等颜笑反应过来，就拉着她躲进了看台下面的小仓库。

"怎么了？"

"周行他们来了。"单扬压低声音，"今天排球队本来有训练的，我翘了。"

刚做完热身，颜笑和单扬都流了些汗，堵着的鼻子也通了，谁也没说话，但隔几秒就会吸一下鼻子，两人还像约好了似的，岔开了时间，一前一后，听着还挺有节奏的。

颜笑咬了咬唇，但瞥到一脸蒙地盯着他俩看的Ugly后，终于忍不住笑出了声。单扬轻咳了下，最后偏开头，也弯了弯嘴角。

"要不你先走吧，今天可能也练不了了。"他刚刚也是着急，现在才反应过来，他把颜笑拉进来是多此一举。

"嗯。"颜笑从钱夹里掏出一百五十块钱，"一百是昨晚的药钱，虽然今天这意外也不是你故意造成的，但课没上成，所以我就付你一半的课时费。"

单扬只抽走了一百元："这一半我也不收了。的确是我没算好时间，不知道他们会提前来，你……"

单扬的话还没说完，一颗排球就滚进了仓库，接着一只脚跟着迈进来了。在看到单扬和颜笑后，吴泽锐愣了好久，捡球的手僵在那儿半天没动。

单扬叹了口气，语气里带了些求饶："你别……"

吴泽锐坏笑了一下，立马往外退，喊道："单扬不训练，在这儿躲着呢！"

颜笑看出了单扬脸上的无奈："后果很严重吗？"

单扬没回答，但没过几秒，狭小的仓库就涌进了好几个人，周行带的头，白准、吴泽锐，还有几个个子也很高的男生。

单扬其实劲很大，要真想逃，他们几个合起来也抓不住他，但这几个没脑子的好像没看到被挤在他后面的颜笑，下手没轻没重的，一个劲儿把单扬往角落里逼。单扬能感觉到颜笑变局促的呼吸声，他还记得上次他拍了下颜笑的肩，颜笑的反应有多大，更别说现在这样贴着了。

单扬干脆不挣扎了，骂了句："别挤了！我自己出去。"

等单扬往前走了一步，那群人才注意到靠在墙上的颜笑。周行若有所思地打量了颜笑一眼，站在一旁没开口。

"有些眼熟，"白准笑了笑，"是你们排球社的吗？"

"对。"吴泽锐问了句，"颜笑你怎么也在这儿？"

"还罚不罚了？"单扬主动开了口，"要搞赶紧搞。"

"搞搞搞！"吴泽锐一跳，勾住了单扬的脖子，"老规矩，可乐还是球？"

单扬低头看了眼自己身上全新的运动服:"球。"
一群人架着单扬,颜笑也跟着出去了。
"哎,"禾苗冲颜笑招了下手,"今天排球社没活动啊,你怎么在这儿?"
"就,来练球的……"颜笑注意到禾苗剪了头发,"你换发型了?"
"是啊,"禾苗抖了抖刘海,"想做个淑女。"
不远处,单扬主动趴到了地上,剩下的人排成了一队,每人手里都拿了一个球。
颜笑:"他们准备做什么?"
"逃了训练或迟到,都得罚。两个选择:要么躺着,大家往他嘴里扔一大把泡腾片,然后一直灌可乐;要么趴着,让人用球砸屁股,十多个人砸下来,也挺酸爽的。"禾苗看了眼在那儿喊得起劲的周行,"这群男生,你觉得谁最好看?"
颜笑扫了眼场上的那群人,视线落到了单扬身上,可最后又挑了个最不熟的人:"白准吧。"
说完这话,颜笑就感觉到那个叫白灵的女生朝她看过来了,她侧头,对上了白灵算不上友善的目光。颜笑之前就有注意到白灵,她很漂亮,个子不高,平时看起来柔弱,但作为自由人,在场上很拼,打球狠辣,给人很大的反差感。
最后一个球砸完,单扬手臂大张地趴在那儿,任由周围的人怎么喊他,他都没反应,像是晕死过去了。
"他没事吧?"颜笑皱眉。
禾苗笑了声:"死不了。他们有轻重,顶多屁股肿几天。"
队伍里有人喊了一句什么,一堆人都聚到了洗手间门口。禾苗好奇,也过去凑热闹了。
"还好吗?"颜笑蹲下来,好心问了一句。
单扬的脸贴着地板,极小声地回了个"嗯"。
"要叫救护车吗?"
"不用,"单扬缓慢地翻了个身,"暂时死不了。"
"你别走!"周行在那头吼了句。
一群人围在那儿,脸色都不好,就连平时温和的白准现在也是一脸怒意。白灵站在白准身后,红着眼,看起来像快哭了。
周行拽着一个人的衣领,颜笑走近,才看清那人的脸,是烨子。烨子身上还穿着店里的围裙,手里拎着两份外卖,T恤领子被周行拽得已经变了形。
看到颜笑的那刻,烨子眼里闪过片刻的意外,像是看到了希望,但也只是转瞬即逝。他偏开头,躲开了颜笑的视线。
颜笑走上前:"能问问怎么回事吗?"
吴泽锐解释道:"这变态溜进女厕所,想偷拍白灵!"

颜笑看了眼臭着脸的烨子:"有证据吗?"

颜笑问完这话,大家都齐刷刷地看过来,似乎没想到颜笑会帮这个陌生的变态说话。

"所有事情都要讲证据,"颜笑语气平淡却有力,"你们不认识他,就给他冠上一个变态的名头。另外,有谁真的看到了他偷拍的全过程吗?"

白准拍了拍白灵的肩,示意她放松下来:"你看到了吗?"

"我没看到他的脸,但的确有人把手机伸进来了,我跑出来之后……"白灵指了指烨子,手还在抖,"就在门口看到他了。"

周行看白灵抖成那样,挥手就想往烨子脸上砸一拳。

"先冷静点。"单扬拉住周行。

队伍中有人声音不大不小地说了句:"这人看着就怪,不是变态是什么!要是被误会了,就解释啊,话也不会说,哑巴吗?"

一直沉默的烨子终于有了反应。他凶狠地瞪着说话的那人,用力挣开周行的手,像是准备冲过去。

"别冲动。"颜笑挡住烨子,又扫了眼四周,"那儿不是有个监控吗?去安保室看一下就知道了。"

"行!"周行自动把颜笑归到了烨子那头,对她说话也没好气,"如果真是他做的,你到时候也得跟白灵道歉!"

"好。"颜笑点头,"但如果不是他做的,你们在场的所有人都得跟他道歉,并且赔偿他因送餐延误造成的损失。"

监控拍得很清楚,烨子根本没进过洗手间。在烨子经过洗手间门口的一分多钟前,有个穿着Polo衫的老头鬼鬼祟祟地进了女洗手间,然后又匆忙跑出来,还撞上了提着外卖的烨子。

"抱歉啊,"白灵红着脸,"是我误会你了。"

烨子没说话,抓过桌上的外卖袋子就想走。

"等等。"颜笑喊住烨子,"他们还没道歉呢。"

白准和吴泽锐他们都道了歉,只有周行不肯低头。单扬直接上手按住了周行的脑袋,逼他开了口。

"还要赔偿。"颜笑看了眼袋子上外卖的价格,"这两碗面已经坨了,顾客肯定不要了,除了按原价赔偿,你们还要给他误工费。"颜笑看向烨子,"你要多少?"

烨子掏出手机,在计算器上打出了数字。

"一百?"吴泽锐摇头,"要太多了吧?"

"多吗?"颜笑冷笑,"变态、哑巴,如果有人平白无故揪着我的衣领这样骂我,我可不止要一百了。"

"那行。"白准掏出手机,"我给你转账。"

周行没再吱声,看了眼白灵就出了安保室。禾苗安慰地拍了下白灵的肩,也跟着周行出去了。

"你认识他?"单扬问。

"嗯,我朋友。"

颜笑的这句"我朋友"让走在前面的烨子停下了脚步,烨子把两袋面挂到了手腕上,给颜笑打了个"谢谢"的手语。

"不用谢。"颜笑问,"你刚刚为什么装作不认识我?"

烨子没回答。其实他不说,颜笑也明白,烨子是不想把她扯进来。

"希望你别把他们刚刚说的话放在心上。没弄清楚事实就给你乱安罪名,即使再着急,也是他们错了。"单扬说完轻轻撞了下颜笑的手臂,示意她帮忙翻译一下。

颜笑笑了声:"他听得见。"

烨子上下扫了番单扬,又用手比画了几下。

"他说什么?"单扬好奇。

烨子问,单扬走路一瘸一拐的,是不是也是个残疾人。

"他说,"颜笑扯了个谎,"你挺帅的。"

这话单扬听得都快免疫:"这我知道,但你觉得我是傻子吗?他这个同情的表情,会是在夸我帅?"

颜笑改了口:"那可能是在说你丑吧。"

单扬摇头:"我不信。"

"走、了。"烨子开了口。

颜笑点头:"好。送餐别着急,注意安全。"

"他会说话?"

"嗯,就是说得慢。"

"所以你刚刚帮他说话,是因为你相信他的为人。"

"他的确不是会做那种事情的人。我也不是在帮他说话,即使刚刚是面对一个陌生人,我觉得也不该被情绪控制了大脑,没有任何证据就给别人扣罪名,冲动又愚蠢,跟动物没什么区别。"

单扬笑了:"你在骂周行?"

"他其实应该再赔烨子一件T恤的钱,"颜笑语气认真,"烨子的领口被扯坏了。"

"但有时候,人就是动物。"单扬也帮周行说了句话。

"比如?"

"爱上会发情，嫉妒会发疯。人其实比动物还差，动物起码到了时间才发情，但人随时可以。"

"也是。"颜笑同意，"熊猫就不错，发情期大约为两三天。"

单扬盯着颜笑不说话。

"怎么了？"

"没。"单扬有些愣神，话没过脑子，"那你呢？"

"我什么？"

单扬回神，顺手指了指架在桥边的书摊，立马扯开话题："你喜欢看什么书？"

摊上都是一些滞销的书，称斤卖。在那儿挑书的人还挺多，单扬也挤进去凑了个热闹，颜笑看他快速扫了眼那两排书，最后从书堆翻出了一本不太厚的精装版《金阁寺》。

颜笑："你爱读三岛由纪夫？"

单扬拍了拍封皮上的灰："三岛什么夫？"

颜笑指了指单扬手里的书："这本书的作者。"

"哦。"单扬也不装，实话实说，"宿舍的椅子腿总晃，这本书够硬，垫着应该刚好。"

摊主收了单扬十四块钱。

两人沿着桥走了会儿，颜笑还是忍不住开了口："你刚刚有看书后面的标价吗？"

"没。"单扬瞥了眼，"怎么了？"

"十块九的书，"颜笑觉得好笑，"称斤卖，你花了十四块钱。"

单扬推着自行车，走得不太利索："就当多花两块一知道了一下，三岛，什么来着？"

"不重要。"颜笑问，"屁股还好吗？"

"它还好，"单扬拍了拍背包里不安分的 Ugly，声音不大，"我不太好。"

晚上从实验室出来，颜笑去了一趟店里。门口挂着店名"裕瑾笑"，"瑾笑"两个字还亮着，但"裕"字暗了。

"妈，门口的灯又坏了吗……"颜笑掀开门帘往里走，看到站在叶瑾身边的王兴后，脸上的笑瞬间消失了。

"笑笑来啦。"王兴坐在平时颜康裕坐的位置。

相比王兴，叶瑾看起来反倒有些不自在，她冲颜笑挤出了个笑："笑笑吃饭了没？没吃的话，妈去给你做点。"

"吃过了，您别忙了，爸呢？"

叶瑾还没开口，王兴就抢过话："你爸腰又不舒服了，你妈让他先回去了，我就在这儿帮个忙。"

"不麻烦您了，您回去吧王叔，我留下来就好。"

王兴听不出赶人的话，脸上还带着笑："不麻烦，都是朋友，跟叔客气什么？"

颜笑也没再说什么，朝后厨喊了声"烨子"。烨子应该是在做菜，他一手拿着个长柄汤勺，另一只手操着一把大菜刀，脸上挂着被打扰的不悦，再加上他那犀利可怖的眼神，仿佛下一秒就会挥着刀去砍人了。

"烨子，王叔说想进后厨帮你备个菜。"

烨子看向王兴的那刻，王兴自觉起了身："那什么，我，这会儿想起来，还约了人呢。"

"那王叔您赶紧去吧。"颜笑抬手推了推眼镜，扯了下嘴角。

颜笑去了趟五金店，趁着叶瑾趴在收银台上打盹的工夫，想把坏掉的灯泡换了。可她刚爬上去，就感觉脚下的梯子晃了下，是烨子在敲梯子。烨子打了个手语，叫颜笑下来，让他来换。

这灯架的确有些高，也重，颜笑能换，但要费些劲。她下了梯子，把灯泡递给烨子："那你小心些。"

烨子做事的确利索，颜笑重新按了开关，"裕"字亮了。

"今天送餐有被为难吗？"

烨子摇头。

颜笑盯着烨子被扯坏的领口："今天他们说的那些话，你不要过心。我们是普通人，都有些小毛病，就比如我近视，摘了眼镜跟瞎子没差别，而你，就是说话慢了些。"

烨子没开口，过了几秒，对颜笑做了个手语："我戴着助听器。"

"所以呢，"颜笑指了指自己，"我也戴着眼镜。"

等叶瑾关了店，颜笑才回宿舍，她在楼底下碰到了张瑶和她的男朋友。

张瑶平时说话就软，谈起恋爱来更是嗲得不行。她整个人靠在肖军怀里，两只手臂无骨一般缠在他脖子上，嘴里还在撒娇。

颜笑低着头，快步往前走，想假装没看见，却还是被张瑶喊住了："笑笑，你怎么这么晚才回来？"

"刚刚去了趟店里。"

肖军把一袋零食递到颜笑的手边："幺儿给你们买的，你拿上去跟齐思雅她们分一下吧。"

"好。"颜笑点头。

"我跟你一起，笑笑。"张瑶亲了下肖军的嘴角，交代道，"到宿舍就马上给我打视频。"

肖军无奈一笑："知道了。"

肖军也是法律系的，跟顾彦林还是一个班，但张瑶和肖军认识，倒不是颜笑介绍的。

张瑶跟前任分手的当天，对肖军一见钟情。可肖军这人有些冷，张瑶追了大半年，他都没给半点反应。后来张瑶追累了，干脆就不追了，结果肖军反倒急了，连着几天在宿舍楼下堵着张瑶。张瑶心软，看着肖军那张帅脸也说不出什么狠话，两人最后稀里糊涂就在一起了。

"刚刚我们碰到顾彦林了，就在商场里。"

颜笑只淡淡"嗯"了一声。

"你不好奇他去商场干吗啊？"张瑶问。

"在干吗？"颜笑配合地问了句。

张瑶"啧"了声："你这恋爱谈的。顾彦林那么好的条件，你真不怕他被其他女生勾走了啊？"

张瑶这话刚说完，颜笑的手机就响了，是顾彦林发来的消息。张瑶粗略瞥了眼消息，大致就是顾彦林在跟颜笑汇报行踪。

"好吧，当我什么都没说，看来顾彦林是被你拿捏得死死的了。"

颜笑打了几个字，还没发过去，顾彦林的视频电话就打过来了。

"刚刚去哪儿了？"顾彦林在宿舍，换上了睡衣，身后的背景是架着大屏电脑的桌子，桌底下还露出了苹果箱子的半个角。

"去店里帮了下忙。"

"哦。"顾彦林靠到了椅背上，"你都不问问我吗？"

"那你呢？"颜笑问。

"去了商场。"顾彦林似不经意地问了句，"张瑶有跟你说，刚刚碰到我的事吗？"

颜笑顿了顿："没有。"

"是吗？我刚刚碰到她和肖军了。"顾彦林说着调整了镜头，笑着往前凑了凑。

镜头往下移，颜笑瞥见了对面的椅子，椅子脚下垫着那本单扬称斤买来的《金阁寺》。

那头响起了关门声，视频里的顾彦林朝门口看了眼，没几秒后，镜头里又出现了一个人，只露出一双腿，手里还提着两幅挺大的油画，顾彦林叫了声"笑笑"，那人脚步顿了顿。

颜笑和顾彦林聊了挺久，他那边一直响着水声，应该是有人在浴室冲澡。

对面的人从浴室出来了，换上一条浅灰色的休闲裤，上身套着薄白T恤，身上没擦干的水珠让布料变得更透，贴着身子，印出了腹肌，颜笑瞥到了那人右臂上的文身。

镜头里，顾彦林放在手边的另一部手机突然亮了几下，他低头扫了眼，把手机推到了边上，过了两秒，手机铃声就响了。

"你先去接吧。"

顾彦林不太耐烦地瞥了眼，又转头对颜笑笑了下："那你等我。"

顾彦林起身去了阳台，镜头里只剩下对面的单扬。单扬靠坐在椅子上，仰着头，眼睛闭着，像是睡着了。没吹干的头发一直滴着水，沿着脖子滑下去，又滚进了他的领口，没一会儿，T恤胸口那块就湿了一大片。过了好一会儿，单扬沾着水珠的喉结才滚了滚，似乎是湿发黏着后颈不舒服，他抬手扒拉了几下，手臂的肌肉线条因为动作变得明显，连带着上面的"小芳"文身都变得高级了起来。

阳台的门被推开又关上，顾彦林重新坐到镜头前："等久了吧？"

"还好。"颜笑移开视线。

两人也没再多聊，顾彦林挂了视频电话，转头看了眼靠在椅子上的单扬："笑笑的排球课上得怎么样？"

"还行。"

"她学什么都快，就是运动方面不太擅长，可能还是要让你多费些心思了。"

单扬抖了抖贴在胸口的上衣："嗯。"

顾彦林的手机铃声又响了，单扬听到顾彦林叹了口气，接了电话。屋内很静，即使没开免提，单扬还是听到了从电话那头传出来的女声，声音甜美，说话的人大概二十出头。

听到电话那头的人喊了声"彦林哥"，单扬闭着的眼睛终于睁开了。

"你有完没完……"顾彦林拿着手机往外走，语气很差，全然没了平日里的沉稳。

另一边颜笑挂了电话，转头就对上了陈星怡的眼睛。陈星怡靠在阳台门上，不知道已经在那儿站了多久。

"你刚刚跟谁打电话？"陈星怡环着胸。

"这跟你有关系吗？"

陈星怡却又追问道："你刚刚喊的彦林，是不是法律系的顾彦林？"

"是，所以呢？"

"你跟他什么关系？"

"男女朋友。"

陈星怡像是不信，想要继续问些什么，颜笑直接推开了她挡在门把手上的

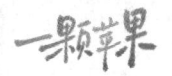

手:"好狗不挡路。"

"你……"

"说这晾衣杆,"颜笑扶起横在那儿的晾衣杆,"没说你。"

"我……"

颜笑又把陈星怡的话给堵了回去:"你要真想对号入座,也行。"

顾彦林生日那天,齐思雅和张瑶拉着颜笑在宿舍捣鼓了好久,说是一定要让她在派对上惊艳全场。

颜笑的长发被盘起来,整齐的妆容清淡干净。微微上扬的眉尾和灰调的奶咖唇色让颜笑身上原本就有的清冷感发挥得淋漓尽致,可眼底的泪痣,还有脸颊、鼻尖上扫的那一层淡粉色腮红又让她看起来有些楚楚动人。

陈淮午睡忘了定闹钟,下午的课迟了半个多小时,在门口蹲了半天,趁吴健延出了教室他才偷偷溜进去。视线扫到坐在最里排的颜笑,陈淮忍不住多瞄了几眼:"靠窗坐着的那个女生是谁啊?"

宋羽霏没回答,给了陈淮一个白眼,陈淮又拍了拍坐在他前排的女生:"那美女哪个班的,为什么在我们的教室?"

"颜笑啊。"女生觉得有趣,"你们男生是不是都这么迟钝?她摘了眼镜,换了个发型,就认不出来了?"

"颜笑?"陈淮又盯着颜笑看了半天,"她是颜学霸……"

"好看吗?"宋羽霏的语气不太好。

"好看……"陈淮说完又立马改口,"一般,你好看!"

陈淮的话并没让宋羽霏高兴起来,她取下眼镜扔进了包里:"离我远点,很吵。"

陈淮纳闷:"我刚刚,没说话啊。"

"很吵,"宋羽霏沉着脸道,"你的呼吸很吵。"

"去哪儿?"齐思雅看了眼准备起身的颜笑。

"吴教授让我帮他拿一下包。"

颜笑下了教学楼,没看到吴健延,但看到了一辆停在台阶下面的宝石红超跑。车的颜色挺漂亮的,颜笑的视线多停留了几秒,车门被打开,吴健延从车上下来,又回头对驾驶座上的女人笑着说了句什么。女人只露了个侧脸,脸上也挂着些笑,她冲吴健延挥了挥手,吴健延关上了车门。

"辛苦你了,颜笑!"吴健延接过包,"你先上去吧。"

颜笑看到平时成熟稳重的吴健延,像个小孩似的快步跑回车边,还没上车,就从包里掏出了一个淡紫色的礼盒。

"给你的。"

女人接过吴健延手里的盒子,眼睛却瞥向颜笑的背影:"那小姑娘是谁啊?生得这么水灵。"

"颜笑,我们专业第一。"

"这么厉害啊?"女人"啧"了一声,"这世上还真有脑子好的漂亮人啊?"

"有啊,我也挺聪明的,"吴健延笑了声,耳朵微红,"我……不丑吧。"

可惜女人有些心不在焉,顾自喃喃道:"我家那傻小子要是有这姑娘一半的聪明,那就好咯。"

顾彦林订了粤菜,在来福士的36楼,包厢很大,透过落地窗就能看到江景,里面还自带了KTV。颜笑到的时候,冷菜已经上得差不多了,但没人上桌。

从颜笑进来到现在,顾彦林的眼睛就没从她身上移开过。平时的颜笑漂亮得低调,今天却是漂亮得不留余地。

"就等着你呢。"顾彦林拉着颜笑入座,凑到她耳边问了句,"今天特别打扮过了?"

颜笑没回答,从包里掏出一个小盒子:"生日快乐。"

"嗯。"顾彦林摩挲着盒子上系的蝴蝶结,"谢谢。"

"既然人都到齐了,"其中一个黑T男开了口,"我们就开饭吧。"

"我哥那个帅哥室友不是还没回来嘛。"

说话的是顾彦林的表妹王欣玟,颜笑见过几次,之前都是一副高傲冷漠样,难得这次这么主动开了口。

黑T男像是不悦王欣玟对别人的关注:"他算老几啊?要我们一群人等他一个?"

这话刚说完,包厢门就打开了,单扬对着手机回了个"再说",就按掉了电话。他的眼睛在包厢里快速扫了一圈,最后落在颜笑身上,但也只停留了几秒,就移开了视线。顾彦林的另外两个室友冲单扬招了招手,单扬把手机丢进口袋,坐到了他们中间。

桌上分成两拨人,一拨人在谈论商业行情,另一拨人在闲聊八卦时尚。不知道怎么的,聊八卦的那群人就把话题中心推到了颜笑身上,之前没见过颜笑的那几个人开始好奇她和顾彦林的感情史。

颜笑保持沉默,坐在一边的顾彦林也没开口,只是往颜笑碗里夹了些菜。

"这我知道。"王欣玟身边的女生抢了话,"小玟不是说过嘛,几个醉汉大半夜堵了颜笑的路,她哥来了个英雄救美。"

王欣玟瞪了那女生一眼,像是在嫌她多嘴。

其他几个男生跟着起哄:"英雄救美啊?真够俗套的!"

顾彦林也不生气，笑了笑："行了，别说了，我们家笑笑容易害羞。"

"哟！就你们家的啦？"说话的人看向了顾彦林的几个室友，"彦林平时在宿舍跟颜笑打电话，也这么肉麻的吗？"

另外两个室友都有些社恐，齐刷刷地看向坐在他们中间的单扬，像是等着他来开口。可单扬始终自顾自吃饭，压根没想加入他们的八卦。

"你叫什么？"王欣玟侧身看向单扬。

坐在单扬边上的男生自觉往后靠，给两人腾出空间。单扬半天没开口，男生帮忙回答道："他叫单扬。"

黑T男瞥了眼单扬，拿起酒杯碰了碰王欣玟的手臂："干个杯。"

王欣玟问："为了什么，张铮？"

"不为什么，"张铮撞了下王欣玟手边的酒杯，自己干了酒，"哪那么多为什么。"

吃完饭，大家留在包厢唱歌，颜笑出去回了条消息。是家教学生发来的月考卷子，颜笑花了几分钟帮他分析了错题。

"你在这儿待着干什么？"男人嘴里传出的酒气不太好闻，颜笑往旁边退了退。

颜笑的动作让张铮皱了下眉，张铮盯着镜子，上下打量着颜笑。能让顾彦林看上的，的确漂亮，说实话，比王欣玟还要漂亮不少。

张铮冲完手，对着镜子理了理额前的碎发，视线落在颜笑白皙的肩颈上："你是叫颜笑吧？"

颜笑低头打着字，只回了个"嗯"。

"平时喜欢看什么类型的电影？"

"不看电影。"颜笑回答。

张铮又问："总看过几部吧？"

颜笑终于抬头瞥了眼张铮："你有事吗？"

"没事。不都是朋友嘛，聊聊兴趣爱好什么的。"

"抱歉，没那么多朋友，也没什么爱好。"颜笑的视线落回手机屏幕。

"那么多电影，你……"

"《肖申克的救赎》。"颜笑干脆堵回了张铮的话。

"哦？"张铮靠着墙，摆了个自以为帅气的姿势，"巧了，我也挺喜欢的，我最喜欢男主肖申克。"

"是吗？"颜笑打完最后一个字，把手机塞回包里，扯了下嘴角，"可男主叫安迪，肖申克是监狱。不过人喜欢什么都行，你当然也可以喜欢一座监狱。"

颜笑嘴上说着安慰话，眼里却透着明晃晃的揶揄。

被打了脸，面子挂不住，张铮耳朵涨红，酒精和愤怒让他有些昏头："你以为你是谁！高傲个什么劲！"

"高傲算不上，但我的眼光是挺高的，"颜笑的视线缓慢地在张铮身上扫着，嘴角扯出一丝不屑，"你这样的，我根本看不上。以后要搭讪，就别聊什么电影了，聊点你擅长的，比如，"她顿了顿，"献丑。"

顾彦林之前就带颜笑参加过几次他们的聚会，在张铮的印象里，颜笑没什么脾气，总是安安静静地坐在顾彦林身边，但颜笑骨子带着的冷淡又没法让人用"温顺"来形容她。

张铮自然也早就注意到了颜笑，可顾彦林的女朋友，他不敢有心思，刚刚也是酒劲上了头，才抽了风。被颜笑这么一怼，张铮倒有些清醒了，顾彦林看上的女人，怎么会是只不会挠人的小猫，不过平时藏着爪子罢了。

等颜笑走远，张铮听到男厕里响起抽水声，没几秒，走出来一个人。看清镜子里的人后，张铮的脸色变得更差了。单扬上半张脸没什么表情，嘴角却似有若无地勾着嘲笑。

张铮："你笑什么？"

"没笑什么，"单扬甩了甩手上的水，学着刚刚张铮搭讪颜笑的话，"你平时喜欢看什么电影？"

张铮一噎。

"《当幸福来敲门》还不错，"单扬说完又懒洋洋地补了句，语气里是毫不掩饰的讽刺，"我猜你最喜欢的角色应该会是来敲门的，'幸福'。"

单扬走出去，就撞上了折回来的颜笑。

"你的？"单扬把手里的口红递到颜笑面前。

"嗯，"颜笑接过口红，"谢了。"

"借过！"

过道很大，张铮却非要从颜笑和单扬中间过。单扬收回了手，往边上退了一步，张铮睨了单扬一眼，又扫了眼边上的颜笑，那表情像是不甘心，却又带了点尴尬和懊悔。

等张铮走远，两人的视线撞到了一块儿，想到刚刚单扬调侃张铮的话，颜笑忍不住侧头轻笑了声。

单扬盯着颜笑："你今天没戴眼镜。"

颜笑下意识做了个扶镜框的动作，像是也才记起："嗯。"

单扬指了指眼睛："不戴看得见吗？"

"戴了隐形，"颜笑也指了指眼睛，"能看见。"

"多少度？"

"五百多。"

今天身边一圈人都夸颜笑变得更漂亮了，但单扬关注的点好像总和别人不一样，他好奇她的近视度数。

"那不戴的话，"单扬像是真的好奇，又问，"最远能看到哪儿？"

颜笑想了想，倒也认真地举起手比画了一下："差不多到这儿。"

单扬俯身，把脸凑到了颜笑的手掌边："这儿？"

单扬有些冰凉的耳郭扫过颜笑的手背，她一愣，接着点了下头。

"那你还真看不了多远。"单扬抬起了头，拎着包慢慢往外走。

颜笑觉得莫名其妙，但似乎也有些习惯了单扬的莫名其妙。她刻意放慢脚步，想要拉开跟单扬的距离，可单扬那两条大长腿也迈得小，两人始终保持着两米不到的距离。

到了包厢门口，单扬拉开了门，他侧头示意颜笑先进去。颜笑说了声"谢谢"，等她进去后，身后没有跟进来的脚步声，却响起了关门声。颜笑回头看了眼已经关上的门，既然不打算进来，为什么要多走这些路？

生日派对结束得也算早，顾彦林软磨硬泡，颜笑才答应跟他回去看一眼Daniel。

颜笑上了顾彦林的副驾，顾彦林瞥了眼车外的张铮："你刚刚在洗手间遇到张铮那小子了？"

"嗯。"

"他让我帮他道个歉，说刚刚酒精上了头，没认清人，跟你说了些糊涂话，冒犯到你了。"

"没事。"

顾彦林的确是好奇发生了什么，但他看得出颜笑不想多讲："你要是生气了，我下回帮你揍他？"

"揍就不用了，你倒是可以让他离你表妹远一点。"

顾彦林顺着颜笑的视线望过去，看到了站在单扬身边的王欣玟："为什么？"

"他看起来没什么文化，"颜笑解释了句，"不过你表妹应该也看不上他。"

"这丫头倒是看上单扬了，"顾彦林笑了笑，"那你觉得单扬怎么样？"

"哪方面？"

"作为恋人，你觉得他这个人怎么样？"

"不知道。"颜笑诚实答道，"没那么熟，作为教练他挺负责的，但适不适合做恋人，我不清楚。"

隔着挡风玻璃，顾彦林看到单扬推了王欣玟递到他眼前的手机。单扬似乎也察觉到顾彦林投来的视线，抬头对上了顾彦林的眼睛。单扬又说了句什么，看口型像是"抱歉"，丢下这两个字，单扬长腿一蹬，自行车就溜远了。

"你猜单扬拒绝王欣玟的理由是什么？"顾彦林问。

颜笑没回答，反问："你对单扬很感兴趣？"

顾彦林一怔，笑了："哪儿来的话？"

"你一直在聊他。"

"我……"

顾彦林刚开口，王欣玟就敲响了车窗。

顾彦林降下车窗："怎么了？"

"小心你那室友。"

顾彦林没明白："他说了什么？"

"他说……"王欣玟有些可惜地叹了口气，"他说他对女生没兴趣。"

顾彦林自然清楚这是单扬用来搪塞王欣玟编的理由。

"是吗？"顾彦林觉得好笑，点了点头，"那我是该小心点。"

颜笑没再去听顾彦林和王欣玟的谈话，她微微降下车窗，侧头扫了眼后视镜。后视镜里的单扬单手骑着车，一只手臂张着，头仰着，像是想要抓住从他身边掠过的风，没几秒，他的背影就彻底消失在夜色中。

顾彦林在校外租的房子挺大的，就在大学边，小区不算新，但房子被顾彦林全部翻新过了，里面的装潢很好，看起来一点不像出租屋，倒像是精装的新房。

颜笑低头看了眼一直在冲她撒娇的 Daniel。Daniel 抬着两只前爪，往颜笑身上扑着，似乎想让颜笑摸摸它的脑袋。

"好像变胖了些。"颜笑只是看着 Daniel，却没有伸手去摸它。

"是胖了些。"顾彦林换了件上衣，从更衣室里走出来，"最近比较忙，没怎么带它出去遛弯。"

"那今晚可以带它出去散散步。"颜笑推开了 Daniel 一直拱上来的脑袋。

"今晚算了，"顾彦林笑了声，"今晚想陪陪你。"

"但它好像更需要你陪。"颜笑说着轻拍了下 Daniel 的脑袋。Daniel 很配合地跑回了顾彦林身边，嘴里"呜呜"叫着，像在撒娇。

顾彦林半眯着眼，打量着颜笑脸上的表情，似乎终于没忍住心中的疑惑，语气带着些无可奈何："你为什么总是这样？"

颜笑迎上顾彦林的眼睛，眼底清明："怎样？"

"我不差吧。"

颜笑点了下头："你挺好。"

顾彦林有颜，有才，又有钱，周围有很多人对他趋之若鹜，但颜笑不在那群"鹜"里。

"可你好像……"顾彦林把到嘴边的"看不上"咽了回去，他有他的骄傲。

顾彦林靠近颜笑，用指腹搓着颜笑落在锁骨上的碎发："这些天有想我吗？"

颜笑没回答，挡开了顾彦林的手："那你呢？"

"想你。"

顾彦林那眼神像是要把颜笑拆吃入腹,看起来倒不像是在说谎。颜笑却只回了个"嗯"。这声"嗯"模棱两可,不知道是在表达"我也想你",还是就只随意挑了个字来回顾彦林的那句"想你"。

Daniel被锁进了笼子,窗帘被拉上,客厅的灯调成了暧昧的橘黄色,颜笑不至于看不出来顾彦林想做什么。

"真的很想你……"顾彦林把颜笑抱到了桌上,低头蹭着她的脖颈。

颜笑从不觉得女性该在性事上扭捏,她也并不认为第一次是需要刻意保留的东西,女人应该作为体验者和参与者,也拥有主导权,是体验第一次,而不是失去第一次。可当顾彦林的吻落在她身上时,她还是忍不住战栗,无关兴奋,是身体本能的排斥。

"我不想。"

"我以为你准备好了。"顾彦林停下动作,盯着一脸淡漠的颜笑,"都这么久了,还是不可以吗?"

顾彦林这问题问得好笑,就像那些觉得时间久了就能培养出感情的人,事实是有些人待上一万年都擦不出火花,有些人却能一眼万年。

"不可以,"颜笑摇了摇头,拒绝得干脆,"你起来吧。"

箭在弦上,却又不能发,顾彦林自然不愿意起来。他的视线扫过颜笑泛红的脸颊,替颜笑找了个拒绝他的借口:"你是害羞了?"

颜笑反应了一下顾彦林的话,伸手抹了抹脸颊:"你想多了,是腮红。"

趁着顾彦林愣神,颜笑推开他,起身理了理裙子。她弯腰捡起掉在地上的手机,屏幕正好亮了一下。是一条好友申请,头像是一脸丧丧的章鱼哥,脑袋上还顶着一个印着"jail"的大纸箱。微信名是单个字母"Y",底下备注两个字——单扬。

颜笑回忆了一下,大概是上次捡到Ugly,她给单扬打过电话,所以单扬用号码加的她。

"怎么了?"顾彦林注意到颜笑有些出神。

颜笑的手指顿了几秒,没有通过单扬的好友申请,退出了页面。

"没事。"


车上,单扬无奈地推了推扑在他身上的女人。女人满脸绯红,醉意有些重,她有些不悦地拨了拨散在肩上的大波浪,又缠上了单扬的胳膊。

"刚刚你妈和客户多喝了些,非要让我打电话给你,叫你来接她回家,"吴健延盯着后视镜里撒酒疯的单芳,忍不住笑了声,"要不小扬你坐副驾来?"

"没事。"单扬低头看了眼单芳,最后托住她的下巴靠上了他的肩,"要麻烦您送我们一下了。"

"不麻烦。"吴健延往后排递了一瓶水,"给 Dora 喝点吧,她醉了容易口渴。"

单扬一时没反应过来吴健延嘴里的"Dora"是谁,反应过来后,笑着摇了摇头:"上个月不还叫 Vivian 的吗?"

"你妈说 Vivian 听着像前台的名字,所以又换了一个。"

"是吗?"单扬把瓶口撑到单芳嘴边,调侃道,"也对,毕竟咱们芳姐是个大老板。"

"可 Dora 也不是什么霸气的名字,"吴健延压低了声音,语气里带着笑意和宠溺,"幸好她没看过《爱冒险的朵拉》。"

怕单芳睡不安稳,吴健延的车开得很慢。他中途接了个电话,大概是着急的事,接完电话后,在等红绿灯的路口,单扬看到吴健延又点开了车上的显示屏,找了个号码拨过去。

蓝牙的声音调得很小,但单扬还是听到了那头的女声:"吴教授……"

单扬点开微信,看了眼还没被通过的好友申请,就刚刚颜笑接电话的那个速度,手机肯定就是放在手边的。所以不是没看见,是她不想加。

吴健延大概是跟颜笑报了几个化学实验的名字,单扬没怎么听懂,接着颜笑那头说了声"稍等"。没过几分钟,颜笑就对着手机说了一大串单扬更听不明白的数据和化学药品的名称。

"好的,到时候你发一份给毛老师,她明天会跟你们讲竞赛的细节。这么晚了,还在外面啊?"吴健延听到颜笑那头路过的公交广播,"你在古墩路这边?我正好也在这附近,你给我发个定位,我接上你。"

"我学生。"吴健延挂了电话,解释道,"太晚了,女孩子在外面也不安全,正好待会儿你可以跟她一起回校区。"

单扬按了按单芳乱挥的手臂:"好。"

颜笑在的公交站不远,车掉了个头,沿着主路没开几分钟就到了。

公交站周围几乎没有路人了,偶尔驶过一两辆车。路灯不亮,颜笑身后的广告牌应该也坏了,忽明忽暗。颜笑静静坐在公交亭下,腿上搭着一个包,脚边放着一盆不大的绿植,眼睛望向前方,不知道在盯着什么发呆。

等吴健延轻按了声喇叭,颜笑才回过神。她拉开副驾驶的门,喊了声"吴教授"。单芳大概是做了个梦,嘴里不知嘟囔了声什么,颜笑才注意到坐在后排的两人。

吴健延也朝后排看了眼,一时不知道该怎么跟颜笑介绍单芳和单扬。

"先上车吧。颜笑,化学系的,"吴健延看了眼后视镜里的单扬,"单扬,学动画的,跟你是校友,都是 Z 大的。"

颜笑点了点头:"你好。"

单扬觉得好笑,这人装不熟的本事是一流的。

"怎么没去学表演?"单扬轻笑了声。

吴健延以为单扬是在夸颜笑漂亮,也应和了一句:"颜笑的长相是不输明星呢。"

"是像明星,"单扬的语气不咸不淡,"怪不得看着挺眼熟的。"

"眼熟啊?"吴健延说,"都是一个学校的,兴许你们之前打过照面呢。"

"没有。"

"没有。"

两人的异口同声让吴健延微愣:"也没事,今天算是认识了,之后在学校遇到也可以打声招呼了。"吴健延又想到了什么,转头对颜笑笑了下,"上次跑来我们实验室,打翻容量瓶的那只猫,就是单扬的。"

"是吗?"颜笑脸上露出了些意外,语气微微上扬,"那还真的挺巧的。"

"挺巧的?"单扬摇了摇头,被颜笑的演技折服了,"你现在转专业也还来得及吧。"

"那可不行!"吴健延惜才得很,半开玩笑道,"我第一个不同意。"

"啧,吵死了……"趴在单扬怀里的单芳扭了扭身体,声音含糊地骂了句,"闭嘴,吴健延!"

颜笑刚刚上车就注意到了靠在单扬怀里的女人,虽然脸被鬓发盖了大半,看不出她的样貌,但她身上穿的高奢套装、仔细打理过的美甲和头发,都透着精致和时尚。

吴健延把车停到校区门口,单扬看了眼睡得不安生的单芳,像是不太放心:"要不把她扶到副驾驶?"

"也行。"吴健延点头,"Dora一个人在后面,说不定到时候就滚下来了。"

单扬想扶单芳从后排下来,但单芳死死扯着后座的安全带不肯松手。

"要帮忙吗?"颜笑把手里的绿植放到了地上,打开了另一边的车门。

"不用了。"单扬示意颜笑往后退一点,"她喝醉酒了,手脚都不长眼,爱踹人。"

单扬这头话刚说完,单芳踏着高跟鞋的脚就朝颜笑肚子的方向蹬了过去,单扬眼疾手快地托着单芳的腋窝把她往自己这边拉。

吴健延有些担心:"能行吗?要不我下来帮忙?"

"可以。"单扬叹了口气,一鼓作气把单芳从车里拽出来,扛到了肩上。

看出单芳想抬脚踹他,单扬提前预判了单芳的动作,手臂往下一伸,箍住了单芳的脚踝。颜笑帮忙开了副驾驶的车门,单扬护着单芳的脑袋,把人放到了座椅上,替她理好了溜上去的上衣,扣上了安全带。

颜笑退到车边等着,她看到单扬又弯腰跟吴健延交代了几句,等副驾的女人又睡过去，单扬才轻轻带上车门。虽然单扬平时做事看起来总不细腻，整个人跟温柔也搭不上边，但好像对待这个女人还是小心仔细的。

"吴教授的女儿吗？"

单扬被颜笑问蒙了，单芳要知道自己在别人眼里小了这么多岁，嘴角大概会咧到后脑勺去。

"嗯。"单扬开着玩笑，不过吴健延宠单芳的程度，还真的跟养女儿没什么差别，"他的宝贝女儿。"

颜笑不知道在想什么，点了点头，过了几秒才开口："那我先走了。"

单扬"哦"了一声，却跟着颜笑迈开了腿："你手里这盆是什么？"

"发财树。"

"想发财？"

颜笑诚实道："世上谁不想发财？"

"你吧。"

颜笑没明白单扬的话。

"六百一小时的活你也不接。"

颜笑知道单扬是指她之前拒绝帮他辅导四级考试的事。

"课余时间都排满了。"颜笑还是用了之前的借口。

"挺忙。"单扬点头表示理解，"忙点好，忙点能发财。"

单扬平时说话就有些吊儿郎当的，所以颜笑不确定单扬是不是在调侃她。

"你打算一次课上几小时？"

"都行，有效果就行。"

"我给你推荐一个人吧，英语专业的，四六级的分数都很高。"

"行。"单扬没拒绝，"但我要求也高，如果教得不好，我不要。"

"那就先上一次试听课。"

"嗯。"单扬掏出手机，递到了颜笑面前，"推一下他的微信。"

颜笑盯着单扬点开的二维码，刚刚她可以选择无视单扬的好友申请，但这会儿当着单扬的面，她没办法装了。

颜笑扫了码，单扬那边立马就通过了。所以今晚兜兜转转，好友列表的头像里还是多了个丧丧的章鱼哥。

"到了。"单扬冲宿舍楼抬了抬下巴。

"嗯，再见。"

单扬点头："再见。"

颜笑抱着发财树往里走，准备先去洗衣房取衣服，却在门口撞到了陈星怡。陈星怡身边还站着一个女生，长相跟她有八九分相似，气质却完全不同。陈星怡搂着那女生的胳膊，脸上带着浓浓的笑意，像是在跟边上的女生撒娇，全然没了平日的跋扈和高傲。

那女生看着相对冷淡，嘴角虽然挂着笑，却算不上多热情。看到颜笑的那刻，女生的眼神沉了几分："你室友？"

陈星怡瞥了眼颜笑，不太高兴地"嗯"了一声。

"不介绍一下？"

"没什么好介绍的，"陈星怡嘟囔了一句，"又不是朋友。"

"你好，"陈星婉倒主动朝颜笑伸出了手，"我是星怡的双胞胎姐姐，陈星婉。"

颜笑点了点头："颜笑。腾不出手，抱歉。"

"没事，"陈星婉盯着颜笑锁骨上的红印，"刚从外面回来吗？"

"嗯。"颜笑自然察觉到陈星婉赤裸裸的打量，"先上去了，你们慢慢聊。"

"她应该是去参加彦林哥的生日会了。"陈星怡小心观察着陈星婉脸上的表情，替她抱不平，"你帮彦林哥准备了生日礼物，他都不请你去。"

陈星婉淡淡睨了眼陈星怡，脸上又挂上了笑，话说得善解人意："朋友哪有女朋友重要啊。"不知道看到了什么，陈星婉顿了顿，"那人是谁？"

陈星怡顺着陈星婉的视线望过去，看到了靠在柱子上打电话的单扬："不知道，长得还挺帅的，可能在等他女朋友吧。"

其实陈星婉刚刚就注意到了单扬，是他送颜笑回来的。

"你先上去吧，"陈星婉又交代了一句，"跟室友好好相处，收收你的脾气。"

打发走了陈星怡，陈星婉在自助贩卖机里买了一瓶冰可乐，她使劲晃了晃手里的可乐，走到单扬身边的那刻，用力拧开了瓶盖。里面的可乐瞬间喷涌而出，把单扬纯白的上衣溅了个遍。

"抱歉抱歉！"陈星婉从包里掏出纸巾，准备上手帮单扬擦。单扬对着手机说了句"等一下"，抬手挡了挡。

"你这衣服挺贵的，我赔你干洗费吧？"

单扬皱了皱眉："算了，下次小心点。"

"纪梵希的上衣，"陈星婉说着掏出了手机，"我怕你到时候反悔了，报警说我'肇事逃逸'。"

单扬低头看了眼已经湿透的T恤衫，贵不贵他不知道，这是前几天单芳给他买的。他说："行，你看着给。"

"那加一下微信，我给你转账。"

"不用了。"单扬只点开了收款码，"扫这个吧。"

陈星婉扫了码，轻笑了声："防范意识很强嘛。"

"没有随便加别人微信的习惯。"

"你……"

单扬都不给陈星婉说完话的机会，收起手机就自顾自转身走了。

盯着单扬走远的背影，陈星婉的眼眸暗了几分。搭讪，她还从来没有失手过，看来这人眼光也不一般。

颜笑洗完澡出来，手机里多了几条消息，都是单扬发来的。

单扬：我是单扬。

单扬：睡了吗？

单扬：没睡的话，把那个同学的微信推我一下。

颜笑还挺意外的，她没想到单扬是个这么积极好学的人。

颜笑：把你的微信推给他了。

单扬几乎秒回。

他先是发了个"抱拳了，老铁"的搞怪表情包，又立马撤回，接着换成了天线宝宝穿着纱裙鞠躬的可爱表情。

颜笑看到单扬那头显示正在输入了好一会儿。

单扬：早点睡。

"跟谁聊天呢？"齐思雅看了眼低头打字的颜笑，"要熄灯了，还站在那儿。"

"章鱼哥。"

齐思雅疑惑："章鱼哥？"

颜笑：嗯，你也是。


"跟谁聊天呢？"

单扬挡开了阿钟凑上来的脸："干你屁事。"

"有问题！"阿钟语气肯定，"明知道我们这几天要赶任务，你还去参加什么室友的生日会。"

"什么生日会？"老何不知道从哪儿窜出来。

单扬收起手机，腿一蹬，坐着靠椅滑到了工位上："也不干你事。"

"行行行，"老何把手里的合同递给了单扬，"你看看，还有没有要调整的。"

单扬只翻了几页，就把合同丢给了老何："头疼，你看着办吧。"

"哦哟！"老何瘪了瘪嘴，揶揄道，"这世上的老板，数你最潇洒！"

老何走了几步又被单扬喊住了。

"怎么了？又不放心了？"

"工作室里有没有多余的衣服？"

老何这会儿才注意到单扬胸前染上的棕色污渍："衣服怎么弄成这样了？要不要先回去换一身？"

"算了。"单扬看了眼时间，有些烦躁地抓了下后颈，"十二点前得交稿。"

湿哒哒的布料一直黏着上身，让人没法集中注意力，单扬最后干脆脱掉了T恤衫，随手抓过靠枕挡住了胸口。这下他倒是能集中注意力了，但周围的人集中不了了,虽然胸口被单扬捂得严实,但后背和手臂上的肌肉也扎眼得很。林文凯瞥了眼身旁的谢宁,她的两只眼睛都快劈叉了。

"想看就看,"林文凯的语气酸酸的,"你一只眼睛看屏幕,一只眼睛看美男,都快成斗鸡眼了。"

"哦。"谢宁也不装了,直接转了个方向,直勾勾地盯着单扬看。

阿钟瞄了眼单扬身上匀称漂亮的腱子肉,又摸了摸自己干瘪的胸和手臂:"女娲怎么造的人,什么好事都给扬哥占尽了。"

老何拿着手机拍了几张单扬的照片,发到了工作室的微博上,随口安慰了阿钟一句:"人家也可怜咯,四级不是考了三次都没过嘛。"

"也是哦。"阿钟点头。

单扬点鼠标的手指顿了顿,觉得无语:"听得见。"

老何耸了耸肩:"就是说给你听的。"

平时工作室的微博几乎没什么动静,老何只是偶尔在上面发一些宣传视频和广告作品,这次随手传上去的几张单扬的"半裸"照,却让评论区沸腾起来了。没过几小时,微博的粉丝量就翻了番,老何说他这几年勤勤恳恳地经营,还不如单扬露一次肉。

工作室里的这群人也没错过这场热闹,挨个把一些有趣的评论和截图转发给了单扬,还在他们的朋友圈大肆宣扬起自己的帅哥老板。本来赶稿子就烦,好不容易回到宿舍洗完澡准备睡了,手机还一直振动个不停,单扬直接关了机,把手机丢到了枕头底下。

第二天醒来,微信消息已经快爆了,单扬扫了眼聊天界面,视线往下移,落在了颜笑的头像上。

上面的群消息几乎都是99+了,颜笑的头像被压到了最底下。

颜笑:他加你了,你通过一下。

单扬打了个"好",最后又把"好"改成了"嗯嗯,好的"。

那同学也积极,单扬通过他的好友申请后,就是一口气给单扬发了好几个学习计划。单扬没点开看,倒点开了颜笑的微信头像。

颜笑的头像是一把被扔在水坑里的透明伞,伞柄被折坏了,伞面上溅着泥点,水坑里映着阳光,可整张照片透着灰调,风格有点像零几年流行的那种伤感非主流。伤感跟颜笑不太搭,颜笑冷淡,却不是会伤春悲秋的人。

单扬也很难把她跟非主流联系在一块儿,颜笑的穿搭总是简约得体,她像水,像白色,把她放在哪儿都不突兀。她好像没有什么明确的风格,但她站在那儿,就有她自己的感觉,一种清晰却又没法下定义的感觉。

单扬又点开颜笑的朋友圈,灰色的背景图,底下是一条横杠,他被颜笑屏蔽了。

冲了个澡，单扬换上训练服去了体育馆。

大概是校队和排球社的活动撞在一块儿，体育馆里比平时热闹了不少。单扬刚走进场馆，里头就响起了起哄声，校队的那群狗崽子喊得最大声。周行手里捏着一颗球，半蹲在地上，脸上也带着意味不明的笑。

"有病？"单扬抓过一颗球砸向了举着他"半裸"照的吴泽锐。

"啧啧啧，"吴泽锐歪了下嘴，"你说我们都个顶个的身材好，怎么就火了单扬一个啊？"

禾苗觉得好笑："出门照过镜子了没？"

吴泽锐"哦"了一声："我明白你的意思。单扬的脸跟我相比，那还是相形见绌的。"

"滚蛋吧你！"禾苗踹了吴泽锐一脚，"这话换周行说还能听。"

"行行行，"吴泽锐拍了拍周行的肩，"你的周行帅。"

边上的几个人跟着起哄，禾苗红了脸，骂道："别瞎说！"

周行淡淡睨了眼吴泽锐，又转头盯着白灵。白灵脸上没什么表情，她拧开了一瓶水，递给了在边上修球架的白准。

"今天也一起呗？"吴泽锐对白准笑了笑，"带带我们排球社的弟弟妹妹们。"

"今天要打几场比赛，可能来不及。"

"没事，"吴泽锐撞了撞白准的肩，"等比完了，稍微带他们练几轮嘛。"

白准没回答，吴泽锐就一直撑着白准的肩。白准站在台阶上，脚下一踩空，撞上了站在台阶下面的白灵。白灵使劲托住白准的腰，两人才勉强没摔下来。

"没摔到吧？"吴泽锐赶紧扶住白准，"你的脸怎么这么红？哪里痛吗？"

白准没搭理吴泽锐，却看向白灵："你有没有磕到哪儿？"

白灵的脸也微微泛红，摇了摇头："没。"

"喂，跟你们说话呢！"吴泽锐叹了口气，"你们兄妹俩都一样，可真会无视人！"

白准和白灵性格是挺像的，但长得倒不像，因为不是亲兄妹，白准是白灵父亲领养的。

颜笑来得比较晚，她刚从实验室出来，手掌和衣服都染上了一些高锰酸钾。她从包里掏出了一盒维C，去了体育馆的洗手间。洗手池前站着一个人，手边放着一颗苹果，他弯着腰，在往脸上淋水，身上印着数字"4"的训练服湿了大半。

单扬的眼睛没睁开，听到身边来人的动静，调小了水量，整个人也往边上挪了一步。

"你好像很喜欢吃苹果。"

颜笑的声音让单扬的动作一顿，他关掉了水龙头，抹掉粘在眼皮上的水珠，半天没开口,像是挺意外的。

"嗯。"单扬抖了下贴在身上的训练服,来了句,"An apple a day keeps the doctor away."

"挺好。"

"什么?"

颜笑用维 C 片搓了搓掌心:"英语挺好的。"

"嘲笑我?"单扬自然知道颜笑不是真的在夸他。

"没,"颜笑语气听着倒真诚,"是不错。"

"那谢谢,"单扬也不爱妄自菲薄,他瞥了眼颜笑染了黄棕色的手心,"修车你也干?"

"对,"颜笑知道单扬在开她玩笑,就用了之前单扬调侃她的话,"为了早日发财。"

单扬点了点头:"所以到底是染上了什么?"

"高锰酸钾。"

"那这药片是什么?"

"维 C。"

"维 C 能洗掉高锰酸钾?"

"可以。"

"挺好。"单扬学着颜笑刚刚表扬人的语气。

单扬洗了苹果,徒手把苹果掰成了两半,重新冲了一下大的那半,甩干了水珠,递给了颜笑。

"我不吃。"

"吃吧,"单扬把苹果塞到颜笑手里,"挺甜的。"

# 第三章
## 半颗苹果

颜笑盯着那半颗苹果，她差点忘了，单扬是个多固执的人："我不吃苹果皮。"

"知道了。"单扬说完，拿着那半颗苹果往保安室去了。

没过一会儿，单扬就回来了，手里还多了一把水果刀。

单扬似乎不怎么会削皮，拿着刀的手势也怪异，皮是被削下来了，但也刮下来了一层厚厚的苹果肉。他自然也意识到了自己不太精湛的刀工，轻咳了声："刀不太好用。"

颜笑看了眼单扬递过来的苹果，比原先"瘦"了一大圈。

"刀挺好的，你削得也挺好的，苹果也安然无恙。"

颜笑说完这话，就听见单扬笑了。

"你说话都这样吗？"

"怎样？"

"辛辣讽刺。"

颜笑咬了一口苹果："没讽刺，鼓励式。"

外面不知发生了什么，好几个人开始起哄喊单扬的名字。单扬轻轻骂了句"傻缺"，随意甩了下苹果上的水珠，就往嘴里塞。

"他们好像在找你。"颜笑也听见了。

"嗯。"单扬应了声，却没去搭理他们。

颜笑吃完最后一口，把苹果核丢进了垃圾桶，准备去洗手的时候，看到禾苗和周行往这儿来了。

"有看到单扬吗？"禾苗笑着冲颜笑挥了挥手。

一旁的周行大概还记着上次误会烨子的事，表情不太自在，只沉着脸对颜笑点了下头。

颜笑抬手往后指了指,可转身发现站在她身后的单扬不见了。感觉有人在底下拽了下她的裤子,颜笑低头看了眼,发现单扬这大块头正缩在她脚边,冲她比了个"嘘"的手势。

中间隔着一个洗手池,正好挡住单扬。禾苗把手机递到了颜笑跟前:"给你欣赏一下我们单二传的'曼妙胴体'。"禾苗又补了句,"大尺度。"

照片里的胸肌、腹肌虽然没遮全,但也被靠枕挡了大半,"大尺度"还真算不上。毕竟当时在宿舍第一次见面,单扬就给颜笑来了个"全半裸"的"欢迎礼"。不用刻意去回忆,看着这照片,颜笑借着优秀的"填空"能力,自动补全了整张画面。

"如何?"禾苗冲颜笑眨了下眼。

"挺好。"

禾苗却又好奇地问了句:"那跟你男朋友,顾大帅哥比起来,谁更有料些?"

面前站着的两个是单扬的朋友,她脚边又蹲着话题的中心人物,颜笑几乎没花时间思考。

"单扬。"

禾苗有些意外:"真的假的?顾彦林他看着不是……"

禾苗的话还没说完,颜笑的身前就"嗖"地冒出一个人影。

"差不多行了,"单扬打开了禾苗的手机,"我害羞。"

颜笑瞄了眼单扬,他的表情透着无所谓,害羞不见得,倒带着些臭屁。

"行行行!打球去吧,"禾苗搭上颜笑的肩,"打完比赛我跟你练对垫?"

"等一下。"

禾苗转头看向喊住她们的周行:"怎么了?"

"那个……"周行犹豫地开了口,"能单独跟你说几句话吗?"

"我,"禾苗指了指自己,嘴角挂上了笑,"我吗?"

"她,"周行看了眼颜笑,"可以吗?"

颜笑还没出声,单扬却先开了口:"要说什么?"

"也,没什么,"周行抓了抓脑袋,看起来有些郁闷,"就几句话。"

单扬和禾苗给两人腾了地,自觉回避了。

"周行找颜笑能聊什么?"禾苗问单扬。

"你问我,我问谁?"

禾苗沉默了一会儿,又问:"你觉得我长得怎么样?"

"不知道。"

"不知道?"禾苗觉得好笑,"就以你的审美来说。"

"没有审美,"单扬回,"我审丑。"

"也是，就你养的那只丑猫，你的确没什么审美。"禾苗说着叹了口气，"但我觉得我挺漂亮的，为什么有人就是眼瞎看不上我呢？"

单扬知道禾苗指的"有人"是谁。

"Ugly 挺可爱的，在我眼里。你也可以找个眼不瞎的，不用非吊死在一棵树上。"

禾苗干笑了声："但我就是喜欢他，怎么办？"

"那就接着吊。"

禾苗似乎没料到单扬会这么回答："死缠烂打？"

单扬想了想："迂回前进。"

禾苗笑笑没说话，迂回个屁，耍心机呗。

单扬和禾苗走后，周行半天没说话，颜笑倒帮他开口了："袋子里的东西是给他的？"

周行一怔，他觉得颜笑这个人聪明得有些可怕。

"帮我跟他说声抱歉，上次的事，是我太心急了，那些话不该说出口，也不该扯坏他的衣服。单扬说他是你朋友，所以……能不能帮我把这件 T 恤给他？"

"道歉的话还是你亲自去说吧，衣服也你自己给他。他在'裕瑾笑'面馆当帮厨，晚上十点前去，他都在的。但他脾气不太好，你要做好心理准备，他很有可能不接受你的道歉。你可以买几本书去，他爱看书，兴许看在好书的份上，他也能接受你的道歉，还有你袋子里的那件 T 恤衫。"颜笑走了几步又停下来，从包里掏出一个记事本，写了几行字，撕下来递给了周行，"买这几本就好。"

周行盯着纸张上奇奇怪怪的书名发了会儿愣，皱了下眉，喃喃了句："什么乱七八糟的书？"

周行回去的时候，两队的比赛已经开始了，单扬还没上场，人半靠在墙上，屁股底下还垫着周行的书包。

"这么多椅子不坐，"周行往单扬的后背来了一脚，"偏要拿我的书包垫屁股？"

"聊挺久。"单扬冷不丁冒出这一句。

周行没反应过来："什么？"

"没什么。"单扬说着挪了挪屁股，更使劲地压了压周行的包。

"抽风啊你。"周行箍住单扬的脖子，把人往地上拖，"赶紧给我下来！"

单扬干脆用小腿夹住周行的包，脚一蹬，直接把包丢到了前排，前排几个队员收到单扬"犯病"的信号，又把周行的包继续往下传，没几下，周行的包就被扔到了球场上。场上的球员也十分默契地把手里的排球扔到一边，两个队伍隔着球网，开始传周行的书包。

发癫、犯贱，对这个年纪的男生来说，大概是拿手好戏。

"我招你了,四级三次郎?"周行气笑了。

单扬枕着手臂躺在长椅上,长腿屈着,手上转着刚刚从保安室借来的水果刀。

"Probably.(也许吧。)"

颜笑给单扬介绍的那个同学也姓颜,叫颜有志,是个做事自带鸡血的人。他专业知识够硬,教学态度也认真,两人约着上完一节课后,单扬就一次性给他转了十次课的费用。这笔钱对普通大学生来说,都可以算是一笔巨款了。颜有志的家境不怎么好,一直以来都勤工俭学,单扬给他的课时费,可以抵他两三个学期的生活开销了。

颜笑在实验室待了一下午,手机隔一会儿就会振动几下,都是颜有志发来的。他说颜笑给他介绍了这么好的一份兼职,他一定要请颜笑吃顿饭。

"顾少爷吗?"齐思雅收了手边的实验器材,"你这手机一下午就没消停过,不回一下啊?"

颜笑也没解释,瞥了眼手机,取下了橡胶手套。

颜有志又发来了一条消息:或者我给你转些介绍费吧,不然这活儿我接着也不安心。

颜笑也算了解颜有志的脾气,知道他不是在假客气,而是真想还这人情。

颜笑:行,那就今晚请我吃顿饭吧。

颜有志很快回了消息:可以可以,那去学校边上的商场行吗?

颜笑:都行,你决定就好。

颜有志:我叫上单同学,你不介意吧?

烧杯里的溶液正好变了色,颜笑也没再认真去看颜有志发来的消息,随手回了个"嗯"。

"竞赛的事怎么样了?"齐思雅问。

"今晚九点之前要上传最后的实验视频。"

"那录好了吗?"

"录了几个,但都不太满意。"

"小微和罗腾呢?"齐思雅替颜笑抱不平,"这两人是抱上你大腿了,挂个名字就能拿奖了。"

"他们在改论文和答辩要用的 PPT。"

"行吧。"齐思雅瞥了眼走出实验室的宋羽霏,"华东赛区竞争还是挺激烈的,听吴教授说,每个学校最后只能选出一个作品参赛?"

"嗯。"

齐思雅若有所思:"那你小心点宋羽霏。"

颜笑没回答,冲玻璃窗抬了抬下巴:"刘晨峰。"

刘晨峰大概在门口等了有一会儿，手里提着袋甜品，齐思雅望过去，他的嘴角就立刻挂上了笑意。

"先走了。"齐思雅看起来倒不怎么开心。

颜笑在实验室待到了天黑，准备最后再录一次实验视频。

手机又振动了几下，颜笑扫了眼，是颜有志发来的，没仔细看内容，颜笑回了个"你先吃，不用等我"，就把手机放到了一边。

"嘿，科学家。"

颜笑闻声回头，看到了靠在门框上的单扬。她想到了上次 Ugly 走丢，跑进实验室的事。

"找猫？"颜笑问。

"找你。"

颜笑没明白："找我？"

单扬点开手机递到颜笑面前，是颜有志给他发的消息。

"他说要请我们吃饭，"单扬又往下划拉，点出颜笑回"嗯"的截图，"你答应了，他说你刚刚不回他消息，问我顺不顺路，来实验室找你一趟。"

颜笑低头盯着架子上的试管："你们学院离理科楼挺远的。"

"还行。"单扬像是好奇，也跟着俯下身子，盯着颜笑身前的试管看，"做的什么实验？"

"三硝基甲苯。"

"是什么？"

"炸药。"颜笑瞎说的，她只是觉得单扬站这儿有些碍事，"离远点，说不定下一秒就炸了。"

单扬"哇"了一声，往后退了一步，接着伸手挡了挡颜笑的脸："那伟大的科学家也小心点。"

单扬这"科学家"说得倒真心实意，没有半点阴阳怪气。

颜笑看了眼时间："你可以先去找颜有志，我这儿还要些时间，没那么快结束。"

"没事，我们不饿，"单扬拉了个板凳坐到一边，"你做你的。"

颜笑的心思都在实验上，也没再假客气，架好手机，就开始拍实验过程了。

平时的颜笑就安静，做事的时候就更沉默了。她的长发干净利落地盘在脑后，白大褂的扣子扣到了底，手上整齐地戴着橡胶手套，身上的一切都一丝不苟，除了小半截脖子和脸，颜笑什么也没露，却莫名其妙地透着股性感。

架在鼻梁上的金边眼镜，因为认真而抿着的嘴唇，握着滴管、纤细却又富有力量的手，还有那双看什么都带着些凉薄的眼睛。仿佛不是颜笑在期待结果，而是试管里的溶剂为了博得美人一笑，拼命地在往该有的反应现象靠近。

单扬看到玻璃容器里的液体变了色，接着颜笑微抿的嘴角终于松了松，可还没等到颜笑摘下手套，实验室的灯就全部暗了。

　　"可能是停电或跳闸了，"单扬点开手电，把手机放到了颜笑手边，"我出去看看。"

　　走了几步，单扬又想到了什么，转头问了句："你应该，不怕吧？"

　　颜笑摇了摇头："不会。"

　　单扬拉了下门把，发现门打不开，他又试着用力拽了几下。

　　"怎么了？"颜笑察觉到不对劲。

　　单扬轻踹了下门板："门从外面锁上了。"

　　颜笑脸上没什么表情，像是并不意外。她低头看了眼手机，发现手机没有信号。

　　单扬也发现了："手机没信号。"

　　实验室只有一个门，窗户都安装在最顶上，离地面差不多有三米高，要踩着桌子，徒手翻过去，不是一件轻松的事。可已经快九点了，颜笑必须想办法在剩下的几分钟里，把实验视频传上去。

　　她看向还在试图找信号的单扬，犹豫开了口："能，帮个忙吗？"

　　单扬收起手机，对上颜笑的眼睛："你说。"

　　"拿着我的手机，从这儿翻出去，帮我把这封邮件发出去。"

　　单扬半天没回答，颜笑又道："麻烦你了，就当我欠你一个人情。"

　　单扬还是沉默不说话，颜笑以为单扬是不信她："借一下你的手机。"

　　颜笑点开了录像，把镜头对向了自己："我欠单扬一个人情，以后如果单扬需要帮忙，在我力所能及的范围内，我都会帮，以此视频为证。"

　　颜笑把手机递给了单扬："可以了吗？"

　　"可以。"单扬勾了下嘴角，其实他刚刚只是在思考该怎么成功地翻过这堵高墙。

　　单扬点开颜笑刚刚拍的那段视频，看了两遍之后，又把他的手机塞到颜笑手里："你的手机给我，我的给你。"

　　颜笑准备去抬桌子："你需要几张桌子？"

　　"不用，"单扬指了指墙边的工作台，"我踩着这个跳上去就行。"

　　这个工作台大概也就一米，颜笑不觉得单扬踩着这个能成功翻过去，她甚至觉得单扬都没法够到窗沿，但她说得委婉："叠两张桌子吧，安全些。"

　　"没事，摔不了。"单扬活动了一下手腕和脚腕，笑了下，"放心。"

　　"还是小心点吧，"颜笑收走了工作台上的玻璃仪器，"别碰碎了这些，还挺贵的。"

　　单扬才冒出来的笑僵在了嘴角："哦。"

颜笑又看了眼时间，只剩两三分钟了，虽然不礼貌，但颜笑还是开了口："有点急。"

单扬点了点头，没再说话。他把颜笑的手机塞到了口袋里，抬头估量了一下墙的高度。他往后退了退，稍微助跑了几步，抬腿蹬了下墙，接着左脚又在墙上迈了一步，手就轻松地够到了窗沿，他两只手臂同时一使劲，成功翻坐到了墙上。

"有信号吗？"颜笑问。

"没有，"单扬回头看了眼底下的颜笑，"在这儿等我一下。"

单扬说完这句，就翻身跳下了围墙。两人隔着一堵墙，颜笑只能听到墙外窸窣的脚步声，那脚步声离实验室越来越远，然后在某处定住了。

颜笑看着挂在墙上的时钟，外面的光射进来，正好打在分针上，分针走到了数字"12"底下，而后又慢慢转向了"1"。她不知道墙外的情况，不知道单扬是不是把那封邮件成功发出去了，更不确定单扬还在不在。

昏暗无声的环境总让人有些压抑，颜笑却不想让那些负面情绪得逞，她想要看到光。瞥到了架子上的铁氰化钾，颜笑从包里掏出了鲁米诺，她用过氧化氢溶解了铁氰化钾，然后在氢氧化钠溶液中加入鲁米诺，混合这两个溶液的瞬间，锥形瓶里出现了蓝绿色的光，荧光很漂亮，却也短暂。

似乎又想到了什么，颜笑看向了摆在·旁的铁架台。

门外的单扬没出声，他看到颜笑往铺着纸片的铁架台上倒了些粉末，又插上了一根类似铁丝的东西。她的动作没了之前的小心严谨，神情看上去也随意放松了许多，接着颜笑不知道从哪儿找来了把喷枪，对着铁丝喷了火。

火焰向下跑，没几秒，绿色的光带着一股烟开始往上蹿，像是炸开了朵蘑菇云，四周有金黄的细屑跳出来，砸到地上，像转瞬即逝的流星雨。

颜笑先是淡漠地盯着这绿光看了会儿，随后又丢掉了手里的喷枪，在光消失之前，她低头，握住了拳头。

对着流星许愿的俗气行为，放在颜笑身上有些违和，但她没闭眼，只微微低了头，眼里也没有太多期待。

火窜了没多久就消失了，再抬头，颜笑看到了站在她对面的单扬。颜笑眼底有一瞬的尴尬，她不知道自己刚刚不太合理的行为被单扬看到了多少。

单扬扫了一眼铺在工作台上的绿皮垫，上面已经被火烧出很多黑色的小洞，说："邮件五十九分的时候发过去了。"

幸好单扬"心善"地跳过了问她刚刚在干吗的环节。

"谢谢。"颜笑把地上的灰扫进了簸箕，"耽误你吃饭了，不早了，你……"

"请我吃饭吧，"单扬接过颜笑手里的扫把，把最后的那堆灰扫进了簸箕，"如果你觉得耽误我吃饭了。"

"好。"颜笑没拒绝，单扬的确是帮了她一个大忙，"你想吃什么？"

"都行。我不挑食,你请客,你决定。"

颜笑看出单扬的走姿有些不对劲:"是不是刚刚扭到脚了?"

"嗯,跳下去的时候,扭了一下。"

"严重吗?"

"没事。"单扬转了转脚踝,"就感觉筋稍微有些吊着。"

颜笑带单扬去了面馆。两人到的时候,叶瑾坐在门口,手里抱着一篮菜,大概心里想着事情,有些出神。等颜笑开口喊了她,叶瑾才回过神来。颜笑身后的单扬站在台阶下,只露出了个肩膀,叶瑾以为是顾彦林,就笑着叫了声"小林"。

"不是,他是……"

颜笑刚想开口介绍,单扬就大方地走到了叶瑾跟前:"阿姨好!我叫单扬,算是颜笑的排球教练。"

"哦,排球教练啊,我们笑笑还会打排球呢!"叶瑾上下打量着单扬,"你也是Z大的学生吗?"

"嗯,我学动画的。"

"学艺术的啊,怪不得长这么俊呢。"叶瑾笑着把单扬往店里迎,"是来吃饭的吧?赶紧坐下来吧,怎么搞到这么晚才吃饭啊?"

颜笑和单扬对视了一眼,两人倒还挺默契,没把刚刚的那个意外说出来。

"练球练得有些迟了,忘了时间。"单扬帮忙编了个理由,又扯开了话题,"阿姨年轻时候也是学艺术的吗?"

还没等叶瑾反应过来,单扬又道:"阿姨长得也俊。"

叶瑾被逗乐了:"单同学嘴真甜呢。"

"实话实说而已。"单扬一脸真诚。

但叶瑾也是了解自己女儿的,她知道颜笑没什么运动细胞,也不是爱运动的人,单扬刚刚说的话,她不太信,可她也没拆穿。

"那阿姨就当你是真的在夸我了,不过下次还是要看着点时间,别练这么晚了。"叶瑾指了指桌角的二维码,对单扬笑了下,"扫下码,看看想吃什么,我去厨房让烨子先给你们炒盘菜。"

"你跟阿姨蛮像的。"

颜笑点了点头:"五六分相似吧。"

"化学还挺浪漫的。"

颜笑知道单扬是指刚刚在实验室里锌和硫燃烧产生的光。

"是吗?"颜笑却开始"屠杀"单扬嘴里的浪漫,"昙花一现的浪漫是用无数个无聊琐碎的环节构成的。背化学方程式不浪漫,重复无聊的实验报告不浪漫,衣服和鞋子染上洗不掉的试剂不浪漫,实验成功背后的无数次失败也一点儿都不浪漫。"

单扬点头表示赞同："可你好像挺喜欢化学，做实验什么的。"

"感兴趣，谈不上热爱。"颜笑抬手，示意单扬把杯子拿过来，"只是学得比较好，之前觉得选这个专业能省些精力，但后来发现，真要做起一件事来，是没办法偷懒的。"

"我来。"单扬接过颜笑手里的茶壶，往颜笑杯子里倒了些茶，又给自己倒了些，"那你热爱的呢，有吗？"

单扬问完，听到颜笑轻笑了声。颜笑很少笑，大多数情况下都是笑不达眼底，笑得礼貌疏离，而此刻的颜笑眼睛很亮，即使单扬能感觉到颜笑的笑里带了几分揶揄，他还是有了片刻的晃神。

"怎么了？"

类似于热爱、梦想之类的严肃话题，从时常不严肃的单扬嘴里说出来，实在别扭怪异。

"筷子掉了。"颜笑提醒了一句。

"嗯。"单扬回神，"我去重新拿一双。"

单扬去拿筷子的工夫，烨子端着他们点的面出来了。颜笑发现烨子给单扬的那碗面加了很多肉末，她开玩笑地指了指自己的那碗："这肉量差得有点多。"

烨子看了眼微屈着腿，站不远处的单扬，打了个手语："可怜，腿不好。"

颜笑知道烨子是误会了，单扬两次受伤都正好被烨子撞上，上次是被球砸了屁股，这次是翻墙扭了脚，还真是巧了。

"可怜"的单扬拿着干净的筷子回来了，他也注意到两碗面上浇头的量差了很多。单扬把自己的那碗换到了颜笑面前，颜笑微怔，似乎没明白单扬这举动，但也没说什么。

单扬吃得很快，大概也是饿了，一碗面没几口就见了底。他吃完后就掏出手机，插上了耳机，坐在对面等颜笑。

颜笑吃完最后一口面，见单扬盯着屏幕，她也没开口打断，侧头看向窗外。对面的长椅上坐着两个小男孩，套着同一件T恤衫，两颗脑袋贴在一块儿，裹在衣服里的两只手握在一起，两人往左往右地来回晃着身子，幼稚无聊的行为，他们却玩得乐不可支。

店内，不知谁的汤勺砸到了地上，动静有些大，颜笑回过头，却撞上了单扬的目光。

"走吧。"单扬在下一秒偏过头，移开了视线。

颜笑注意到了单扬有些怪异的走姿："要不要去买点药？"

"不用，不严重。"

可颜笑发现单扬说完这话后，右脚跛得更明显了。

"还是去一趟药店吧，"毕竟他是帮她才受的伤，"我陪你去。"

单扬倒没再拒绝:"也行。"

到了药店,颜笑帮单扬挑了几种药,单扬想付钱却被颜笑拦下来了。

"你想用这药钱抵人情?"单扬挡住了颜笑点出来的二维码。

单扬脸上难得的谨慎让颜笑觉得有趣,她故意问了句:"可以吗?"

"不太行。"单扬果断摇了摇头,干脆地付了钱。

从药店出来,两人并排走着,单扬的脚虽然崴了,但步子还迈得挺大。

颜笑停下来:"走慢点吧。"

"好。"

"你赶时间?"颜笑问。

"不赶。"单扬用余光扫着颜笑的脚,调整了步子,"你不是很忙吗?"

"还好,实验视频已经传上去了,今晚暂时可以喘口气了。"

"把你锁在实验室的人是谁?"

"不知道。"颜笑其实心里有数,但她不想跟单扬聊这些。

"要我帮你查吗?"

"不用。"

单扬沉默了会儿,说:"你不会想就这样放过他吧?"

"你觉得呢?"

单扬语气肯定:"不会。"

"嗯。"颜笑点头,"做错事就得付出代价。如果觉得脚伤严重了,就去趟医院,医药费和其他费用我都会负责的。"

单扬笑了声:"放心,如果真有什么意外,你也逃不掉的。"

"上去吧。"颜笑跟单扬说了声"再见"就准备走了,却被人喊住了。

不是单扬,是顾彦林。顾彦林的脸色不算好,但在颜笑回头的那瞬间,他还是挤出了笑容:"你们怎么在一块儿?"

颜笑并不想让顾彦林知道刚刚在实验室发生的事,她在脑子里快速过了一遍可以选择的几种回答,挑了最不费口舌的解释:"陪我练球的时候伤了脚,所以我送他回来了。"

听着颜笑编的理由,单扬没开口,只是盯着她看,嘴角却挂着意味不明的笑。

也许是错觉,顾彦林觉得颜笑和单扬之间的氛围有些微妙,可他也清楚颜笑的脾气,她从不屑于编理由来骗他。

"伤得严重吗?"顾彦林走过去牵住颜笑的手,看向单扬,"要不要我和笑笑陪你去趟医院?"

单扬嘴角的笑消失了:"不用。"

"好。"顾彦林点了点头,"那你小心些,先上去吧,我送笑笑回宿舍。"

单扬看着沉默的颜笑,站在原地没动,像是等着颜笑再开口跟他说句什么,可是颜笑什么都没再说。

"我们走吧。"顾彦林搂上了颜笑的肩,又催了一遍。

等颜笑和顾彦林走远了,单扬收回了视线。他几步迈上台阶,动作敏捷,丝毫没了刚刚跛脚的怪异姿势。

"怎么今天想着去练球了?最近不是在忙竞赛的事吗?"

颜笑避开了顾彦林搭在她腰上的手:"在实验室待久了,感觉人变得懒散了,所以想活动一下。"

"下次可以叫上我,我带你去做做运动。"

"嗯。"颜笑随口应了句。

顾彦林回宿舍的时候,单扬已经洗好澡了。他头发没吹干,上半身裸着,右脚的裤腿随意挽着,露出了细长的跟腱,抓着床栏在做引体向上。完美的倒三角,使劲时突出的背阔肌和腹部两侧的鲨鱼肌,让顾彦林这个同性都忍不住多看了几眼。

"不是说伤到脚了吗?"

单扬"嗯"了一声:"不影响。"

"你身材练得不错。"顾彦林夸了句。

想起了上次不苗问颜笑的问题,单扬停下来,问了顾彦林一句:"你的怎么样?"

顾彦林愣了一下:"我?"

"对,你的身材怎么样?"

顾彦林实在没想到这话会从单扬嘴里问出来:"怎么问这个?"

"没,就随便问问,"想到颜笑当时的回答,单扬又猛地连做了几个,"你不用回答。"

"但我倒有个问题。"顾彦林觉得纳闷,"欣玟挺漂亮的,家世也好,你应该看得出来,她对你很感兴趣,你为什么要骗她?"

"她好是她的事,她对我感兴趣,也是她的事。"单扬松了杆子,"不喜欢,所以就拒绝。我没那么厉害,我的脑子只够也只想去应付一个人,那个能让我真的感兴趣的人。"

顾彦林觉得单扬话外有话,笑了下:"谁不是呢。"

"不。"单扬扯了下嘴角,转头看了顾彦林一眼,"也有厉害的,一心可以好几意。"

第二天,颜笑去办公室找了吴健延,准备去坦白自己的"罪行"。

吴健延不在办公室,他的办公桌旁站着一个男生,男生手里抱着一团白色的东西,那团毛茸茸的东西似乎察觉到颜笑的动静,从男生的怀里探出脑袋,慢悠悠地转过了头——脸上齐平的"发帘"、嘴边不对称的两个黑点,再加上那双呆滞哀怨的小豆眼,不是 Ugly,还能是谁?

那男生也注意到了颜笑对 Ugly 的打量,有些谨慎地把 Ugly 的脑袋压回了自己怀里,像是害怕颜笑会觊觎这只大丑猫。

可 Ugly 不安分,脑袋一直往外钻。男生和 Ugly 折腾了一会儿,像是没辙了,叹了口气,把 Ugly 放到了地上。Ugly 有些高兴地叫了一声,然后晃着肥囊囊的大肚子,几步跑到了颜笑脚边。

"别碰它!"阿钟喊了句,喊完又觉得有些失礼,解释道,"它会咬人。"

颜笑淡淡扫了阿钟一眼,往边上挪了一步。Ugly 顿了顿,跟了上去,它试探地低了低头,用脑袋蹭了下颜笑的脚踝。

"下流坏,就爱美女。"阿钟轻声嫌弃道,拿起手机给单扬发了 Ugly 依偎在颜笑脚背上的照片。

吴健延回来得也快,他对颜笑点了下头,眼神扫到趴在颜笑脚边的猫,觉得眼熟,想要再仔细看一眼,眼前就窜出来一个人影。

"吴教授好!"

吴健延看了眼阿钟:"你是……"

"阿钟。"阿钟自来熟地握了握吴健延的手,"我找您坦白一些事。我昨晚想给我女朋友一个惊喜,就去实验室给她放了一箱小烟花,一不小心就烧坏了实验室的一些器材,所以今天主动过来赔偿的。"

这话听着有些无厘头,吴健延愣了会儿,才开口:"现在女生喜欢在实验室看烟花了?这样会更浪漫些吗?"

浪不浪漫,阿钟不知道,他只知道这是单扬要他说的台词。

"应该吧。"阿钟开始胡扯,"我女朋友感动得稀里哗啦的,还对着烟花许愿了,说,说要和我,天长地久,永浴爱河什么的。"

"是吗?"吴健延觉得有趣,"我今天还没去过实验室,所以也不确定你到底损坏了多少仪器。这样吧,你留个号码,到时候统计好了,我再找你。不过下不为例了,实验室里放了不少易燃品,这还是存在安全隐患的。"

"好的,保证没有下次了!"阿钟把手机号写在了纸条上,"那我等您找我。"

阿钟说着想去抓地上的 Ugly。Ugly 想逃,奈何煤气罐一样的体型让它力不从心。

"喵!"

"别喵了,赶紧回去找你扬哥。"

阿钟在门口碎碎念的这一句,还是落进了颜笑的耳朵。

"颜笑。"

吴健延喊了她一声,颜笑才回过神。

"你来找我什么事？"

她本来要说的话，被刚刚那个男生抢了大半，可昨晚在实验室的，就只有她和单扬。今天早上她也去实验室检查过了，那些烧出洞的绿皮垫和坏了的仪器，都是她昨天的"杰作"。

"没事，就想确认一下，昨晚我们组的竞赛视频是不是成功发到评委组的邮箱里了。"

"放心吧，传上去了。我看过了，我们Z大一共三个参赛作品，你们组的，宋羽霏组的，还有一个是毛老师带的班。"

颜笑点头："嗯，那就好。"

从吴健延的办公室出来，颜笑去了趟理科楼的监控室。

保安大爷看着还挺惬意，跷着二郎腿，靠在椅背上，手边的收音机放着悬疑小说，面前的桌上摆了好几盘菜，还有一瓶酒。颜笑认得出那酒的牌子，还不便宜。

颜笑跟保安大爷说明了来意，大爷放下手里的筷子，来了句："巧了。"

"是还有别人来过吗？"颜笑不傻，她扫了眼桌上的好酒好菜。

"对呀，一个小伙子，"保安大爷抿了口酒，"长得有……"他抬手瞎比画了一下，"反正很高，看着快两米咯。"

高的人很多，但快到两米的，颜笑不禁想到了排球队的那些男生。她把手里的那袋水果放到大爷手边："那能再麻烦您一次吗？"

"行，不麻烦，"大爷指了指电脑桌面上的一个文件，"刚刚那个小伙子已经调出来了，你自己看吧。"

颜笑在电脑上登了微信，想把视频发过去，刚登上，章鱼哥的头像就跳到了最顶上。

单扬发了两条消息，一条是监控视频，另一条是视频的截图。照片应该是做过处理了，背景模糊，但上面的人脸异常清晰。颜笑放大照片，偷锁实验室大门的是一个女生，她不认识，却觉得这人眼熟。

颜笑给单扬回了个"谢谢"，消息刚发过去，身后的玻璃门就被推开了。

"怎么又回来了？"大爷转头笑了声。

颜笑没回头，但她能感觉身后的人在慢慢向她走近。

"落东西了。"

人影盖下来，颜笑的腰侧多了一只手臂，隔着颜笑，鼓着青筋的大手攥住了桌上的棒球帽。颜笑侧头，看到了手臂上的黑色文身。

"好巧。"那人说话的热气逃进了颜笑的耳朵。

## 第四章

我比较保守，会害羞

热气吹得人发痒，颜笑偏开头，往边上退了一步，淡淡"嗯"了一声。

"你们认识啊？"大爷笑了声，"一起来一趟不就好了吗？分开来，还多跑了一趟。"

"嗯，下次一起来。"单扬看向颜笑，"走吗？"

"其实你不用跑这一趟的，这件事我自己会处理好的。"

"得跑这一趟，"单扬说着顺走了颜笑给大爷买的一颗苹果，"我这人记仇得很，报复心也很强，昨晚被锁的人不止有你，我翻墙还扭到了脚。"

单扬嘴里叼着苹果，走姿又逐渐"扭曲"了起来。颜笑瞥了眼单扬跛着的左脚，有些疑惑："昨晚扭到的不是右脚吗？"

"其实两只脚都扭到了，"单扬咬了口苹果，慢慢把跛着的脚从左脚调整成右脚，"昨天右脚严重些，今天左脚好像也不太舒服了。"

虽然颜笑觉得单扬应该不是那种会讹人的人，但人心隔肚皮，谁知道呢，她不想把欠单扬的人情拖太长："要不我陪你去趟医院吧？"

"你今天没课吗？"

"有，但可以翘掉。"

"你也翘课？"单扬觉得有趣。

"我不能翘课吗？"

"可以，"单扬笑了声，"当然可以。"

"那你呢？"颜笑问单扬，"你今天课多吗？"

"挺多的，有……"单扬掰了掰手指，"五六节吧。"

"五六节，那差不多满课，所以你现在也有课？"

"嗯，应该吧。"

"你不去上课吗？"

"不去，"单扬低了低身子，手臂一抬，手里的苹果核准确无误地飞进了垃圾桶，"我是翘课大王。"

"翘课大王？"颜笑不禁轻笑了声。现在的小学生大概都挺成熟，不会再自称"大王"了。这人还真的，挺幼稚。

颜笑又想到刚刚在吴健延的办公室看到的那个男生："我今天好像在吴教授的办公室看到 Ugly 了。"

"是吗？我朋友带着它，我也不清楚。"单扬的语气听着倒像是真好奇，"他去干吗了？"

"他说他来赔偿实验室仪器的，"颜笑用余光观察着单扬的表情，"他和女朋友昨晚在实验室放了烟花。"

单扬表现得挺意外："哦，这样啊。"

颜笑觉得单扬也可以去演戏："你现在转专业也不迟。"

"嗯？"

"你帮我的目的是什么？"颜笑停下来，盯着单扬。

"你是说调监控的事？刚刚已经解释过了，昨天我也被锁进了实验室，我不是在帮你，我也想早点抓到那个人，给自己解解气。"

"那个带 Ugly 来办公室的男生，是你叫来的吧。"

颜笑不傻，吴健延相信，但她可不相信那个男生无厘头的说辞。

"不是。"单扬偏开头。

"可他跟我说，是你让他来的。"

单扬皱了皱眉，心想阿钟这个傻帽不会这么缺心眼吧？都跟他交代过了，他还往外抖。

看着单扬脸上丰富的表情变化，颜笑心里大概也有答案了："骗你的，他什么都没说。"

单扬干笑了声："你挺狡诈的。"

"嗯，"颜笑也没否认，"所以为什么？你帮我的理由？"

"监控肯定也拍到我了，到时候解释起来也麻烦，干脆在被发现之前，就解决掉这件事。还有……那'烟花'挺美的，我也看了，所以我们算是，"单扬顿了下，搓了搓鼻尖，"共犯。"

共犯？颜笑自认为不是什么好学生，但学生时代也没做过什么出格、违反纪律的事，现在单扬这话却让她觉得自己被拉上了主席台，被迫和单扬一起念了检讨书。

"你朋友赔偿了多少,之后你告诉我,我转给你。"

"可以,但别转钱了,你给我上几节课,用课时费抵吧。"

"颜有志不是在帮你上课了吗?"

"他上得是不错,"单扬说着叹了口气,"但他有时候话太多了,怪烦的。"

颜笑半天没回答,单扬轻咳了声:"所以,行?还是不行?"

"按一小时六百的算吗?"

单扬觉得颜笑这人到哪儿应该都吃不了亏:"你来定,想要多少都行。"

颜笑想了想:"那就六百,我不坐地起价,再高就是明目张胆地抢钱了。"

"哦,那你还挺善良的。"单扬轻笑了声。

"还行,"颜笑回得认真,"好人算不上,但尽量不做个坏人。"

骨科今天倒没什么人,没一会儿就叫到单扬的号了,颜笑想跟着进去,却被单扬拦住了。单扬说太麻烦她了,可刚刚她陪着挂号、拍片,单扬倒一点没提"麻烦"这两个字。

颜笑点了点头:"那我在外面等你。"

单扬出来得很快,但颜笑感觉他的走姿比原先更不自然了,那"此起彼伏"的样子像是留了多年旧疾的跛子。

"医生怎么说?"

单扬沉默了会儿,坐下来往椅背上一靠:"不太好。"

"很严重吗?"

"有点,"单扬改了口,"挺严重的。"

"要打石膏吗?"

"医生劝我打,"单扬说着拍了拍自己的腿,"但我比较坚强,所以就拒绝了。"

"多久能恢复?"

"完全恢复,一两个月吧。"

颜笑皱了下眉,那单扬岂不是得这样跛着走一两个月?

"我能看看吗?"

"看什么?"

"你的脚。"

单扬敲着椅子的手指顿了顿:"不太好吧。"

"嗯?"颜笑没明白。

"我比较保守,"单扬说着轻笑了声,"会害羞。"

害羞的人会光着上身在宿舍晃?害羞的人会脱掉上衣,当着那么多人的面,在工作室赶稿子?那全世界应该就没有厚脸皮的人了。

"明白了,"颜笑也没多想看,只是想确认一下单扬脚踝的情况,"是我失礼了。"

单扬摆了摆手:"没关系。"

取药的窗口在一楼,没有电梯,单扬只能撑着扶手一阶一阶往下跳,来来往往的行人也匆忙,好几次都要跟单扬撞上了。要是单扬再从这里摔下去,那这人情就会越滚越大了。

颜笑拍了拍自己的肩:"右手扶着我吧。"

单扬这次倒没"害羞",几乎没犹豫,手就搭上了颜笑的肩,但颜笑能感觉得出来,单扬没怎么用劲。

到了一楼大厅,单扬自己拿着单子去排队取药了,颜笑也不是爱假客套的人,想着单扬能自己单脚站着,那应该就还没那么严重。

"不好意思!"

颜笑扫了眼散在自己脚边的纸页,又抬头看了看说话的人,是个男医生,大概五十岁,人很高,也瘦,头发白了大半,却半点掩盖不了他举止仪态的优雅。颜笑瞥到了他别在白大褂胸前的名牌——"神经外科李云林"。

"走得比较急,没抓牢。"

"没事。"颜笑弯了弯腰,帮忙捡了脚边的文件。

男医生笑着对颜笑说了声"谢谢",他口袋里的手机就响了,不知道看到了什么,他摁掉了电话,整个人有些晃神。

颜笑也没再去看他,等她再抬头望向单扬所在的队伍时,她发现那个男医生已经站到了单扬身边。两个人的脸色看起来都不太好,尤其是单扬,他沉着脸,没了平时的散漫和吊儿郎当,那样子有些可怕。

颜笑手里的手机开始振动,她回过神,收回了视线。是顾彦林打来的电话,周围很吵,颜笑找不到耳机,就直接点了免提。

"你在哪儿?想跟你一起吃个午饭。"顾彦林的心情好像挺不错。

"在医院。"

"医院?你哪里不舒服吗?"

"没有,陪朋友来的。"

"哪个朋友?"

"你不认识。"

"你说了我不就认识了。"

"三三。"颜笑随便说了个名字。

"是新认识的朋友吗?"

"嗯。"

"那我来接你吧?给我发个定位。"

颜笑还在想着该怎么拒绝顾彦林，坐着的椅子就往一侧倾了倾，边上的单扬靠在那儿，手里捏着刚拿回来的药，不知道已经听到了多少她和顾彦林的对话。

颜笑侧头看着单扬，单扬也转过头盯着颜笑。顾彦林的声音还在那头响着，虽然混了喧闹的大厅里，但他说的话还是清晰地闯进了单扬的耳朵。

"好想你，笑笑，你想不想我？"

单扬的眼睛好久才眨一下，接着颜笑听到单扬有些不屑地轻笑了一声，他脸上轻蔑的表情大概是被顾彦林刚刚的话恶心到了。

颜笑没回答，起身走到了一边，转移了话题："你现在在学校吗？"

"对，怎么了？"

"能不能帮我去一趟教学办，去503，找一下齐老师，他桌上有一份写着我名字的文件袋……"

两人也没聊几句，颜笑借口要帮朋友去拿报告单，就挂掉了电话。

单扬还在原来的位置上坐着，手里拿着一本紫色封面的词汇书，上面写着"四级词汇闪过"。闪过应该是闪过不了了，颜笑挂上电话到现在，单扬还在看同一页，而且视线就固定在单词"abandon（放弃）"上，没有移开过。

那袋药被扔到了一旁的椅子上，袋口松着，好几瓶药掉出来了，还有一条拆了外壳的药膏，滚到了单扬的脚边。颜笑捡起了单扬脚边的药膏，放回袋子里。

单扬没抬头："你刚刚没说实话，你怕他介意？"

"介意什么？"颜笑反问。

"我呗，"单扬把书丢回包里，"我挺帅的。"颜笑脸上的不解让单扬沉默了会儿，"怎么，是没法理解他介意我，还是没法理解我很帅？"

单扬把椅子上的药一股脑儿丢进了袋子里："就我活到现在，身边人给我的反馈，我长得应该还算不错。当然，每个人的审美都不一样，你要是真理解不了我的美，那也很正常。"

审美是有偏差，可对于真的好看的东西，大众的审美还是挺一致的。颜笑只是近视，但她又不瞎。

"我脸盲，分不清好看跟不好看。"颜笑却故意道。

单扬自然知道颜笑是在说瞎话："那你知道自己长什么样吗？"

"应该跟你差不多，也还算不错。"

打的车到了，单扬帮颜笑开了车门："不是脸盲吗？你怎么知道的？"

颜笑用了单扬刚刚的话："就我活到现在，身边人给我的反馈。"

"行。"单扬笑了，忘了某人是"阴阳怪气大师"了。

车快到校区的时候，颜笑让司机在公交站停了车。

"你不回学校?"

"约了人。"颜笑没多解释,"你的脚,待会儿下车小心点。"

单扬还没来得及回答,颜笑就把车门带上了。颜笑去了对面的公交站,没几秒,一辆黑色的布加迪就在她面前停下了。顾彦林从车上下来,几步走到了颜笑的身边,两人不知道说了些什么,颜笑把肩上的包递给了顾彦林。

"走吗,同学?"司机问。

"等等。"单扬回答。

"可这儿不让停车。"

单扬没说话,司机顺着他的视线望过去,看到了站在对面的颜笑和顾彦林。

"那不是刚刚下车的女同学吗?还以为是你女朋友呢。"司机瞥了眼后视镜里的单扬,突然变得语重心长起来,"这爱情吧,也得讲究个先来后到。"

"您说得对,"单扬收回视线,仰头靠到椅背上,扯了下嘴角,"可惜我从来不是个爱讲究的人。"

齐思雅最近发到账号上的视频反响很不错,回复完账号上的评论,她逛了会儿校贴吧,有个打着"表白"标签的帖子特别火。

被表白的是一个女生。照片不是很清晰,像是在实验室门口拍的,女生普普通通的长相并不吸睛,但照片下的"小作文"吊足了人的胃口。这"小作文"的文笔细腻,感情真挚,把暗恋的心理描述得淋漓尽致,底下的评论也都是清一色的感动和祝福。

齐思雅刷着这条帖子的评论,张瑶坐在一旁已经哭得稀里哗啦的了:"太痴情了,要是有人这么暗恋我,我绝对……"

齐思雅学着张瑶啜泣的样子,打趣道:"绝对跟他海枯石烂了。"

"我也要帮她找找这个女孩,"张瑶擤了擤鼻子,"希望他俩可以两情相悦。"

齐思雅扫了眼发帖的账号名:"还取名'痴情的笑'?"

颜笑也在翻着底下的评论,似不经意地问了一句:"所以有这个女生的消息了吗?"

张瑶瞥到了一条:"有哎。有个人说他跟这个女生是同班同学,女生是传媒学院的,影视编导专业,叫沈露。"

"我能看看吗?"

张瑶把手机递给颜笑:"给。"

齐思雅觉得新奇:"颜笑你不是从来不凑热闹的吗?"

"也凑。"颜笑拿手机拍下了那条评论,扶了下镜框,"如果真的热闹的话。"

颜笑把截图发给了单扬,没几秒,单扬也给颜笑回了一张照片。画面中是那个叫沈露的女生，女生坐在长椅上，怀里抱着书包，身边站着周行和吴泽锐，后头还站着禾苗。女生的表情尴尬又恐慌，低着头，身体缩着，禾苗和周行站在那儿，又是一副高傲不屑的姿态，这画面看着像极了抵制校园霸凌的宣传海报。

单扬：" 痴情的笑 " ？文笔挺好的，吴泽锐刚刚差点都看哭了。

颜笑：那他挺感性的。

单扬：你来吗？

颜笑：你怎么找到她的？

单扬：来了再跟你说。

颜笑：嗯，给我发个定位。

颜笑照着单扬给的定位进了学校的小树林，可绕了很久都没有找到单扬他们。单扬大概也知道颜笑迷路了，就给她打了语音。

"你们在哪儿？"

单扬想了想："能看到一棵树吗？"

颜笑觉得好笑，在树林里，哪儿不能看到一棵树？

"能，好多棵，你指的是哪一棵？"

单扬也反应过来了，笑了声，顺着颜笑的话说："最绿的那棵。"

"哪棵最绿？"

"我身边的那棵。"单扬说。

颜笑没接单扬的话，她想艺术生的思维大概就是这样抽象的。

"开个位置共享，"颜笑又听到单扬跟边上的人说了句"我去找她"，"你等我，我过去。"

"我也往你那儿走吧。"

"也行。"单扬说完又补了句，"电话别挂了，方便沟通位置。"

"嗯。"

颜笑应完之后，两人都没再说话。林子里的落叶多，每走一步，脚下都会有窸窸窣窣的声音，颜笑能感觉单扬的步子迈得很快。

"所以你是怎么找到沈露的？"颜笑忍不住问。

"找了周行帮忙。"

颜笑顿了顿："当黑客？"

单扬笑了声："不是，他之前在教务处兼职过主任助理，能弄到学生的信息。"

"那麻烦他了。"

"不麻烦，他跟你一样，是活雷锋。"

颜笑知道单扬指的是上次她捡到 Ugly 的事，可她并不是活雷锋，周行那样子看着也绝不会是爱管闲事的人。

"看到你了。"单扬说。

颜笑抬头扫了眼四周,却没看到单扬:"你在……"

颜笑的话还没说完,不知道是网络不好,还是单扬那头挂了电话,语音突然结束了。颜笑重新点开了位置共享,她发现地图上单扬和她的箭头几乎重叠在了一块儿。

"太阳挺大。"单扬的声音从后头传来,颜笑侧过脸,额头擦过了单扬的肩头。"但天气挺好。"

颜笑往后退了一步:"你还挺英国人的。"

"嗯?"

"喜欢聊天气。"

颜笑的记性很好,在打量沈露几眼之后,就认出了她是之前陪陈星怡来宿舍的那个女生。可沈露不肯承认,她说自己没去过她们的宿舍,也不知道什么陈星怡。

沈露这样子,一看就没有做坏事的胆子,颜笑跟她也没有过节,任谁都看得出来她背后还有一个"土谋"。

禾苗在一旁早没了耐心,她顶了顶腮,坐到沈露身边:"他们三个是不会动手打女人,但我可不一定。别装了,监控明明白白地拍到是你把颜笑和单扬锁进了实验室,你还狡辩什么……"想到了什么,禾苗突然看向单扬,"哎,不对!你为什么要去实验室,而且还和颜笑在一起?"

"对啊,"吴泽锐也反应过来了,一脸好奇,"为什么?"

三个人里面,只有周行没问为什么。他看了眼单扬,又瞥了眼没说话的颜笑,拍了拍手里的球,对沈露说道:"我不是什么君子,男人女人,我都揍。"

周行的下三白眼本来就透着满满的压迫感,不紧不慢说出来的狠话听着更是瘆人。沈露的手都快把怀里的包抓出洞来了,她似乎想开口说话,嘴唇却抖得厉害。

颜笑看到单扬在沈露面前半蹲下来,她以为单扬想要跟周行打配合,一个唱红脸一个唱白脸,可单扬开口不是安慰的话,那语气听着比周行的还要让人战栗。

"我不会打你,但我会把你做坏事的视频传到网上。听说你最近申请了某个电视台的实习,如果你变成了网络'红人',大概面试会更加顺利吧?需要我助你一臂之力吗?"

沈露大哭起来,拼命摇头,似乎有些崩溃了。大家以为她这下终于会说出指使她的人了。

"是，是……"可她说到一半又转了话锋，"就，就是我……是我一时糊涂，没有什么你们说的主谋。"

单扬起身，脸上换上平日里漫不经心的笑。

"那报警？"单扬说完又看向颜笑，"还是你不想把事情闹大？"

"报警吧。"颜笑给沈露递了一张纸巾，语气有些冷，"别哭了，现在其实还不是你哭的时候。"

单扬知道颜笑没说出来的另外半句话——"到时候有你哭的"。

吴泽锐下午还有课，等沈露走了以后，他也走了，正好顺道，剩下的三人就准备去颜笑家的面馆吃一顿。

颜笑和禾苗走在前面，单扬和周行并排跟在后头。周行的视线落到了颜笑身上，犹豫地开了口："你，你和……"

"想问就问。"

"算了，"周行踢了踢脚前的石子，"没什么。"

"她挺漂亮的。"单扬却冷不丁地来了句。

周行微怔，侧头看向单扬，说："原来你审美是正常的，什么时候惦记上人家的？"

"有次运动会，她上台代表学生演讲。"

单扬还真不是以貌取人的人，倒也没有对颜笑一见钟情。不过他也没法说谎，当时在台下瞥到颜笑的那瞬间，他的确是有片刻的晃神。不过，后来再见面就是在宿舍，颜笑成了顾彦林的女朋友。

"她有男朋友，你当初劝过我，说什么君子不夺人所爱。"

"是劝过，"单扬也不狡辩，"但我是小人。"

"缺了你的大德了！"周行把手里的球砸进单扬怀里，"你叫我做君子，自己却当小人。"

"我也没想到你会这么听话。"单扬揉了揉胸口，笑出了声。

禾苗听到周行吼的那句，回过了头："你俩干吗呢？慢腾腾的，走得跟乌龟似的！"

颜笑下意识瞥了眼单扬的脚，像是在帮他解释："单扬的脚前几天受伤了。"

颜笑的话刚说完，单扬的左脚就开始跟右脚"打架"了。禾苗有些纳闷，刚刚不还好好的嘛，单扬还跟他们连着打了好几场球，那腿脚不要太利索。

周行看了眼单扬逐渐"扭曲"的走姿，问："你在干吗？"

单扬小声回道："模仿瘸子。"

周行有些嫌弃地白了单扬一眼："不太像。"

"那你来？"

"这样。"周行还真就说来就来。

"有病。"单扬骂了句,却也学着周行的样子,把手插进了兜里。

"嚯!"禾苗看着在后面走模特步的两个"跛子",忍不住笑出了声,"他们以为自己在演《鬼怪》呢?"

颜笑倒没笑,她盯着单扬的脚怔神了会儿,视线往上移,对上了单扬的眼睛。单扬的嘴角还挂着没收回去的笑,他和颜笑对视了几秒,眼底的笑意更浓了,他望着颜笑,用口型问了句"怎么了"。

"我们走慢点吧。"颜笑这话是对禾苗说的,但她的视线向着单扬。

单扬的耳朵还挺尖的,他的手臂搭上了周行的肩,故意把身体的重量都压在了周行肩上,有些大声地回了句:"好!"

正是饭点,面馆的生意很好,四人进去的时候,里面已经没有空桌了。叶瑾在忙着上菜,颜康裕不在,颜笑却在收银台看到了王兴。

王兴冲颜笑招了招手:"笑笑来啦!"

颜笑淡淡地对王兴点了下头:"您怎么在这儿?"

"看你妈一个人忙不过来,所以留下来帮忙收个账。"

颜笑扯开嘴角笑了下:"那真是太麻烦您了。"

"不麻烦。"王兴说着还指了指刚空出来的桌子,"你们是笑笑的朋友吧?快坐吧,这个时间点,来吃的人特别多,这座位一眨眼的工夫就会被人抢了。"

王兴说话的语气,听着还真像替女儿招待朋友的父亲。

"你爸吗?"

禾苗这话问得小声,但站在一旁的王兴也听到了。

"当然不是。"颜笑扶了扶镜框,看向王兴,"王叔您别介意。"

"没事没事。"王兴抓了下后颈,笑了下,"笑笑你看看,你的朋友都想吃些什么吧。"

颜笑没接王兴的话:"您不用来帮忙的,您也忙,回去吧,我来就好。"

王兴以为颜笑是在跟他客气:"没事,后勤部这会儿反正也闲着,我回去也没事可做。"

"那也别没事找事做了,"颜笑说完又轻笑了声,"闲点也好。"

禾苗和周行自然都没听出颜笑的言外之意,可单扬用余光打量起了王兴。虽然大部分时间里,颜笑对谁都算平和礼貌,但她不是这么爱对人笑的人。颜笑对这个叫王兴的人笑得太多了,而且单扬听出了她言语里藏着的讽刺,这阴阳怪气,他太熟悉了。

颜笑跟单扬他们打了声招呼,就起身帮叶瑾收桌了。单扬瞥了眼贴在玻璃门上招小时工的广告,上次他来面馆的时候就看到了。虽然包三餐,但开的时薪并不高，面馆的生意又好，忙起来的话，大概一天到头都没有机会闲下来，所以一直到现在，这面馆还没招到合适的兼职服务生。

"这面馆不大，来吃的人倒是不少。"禾苗打量了一下面馆，"你们之前来这儿吃过吗？"

单扬点了点头，周行也"嗯"了一声。

"你什么时候来过？"禾苗问周行。

"要你管。"

"喊，谁要管你？"禾苗用筷子戳了戳空盘，语气酸酸的，"你想让谁管你？白灵她也不管你啊。"

周行侧头盯着禾苗，眼神恶狠狠的，像是在警告她别再继续往下说了。可禾苗也不是被吓大的，她知道白灵在周行这儿是不能碰的逆鳞，但人绝望起来就喜欢做缺脑子的蠢事，而且乐此不疲。

"你到底痴情个什么劲呢？人家正眼看过你吗？"

"禾苗！"单扬示意禾苗不要再讲了。

禾苗却越说越起劲，似乎想要骂醒周行："她喜欢谁，你真不知道啊？你一个劲儿热脸贴冷屁股，有意思吗？"

"闭嘴！"周行把手里的水杯砸到桌上，"我喜欢谁，轮得到你管吗？"

"你也管不了我！"禾苗眼睛有些充血，不知道是因为愤怒还是因为难过，"嘴长在我身上，我爱说什么就说什么！"

两人的争吵声引得周围的人都朝这桌望过来。叶瑾看了眼周行和禾苗的打扮，觉得他们都不是好惹的善茬，尤其是周行，留着金色寸头，耳朵上又打了好些耳钉，看着就是个狠角色。叶瑾对颜笑叮嘱了几句，就急忙跑去后厨叫烨子。

颜笑想过去，却被单扬拦住："这两人都是疯子，气起来的时候，拳头可不长眼。"

烨子身上的围裙都没取，操了把刀就出来了。看到周行的那刻，烨子眼里的狠劲稍微收了些。之前周行来店里给烨子送过几本书和两件T恤衫，所以烨子也没直接挥刀吓唬周行，他把刀放到桌上，对颜笑打了个手语。

"他说什么？"单扬问。

"他说上次打赌，周行还欠他三十块钱。"

"哦。"单扬像是找到了劝架的理由，"那得还。"

单扬几步走过去，捂住了周行还在蹦脏话的嘴，一把勾住他的脖子把他往后带。可周行哪里肯走，两只手握着拳头乱挥着，单扬的下巴被连着打了好几下。

颜笑听到单扬低声骂了句不怎么好听的话，接着他腰一低，直接把周行扛到了肩上。

"帮忙跟阿姨说声抱歉，碎掉的那几个杯子我会赔的，"单扬说着用力拍了下周行还在乱蹬的腿，"等他不疯的时候，我带他来跟你们道歉。"

禾苗拦在单扬面前，不让周行走："你把他放下来！我和他还没完呢！"

禾苗说着就准备过来拽周行，单扬摇了摇头，心想自己为什么会认识这两个神经病。单扬用脚踢开挡在路上的椅子，扛着周行就往外跑："那你来追我，追上了，我就跟你一起揍他。"

"你是不是有病？"周行气笑了。

禾苗还真的抓起包就追出去了。

烨子看着跑远的三个人："钱，没还。"

"下次我帮你要。"颜笑说。

"他跑得很快。"烨子又打了个手语。

颜笑自然也发现了，刚刚单扬可是健步如飞。

"他本来就不是瘸子，"颜笑又道，"脚好像，也没伤。"

"刚刚那两个学生，是你朋友吗？"叶瑾问。

"排球队的，一起打过球。"

"那个姑娘，还有那个金头发的小伙子，他们是有什么过节吗？吵得那么凶，我看刚刚都差点动手了。"

"不太清楚。"颜笑不想在背后八卦禾苗和周行的事，"可能在一些事上，意见不太合，情绪上来了，就有些控制不住。但他们都不是什么坏人，只是面相看着有些冷。"

"那就好。"叶瑾搓了搓颜笑的手，"最近怎么都没看到小林跟你一起来啊？"

"他大部分时间待在律所，我前段时间也在忙竞赛的事，所以没怎么见面。"

"那抽空还是要多打打电话，多见见面的，不然感情会淡掉。小林这人挺优秀的，长得帅，又聪明，对你又体贴，这样优质的伴侣，错过了，以后不知道能不能再遇到了。"

"那妈妈，作为丈夫，你觉得爸怎么样？"

叶瑾愣了下，接着嘴角扬起了幸福的笑："他很好呀。当初你奶奶瞧不上我，说我是乡下姑娘，还没上过大学，配不上你爸。可你妈我当年啊，也算是个美人，在纺织厂工作，我勤快，每月的工资也不比城里人赚得少。

"年轻嘛，心气也高，我受不了你奶奶说的那些难听话，就跟你爸分了。后来你猜怎么着，你奶奶主动来找我了，她说你爸跟我分手的那一年多里，就没再叫过她一声妈，也不肯出去接触其他女孩子。"叶瑾说着有些红了脸，"他跟你奶奶说，他要是娶不到我啊，就打一辈子的光棍。"

"那为什么……"颜笑眼眸沉了几分。

"什么？"

"没事。"颜笑将了将叶瑾的领子，"以后不要再让王叔来帮忙了，总麻烦别人不好。"

叶瑾嘴角的笑一僵："的确，是不太好。"

颜笑下午重新去文印店打印了一份招聘的广告，提高了些时薪。她想尽快找到一个合适的服务生，面馆忙的时候，也能帮叶瑾和颜康裕分担一些事。

晚上，叶瑾给颜笑打了个电话，她说下午就有人找到店里来了，是个男大学生，干活利索，人看着也老实，叶瑾就把他留下来了。下午店里忙，叶瑾没能和颜笑聊上几句，现在空了，想多聊会儿，但又怕打扰到颜笑学习，交代几句也就挂了。

齐思雅最近在忙账号的事，回来得迟，张瑶大概是和肖军出去约会了，宿舍里就剩颜笑和陈星怡。

陈星怡刚从外面回来，身上带了些酒气，她妆也没卸，踹掉高跟鞋，就爬上床了。颜笑敲了几下陈星怡的床栏，她都没有任何反应，颜笑干脆找了首摇滚乐，把音量调到了最大，拿着手机凑到了陈星怡的脑袋那头。

"什么鬼！"陈星怡吓得一激灵，直接从床上坐起来了，"你有病吧！发什么神经？"

"我最近情绪是不怎么稳定，"颜笑仰头看着床上的陈星怡，"可能谁再惹我一下，我就会拿刀去砍了。"

"你情绪不稳定，关我什么事？"

"话别说得太早，可能还真的跟你有些关系。"颜笑点开沈露的照片，"王露，你认识吗？"

"什么王露，她叫沈露……"

陈星怡说到一半，又停住了，神色看起来清醒了不少。

"你认识？"

陈星怡偏开头，否认道："不认识。"

"那你怎么知道她叫沈露？"

陈星怡反应过来自己跳进了颜笑挖的陷阱，嘀咕："听说的。"

"听谁说的？你刚刚不是说不认识吗？"

"你到底想说什么？"

"她说是你。"颜笑盯着陈星怡，观察着她的反应。

"胡说八道！"陈星怡有些气急，"她疯了吧！"

颜笑冷笑了下，她都还没说什么事，陈星怡就已经不打自招了。

"看来不是你？"

陈星怡的坏是摆在明面上的，她的智商还没到可以跟别人玩心机的地步，放在宫斗剧里，她顶多就是个碎嘴无脑、被别人利用的棋子。

"你上次问我，顾彦林跟我什么关系，可你不喜欢顾彦林，你的眼里没有半分嫉妒吃醋，却有不甘和愤怒，为什么？"颜笑自顾自分析着，脑子里突然闪过陈星婉的脸。虽然只在洗衣房门口见过一面，可颜笑现在还能回忆起当时陈星婉对她犀利又失礼的打量。

"或者，是你姐姐？"

"不是！"陈星怡连着眨了几下眼，酒意彻底醒了，"是宋羽霏！就是跟你同专业、同班的宋羽霏！"

颜笑其实第一个怀疑的就是宋羽霏，因为竞赛的事，她的确有做坏事的动机，可为什么这事会绕上这么一大圈，扯上了一个陌生的沈露……陈星怡，或者还可能有陈星婉。

颜笑点了录音暂停键，朝陈星怡晃了晃手机："谢了。"

"你！你要做什么？"

颜笑没回答，却笑了声："那个叫张威的男生帅吗？"

陈星怡愣了愣："是你叫他来灌我酒的？"

"准确地说，不是灌，每一口都是你心甘情愿喝下去的。"

颜笑知道陈星怡的酒量不怎么样，醉了的时候就会完全卸下防备，她才能比较轻松地套出话来。

"你个疯子！"陈星怡抓起枕头就往颜笑那边砸。

颜笑的头一偏，轻松地避开了枕头："他还挺贵的，你该谢谢我。"

陈星怡狠狠地捶了捶床，叫得有些抓狂。颜笑不想留下来看陈星怡发疯，套上外套，自顾自出门了。

初秋的夜晚，凉意已经有些浓了，冷风倒吹走了些颜笑的疲惫，她一直绷着的神经似乎也得到了短暂的放松。操场上有不少成对的情侣，牵手或拥抱，如果现在她在听周杰伦的情歌，她也许会多看几眼这些甜蜜的画面，可她的耳机里放着的是《经济学人》，不带感情的英式女腔，像一盆掺着冰块的凉水，让人时刻清醒冷静。

颜笑快步穿过了人群，绕出操场，一个人又晃到了校区外面的小步行街。这个时间，除了几家摆在外面的烧烤摊，剩下的店铺都比较冷清。

一家花店的老板准备打烊了，灯都关了，却又忽然跑来了一个男生，光线比较暗，男生的脸也藏在了黑夜里，他的个子很高，花店老板只能仰着头跟他说话。离得远，颜笑听不清他们的谈话声，过了几秒，又跑来了一个女生，女生笑着喊了句"你干吗呢"。

花店老板对男生点了下头,又折回花店。店内的灯一下子亮起来,男生抬手,下意识帮女生挡住了光。颜笑看清了两人的脸,俊男美女。是白准和白灵,他们的脸上都带着笑,尤其是白灵,不似平时的沉闷寡言,这会儿看起来才自由放松。

颜笑没跟他们打招呼,没走几步,就听见白准和白灵在她身后笑出了声。

步行街走到底,是一片工业风的创意园,里面大部分都是政府或者企业扶持Z大学生创业,联合建立的工作室。

这一片工作室的装潢,从外面看起来都挺统一的,简洁干净,就只有一家看起来比较另类。它的门口放了一个不怎么好看的摆件,是一个穿着女仆装,却留着胡茬的男人,他一只手拿着拖把,另一只手在掀自己的裙摆,露出了底下蓝白条纹的短裤。玻璃大门的两边还摆了两只巴掌大的狮子石墩,看着没有一点震慑力,倒挺呆萌的。

玻璃门突然被推开,从里面走出了一个男人,看着四十岁上下,穿着藏青色行政夹克,内搭淡蓝色衬衫,肩上还背着一个黑色的电脑包。

"李总,三天没问题,就是这每秒的单价太低了。"男人似乎也注意到了颜笑,挺礼貌地对她笑了下,接着又继续对电话那头的人说道,"这价格太低,我怕员工有意见啊,干起活来都没劲儿了……"

颜笑看了眼那个人物摆件,又回头瞥了眼走远的男人,做得倒真是像。

"喵!"脚边软乎乎的触感,让颜笑回过了神。颜笑低头看到了一团白花花的东西,这煤气罐一样的体型,让她忍不住想到了Ugly。

那团东西半天没动静,不出声也不抬头,那慵懒的模样,像是想在颜笑的脚背上冬眠了。颜笑的脚被压得有些发麻,不知怎么的,她下意识就喊了声"Ugly"。这胖东西终于有反应了,慢吞吞地抬起了脑袋,用豆子大的眼睛盯着颜笑看。

"这是第几次了?"颜笑抽出脚,半蹲下来,"我们总是遇见。"

这猫大概就喜欢自己到处乱跑,也许又是走丢了,可就Ugly这体型,要她抱一路,应该够呛。

颜笑准备拍张照发给单扬,拍照键刚按下去,Ugly似乎被闪光灯吓到了,撒开腿就往巷子里跑。颜笑看到Ugly往右拐了个弯,接着在一根电线杆下定住了。小巷的斜对面亮着一盏路灯,路灯下站着一个人,他的影子被光拉得很长,颜笑再往前走一步,就能踩到他映在地上的肩。

这条巷子是风口,颜笑觉得冷风一直往她领口里钻,可单扬就穿着短袖和运动短裤,外套没穿,搭在肩上,手里好像还捏着一瓶带着水珠的冰啤酒。

Ugly晃着肚子,慢悠悠地走过去。单扬愣了愣,弯腰,单手把Ugly从地上提起来,放到了肩上。

"没那么容易死,"单扬对着手机干笑了一声,"放心。"

电话那头的人应该顾自说了很久的话，单扬一直沉默着，没有任何回应。Ugly 仿佛也察觉到了单扬的低气压，安分地趴在他肩上，脑袋轻轻蹭着单扬的脖子，像是想让他开心些。

单扬挂了电话，一个人在原地愣了好久。他头低着，脚尖碾着一块小石子，百无聊赖地磨着地面，像一个离家出走，却不知道该去哪儿流浪的失落小孩。

颜笑放在口袋里的手机开始振动，突然响起来的铃声让她收回了神。颜笑几乎是立马就按了这通骚扰电话，可不远处的单扬还是往她这儿望过来了。

单扬的眼睛好久都没眨一下，似乎不太确定，空旷的巷子让他的声音变得低沉："颜笑……"

"我追着 Ugly 来的，以为它走丢了。"

单扬好像也没听进颜笑的话，倒是趴在他肩头的 Ugly "喵"了一声。

颜笑还记得上次在实验室，单扬好心地跳过了问她在干吗的环节，她也该礼尚往来，不去问单扬一个人站在风口发呆的原因。

"我先回去了。"

"一起吧。"单扬几步追上来，"你为什么在这儿？"

看来单扬刚刚的确没有在听她说话。

"散步。"颜笑不想再解释一遍了。

单扬侧过头，打了个喷嚏，接着他又拎着冒着冷气的瓶子往嘴里灌了几口。颜笑刚刚以为是啤酒，毕竟单扬刚才那落寞的样子，往嘴里撑根香烟都不为过，可这会儿她看清了瓶身，不是酒，是纯牛奶。

"不冷吗？"颜笑指了指冰牛奶。倒不是关心，是好奇。

"有点。"单扬也没嘴硬。可嘴上说着冷，他还是把手里的冰牛奶一口闷了。

两人又逛回了刚刚颜笑路过的工作室，Ugly 在单扬肩上叫了声。单扬伸出手臂，Ugly 顺着他的手臂往下滑，最后有些笨重地砸到了地上。Ugly 跳上台阶，看那样子，像是准备溜进工作室。

"不拦着它？"颜笑觉得 Ugly 经常走丢，是因为单扬的放纵和溺爱，其实打几顿，猫也就长记性了。

"没事，"单扬抬手指了指，"它……"

"哟哟哟！这位美女是谁啊？"

颜笑看向说话的人，是上次她在吴健延办公室碰到的那个男生，男生身边还站着一男一女。

女生留着一头红发，打着唇钉，戴着黑色八角贝雷帽，一身黑裙子，上面印了个张着血盆大口的怪兽，打扮透着浓浓的朋克风。跟在她身后的男生戴着一副厚重的黑边眼镜，眼镜没有镜片，应该只是个装饰品，亮黄色的针织帽上还架着一副墨镜。他上身穿着一件宽大的纯白T恤，拖地的阔腿牛仔裤上有一条从裤脚一直延伸到裤裆的装饰拉链。相较于这过分洋气的两人，旁边的阿钟看起来就"朴实无华"多了。

"是谁啊，扬哥？"林文凯也好奇，就跟着起哄，毕竟单扬从来没有带异性来过工作室。

谢宁打量着站在单扬旁边的颜笑，接着勾了勾嘴角，小声自言自语了一句："是美女。"

"什么？"林文凯把脑袋凑过去。

谢宁用食指顶开了林文凯的脑袋，是个美女，所以眼前这人也跟她一样，没机会。

"他喜欢丑的。"谢宁对颜笑扬了扬眉，就自顾自进了工作室。林文凯笑着对颜笑招了下手，也跟着进去了。

阿钟那记性当然是没认出颜笑，又不死心地问了句："谁啊，扬哥？"

"颜笑。"

阿钟觉得单扬是在说废话："所以颜笑是谁？"

单扬觉得阿钟话多："你管呢。"

"不管不管，我管得了嘛。"阿钟抱起还在台阶上挣扎的Ugly，"走了Ugly，进屋去，不要在这儿当电灯泡咯。"

颜笑扫了眼门口印着的"石丽洁"："你也在这家工作室兼职？"

单扬点了下头："嗯，赚点生活费。"

"谦虚了。"

单扬没明白颜笑的话："嗯？"

骑的自行车都能买辆SUV了，几乎隔几天就换一双新球鞋，这生活费，可不是赚点就能赚来的。

"实验室的事，不用等警察来了。"

"你知道是谁了？"单扬问。

"嗯。"

"你打算怎么处理？"

"你呢？"颜笑反问。

"我？"单扬笑了声，"可那人针对的是你。"

"你不也受伤了吗？"颜笑说着看了眼单扬的脚，"不过刚刚好像不瘸了。"

"有吗？"单扬似乎才想起这茬，"我都没注意，可能是好些了。"

"好得挺快的，医生不是说至少要一两个月的恢复期吗？"

"时好时坏吧。"单扬扯开话题，"你好久没练球了，这几天要不要……"

单扬抬头发现颜笑在盯着他看,而且目不转睛,橘色的路灯和从对面工作室里飘出的轻音乐又给空气添了几分暧昧。单扬轻咳了声,偏开脸,过了几秒回过头,却还是撞上了颜笑的眼睛。

单扬抬手抹了下脸:"我脸上有东西?"

"没。"颜笑摇了摇头。

"可你一直盯着我看。"

"抱歉,"颜笑移开视线,语气平淡,"刚刚在发呆。"

"没关系,"单扬倒笑了,"理解。"

颜笑准备回去的时候,接到了叶瑾的电话。她说齐思雅在面馆吃面的时候跟烨子闹得不愉快,两人推搡的时候,齐思雅扭到了腰。

单扬帮颜笑拦了一辆出租车,叶瑾那边的电话一直没挂,颜笑一路也只顾着安慰叶瑾了。到了医院,等司机停了车,颜笑才注意到坐在副驾上的单扬。

单扬付了钱,帮颜笑开了车门。

"谢了。"

"客气。"

"你在跟谁说话,笑笑?"那头的叶瑾问。

"没。"颜笑对单扬点了下头,示意他可以先回去了,"你们现在在哪儿?我到医院了。"

"思雅在拍片子,烨子跟着去了,在门诊五楼。"

"好,我马上来。"

进了电梯,信号变得不太好,叶瑾那头的声音断断续续的,合上的电梯门重新打开了,一个护工推着一张病床走进来,接着又挤进来了好几个人。颜笑退到了角落,她感觉她的右脚踩到了别人,后背还抵着那人的胸口。她侧头,看到了映在镜面上的两个影子。从她的角度看过去,两个影子几乎贴在了一块儿,矮一些的那个是她的,另一个高的,是……

"单扬!"

颜笑听到她头顶的呼吸声停了几秒。她望向在冲单扬招手的人,是她在"石丽洁"工作室门口遇到的那个穿行政夹克的男人。

"你怎么在这儿?"老何说着想让他们这边走过来。本来电梯里就挤,老何这一乱动,站在颜笑前面的几个人又后退了几步,颜笑也只能被迫往后退。

"小心。"单扬没张手,只用手腕托住了颜笑的腰。

接着颜笑听到单扬笑着低骂了句"傻缺",颜笑以为单扬在骂她。

"抱歉……"

颜笑直了直腰,往角落里挪了一小步,可她感觉单扬也跟着挪过来了。

"挺挤的,那边,"单扬又自顾自解释了一句,"刚刚的'傻缺'不是在说你。"

电梯门开了,护工推着病床出去,电梯瞬间空了不少。

"叫你呢。"老何没眼力见地凑过来,"怎么不理人啊?刘总记不记得,就是安戈立的刘总,刚刚我送他来医院的……"

老何的话还没说完,单扬就跟着颜笑出了电梯。

"哎,不是,你着魔啦?认不得我了?"老何纳闷了,"还是哑巴了?一句话不说,我俩是 stranger(陌生人)吗?"

单扬跟着颜笑过去,还没来得及和叶瑾打了声招呼,就被老何拉走了。

叶瑾看了眼走远的单扬,问:"你怎么跟单同学一起来的?"

颜笑略过了叶瑾的这个问题:"思雅怎么样了?"

"还不知道,人多,可能还在排队。你……你最近好像总是跟那个单同学待在一块儿,"叶瑾问得委婉,"是因为最近总去练球吗?"

"嗯。"颜笑也没多解释。

"这几天有跟小林联系吗?"

"没有。"

"你们两人的恋爱谈得也真是,"叶瑾摇了摇头,"不像恋人,倒像相敬如宾的朋友,偶尔联系,偶尔抽空谈个恋爱。不过现在的年轻人也的确都忙,得花时间学习、工作,还要费精力处理本不必要的人际关系,好不容易闲下来,又开始逼自己思考人生的理想和生命的意义了。"

颜笑没让叶瑾留下来等,给她打了一辆车,让她先回去休息。烨子他们还没出来,颜笑回去的时候,发现她刚刚坐的位置上多了一个牛皮纸袋。

"给你的。"

颜笑没回头,却知道身后站着的是谁,问:"你还没走?"

单扬拍了拍椅子,示意颜笑坐下:"等我那个朋友。"

颜笑没坐到单扬边上,走了几步,坐到了对面:"他是你老板?"

单扬点了点头:"算是。"

"在电梯里的那句'傻缺'骂的是他?"

"嗯。"

"刚刚的车钱是你帮我付的?"

单扬点头:"嗯。"

"你的腿其实没事。"

单扬的头惯性地点到一半,聪明如颜笑,他现在狡辩也没什么用了:"嗯。"

"为什么?"

"我跟你一样,"单扬盯着颜笑,"爱演戏。"

"没明白你的意思。"

"本来也就没什么意思,"单扬站起来,把牛皮纸袋放到了颜笑手边,"我爱演瘸子,所以装瘸子。"

"那你挺有天赋的。"颜笑干笑了声。

"嗯,天赋异禀。"

"东西拿走吧。"颜笑瞥了眼纸袋。

"留着吧,你用得到。"单扬说着又把外套脱下来放到了颜笑腿上,"还有这个。"

"不用……"

颜笑刚抬起来的手又被单扬按回去了。

"用外套遮一遮,"单扬的声音压得更轻了,"你裤子上染了那个。"

底下微微的湿意让颜笑反应过来单扬的话,等她再抬起头时,单扬已经走远了。单扬很高,他混在人群中本就扎眼,大家又都裹着厚外套,身上单薄的短袖和短裤让他在凉秋里显得更加格格不入。

颜笑打开袋子,里面放了一袋一次性无菌内裤、三包不同牌子的卫生巾,还有一袋红糖和一罐热咖啡,咖啡上还贴着便条:别喝,暖肚子。

男人过分体贴入微,大概分两种可能,要么是渣男,要么就是真喜欢你。

颜笑不是丑小鸭变白天鹅,她挺幸运,没有颜值尴尬期,一直都漂亮。她熟悉学生时代男生殷勤的样子,也清楚他们笨拙的讨好,或是为了获得关注,开始令人生厌的有意挑拨。

可单扬跟他们好像又不一样,他不殷勤,也不似在讨好你,他做事时常古怪,看起来突兀,却不会让人感觉到冒犯。你没理由接受他的好意,却也一时找不出拒绝他的理由。

单扬刚刚坦荡的眼神和不太正经的回答,倒让颜笑暂时排除了第二种假设。毕竟,他喜欢丑的。

片子出来了,齐思雅没伤到骨头,但是软组织损伤,医生让她回去用热毛巾敷一敷酸痛的地方,还给她开了些膏药。这结果算好的,但齐思雅看起来有些失望。

"还很痛?"颜笑瞥了眼齐思雅拧在一块儿的眉头,"你和烨子怎么回事?"

齐思雅叹了一口气:"最近我的账号准备做一期记录底层人民生活日常的视频,我去面馆吃面,不正好看到这个烨子了嘛,我觉得他形象挺好的,而且还是弱势群体,更能吸睛。可这采访没弄到,还把腰摔伤了,要伤就伤重点,这样不痛不痒的,什么都讨不到。"

"你要真想讨,也行。"

齐思雅半眯起眼睛:"什么意思?"

"忍忍。"颜笑说着,把手伸向了齐思雅的腰。

"啊啊啊!"

颜笑的力道控制得刚好,不至于再弄伤齐思雅,但也让她着实地痛了一把。齐思雅杀猪般的叫声终于让走在前面的烨子停下了脚步。

"怎么了?"烨子朝颜笑打了个手语。

"她走路又扯到腰了,虽然没伤到骨头,但肯定也需要一段时间调养,这几个星期的生活和学习应该都会受到影响。"

"对!"齐思雅立刻附和,"你得负责啊。要不是你那么使劲推一把,我现在肯定活蹦乱跳的,至于这样走一步、停一步的吗!"

"活、该。"烨子这回开了口,语气带着讽刺和厌烦。

"哟!会说话呢,我还以为你是哑……"

"巴"字还没说出口,颜笑就伸手封住了齐思雅的嘴巴。

烨子又对颜笑打了个手语。嘴被捂着,齐思雅的声音含含糊糊的:"他怎么一会儿说话,一会儿比画的,到底是不是个哑……"

颜笑捏住了齐思雅的嘴唇:"他说,要不他来背你。"

齐思雅拉开颜笑的手:"别了,我怕他背到一半把我扔下来,到时候就不是摔到腰了,说不定就摔到脑袋了。"

烨子却自顾自折回来了,他半蹲到齐思雅跟前,拍了拍自己的肩。

齐思雅看了眼颜笑,颜笑抬了抬下巴,示意她上去:"上去吧,不是想讨点东西吗?"

齐思雅有些小心地搭上烨子的肩:"那个……我有点重的,背不动就趁早说,我可不想再摔一次了。"

烨子没说话,拉着齐思雅的手臂环上了他的脖子。齐思雅的手心擦过烨子的胸,她的视线扫着烨子的侧脸,又沿着脖子往下,瞥到了烨子藏在T恤衫里的胸肌。胸肌挺硬、挺大的,没想到这人看着瘦,还挺有料的。

颜笑和齐思雅回宿舍的时候已经过了门禁的时间,是张瑶偷偷摸摸下来给她们开的门。

"严不严重?"张瑶搀住了齐思雅的一只胳膊,"刚刚笑笑给我发消息,都快吓死我了。"

"没事。"齐思雅知道张瑶胆子小,笑着安慰了一句,"大概就是抻着腰了。"

"这几天在宿舍躺着吧,"颜笑扶住了齐思雅的腰,"我和幺儿轮着帮你带饭。"

"那可太好了,"齐思雅往颜笑肩上一靠,"我可以心安理得地当个寄生虫了。"

"你们待会儿回去注意些。"张瑶突然说了句。

"怎么了?"齐思雅问。

"陈星怡在宿舍不知道发的什么疯,我回去的时候,地上全是她从床上扔下来的被子和枕头,嘴里还不知道在瞎叫着什么。"

"那是得小心点,"齐思雅点头,"免得我二次软组织损伤,"齐思雅想起刚刚颜笑往她腰上来的一下,又改了口,"不对,是第三次。"

齐思雅说着看了颜笑一眼,好像这才注意到颜笑绑在腰上的男士外套。

"Mammut 的冲锋衣?"齐思雅好奇地道,"顾彦林什么时候换风格了?不走优雅贵公子风了啊?"

"是啊,"张瑶也扫了眼,"改走运动风了,不过这外套挺酷、挺好看的哎,能不能跟顾少要个链接,我给肖军也买一件。"

颜笑却没回答,齐思雅看出了颜笑的不对劲,没跟着张瑶起哄。

"你俩还好吧?"

"挺好。"颜笑回答。

齐思雅其实一直不看好颜笑和顾彦林的感情,当然不是觉得颜笑配不上顾彦林,可两人在家庭背景和经济实力上的确存在挺大的差距。

顾彦林具有所有花心的条件,有钱、有颜、有才,这样的男人,身边从来不会缺爱慕对象,出不出轨,其实都只取决于他想不想,如果他愿意,身边的人大概能每天都不重样。而颜笑这人性子又淡,撒娇示弱,她都不会,她不懂得,也不屑于讨好男人。这样两个人凑到一块儿,还能交往挺长一段时间,也真的是有些匪夷所思的。

齐思雅这边想着,那头颜笑的手机屏幕就亮了。不是故意的,但离得近,齐思雅瞥到了刚跳出来的那条消息。

——外套记得还我。

不是顾彦林的头像,头像是个有些怪异的章鱼哥。

## 第五章

### 我有更想要的

Z大的三个参赛作品，最后只有颜笑他们组进了华东赛区的预赛。

颜笑去吴健延办公室拿参赛证的时候，在走廊上碰到了宋羽霏。宋羽霏低着头，步履匆匆，像是有意要躲开颜笑。

宋羽霏最近都没怎么来上课，听陈淮说，是因为她的身体不好，但也挺凑巧的，正好在颜笑被锁在实验室后的第二天，她的身体突然不好了。不过宋羽霏的确是一脸憔悴，没化妆，气色看起来很差，倒真像是久病初愈。

"聊聊吧。"颜笑叫住宋羽霏。

宋羽霏没回头，步子迈得更大了。

"想和我聊，"颜笑又开了口，"还是和警察？你选一个。"

"聊什么？"宋羽霏终于停下来。

颜笑没有陪宋羽霏演戏的心情，她抬手看了眼表："最后给你三秒钟，在这儿说，还是去楼梯间？"

颜笑勾在嘴角的冷笑让人发怵，宋羽霏紧了紧衣领，进了楼梯间。颜笑给宋羽霏听了陈星怡的录音，她像是早就料到了，眼底没什么意外。

"不问我想要什么吗？"

"你想要什么？"宋羽霏望向窗外，"你不就是想看我变成一个笑话，不就是想要报复我吗？"

"怎么会这么想？"颜笑轻笑了声。

"别装了！"宋羽霏瞪着颜笑，"你讨厌我，不是吗？我处处跟你竞争，却又每次都败给你，是不是觉得我可悲又可笑？"

"是挺可悲的，但我不讨厌你，别把你自己脑子里臆想的嫉妒和愤懑加在我身上了。我既不会把关注点放在你身上,也从来没把你当作我的竞争对手,"颜笑看向宋羽霏,"你,还不够格。"

宋羽霏像是被戳到痛处:"你知道吗,颜笑?我最讨厌你这副模样!好像全世界只有你是胜者,别人都是垃圾!你凭什么这么高高在上!你以为你是谁啊?"

"我谁也不是,但我珍惜自己的一切,我的身体、我的灵魂,我不会出卖它们。可有些人愿意出卖,像你,或者像陈星婉。"

颜笑能察觉到她提到"陈星婉"的时候,宋羽霏眼里闪过片刻的诧异。

"做坏事的人到底是你,还是别人,我也不想再浪费时间深究了。我不是法官,没有义务要帮你伸张正义,何况你也并不无辜。"颜笑看着宋羽霏逐渐涨红的耳根和紧紧攥在一块儿的拳头,知道她并没打算供出另一个人,"但总要有一个人得揽下这事、受到惩罚,是谁都行。"

颜笑从包里掏出一张照片,开门见山:"照片后面有他的信息。"

宋羽霏警惕地盯着颜笑:"什么意思?"

"放心,没让你杀人放火,只要坏了他的名声,让他在学校待不下去就行了。"

宋羽霏低头看着照片上的中年男人:"你跟他有什么过节?"

"这你不用管。"

"那我要怎么做?"

"要怎么做是你自己的事。"颜笑把照片塞到了宋羽霏手里,"不过提醒你一下,你把我锁在实验室,非法拘禁倒算不上,但学校这边给你的处分是会永远留在你的档案里的。"

"你威胁我?"宋羽霏把照片狠狠扔到地上。

"对。"颜笑说。

吴健延的办公室比平时安静很多,往常还没到门口,就会听见那几个老教授在工位上的说笑声,可今天没半点动静。颜笑抬手敲了门。

"请进。"

颜笑望过去,看到了趴在吴健延办公桌上的女人。

女人的头侧向窗户,颜笑看不见她的脸,但她给颜笑的感觉,倒让颜笑一下子想到了那次醉酒坐在吴健延车上的女人。跟那天一样,一身高质感的职场套装,一头精心打理过的头发和搭在桌沿上、细长漂亮的手。

看来人半天没动静,单芳先开了口:"是要找哪位老师吗?他们都去开会了,去了也挺久了,大概也快回来了,你可以先坐下来等一会儿。"

"好,谢谢。"

颜笑看女人点了几下手机,大概是准备给谁打电话,没几秒就响起了音乐铃声。女人的手指一下一下地轻敲着桌面,勾在脚背上的高跟鞋随着手指的节奏打着地面。铃声重复了好几遍，可那头的人也没接。女人也挺有耐心，等铃声停了，她又拨了回去，反复好几遍，电话才终于通了。

"说。"那头的声音混着风声。

"在骑车呢？"单芳问。

"嗯。"

"我在你吴叔叔的办公室，他去开会了，我一个人待着无聊，你带我去逛逛呗。"

"我能带你去哪儿逛，Dora？爱冒险的朵拉，你该自己去冒险。"

刚刚颜笑还没听出那人的声音，这会儿语气里满满的吊儿郎当，想让人听不出来他是单扬都难。

"别叫我 Dora 了！你和吴健延故意的吧，我没看过那动画片也就算了，你们明明知道朵拉顶着智障的朵拉头，背着土了吧唧的紫色书包，还一口'Dora''Dora'地叫我！"

"你不是喜欢吗？"单扬笑得无奈。

"行了行了，我已经改名字了。"

单扬配合地问："那请问单女士，我现在该称呼您什么呢？"

"Stella，叫我 Stella。"

单扬"哦"了一声："Stella 女士。"

"你快过来，我都要坐睡着了。"

"有事，"单扬拒绝道，"去不了。"

"什么事？"

"急事。"

"你每天无所事事的，"单芳嫌弃道，"能有什么急事？"

"很急的事。"

单扬刹了车，那头传来了轮子摩擦地面的声音，接着颜笑听到单芳叹了口气。

"竟然给我挂了？"单芳抬起手臂伸了伸腰，转头看了眼坐在对面的颜笑，"同学，你是要找谁啊？"

"吴教授。"

"吴健延吗？"

颜笑点了点头。

单芳打量着颜笑，感觉她有些眼熟："你是不是上次吴健延说的，那个脑子好的漂亮人啊？"

颜笑没明白单芳突然冒出来的这句话，单芳又解释一句："就是专业第一。"

颜笑刚准备回答单芳，口袋里的手机就响了几下。

"你先回消息吧。"单芳提醒道。

单扬发的。

单扬：你在哪儿？

单扬：方便的话，把外套还我。

单扬：我过去拿就好。

颜笑瞥了眼在低头看手机的单芳，不知道出于什么心理，她给单扬发了定位。

单扬秒回。

单扬：好，你等我。

单芳看颜笑回完了消息，问道："同学怎么称呼？"

"颜笑。"

"这名字好听哎。"单芳又问，"有男朋友了吗？"

单芳的语气像是长辈对晚辈的关心，虽然有些唐突，但倒也不会让人觉得太冒犯。

"嗯。"

"哦。"单芳眼底透着些可惜，"本来还想把我儿子介绍给你呢，我儿子虽然……"她及时刹住了车，总不能在外人面前骂单扬笨吧，"但是他帅啊，他真挺帅的！"

就单芳看起来的年纪，和她刚刚跟单扬的对话，颜笑觉得单芳大概是单扬的姐姐，她儿子再大也不可能会比单扬大。

"是吗？可惜我不喜欢比自己小的。"颜笑开了句玩笑。

"你大几啊？"

"大三。"

"那我儿子不会比你小，他……"

单芳的话说到一半，不知道被什么勾走了神。颜笑顺着她的视线往门口望去，看到了靠在门上的单扬。

"不是说有急事吗？"单芳笑了，"怎么还是来了？"

"不是找你的。"单扬回答。

单芳以为单扬在嘴硬："行，这办公室总共就两人，你不是找我，难道——"她指了指颜笑，"是来找她的啊。"

单扬没回答，几步走进来，在颜笑跟前站定："走吗？"

颜笑看了眼一脸蒙的单芳，说："我要拿参赛证，得等吴教授回来。"

"行。"单扬自顾自拉了个椅子，坐到了颜笑身边。

单芳觉得自己莫名其妙就变得多余了，她张了张嘴，最后还是一句话没说。

空气安静了好一会儿，接着颜笑听到单扬的手机连着振动了好几下。

对面的单芳还在低头打字，单扬只淡淡瞥了眼弹出来的消息，就把手机丢回了口袋里。两人在一个屋子里，却要发消息，颜笑有眼力见，知道单芳大概是想跟单扬说一些不能让外人听的话。

"我出去透透气。"

颜笑起身,单扬也跟着站起来,却被单芳叫住了。

等颜笑带上门出去了,单芳才开口:"解释解释?"

"解释什么?"

"你和颜笑。"

单扬有些意外:"你怎么知道她的名字?"

"聊天了呗。"单芳跷着腿,抬着下巴指了指面前的椅子,示意单扬坐下,"想不想知道我们都聊了些什么?"

颜笑话少,就算坐上一整天,也不会和单芳聊出什么正经东西来的。单扬知道单芳大概率就是在骗他,但他还是乖乖坐下了。

"你知不知道他有男朋友?"单芳问。

单扬嘴里闷出来一个"嗯"。

"她说,她男朋友很帅。"

单扬回了一个"哦"。

"她还说,她男朋友很聪明,很有才。"单芳是在瞎说,但她想着颜笑本身就优秀,能看上的,肯定也不会是一般人。

"嗯。"单扬明显有些不耐烦了。

单芳继续编道:"她挺喜欢她男朋友的,说毕业以后,就会结婚。"

"是吗?有多喜欢?"

单芳被单扬问住了:"愿意结婚,那应该不是一般的喜欢吧。"

"也不一定。"单扬终于抬头看了单芳一眼。

单芳知道单扬指的是什么,有些心虚尴尬地别开了脸。

"你们还聊了什么?"单扬又问。

"还聊了你。"

单芳这话刚说完,单扬就笑了。

"笑什么?"

刚刚单芳说的那些,单扬暂且还半信半疑,这下他知道单芳是在胡扯了,颜笑怎么可能会跟别人聊他。

"我不信,"单扬直言,"她跟我没那么熟。"

可单扬看起来倒跟颜笑挺熟的,刚才他等颜笑的样子,像极了是来接女朋友的,两人之间的氛围莫名透着自然和熟稔。

"所以你们怎么认识的,又是什么关系?"单芳早就过了喜欢听少女少男懵懂心事的年纪,但她还是很愿意听一听自己儿子的八卦。

"偶然认识的,"单扬却一头冷水浇下来,"没什么关系。"

"连朋友都算不上？"单芳纳闷了。

"算不上。"单扬说着又补了句，像是想给自己找了个借口，"她不是那种随便跟别人交朋友的人。"

"哦。"单芳很给面子地点了点头，接着小声嘀咕了句，"我看你也不是想跟她做朋友呢。"

颜笑坐在走廊的长椅上，身后就是吴健延开会的会议室，里面几个老教授的声音特别洪亮，他们应该是在争辩着什么，情绪有些激动。虽然只隔了一堵墙，颜笑却还是没听清楚他们讨论的话题，她承认，她有些走神。

单扬和单芳在的办公室，大门紧闭，和这会议室一比较，安静得出奇。

又过了几分钟，会议室里的老教授们像是终于达成了共识，争论声戛然而止。像是掐着点，斜对面办公室的门也打开了，单扬从里面走出来，他的视线扫向颜笑，人却没朝她那儿走过去。

会议室的门也开了，一群人往外涌出来，走在最前面的是几个年纪较轻的老师，脸上都挂着些烦躁和疲惫。吴健延最后才出来，他先是看到了靠在墙上的单扬，单扬对吴健延点了下头，然后抬手往吴健延身后指了指。

吴健延回过头一看："颜笑？"

颜笑起身："吴教授，我来拿参赛证。"

"对对对！"吴健延拍了下额头，"这几天一直在开会，有些晕头转向了，都忘记这事了，幸好你记着。跟我进来吧，我拿给你，你顺便把小微他们的也拿上，省得他们再跑一趟。"

"好。"

人群散了，颜笑瞥了眼刚刚单扬站着的地方，那儿已经没了人影。

吴健延看了眼靠在椅子上打电话的单芳，也没去打扰她，伸手碰了碰她的杯壁，转头对颜笑说了句"等一下"。吴健延重新给单芳接了一杯温水，又悄悄收走了她手边的零食，才去抽屉里帮颜笑拿参赛证。

吴健延给颜笑的参赛实验提了些意见，两人聊了一会儿。平时要是聊起实验来，吴健延是半天不会放人走的，可今天收了不少，颜笑能看出他的心思一直放在单芳身上。

出了办公室，颜笑给单扬发了一条消息，她问单扬什么时候方便，她把外套送过去给他。

单扬没回。

借了人家的外套，却让他自己过来取，还让他等了这么久，即使性子再好的人，应该也会有些情绪了。颜笑正想着恰当的措辞，准备跟单扬道歉，她低头打着字，却被突然窜到跟前的公路车吓了一跳。

"走路得看路。"单扬却先发制人了。

颜笑脸上的表情不多，反应也不大，但她的唇抿着、拳头攥着，单扬知道她是真的被吓到了，语气放软了不少："吓到了？"

"没。"颜笑眨了下眼。

单扬轻笑了声："你也会嘴硬？"

"我的拳头更硬。"颜笑盯着单扬，攥着拳头的手似乎是在警告他下次别再做这么无聊的行为了。

"好，"单扬偏开头，忍不住勾了下嘴角，夸了句，"挺厉害。"

"外套我送干洗店洗过了。"颜笑想了想，又道，"如果你介意的话，我也可以重新赔你一件。"

"不用，没那么矫情。"

"那天的事谢谢你，也要跟你说声抱歉，今天让你等了这么久。"

"没事，就当你又欠我一个人情呗。"

单扬这话说得随意，颜笑却一脸严肃地拒绝了："欠得太多了，怕到时候还不起。"

她本来就不喜欢跟人纠缠，"礼尚往来"这事她觉得麻烦至极。

颜笑说着点开了单扬的微信头像，说："实验室的事，还有外套，我给你转点钱吧，然后……"

"两清吗？"单扬接过颜笑的话。

颜笑没回答，默认了。

单扬收起笑容："你觉得我缺钱？"

"不缺，但应该没有人会不喜欢钱吧。"

"可我有更想要的。"单扬盯着颜笑。

颜笑收起手机，抬头看向单扬："你想要什么？"

"恋爱，"单扬的眼神直勾勾的，"我想谈一场恋爱。"

颜笑觉得有趣，就单扬这条件，想谈一场恋爱不是再简单不过的事吗？

"所以需要我帮你做什么？帮你介绍合适的女生？"

"嗯，有合适的吗？"

"你喜欢什么样的？"

单扬认真想了一下："聪明的，知识渊博，冷一点，毒舌些。"

前两点，颜笑能理解，后面两点，她不太明白，所以单扬不仅恋丑，而且还有受虐倾向。

"那长相呢？"虽然知道单扬的"独特"品味，颜笑还是形式上问了句。

"没要求。"

"没要求？"颜笑扶了下镜框，笑了声，"'随便''都行'，其实是世上最苛刻麻烦的要求。"

"你这样的，"单扬说着搓了下鼻头，声音有些轻，"也行。"

颜笑并不太在意别人对她外貌的评价，可她的长相竟然"入了"单扬的眼，说实话，让她有些意外。颜笑微微皱眉："我很丑吗？"

单扬也皱了皱眉，他不知道颜笑为什么会问出这个问题。

"你平时真的不照镜子的吗？"

单扬脸上的困惑让颜笑理解了什么是审美偏差，但她也没反驳："行，我会帮你留意的。我上去拿外套，你等我一下。"

"好。"

可颜笑没走几步就被人喊住了，是刘晨峰，手里还抱着一束花。

"找思雅吗？"

刘晨峰点了点头，有些不好意思地开了口："她这几天都不接我电话，我发消息，她也不回，我感觉她可能是生我气了。"

单扬站得远，听不清刘晨峰和颜笑说了什么，只看到一个男的捧着一束花，耳根泛红，有些拘谨地抓了抓后颈，然后把手里的花和零食都塞到了颜笑手里，颜笑没拒绝，还对那个男生点头笑了下。

刘晨峰目送颜笑进了宿舍楼，又掏出手机给齐思雅发了一条消息。他眼睛盯着齐思雅宿舍所在的楼层，人往后退了几步，却被横在那儿的一条腿狠狠绊了一个踉跄。刘晨峰脾气好，本来也没想和那人计较，可那人一脸挑衅，没有丝毫的抱歉。

"你的车横停在这儿，很容易绊倒路人的。"

"所以走路得看路，"单扬从车座上下来，"毕竟你的后脑勺不长眼睛。"

单扬刚刚坐着还和刘晨峰差不多高，这会儿站起来，比刘晨峰整整高了大半个头。宽肩长腿，再加上他虚握着的拳头，手背凸着青筋，手臂的肌肉线条明显，那一拳下来，大概能把人砸晕了。

单扬罩在刘晨峰身上的黑影，让他自觉降低了音量："但你这车停这儿……"

"她有男朋友。"单扬却打断道。

"谁？"刘晨峰反应了一下，刚刚他只和颜笑说了话，"颜笑？我知道啊，顾彦林嘛，法律系的，有钱又帅。"

刘晨峰眼里的坦荡让单扬突然有些释然了："所以没关系吗？"

"没关系——吗？"刘晨峰以为单扬是指刚刚他被绊着的事，人家的拳头都握起来了，他还能说有关系吗？"当然！当然没关系了，你又不是故意的。"

可两人压根就不是在聊同一件事。

"是啊。"单扬觉得刘晨峰说得没错，自言自语了一句，"我又不是故意的。"

"哦哟！"齐思雅趴在床上，瞥了眼颜笑手里的花，八卦道，"哪个爱慕者送的？"

"不是我的，"颜笑把花放到齐思雅的桌上，"是你的爱慕者送的。"

齐思雅嘴角的笑压了下去："刘晨峰？"

"嗯。"

"你没跟他说我腰伤了的事吧？"

"没有。"颜笑不是多嘴的人，她也不喜欢打探别人的感情生活，"待会儿想吃什么，我下了课给你带。"

齐思雅叹了口气："我跟他提了分手。"

颜笑倒不意外："那找个机会好好跟他说清楚吧，让他彻底断了念想。"

齐思雅觉得颜笑也太没有好奇心了："你不问我为什么吗？"

"这世上谁和谁分开都再正常不过，"颜笑说着给齐思雅扔了一颗糖，"所以中午到底想吃什么？"

齐思雅笑了，她爱死了颜笑的洒脱干脆："我能跟你谈个恋爱吗？"

颜笑往嘴里挤了一颗糖，一本正经地摇了摇头："可能不太行。"

"啧啧啧，那真可惜咯。"

"麻辣烫还是猪脚饭？"颜笑问。

"你这拒绝了我，我都没胃口了！"齐思雅揉了揉腰，慢悠悠地翻了个身，却道，"桥头排骨和福鼎肉片。排骨要甘梅味，肉片重醋重辣，要葱不要香菜。"

"行。"颜笑笑了声。

颜笑拿上外套往外走，又被齐思雅喊住："那个哑巴的微信，你推我一下。"

"没有。"

齐思雅不信："你跟他那么熟了，都没有他的微信？"

"不是我没有，是他没有，烨子他不用微信。"

"这年头，老年机里都能下微信了，他不用微信，用QQ啊？"

"他也不用QQ，我给你他的号码，不过他一般也不会接。"

齐思雅纳闷了："他是山顶洞人吗？都不需要社交的啊？"

"他这样也挺好的，大部分的社交其实都没有存在的必要。"颜笑把号码发给了齐思雅，又提醒了一句，"他不是哑巴，以后别这么叫他了。"

"好好好。"齐思雅抬了抬下巴，"是要把外套还给那人吗？"

齐思雅从来不会用"那人"来称呼顾彦林，所以颜笑知道齐思雅指的是别人。

颜笑没多解释，只回了一个"嗯"。

"你快乐吗，颜笑？"齐思雅靠到了枕头上，突然问了这句。

"为什么问这个？"

"不以结婚为目的的恋爱，我始终觉得就是图个开心。当然，如果你另有打算，那就当我什么都没说。"齐思雅问出了她憋了很久的疑惑，"你其实没那么喜欢顾彦林,跟他在一起图什么呢?"

这问题问出来也可笑,顾彦林有的是可以图的,图钱,图他那张脸,图其他女生的羡慕嫉妒恨,可对象是颜笑,所以齐思雅没想明白。她说:"你既不贪慕虚荣,更不会去攀高枝,所以为什么?"

"也许我是呢?"颜笑说,"人总得图点什么。"

单扬感觉肩头被人拍了一下,他以为是颜笑回来了,转头却看到了另一个女生。

陈星婉能明显感觉到单扬脸上的表情在一瞬间冷了下来。

"又见面了。"

单扬自然没认出陈星婉:"我们认识?"

"不认识。"陈星婉指了指单扬的衣服,替他回忆道,"上次我喝可乐,溅了你一身,我想加你微信转账,付你干洗费,你说你没有随便加人的习惯,只给我扫了你的付款码。"

单扬捏了捏车把手,似乎还是没有想起来,问:"所以有事?"

单扬的冷淡让陈星婉一时不知道该怎么回答:"没事,就是正好又遇到了你,顺便跟你打声招呼。在这儿等人吗?"

"嗯。"

"等女朋友?"

单扬终于抬头瞥了眼陈星婉:"能让让吗?"

"什么?"

"让一下,"单扬抬手指了指,"我等的人到了。"

陈星婉回头,看到了站在台阶上的颜笑,颜笑也对上了她的眼睛,陈星婉能察觉到颜笑看她的眼神不算太友好。

"女朋友啊?"等颜笑走过来,陈星婉又意味深长地问了单扬一遍。

"不是,"没等单扬开口,颜笑就回答了,"我有男朋友了。"

"哦,"陈星婉扬了下眉,露出了意外的表情,"抱歉啊。"

"衣服给你,在干洗店拿衣服的时候,我检查过了,应该没有损坏。"

单扬半天没去接颜笑的袋子,颜笑把袋子又往单扬跟前递了递:"拿着吧。"

单扬盯着颜笑,却还是没有伸手去接,颜笑干脆把袋子挂到车把手上:"那我先走了。"

"等等。"单扬冲边上的陈星婉抬了抬下巴,"她怎么样?"

颜笑当然还记得刚刚她和单扬聊了什么话题,单扬说他想谈一场恋爱。颜笑还真的仔细地打量起了陈星婉:"挺漂亮的,但不适合你。"

先不说她和单扬被锁实验室的事到底有没有陈星婉的一份"功劳",单就陈星婉的面相来看，她的城府和手段应该也不一般，单扬要是真跟她谈恋爱，估计会被虐得连渣都不剩。

"怎样的适合我？"

"单纯天真的。"颜笑说着，看向了陈星婉，似乎意有所指。

"可我喜欢坏的。"

颜笑能感觉到单扬语气里莫名的不悦，但她也没打算深究原因，只说："也行，随你。"

作为局外人，陈星婉都能看出颜笑和单扬之间怪异的气氛，就像是孩子赌气绝食，可冷漠心狠的妈妈不仅不给他台阶下，还顺便帮他收走了碗筷，可怜无助的孩子有气没地撒，只能憋着。

"你对她感兴趣？"等颜笑走远了，陈星婉开了口。

单扬把袋子里的外套穿到了身上："跟你有关系吗？"

"可她不喜欢你，"陈星婉没就此打住，"她喜欢顾彦林。"

单扬不至于到现在还看不出陈星婉跟他说这些的目的，不耐地说："你是哪位？小三？小四，或者小五？想要上位就去找正主，不用在我面前扯这些。"

陈星婉没想到单扬会这么直接，干笑了声："你想多了。我跟彦林哥是朋友，所以当然听说过他和他女朋友的事。"

"所以？"

"他们好像挺好的，别人应该插不进去。"

"哦。"单扬压根不想接陈星婉的话。

单扬脸上的不屑让陈星婉觉得有些难堪："你是不错，长得挺帅，但跟彦林哥比起来，还是差远了。"

"嗯，你说得没错，他跟我比起来，是还差得远。"单扬说着点开手机，往陈星婉跟前递。

陈星婉以为她的激将法奏了效，勾了下嘴角："我也没有随便加人微信的习惯。"

"明白，"单扬却还是指了指手机屏幕，"但还是扫一下吧。"

陈星婉瞥了眼屏幕上的收款码，嘴角的笑僵住了："什么意思？"

"你不说我还真忘了，上次那件衣服送到干洗店也没洗干净，我重新买了一件，你补一下剩下的钱。"

陈星婉彻底怔在原地，半天才憋出一个"好"。

晚上，颜笑去了趟面馆，她去得迟，店里没剩几个人了，颜康裕和叶瑾坐在收银台边算账，两人看起来心情都挺不错。

颜笑凑上去看了眼，开了句玩笑："发财了吗？"

"嗯。"颜康裕跟着笑了声，"快了。"

"今天课多吗？"叶瑾问。

"还好。"

叶瑾瞥了眼颜笑手里的东西："手里拿着的是什么呢？"

"征友海报。"

"征友？"颜康裕皱了皱眉，"你和小林分手了？"

"不是给我，是给一个认识的同学。"

"大学就开始征友？"叶瑾觉得有趣，"现在就准备结婚了？"

"不结婚，他就想谈个恋爱。"

颜康裕看了眼叶瑾，说："现在的年轻人不都喜欢那种浪漫的、意料之外的邂逅吗？"

颜笑解释了一句："他比较着急。"

"这冬天还没到呢，"颜康裕笑出了声，"这位同学就盼着春天了。"

颜笑拿着海报往外走，烨子照旧蹲在外面的台阶上抽烟。大概在想事情，烨子有些愣神，颜笑的脚步声惊到了他，他手一抖，早就烧尽的烟头落下了一堆灰。烨子抬手拍了拍围裙，可风又"呼"地把刚抖出去的灰吹到了烨子脸上，颜笑听到他有些不耐烦地吐了口气。

"过来帮个忙。"

烨子没应，人却起来了。

颜笑指了指海报的两个角："帮我按一下，我撕一下胶带。"

烨子不知道什么时候又点了一支烟，颜笑离得近，被烟呛了一下，烨子偏头避开嘴里的烟，用手指捏灭了火星，把剩下的烟夹到了耳后。

"思雅恢复得不错，这两天下床走路也比之前利索了。"

烨子点了点头："嗯。"

"她给你打电话了？"

烨子又点了点头。

颜笑语气肯定："你没接。"

烨子忘记自己正按着海报，松了手，准备打手语。海报往下滑，他眼疾手快一抬腿，用脚尖抵住了。可烨子的脚好巧不巧落在了主人公的脸上，还留下了一个不浅的鞋印。

"抱、歉。"烨子轻咳了声，用手背抹了一下鞋印。

"没事。"颜笑只淡淡看了眼，继续用胶带把海报固定到玻璃门上。

烨子盯着这征友海报看了会儿，似乎是认出了上面的人："瘸子？"

101

一颗苹果

"打球前就非得吃个苹果？"吴泽锐好奇。

单扬啃了一大口："嗯。"

吴泽锐看了眼臭着脸的周行和禾苗："这两个又吵架了？"

"可能吧。"单扬扫了眼排球社的队伍，似不经意地问了句，"你们社团的人都到了？"

"有两个没来，"吴泽锐翻了下手里的点名册，"怎么了？"

"没事，随便问问。"

吴泽锐低头看了看："这个颜笑，请了好多次假，就这出勤率，说不定到期末都拿不到素质分了。"

"这次又为什么没来？"单扬问。

"好像是去Q大参加化学竞赛了。"

"Q大？"

吴泽锐点头："周行明天也要去，参加ACM的区域预赛。"

"你去上个洗手间。"单扬突然来了句。

吴泽锐觉得奇怪："可我不想上啊。"

"上吧。"单扬抓过吴泽锐手上的点名册，把人推进了洗手间。

单扬找到了颜笑的名字，把"出勤"下面的好几个斜杠都改成了钩。

"干吗呢，你？"吴泽锐大概是真的没尿，出来得很快。

"没，"单扬把笔插回到吴泽锐的口袋里，合上点名册，"认认字。"

吴泽锐觉得好笑："几岁啊，还认字？"

单扬把苹果核投进边上的垃圾桶里："活到老，学到老。"

"哦，"吴泽锐瘪了瘪嘴，"信你个鬼。"

男女混打，禾苗和周行在一个队，但两人极度不配合，看着不像是队友，倒像是对手。周行故意把球传偏，禾苗也接连好几次无视周行传过来的球。

大家也自然看出他们在闹脾气，但这两人又都是一点就炸的人，没人敢开口劝和。白准给单扬使了个眼色，想让他劝劝周行。单扬懒得管，耸了耸肩，表示自己也无能为力。

"别闹了。"站在角落里的白灵突然开了口。

周行捏着球的手顿了顿，余光盯着慢慢走向他的白灵。

"我们想好好打球，"周围投来的目光让白灵红了耳根，她的声音越来越轻，却还是坚持说完了，"可以吗，周行？"

周行点了点头，没去看白灵的眼睛："好。"

"还是你妹的话管用。"吴泽锐撞了下白准的胳膊，揶揄道，"是吧，周行他姐夫。"

单扬瞥了眼傻站在原地的禾苗，把怀里的球扔给了她："还能不能打？"

"打啊，"禾苗收回视线，勉强勾了下嘴角，"怎么不能打，我随时能打。"

可禾苗也是嘴硬，整场下来都打得心不在焉，最后意识到两队的比分拉得太大，才终于找回了些神志。她这次精准地接到了周行传过来的球，可也不小心对上了周行的眼睛，她出了神，忘了回头，手上却已经提前使了劲，球没找准方向，翻过网，飞到对面，最后狠狠地砸上了白灵的胸口。球的力道大，白灵吃痛，人往后退了好几步，嘴唇一下子没了血色。

禾苗攥了攥拳头，像是吓到了，可也只愣了一下，就立马绕过网跑到白灵身边："对不起对不起，我刚刚走神了，我……"

"你打球不看球的吗！"周行吼了句。

禾苗吼了回去："我又不是故意的！"

"我陪你去医院。"

周行说着想去拉白灵的手，白准却伸手挡了下："我陪她去吧。"

吴泽锐看周行半天不应，就推了推白准："那就赶紧去吧，去拍个片子，看看有没有伤到骨头。"

"能走吗？"白准扶住了白灵。

"嗯。"白灵又回头看向禾苗，"我知道你不是故意的，应该没什么大事，所以你别着急。"

白灵的安慰让禾苗觉得自己真是个小人，从前的嫉妒在此刻像是滚烫的沸水，浇得她快掉层皮了。

排球队的都没走，都在体育馆里等白准的消息。知道白灵没事，他们才松了口气。

"幸好我们小白灵没事，"一个男生跟禾苗开着玩笑，"不然我们跟你没完呢，苗姐。"

另一个男生也应和："是啊，白灵可不像你，是个女汉子，人家可娇弱得很。"

"说什么屁话呢，"吴泽锐帮禾苗说了句话，"禾苗又不是故意的。"

"谁知道呢，"那男生却不收敛，"说不定就是因为嫉妒呢。"

禾苗抬头，眼神阴郁："什么意思，把话说清楚！"

"没什么意思……"那男生也不想真把禾苗惹毛了，毕竟她的脾气是出了名的爆。

"说清楚！"禾苗起身，捞过了球，准备砸向那男生。

"有完没完！"周行把球拦下来，"砸一个还不够，还要砸几个？"

"关你屁事，我爱砸几个砸几个！"

周行有些无奈地摇了摇头："禾苗，你为什么总这样，你能成熟一些吗？"

"对啊，我为什么总这样。"禾苗苦笑了一下，"我可能有病吧。"

103

排球队的那一堆人突然又骚动起来,单扬他们的手机在下一秒也跟着响了几下。

"我去!"吴泽锐止不住笑,"这是谁啊,征友广告?还是粉嫩粉嫩的背景,不得了哦!"

禾苗没心情留下来八卦,抓过外套和包就出去了。周行也不是爱凑热闹的人,可群里的消息还是让他忍不住凑了这热闹。

"你?"周行把照片放大了,递到了单扬眼前。

单扬扫了眼,也有些意外:"哪儿拍的?"

吴泽锐往上划拉消息:"学校的一家面馆门口。"

"谁搞的?"周行皱了皱眉,"恶作剧?"

单扬不禁想到了之前他跟颜笑说过,他想谈一场恋爱。

单扬:"明天陪你去Q大比赛。"

周行觉得单扬想一出是一出:"为什么?"

"没为什么,我乐意。"

"我不乐意。我们团队赛,带着你干吗呀?"

"我帮你订酒店。"

"学校有安排酒店。"

单扬又道:"我包你三餐。"

"酒店包三餐。"

单扬却装聋:"几点集合?"

周行叹气:"七点,南校区大门。"

车上很静,颜笑的手机有些突兀地响了两下。单扬发来了那张征友海报,还在身高那栏画了个圈。

单扬:不是193cm,是193.65cm

还精确到了小数点后两位,果然男人对身高都有特别的执念。

顾彦林看到副驾上的颜笑勾了下唇,问:"怎么了?"

"没事。"颜笑收起了手机,"你待会儿回去吗?"

"赶我走啊?"顾彦林打了下方向盘,"今天不走,等你比完赛,再跟你一起回去。"

"这几天不忙?"

顾彦林点了点头:"律所要跟的案子都处理完了,最近可以多陪陪你了。"

"嗯。"颜笑侧头望向窗外,"你也总是挺忙的。"

顾彦林以为颜笑是在怪他:"没办法,急事都挤到一块儿了。"

"前几天碰到了一个人。"

"碰到谁了?"

"你认识陈星婉吗？"颜笑看着顾彦林。

顾彦林顿了顿："认识，小时候是邻居。"

"她的双胞胎妹妹是我室友。"

"这么巧？"顾彦林像是真不知道，"你们相处得怎么样？星怡的脾气一向不怎么好。"

"还行。"

"你们，"顾彦林又问了句，"聊了些什么吗？"

"谁们？"颜笑盯着玻璃窗，看着顾彦林的反应，"和陈星怡，还是，陈星婉？"

"星婉，"顾彦林踩了刹车，伸手覆上了颜笑的手背，"你们那天聊了些什么？"

"忘了。"颜笑抽出手，理了下头发，"不过应该没聊什么重要的事，毕竟我跟她不熟。"

"最近面馆生意怎么样？"顾彦林扯开了话题。

"挺好的。"

"叔叔的身体呢？"

"也挺好的。"

"那有没有什么趣事想跟我分享的？"

"趣事？"颜笑反问。

"嗯，"顾彦林瞥了眼颜笑的手机，"就比如刚刚你在手机上看到了什么？"

"长颈鹿。"

"长颈鹿……"顾彦林的话还没说完，架在那儿的手机就亮了一下。

颜笑淡淡瞥了眼跳出来的消息，靠到椅背上，闭上了眼："有些困了，想睡会儿。"

"好。"顾彦林按掉手机，"到了叫你。"

Q 大 ACM 赛点的参赛学校挺多的，三人一组窝在一台电脑前，每组用小纸板隔开来，密密麻麻地集成了一大个长方形方块。

比赛从九点开始，一直到下午两三点才结束。中间一些初级选手，在前两个小时也就发挥得差不多了，做了常规的"签到题"，也研究不出来那些难题的算法，陆陆续续就提前出来了。周行他们组做到了最后，出来的时候，周行看到单扬手里提着一袋东西。

单扬把袋子往周行跟前送了送："拿着。"

"什么？"

"麻辣脑花。"单扬指了指太阳穴，"怕你用脑过度，给你以形补形一下。"

周行皱眉，嗤之以鼻："用不着。"

"拿奖了没？"单扬问。

周行没说话，自顾自往前走，用筷子扒拉了一下泡沫碗里的脑花："怎么没放香菜？"

单扬伸手去抢："爱吃不吃。"

周行抓着不放："勉强一吃。"

"所以拿没拿？没拿也没事，重在参与……"

单扬安慰的话还没说完，周行就把手机扔到单扬怀里，手机屏幕上是周行他们队在台上领奖的合照。

"装屁啊。"单扬用力拍了下周行的后脑勺，"拿金奖还这么淡定，垃圾袋都没你能装。"

"跟你学的，"周行搭上单扬的肩，"你这富得流油了，不还这么低调吗？"

"我这叫质朴。"

"行。"周行点头，"我这叫……"话还没说完，周行突然被单扬拽进了另一个报告厅，"你干吗？"

"凑个热闹。"单扬拍了拍座位，示意周行坐下。

周行扫了眼报告厅，视线最后固定在了演讲台上。台上的颜笑穿着黑色短款西装外套、白色绸缎衬衫、微阔的西装长裤，整套黑色正装衬得她修长利落，长发和珍珠耳钉却又给她添了些知性温柔。

瞥了眼已经在走神的单扬，周行认命地坐下了。是他自作多情了，以为单扬还真是来陪他比赛的。

颜笑发言完，周行听到边上的单扬跟着其他观众开始鼓掌，还点头夸了一句"不错"。

"你听懂了？"周行问。

"怎么可能。"单扬倒诚实。

顾彦林晚上接了个电话，说有急事要处理，开车回了趟律所。颜笑就和另外两个队友在酒店边上的一个烧烤摊吃了晚饭，顺便讨论了明天决赛答辩的内容。

正经事聊完之后，对面两个队友的气氛就变得不寻常起来了。罗腾和陈小微大概还没确认关系，两人之间互动暧昧，但当着别人的面，也就点到为止。

颜笑听张瑶在宿舍里八卦过罗腾和陈小微的事。罗腾上个月刚失恋，被前女友甩的，陈小微跟罗腾是高中校友，应该很久以前就对他有好感了，但那时候想着早恋不好，陈小微也就没表白，好不容易进了同一个大学，可罗腾又谈了个女朋友。就这样，陈小微前前后后等了罗腾四五年。

霓虹、月下微醺，还有肩擦着肩的低语，此时此刻是调情的不二之选。桌底下，罗腾的手已经悄悄搭上了陈小微的大腿，陈小微耳郭泛红，羞涩地抿着唇，但也没伸手推开罗腾。

颜笑没打算留下来当观众,可她也不想空着肚子回去休息。

隔壁桌的笑声很大,一桌大人,中间坐着一个小女孩,她金白色的头发在灯光下泛着光,如果不仔细看,大概看不出她的异常。过了几秒,小女孩提着一小篮子的橘子朝颜笑走过来,颜笑能清楚地看到小女孩白色的睫毛和眉毛,还有眼球的震颤。

"姐姐要吗?很甜的。"

"不要去打扰别人。"那桌的一个女人笑着提醒了句,大概是女孩的母亲。

"可橘子很多,吃不完会坏掉。"小女孩又凑到颜笑耳边轻声问了句,"拿一个吗?我爸爸爱吃橘子,但他上火了,不能吃这么多橘子。"

"好。"颜笑接过橘子,又从包里掏出一瓶牛奶,"香蕉味的,很好喝。"

小女孩摆摆手:"姐姐自己留着喝吧。"

颜笑学着女孩刚刚的话:"我是爱喝,但我怕胖,不能多喝。"

小女孩知道颜笑在逗她,但还是接过了牛奶:"那谢谢姐姐。"

小女孩把牛奶塞进小包里,提着橘子又往边上走,颜笑的视线跟过去,看到了坐在她斜后方的两个人。

"哥哥你是跟我一样吗?"女孩指了指其中一个男生的头发,"也是金色的。"

两人背对着这边,那个金头发的男生侧过头,颜笑看清了他的脸。

"嗯,你俩一样。"周行没开口,单扬先抢了话,"公主的头发都是金色的。"

"可这哥哥是男的。"小女孩不信。

周行悄悄掐了下单扬的大腿,又转头对小女孩笑了下:"男的也能当公主。"

"用苹果跟你换橘子。"单扬给小女孩递了一颗大苹果。

小女孩摇头,转身指了指颜笑:"包包里装了姐姐给的牛奶,装不下苹果了。"

单扬对上了颜笑的眼睛,颜笑对单扬点了下头,移开了视线。颜笑在群里转了她的那份饭钱,对陈小微说:"我吃饱了,先回去了。"

"等等罗腾吧,他去拿烤碟鱼头了,听说是这家店的招牌,笑笑你也尝尝吧。"

陈小微一脸期待,颜笑也不想扫她的兴:"行。"

"敬你一杯。"一个挺高挺壮的中年男人突然拎着几瓶啤酒,把手里的酒杯放到了陈小微跟前。

"我不会喝。"陈小微胆子小,不敢跟男人硬碰硬,说话还是软绵绵的。

"不会喝?怎么不会喝?张嘴就能喝!你们现在小姑娘怎么这么娇气?"男人说着还拉着椅子坐到了陈小微边上,"给个面子,喝了这杯。"

男人大概已经喝了不少,颜笑坐在对面都能闻到他嘴里冒出来的酒气。

"真喝不了。"陈小微求助地看了颜笑一眼,"要不……大哥,我帮你倒个酒吧。"

"用不着你倒，"那男人指了指对面的颜笑，"你来，你来倒。"

颜笑抽了张纸巾，自顾自擦着溅在手机屏幕上的酒，像是没听见男人的话。

男人不耐地拍了拍桌子："跟你讲话呢，装什么聋子啊！赶紧的！"

颜笑收起手机，起身拎起一瓶酒，走到男人身边。男人举着杯子等着颜笑倒酒，颜笑倾了倾瓶身，但大半的酒都洒到男人的袖子上了。

"你干吗？"

"不好意思，"颜笑扶了下镜框，"我近视，视力不太好。"

男人抖了抖袖子上的酒，把杯子往瓶口靠了靠。他甩了下脑袋，低头直勾勾地盯着杯子，那样子看起来像是真醉了，可另一只手准确无误地揽上了陈小微的腰。

男人听到耳边响起了流水声，但手里的杯子没有多一滴酒，裤子和衬衫却湿了一大片。头顶传来的凉意让男人愣了好一会儿，反应过来颜笑做了什么，男人一下就涨红了脸，猛地踹翻了脚边的椅子："找死啊！"

颜笑摔了酒瓶，拉着陈小微往边上退，男人想起身，肩膀却被人死死按住了。

男人转头一看："你是谁？"

"活雷锋。"

单扬揪着男人的领口，把他拽到地上，拖进了一旁的小巷。周行抓过外套，走了几步，又退回来拿了一把椅子，最后跟着单扬一起进了小巷。

"我好害怕，刚刚……"陈小微抱住颜笑，声音抖得厉害。

颜笑伸手拍了拍陈小微的肩，抬头却看到了躲在电线杆后的罗腾，罗腾躲开了颜笑的视线，慢慢退到了人群里。

"他不怎么样。"

陈小微一愣："我知道……"

陈小微应该是哭了，声音不大，但哭得实在不怎么好听，颜笑没再说什么，抽了几张纸塞进了陈小微手里。

送完陈小微，颜笑在走廊碰到了刚出电梯的单扬和周行，两人额头上都冒着些薄汗，外套搭在肩上，手里还都拿着几瓣橘子。单扬把外套丢给了周行，周行接过后，就自顾自进了房间。

单扬："下次别冲动了。"

颜笑点了下头："嗯。"

"你不怕刚刚那人发疯，真对你做什么吗？"单扬有些弄不明白了，"你不是爱管闲事的人。"

"你不是说我是活雷锋吗？"

"下次别当活雷锋了。"

颜笑低头看着脚底下的影子:"可你是。"

单扬第一次在颜笑的语气里听到真心实意的赞许,虽然是拐着弯的。他盯着颜笑耳垂上的珍珠耳钉,好半天才眨一下眼,刚压下去的那股燥热又浮上来了。

身边经过了一对小情侣,两人说说笑笑走到了走廊尽头,等他们的房门开了又关上,颜笑听到单扬低笑了声:"你就这么确定我会帮你?"

"不是帮我,"颜笑抬头,"是帮她。"

"可我不认识她。"

"所以你是活雷锋,"颜笑接着夸,不过语气平淡了些,"谁都愿意帮。"

单扬现在知道了,颜笑不仅说话喜欢阴阳怪气,也很会给人戴高帽,让人被迫变高尚。

"我不是,"可单扬不吃这一套,"我也不爱管闲事。"

"明白了。"颜笑点了下头,"小微现在情绪还不太稳定,等她冷静些了,我让她来跟你道谢。"

单扬没再开口,也没走,颜笑跟着单扬在走廊上站了会儿。

"你是陪周行来比赛的,ACM?"

"嗯,他说害怕,叫我来陪陪他。"

就周行那凶起来能杀鬼的样子,能说出这话,那实在诡异。

"那你进去陪他吧。"

"你害怕吗?"单扬喊住了颜笑。

"我?"颜笑不解,"怕什么?"

"明天的比赛,还有刚刚那个撒酒疯的男人。"

"不会。"颜笑回答得干脆。

单扬推门进来,周行正好拿着换洗的衣服准备进浴室,问:"聊了什么?怎么没让她请你进去坐坐?"

"我保守传统,"单扬回,"不随便进别人的房间。"

"行。"周行耳朵尖,听到不远处的房间门开了。

"怎么回来了?"颜笑的声音。

然后一个男人说了什么,单扬没听清,但连周行都听出来那声音是顾彦林的。人有时候还真的会选择性失聪,颜笑说的话单扬一个字不落地听进去了,可顾彦林说的话,单扬一个字都没听清。

"他说了什么?"单扬问周行。

"他说,"周行复述道,"想你就来了。"

单扬皱了皱眉:"然后呢?"

周行觉得肉麻,懒得再搭理单扬,抓着毛巾就想进浴室了,却又被单扬拽出来了。

"你自己没耳朵啊?"

周行说完这话,两人都沉默了一会儿。单扬耸了下肩,拍了拍自己的脑袋:"做过手术,真听不太清。"

"抱歉。"周行知道单扬指的是什么,有些不自在地抓了下后颈。

"没事,"单扬又问,"所以说了什么?"

"进来吧。"颜笑说。

这话不仅周行听到了,单扬也听得清清楚楚。

门关上了,走廊瞬间安静下来。两个成年男女,还是情侣,晚上在酒店独处,大概会发生什么,大家心里都明了。

单扬半天没出声,周行轻咳了声,说了句不太好听的大实话:"真要做什么,也不犯法。"

"今天比赛顺利吗?"

"还好。"

"很适合你,"顾彦林抬手摩挲着颜笑耳垂上的珍珠耳钉,"是上次去夜市,你买的那对吗?"

"嗯。"

颜笑今天很漂亮,因为比赛还化了淡妆,身上这套正装又是平时不会有的打扮。顾彦林知道颜笑反感亲密接触,即使心里早已蠢蠢欲动,他也不敢有所动作,就只能直勾勾地盯着颜笑看。

"不早了。"

颜笑在赶人,顾彦林自然也听出来了。

"你困了?"

"没有,"颜笑打开了茶几上的电脑,"我还要修改一下明天要用的答辩资料。"

"那我坐这儿陪你。"

颜笑"嗯"了一声,没再开口。

陈小微来敲门的时候,颜笑刚弄好手头的资料。陈小微的状态看起来好了很多,她说小组PPT还有要调整的地方,想让颜笑去一趟她的房间。顾彦林在跟客户打电话,聊案子的细节,颜笑也没打扰他,带上门就出去了。

颜笑进了屋,发现陈小微的房间里还坐着两人,一个是罗腾,一个是单扬。罗腾的嘴角泛着乌青,原本打理过的头发乱糟糟地搭在额头上,衣领也被扯大了。坐在他对面的单扬看着倒没什么事,不过走近了,颜笑还是瞥到了单扬手臂上那条细长的红色划痕,像是被指甲刮的。

其实PPT没有什么地方要调整的，陈小微是不知道该怎么办了，才叫颜笑来的。

刚刚罗腾喝醉了酒，来找陈小微，陈小微不让他进来，两人在门口纠缠了好久，正好被从房间出来的单扬撞见了。陈小微认出单扬是刚刚帮她处理醉汉的人，于是又开口向他求助了。单扬本来想打个电话叫保安上来处理的，可罗腾直接朝他冲过来了。

男人可悲的自尊和对自己怯懦的悔意，这会儿倒让罗腾攥起了硬邦邦的拳头，可惜这拳头找错了人。

今晚单扬心里本来就有些堵，他叹了口气，避开了，可惜罗腾还没完没了。单扬拎着罗腾的领子把他往墙上摔，罗腾被单扬收拾了一顿，单扬露在外面的手臂也被罗腾狠狠抓了一道。

颜笑没问怎么回事，但看这情景，也能猜出个大概了，只是她不明白为什么这么凑巧，单扬又管了这闲事。

颜笑知道陈小微心里在害怕什么，没了爱意加持的滤镜，罗腾现在对她来说，不过是个鼻青脸肿的懦夫，尤其是身边还坐了单扬这样的帅哥，这么一对比，就更相形见绌了。要让罗腾知难而退，眼前不就坐着个不错的"挡箭牌"嘛。

单扬的手机响了一下，不过他没去看，他盯着颜笑变得空荡的耳垂发了会儿呆，视线又向上移，对上了颜笑的眼睛。

"消息。"颜笑用口型提醒道。

消息是颜笑发给单扬的，她问单扬，陈小微怎么样。单扬皱眉，给颜笑回了个问号。

颜笑：你让我帮你留意的。
单扬：谢谢你，时刻为我操心。
颜笑：客气了，毕竟人情得还。
单扬：她跟其他男的还纠缠不清。
颜笑：会断干净的。
单扬：你吗？
颜笑看了单扬一眼：陈小微。

边上的罗腾呆坐了好久，起身去了趟洗手间。

"刚刚谢谢你。"陈小微给颜笑和单扬泡了杯茶，"你帮了我两次，都不知道该怎么还你这个人情了。"

"不用了，举手之劳。"

颜笑抿了口茶，心想单扬这次倒挺大方，不会追着要人情了。

可陈小微又开口道："你觉得我怎么样？"

陈小微这话一问出来，颜笑和单扬都下意识地看了对方一眼。

"我看过你的征友海报,在贴吧上。"陈小微说着红了耳根,语气真诚,"除了毒舌那点,我自认为还是挺符合你的择偶标准的。我知道以你的条件,选择应该很多,但我还是希望能给自己争取一个机会,你是个挺好的人,所以,我不想错过。"

单扬的手指来回捻着茶包垂在杯沿的细线,他万万没想到自己会被迫扯进这样一个相亲局。

"我不当什么疗伤工具。"

陈小微知道单扬指的是罗腾:"谁年轻的时候没遇到过几个垃圾呢。"陈小微说这话的时候,罗腾正好从洗手间里出来,抽水马桶的声音有些大,陈小微又有意提高了些音量,"有对比,才知道什么是好的,世上没有谁是特别难忘的,把心腾干净也不是一件特别难的事情。"

单扬点了点头,似乎很认同陈小微的话:"是该趁早把垃圾给丢了。"

"陈小微!"罗腾的酒意是比刚刚消了不少,但情绪一上来,又变得脸红脖子粗了,"你可以别这么冲动吗!"

"回去醒醒酒。"颜笑阻止了准备冲过去的罗腾,"如果影响了明天的比赛,我会向吴教授说明整件事情的经过。"

罗腾自然不想把事闹大,嘴里半天才吐出了个"好",他抬起脚就往外走,似乎一秒都不想多待下去了。

门被关上,颜笑抱着电脑坐到了一边:"你们聊。"

单扬觉得好笑,罗腾都走了,这闹剧还要继续吗?

颜笑低头看了眼时间,征求陈小微的意见:"或者剩下的我拿回去改吧。"

陈小微整个人看起来有些恍惚,也没认真在听颜笑的话:"好。"

"要改多久?"

颜笑不知道单扬为什么问这个,但还是回答了:"十分钟差不多。"

"那今晚给我补节课吧。"看颜笑不回答,单扬提醒道,"之前说好的,用课时费抵仪器的钱,你不会想抵赖吧?"

"没有。"颜笑就是不明白单扬为什么偏偏要挑今晚,"你带学习材料了吗?没带就下次吧。"

"带了。"单扬却说。

单扬大概是怕颜笑反悔,也没回房拿,发了个消息,让周行送过来。周行已经睡下了,来的时候满脸怨气,身上那套蜡笔小新的卡通睡衣和他冷酷的寸头实在违和。周行把包丢到了单扬怀里,喝掉单扬杯子里的半杯茶,走了几步,又回头给单扬竖了两个中指。

"上课吧,颜笑老师。"单扬转着手里的书。

颜笑看了眼陈小微:"小微要休息的。"

"也是，"单扬提议，"那我们开个房。"

颜笑自然知道单扬没有别的意思，但这有歧义的话被单扬用不太正经的语气说出来，就变得有些轻佻了。

"没事的，"陈小微也从包里掏出了一本书，"我平时也睡得晚，我们可以一起学。"

"打扰你不太好。"单扬说。

"不打扰。"陈小微有些尴尬地笑了声，"其实刚刚罗腾那样子怪可怕的，我今晚还真不敢一个人睡。"

单扬没再说话，看向颜笑，像是等着她做决定。

"那就一起学吧，"颜笑像走过场地问了单扬一句，"行吗？"

单扬"嗯"了声，看起来没了刚刚的精神劲："还有茶吗？"

"是凉了吗？"陈小微问。

"不是，"单扬把刚刚周行喝过的杯子丢进垃圾桶，没解释，"还有吗？"

陈小微帮单扬泡了一杯新的，又往颜笑的杯子里加了点温水。两个一样的纸杯放在一块儿不好认，陈小微提醒道："笑笑那杯我画了个五角星。"

单扬抽空瞥了眼，"嗯。"

颜笑挑了份真题，把里面的难点都罗列出来讲了一遍。

"能理解吗？"

"嗯。"单扬回答。

可颜笑知道单扬在走神："我现在在讲哪一题？"

单扬随手一指，却指对了。

"那我刚刚讲了什么？"

单扬想了想，大致复述了一遍颜笑的话。颜笑觉得单扬的智商可能并没有那么低，傻子应该是做不到单扬这样一心二用的。

"看试卷。"颜笑用笔点了点桌子。

学生似乎都有盯着老师发呆走神的习惯，颜笑也有。她偶尔也会盯着一些老教授穿在白色衬衫里的老汉衫出神，或者是他们许久没有修剪、长得茂密杂乱的鼻毛，伸腰时会出来遛弯的本命年红色内裤，在阳光下被放大的唾液星子。

所以她有些好奇单扬现在盯着她发呆的理由，问："我卡粉了？还是眼线晕开了？"

"嗯？"单扬没明白。

"或者我脸上有字？"颜笑问。

"有字？"单扬像是真信了，往颜笑跟前凑了凑，"有吗？"

颜笑感觉单扬的视线落在了她的嘴上，她下意识用指腹搓了下嘴唇。

"晕开了。"单扬给颜笑抽了张纸，偏开了头。

"谢谢。"

"客气。"单扬扫了眼放在桌上的两杯茶水,拿了其中的一杯。

期间顾彦林来了两次电话,颜笑第二次挂了之后,单扬听到颜笑的房间门开了,顾彦林的脚步声在陈小微的房间门口停了一会儿,接着就走远了。

"就到这儿吧,"单扬收掉了颜笑手里的笔,"不早了,你赶紧回去休息。"

颜笑觉得单扬还挺"三分钟热度"的,也就几分钟前还缠着她问问题,没一会儿工夫,这好学劲就过去了。当然,她也想要早点结束:"我跟小微再对一下PPT,你先回去吧。"

"行,"单扬说着又拿起杯子干掉了最后一口茶,"别弄太晚了。"

等单扬走了,陈小微坐到了颜笑身边:"我以前真是井底之蛙。"

"什么意思?"

"没见过好东西,把罗腾当成宝。"陈小微笑着摇了摇头,"女人就应该多见见帅哥,习以为常,对帅免疫以后,就能刀枪不入了。"

颜笑以为陈小微说的是单扬:"嗯。"

陈小微却说:"刚刚那个寸头帅哥,笑笑你认识吗?他有没有女朋友?"

有没有女朋友颜笑不知道,但她知道周行那性格,不是一般女生能接受的。比起周行,颜笑倒觉得单扬更适合做伴侣。

"单扬不好吗?"颜笑问。

陈小微没回答,瞥了眼打了五角星记号的杯子,里面已经空了。

"你刚刚喝茶了吗?"

"没,怎么了?"

"没事,"陈小微摇了下头,"我不会再去接触心里已经有别人的男生了。"

"就目前我对单扬的了解,他应该还没有女朋友。"颜笑解释道。

陈小微笑了声:"可能,快有了吧。"

## 第六章
### 我更想当小龙女

第二天的比赛,颜笑担心罗腾宿醉后的状态不好,调整了罗腾阐述部分的内容,所幸罗腾这人的专业知识够硬,答辩环节的临场表现还不错。

罗腾没有掉链子,最后陈小微却在台上频繁走神卡壳。决赛组都是顶尖高校中的顶尖成员,大家的实力其实都相差无几,所以细节和呈现方式的好坏就决定了评委给的分数。

陈小微下台就给颜笑道了歉。颜笑省去了"没关系"之类的客套话:"能理解,但你不该这样。"

这比赛大家做了两三个月的准备,陈小微心里也是真的觉得可惜和抱歉,眼看陈小微快哭出来了,颜笑又道:"应该能进前三。"

"那我们也能拿一等了?"

"嗯。"

颜笑话音刚落,台上的屏幕就跳出了颜笑他们组的组名。分数排名正好第三,就比第四高了零点一分。

颜笑似乎也松了口气:"一等。"

"我们待会儿一起聚个餐吗?"罗腾提议,"庆祝一下。"

颜笑摘下了参赛证,兴趣不高:"你们去吧。"

罗腾看了眼陈小微:"你去吗?"

"我也不去了。"

陈小微想要跟上颜笑,却被罗腾拽住了:"你跟上去当电灯泡吗?人家男朋友在。"

"笑笑有男朋友?"陈小微才注意到站在报告厅门口的顾彦林。

"顾彦林,法律系的,长得帅,"罗腾的赞扬里带着点酸,却又不得不承认,"家里也有钱,贴吧上到处都是他的帖子,你平时没看吗?"

"恭喜啊。"顾彦林把准备好的花递到了颜笑面前,"努力没白费。"

颜笑接过花:"谢谢。"

"我刚刚好像看到单扬和他朋友了,"顾彦林指了指隔壁的报告厅,"好像是来参加 ACM 竞赛的,我们要不要去打个招呼?"

"可以。"

顾彦林似不经意地又问了句:"他们好像也住我们那层,昨天你没碰到吗?"

"碰到了,在走廊上,"颜笑说了实话,"烧烤摊上也碰到了。"

"这么巧吗?"顾彦林顿了顿,拉住了颜笑的手,"那既然昨天就遇到过了,那我们也没必要再去跟他们打招呼了。"

颜笑沉默了几秒,直视顾彦林的眼睛,没有回避他眼底的试探:"好。"

可四人还是在电梯里撞见了。顾彦林牵着颜笑的手进了电梯,对单扬点了下头:"刚刚还跟笑笑说,要不要去跟你打声招呼呢。"

"那怎么没来?"单扬看了颜笑一眼。

"笑笑说你们昨晚就见过了。"

单扬也没说谎:"走廊上遇见了。"

"听说你得了金奖,"顾彦林看向周行,"恭喜。"

周行点头:"嗯。"

"你呢?"单扬直接略过顾彦林问颜笑。

顾彦林替颜笑回答了:"一等奖。"

"挺厉害。"单扬夸道。

一层到了,单扬和周行出了电梯,电梯又合上。顾彦林搂住了颜笑的腰,有些用力地蹭了一下她的发顶:"你们好像挺熟的。"

"他不是你室友吗?"

顾彦林盯着颜笑映在镜面上的轮廓:"普通室友。"

单扬和周行上了学校安排的大巴车,顾彦林的跑车也正好停在前面路口等红绿灯。大巴车上的目光都被那辆黑色布加迪吸引过去了,主驾的帅哥、副驾的美女,还有他们坐着的价值不菲的跑车,像极了会出现在偶像剧里的镜头。

"你也该买辆跑车,"周行收回视线,撞了下单扬的手臂,"装相说不定就能抱得美人归了。"

"她不是一辆跑车就能搞定的。"单扬语气肯定。

"那就买两辆,这世上就没有钱解决不了的事。"

单扬觉得周行有病,拽下了他额头上的眼罩:"你歇着吧。"

大巴车的门关上了，司机被香烟呛了一下，他朝窗外丢了手里的烟蒂，咳了半天才启动车子。车子往前开，在顾彦林的布加迪边上停下了。

车里应该放着音乐，顾彦林搭在方向盘上的手指时不时轻敲着，副驾上的人仰头靠在椅背上，戴着耳机，眼睛微眯着，看起来有些倦意。单扬看到颜笑低头瞥了眼手机屏幕跳出来的消息，接着她皱了下眉，副驾驶的车窗降下了些。

"觉得闷？"顾彦林问。

"有点。"

齐思雅在群里发的八卦消息，她说宋羽霏差点被人猥亵了。颜笑没说话，齐思雅和张瑶在群里讨论的消息隔几秒就炸出好几条。

颜笑在班级群里加了宋羽霏的微信号，宋羽霏没一会儿就通过了。

颜笑：他做了什么？

宋羽霏：你该问我，我做了什么。

"别看了。"周行凑过去，提醒单扬回神。

单扬推开周行的脑袋，抬手放下了窗帘："睡你的觉，给你唱《摇篮曲》。"

周行往后一靠，重新拉下了眼罩："你这样挺变态的。"

单扬也往后靠："是吗？"

齐思雅的腰伤差不多半个月就好了，但她请了一个月的病假。她每天在宿舍待着，除了直播、拍视频，就是定时给烨子发骚扰短信。烨子也挺能忍，虽然一条都没回，但也没把齐思雅拉黑。

可成天在床上躺着，齐思雅觉得肌肉都快萎缩了，干脆就决定亲自去趟面馆。齐思雅特地避开了饭点，挑了个烨子清闲的时间段。她去的时候，烨子正蹲在门口抽烟，手里还拿着一本小词典。

齐思雅从口袋里掏出一条大前门丢到了烨子怀里："这么便宜的烟，学校里都不卖，我还是走了好几条街，在一个破小卖部里买的。"

烨子把烟扔回到齐思雅手里。

"怎么，不要啊？嫌这烟便宜？"齐思雅翻了个白眼，"我是看你平时都抽这个，没想到你这人也挺虚荣的。"

见烨子不搭理她，齐思雅又问道："想学俄语？"

"随便看看。"烨子终于开了口。

"会说话呢。"齐思雅调侃道，"要不这样，你让我采访你，我教你学俄语。"

烨子似乎不相信齐思雅有这本事，合上词典揣回了兜里。店里碰巧来了两个人，烨子抓过椅背上的围裙戴到身上，几步进了后厨，没等齐思雅反应过来，烨子就锁上了门。

齐思雅想跟进去，叶瑾喊住了她："思雅。"

"阿姨。"

"烨子他其实怪可怜的，平时除了在后厨闷着，就只有过了饭点之后的那么点时间，可以偷偷闲了。"

叶瑾把齐思雅拉到收银台边："伤着你的事，的确是烨子的错，他也没什么钱，我每个月也就给他那么点工资。要是你觉得他赔你的钱不够，那剩下的阿姨来补上，你看行不行？"

齐思雅笑了声："放心吧阿姨，我不找他麻烦。"

"那就好。他脾气不好，"叶瑾拍了拍齐思雅的手背，"但他也知道自己伤了你不对，笑笑这几天给你带的汤，都是烨子煲的，还有那些膏药，也是烨子买的。"

齐思雅倒挺意外："是吗？"

齐思雅走了没一会儿，玻璃门又被推开了，叶瑾以为是齐思雅落下东西了。

"阿姨好。"

叶瑾一愣，点了点头："你好，单同学。"

叶瑾本来对单扬是不太了解的，可颜笑在门口贴了单扬的"征友海报"，上面有单扬挺详细的介绍。之前叶瑾只觉得这大高个长得好，没想到他各个方面都还挺优秀的。但想到那张"征友海报"，叶瑾还是憋不住笑了，她侧过头，抿着嘴努力把笑压了回去。

"单同学想吃些什么呢？"

"店里的招牌吧，"单扬指了指贴在墙上的菜品海报，"就海报上的这两个。"

"海报"这两个字让叶瑾又笑出了声："不好意思，我，那什么……"叶瑾背过了身，肩膀还在抖，"单同学找个位置坐吧。"

服务生从后厨里拎了两壶茶出来，看到单扬立马笑了："扬哥！"

叶瑾指了指单扬："小严，你们认识啊？"

"我在扬哥的工作室兼职。"严瑞解释道，"这面馆的工作也是扬哥看到招聘广告帮我找的。"

"这样啊，"叶瑾对单扬的好感度又增加了不少，"单同学自己还有工作室？"

"小工作室，主要是闲着……"单扬想说"闲着没事干"，但又立马改了口，"学业上比较轻松，就想着分出些精力做点自己擅长感兴趣的事，也算是挑战一下自己，看到底能做到什么份上。年轻人嘛，不能总是无所事事的，要珍惜每一分每一秒。"

单扬这官方的回答让一旁的严瑞听蒙了，平时单扬说话可不是这样的，他的人生主张也是一贯的散漫和无为。作为老板，单扬有时候甚至还带头跟老何讨休假,阿钟经常当着单扬的面翘班,单扬不仅没拦着,还帮他瞒着老何。

叶瑾做媒的心变得空前强烈,这么好的男生,单着太可惜了。

叶瑾帮单扬倒了一杯茶:"我看到你贴在那儿的海报了,你跟我说说你的条件,这面馆来来往往这么多人,我平时也能帮你留意一下。"

严瑞一边收着碗筷,一边竖着耳朵听着,知道了老板的八卦,回工作室是可以卖钱的。

"我平时其实也不怎么接触女生,"单扬还摆出了一副乖乖男的模样,"阿姨您觉得怎么样的女生值得相处看看?"

叶瑾想了想:"努力上进,不贪慕虚荣,三观得正,如果有一颗活到老学到老的心,那就更好了,这样思想才能与时俱进。还有,情绪一定要稳定,这点很重要,心态决定成败。"

单扬听得认真:"那阿姨身边有这样的女生吗?"

"有啊,"叶瑾脱口而出,"我们家笑笑呀。"

单扬勾了下嘴角:"那挺好的,那挺合适的。"

单扬的话让叶瑾愣了下:"呃,但是笑笑吧,她有……"

"我有什么?"颜笑走近才认出坐在叶瑾对面的人是单扬,她脸上的笑收了些,"你怎么在这儿?"

"来亲自看看你帮我做的'征友海报'。"

"那你觉得做得如何?"颜笑问。

"不怎么样。"

"你可以提提意见,哪里需要改进?"

"说不上来,"单扬喝了口茶,"但结果不好不是吗?我还是单着。"

"你可以试着放低一下你的要求。"

单扬摇了摇头,看向叶瑾:"我觉得阿姨刚刚说的那些话让我醍醐灌顶,我就想照着阿姨说的标准找。"

叶瑾有些蒙地眨了下眼,最后赞同了单扬的想法,点了点头:"的确,谈恋爱嘛,总得找个真心喜欢的。你说是不是,笑笑?"

"嗯。"单扬看向颜笑,附和道,"你觉得呢,笑笑?"

颜笑第一次觉得单扬那双眼睛笑起来也是多情的,她偏开头,提醒道:"面来了。"

烨子对单扬点了下头,把面放到了他跟前。叶瑾注意到烨子的额头上沾了一层面粉,她抽了几张纸巾,跟着烨子进了后厨:"怎么弄得满脸都是……"

单扬:"你还没回答刚刚那个问题。"

"哪个问题?"颜笑问。

"你的爱情观。"单扬说。

颜笑诚实道:"没想过。"

单扬吃了口面:"是没谈过?"

颜笑不明白单扬这话的意思:"顾彦林是你室友。"

"所以?"

"你应该知道他是我的男朋友。"

"有辣椒吗?"单扬却说。

严瑞给单扬递了一罐,单扬没去接,又看向颜笑:"有醋吗?"

颜笑指了指桌上的调味罐:"黑的那瓶就是。"

"加过了,不够酸。"

一旁的严瑞接了话:"那我去帮你拿瓶新的,扬哥。"

"你们认识?"颜笑问。

"嗯。"

颜笑顿了几秒:"你介绍他来的?"

单扬没回答,默认了。

一个奇怪的想法突然跳进了颜笑的大脑中。

单扬不是天使,虽然颜笑揶揄他是活雷锋,但颜笑知道单扬并没有总是"路见不平拔刀相助"的癖好,可从认识到现在,单扬有意无意地帮了她很多次。颜笑并不觉得她和单扬称得上是朋友,非朋友的异性帮你,无非就只有那么一个原因。

可"喜欢"这东西,除非听对方亲口说出来,不然就是另一方自恋地发挥想象力,产生的臆想,说得好听些叫"暧昧",当然还有很大的可能性是"自作多情"。

"这顿我请你吧。"

单扬笑了声:"为什么?"

"谢谢你让严瑞来面馆帮忙,多了一个人手,我爸妈平时也能轻松些。"

"不该你谢,该让严瑞谢。准确来说,我是帮他,不是帮你。"

"算是共赢,我们也受益了。"

"行,"单扬也没再拒绝,"那我还能再加个鸭腿吗?"

颜笑笑了:"给你加两个。"

颜笑进了后厨,叶瑾不知道在跟烨子嘀咕什么,烨子看起来不太耐烦,但也还是在一边听着。

"你先出去休息会儿,"颜笑接过烨子手里的汤勺,"剩下的我来就好。"

烨子知道颜笑是有话想单独跟叶瑾说,摘下围裙就出去了。

"我刚刚在跟烨子说思雅的事,我觉得烨子还是得亲自再去跟思雅道个歉,该给的钱要补上。"

"这您不用操心了,思雅不会得理不饶人的。"

"但思雅刚刚来面馆找烨子,两人没聊几句就不欢而散了……"

"王叔的事,"颜笑打断道,"妈,您听说了吗?"

叶瑾沉默了几秒,才开口:"听说了。"

"那时候爸躺在病床上,只有王叔愿意借我们钱,还帮我们在学校里盘下这个店,"颜笑低头搅着锅里的汤,"听爸说,当初还有其他人想要这个店,还给王叔塞了钱,王叔都拒绝了。这么好的人,怎么会做那样的事……"

颜笑攥着勺柄的手紧了紧,汤面上映着叶瑾的脸,颜笑轻呼了口气,倒像是放过了自己。她终于还是挤出了笑容,放下汤勺,转身抱住了叶瑾,她轻搓着叶瑾的后背,不知道是在安慰谁:"会好起来的。"

王兴猥亵女大学生的事在学校传得很快,影响也大,学校的后勤部暂停服务一周后,重新上任了一位新的主任。

虽然报道上用了化名,但同专业的都知道话题中心人物就是宋羽霏,可作为当事人的宋羽霏倒像是个没事人,情绪状态看着都还不错。反倒是陈淮,没了平时没心没肺的傻乐,脸上的阴郁让人不敢靠近。

"听说陈淮那傻子前天跟毛老师班上的两个男生打架了。"

"怎么回事?"张瑶好奇。

齐思雅瞥了眼坐在宋羽霏边上的陈淮,压着嗓子:"就那两个男生议论宋羽霏,被他听到了呗。"

"有病吧?"张瑶骂了句。

"是挺有病的,"齐思雅咬了口手里的包子,"陈淮还真把自己当宋羽霏的男朋友了。"

"我是说那两个男生!"张瑶一脸气愤,"做错事的是那个姓王的,议论受害者干什么!"

"也是。"齐思雅拧了拧瓶盖,半天没拧开,就把牛奶递给了边上的颜笑,"虽然宋羽霏这人的确也不怎么样,但受害者有罪论实在恶心。"

颜笑拧开瓶盖,把牛奶放到了齐思雅手边。

"谢了。"齐思雅注意到颜笑看起来情绪也不怎么高,"你同情她?"

颜笑擦了擦镜片:"没有。"

另一边的宋羽霏刚站起来,就被陈淮拽住了袖子:"你去哪儿!"

"上厕所。"

"我陪你。"

"你有病吧,陈淮!"宋羽霏不耐烦地挣开了陈淮的手,"我跟你有什么关系吗,要你陪?"

"我是担心你。"

"不必,收好你的关心,我不需要。"宋羽霏出了教室,感觉还是有人跟在她后面,"我说了别跟着,你听不懂人话啊!"

不是陈淮,是颜笑。颜笑把清洁牌摆到了洗手间门口,锁上了门:"聊聊?"

"聊什么?"宋羽霏对着镜子理了理头发,"你要我做的,我不是帮你做了吗?"

"为什么把自己卷进去?"

"达到目的不就好了,想怎么做,那是我的事。"宋羽霏冷笑了声,"你也不用在这里假惺惺地关心我了。"

颜笑盯着镜子里的宋羽霏:"这学期的助学金没你的份,所以你想'另辟蹊径',那些记者是你找来的,你靠着你的眼泪和你编的故事,博取了关注和同情,同时顺利拿到了几个企业家的资助。"

宋羽霏脸上没有半分被拆穿的尴尬,她毫不掩饰地笑了:"对,一举两得,多好。"

"舆论可以帮你,但也可以把你拽进深渊,善良的、觉得你可怜的人有,恶毒的人也多,那么多眼睛盯着,你得装一辈子了。"

"我是受害者,"宋羽霏觉得好笑,"我不用装,谁会来谴责我?"

"不是谴责,"颜笑冷笑,"是消遣。"

宋羽霏推了推鼻梁上的眼镜,她不信:"那我等着。"

最近校排球队都在准备大学生排球联赛,吴泽锐虽然组织了排球社的活动,但大部分时间都让成员自由练习。中间休息的时间,吴泽锐把颜笑叫到了边上,掏出那张被单扬改过的点名册。

"这个,你改的?"

颜笑扫了眼自己的出勤率,底下大部分都是钩,只剩一两个叉了。

"不是。"

吴泽锐抓了抓脑袋,他也的确不觉得颜笑会是做这种事的人,这下他有些蒙了:"那是谁弄的?"

虽然吴泽锐也没有刻意去记颜笑的出勤,但就颜笑请假的频率,这样的出勤率不太现实。

"你改回来吧。"颜笑说。

"可是你这出勤率太低了,说句实话,期末即使你考核满分,都很有可能拿不到素质分。"吴泽锐想了想,"要不这样,我们校队下个星期要去厦门参加联赛,你如果愿意来当后勤,可以抵平时的出勤分。"

"周中还是周末?"

"周末,不影响你上课。"

"行。"颜笑点头,"谢了。"

"客气。"吴泽锐掏出了手机,"那我加一下你微信,把你拉进群里。"

吴泽锐瞥了眼颜笑的微信头像,笑了一声:"没想到你喜欢这种伤感非主流啊。"

吴泽锐在群里发了欢迎颜笑的消息,没几秒就有人跳出来了,先是有人发了周行自己绊倒自己的表情,接着又炸出了一连串吴泽锐和单扬的。

最后一条是单扬的动图,单扬拽过衣角在擦汗,腹肌全露,胸肌若隐若现。不知道看到镜头外的谁了,他笑着张嘴说了两个字,虽然配文是"欢迎",但看口型,颜笑知道单扬说的是"傻逼"。

过了几秒,群里又跳出了一条新消息——"欢迎"。

颜笑看了眼头像上的章鱼哥,是单扬。

体育馆的大门被拉开了,禾苗肩上搭着件厚外套,脸上涨红,额头、脖子上都是汗,她身后还跟着个人影。那人嘴里叼着一颗苹果,单肩挎着包,外套拉链拉到头,卫衣帽子罩住了大半张脸。跟禾苗气喘吁吁的匆忙比起来,单扬看起来一副云淡风轻。

"你俩都迟到了!"场内的一个队员喊道。

白准把手里的球丢向单扬:"可乐还是球?"

"可乐。"

"开始怜惜自己的屁股了?"吴泽锐笑了声,又问禾苗,"一视同仁,你呢?"

禾苗低头看了眼自己全新的训练服,有些认命地搓了搓自己的屁股:"球。"

说是不分性别,一视同仁,但大家都没对禾苗下狠手,朝她扔球的力道也都收着,除了周行。禾苗不用回头,都知道哪个球是周行扔的,周行下了死手,大概还带着之前两人争吵时攒的怨气。

轮到单扬了,他丢了外套,又脱掉了卫衣,枕着手臂躺到了地上。吴泽锐想往他嘴里倒泡腾片,单扬伸了手:"我自己来。"

单扬干脆利落地把瓶子里的泡腾片都倒进嘴里,丢了瓶子,打了个响指,指了指自己的嘴,示意他们可以开始了。

第一个倒的是周行,周行蹲到单扬身边,伸手拍了拍他的脸,说:"准备好了没?"

单扬用膝盖顶了下周行的腰,含糊地来了句:"少废话,赶紧。"

周行还算有良心，虽然往单扬的嘴里倒了大半瓶，但倒的速度不快。泡腾片溶在可乐里，一直往外冒着泡，单扬像是终于憋不住了，呛了一口，侧头咳了起来。

禾苗站在一旁直摇头："还不如被球砸几下屁股呢。"

"今天怎么迟到了？"颜笑知道每次训练禾苗都会提前十几分钟到的。

"做了个好事。"禾苗半开玩笑，"扶老爷爷过了马路，他来找他外孙，不认识路，还拎着一麻袋的东西，我看他气喘得很，腿脚也不方便，就帮他一起提回宿舍了。"禾苗说着看了眼队群，"你也来当后勤？"

"嗯。"

"单扬是后勤队长，你到时候可以跟他沟通一下你被分配到的任务。"

"他不参加比赛？"

禾苗摇头："这种大比赛，他都不会参加的。"

"他不是打得挺好的吗？"颜笑问。

"实力当然没问题，主要是他自己不愿意参加，问他为什么，他说他懒。"

白准在那头吹了口哨，禾苗拍掉裤子上粘的灰，戴上了护膝，"先去练球咯。"

吴泽锐把脖子上的哨子取下来扔到了单扬怀里："反正你也闲着，帮我组织一下排球社的活动。"

单扬用指尖捻起了口哨的带子，脸上的嫌弃毫不掩饰："有没有新的？"

"矫情！"吴泽锐摸了摸口袋，最后掏出一把空气摊到了单扬眼前，干脆道，"没有。我很干净的，每天都刷牙，可香了。"

单扬"哦"了声，把口哨丢到了一旁，跳上长椅，直接用嘴冲排球社的人吹了个响亮的口哨，接着拍了下手："排队，这儿。"

单扬平时看起来懒散，这会儿倒挺正经严肃。

"先点个名，"单扬翻开了点名册，"颜笑？"

"到。"

单扬像是没听见："哪儿？"

"这儿。"

"哪里？"

颜笑举了举手："这儿。"

单扬像是瞎了："颜笑没来吗？"

颜笑叹了口气，干脆出了队伍，走到了单扬面前："看到了吗？"

"嗯。"单扬点了点头，"看到了，原来在这儿呢。"

颜笑想归队，却被单扬喊住了："就站这儿吧，待会儿领着大家做一下热身。"

禾苗撞了下吴泽锐的胳膊，笑道："你看看他，拿着鸡毛当令箭了。"

吴泽锐耸了耸肩："他变了，以前他可不屑这'鸡毛'的。"

点完颜笑的名，单扬又随便挑了几个名字，念完之后就合上了点名册。

"我的名字还没念到。"

"我也是，学长。"

"我也没听到我的名字。"

…………

单扬把点名册传了下去："没念到的同学，就麻烦你们自己打个钩。"

颜笑哪里能领着大家做热身，她自己的身体就僵硬得不行。站在队伍最前面，她不标准的动作被放大得更加明显。

"热身要到位。"单扬绕着队伍走了一圈，最后在颜笑身边站定，"颜笑对吧？腿要再迈开些，腰直一点。"

"大家坚持三十秒。"单扬退到一边，蹲了下来，开始倒数，可单扬还没数几下，颜笑就起身了。

"怎么了？"单扬问。

颜笑脸颊泛红，胸口微微起伏着，她轻喘着气，扎在脑后的马尾晃着，扫过她的脖颈和半露的锁骨。

"有点累。"颜笑看着单扬的眼睛，因为气还没缓过来，声音又轻又软。

单扬滚了滚喉结，移开视线："那原地休息吧。"

练习赛结束后，单扬就和周行一起回了宿舍楼。李明英没进宿舍楼，带着大包小包，就坐在花坛边上等周行。周行和单扬来的时候，李明英仰头靠着身后的树桩，那样子看着是快睡着了。

"怎么睡这儿了？"

李明英的眼睛好半天才睁开，他揉了揉坐麻的大腿，笑了出来："阿行！"

"好久不见了，外公。"单扬帮李明英卸下了肩上的袋子，对周行说，"我打个车，我们去酒店。"

李明英赶紧摆了摆手："不要麻烦小扬了。"

"没事，"周行帮李明英拍掉裤子上的土，"他就爱管闲事。"

"今天有个姑娘帮了我，这么多东西，你们提久了大概都累，她一个人从对面校区一直帮我提到了这儿。我想谢谢她，她说有急事，我问完她的名字，她就跑了。"

"叫什么？"周行随口问了一句。

"禾苗，"李明英说，"这名字好记，所以我没忘。"

单扬和周行对视了一眼。

"高吗，外公？"单扬问。

"高,还漂亮呢。"

"巧了,"单扬把行李塞进后备厢,抬手指了指周行,"阿行认识。"

不仅认识,今天还拿球狠狠砸了人家的屁股。

"真哒!"李明英拍了下手,高兴极了,"那赶紧,正好请那姑娘出来吃顿饭。"

周行才不想:"她不吃饭。"

"瞎说!"李明英拍了下周行的后脑勺,"是人都要吃饭,赶紧的,给那姑娘发消息。"

周行最后硬着头皮给禾苗发了消息。

"你的脸很红。"颜笑说。

禾苗盯着手机,用冰凉的手背贴了贴脸颊,呼了口气:"热。"

李明英问:"她来吗?"

周行没回答。

"手机给我。"李明英的老年机里也有微信,但用得并不熟练,他想给禾苗打个语音电话,却拨通了视频电话。

禾苗手一抖,点了接听:"糟!"

"怎么了?"颜笑问。

"帮忙接一下。"禾苗把手机塞给了颜笑。

周行接过李明英递回来的手机,看到屏幕上开着的视频电话,也喊了句"糟"。

"干吗?"单扬也被迫接过了周行丢过来的手机。

单扬手里的手机屏幕映着颜笑的脸,颜笑手里的手机映着单扬的。

"你……"

"你……"

单扬搓了搓鼻尖,脸有些烫:"你先说。"

可颜笑也不知道应该说什么,她看了眼满脸通红,在用后脑勺撞墙的禾苗。

"你问他打电话来干吗?"禾苗在边上小声说道。

还没等到颜笑传话,周行就在那头开了口。

"你今天帮的那个是我外公,他想请你吃饭。"

"对对对!"李明英凑到了单扬跟前,"禾苗同学,今天要谢谢你帮我,我一个人还真拎不动这些东西。"

李明英个子本来就不高,站在单扬旁边,只在镜头里露出了半个额头。光听声音却看不到人,像是李明英和单扬在演双簧,说实话,这画面挺滑稽的。颜笑偏开脸,弯了下嘴角。

"笑什么?"

李明英以为单扬是在问他:"我吗?"

单扬回神："没事。"

到最后颜笑和单扬成了手机架,周行他们三个倒有一搭没一搭地聊起了待会儿要吃的菜品。

颜笑用自己的手机回了会儿消息,再抬头时,发现单扬还盯着屏幕。单扬在镜头里看到了颜笑放大的手,下一秒屏幕就黑了,颜笑把画面关了。

"关了干吗?"颜笑没回答单扬的问题,单扬又问,"还在吗?"

"在。"那头有了动静,不过不是颜笑的声音,是禾苗的,"怎么了?你说。"

"她人呢?"

"谁?"禾苗反应了一下,"颜笑吗?她刚刚走了。"

单扬"哦"了声,把手机丢给了周行。

颜笑上完厕所,发现手机里多了一条消息。单扬问她,要不要一起去吃个饭。

颜笑没问单扬请她的原因,直接回了"不了,还有事"。

单扬:有事不也得先吃饭,吃饱了才有力气做事,那家餐厅挺好的,应该会合你胃口。

颜笑盯着单扬发来的消息,她的手指停在那儿,光标一直在输入框里跳着。

颜笑找了个理由:别人请客,我去蹭饭不太好。

可下一秒,单扬的语音电话就打过来了:"在哪儿?我去接你?"

颜笑没回答,她走下台阶,看到了那辆熟悉的布加迪。

"来吗?"单扬问。

顾彦林推开车门,从驾驶座上下来,笑着冲颜笑招了下手。颜笑低头看了眼屏幕上还在走的通话时间,再抬头时,脸上已经带上了笑。

"彦林。"

颜笑的声音带着些笑意,隔着手机,在单扬那头听起来又柔了几分。

顾彦林似乎也挺意外的,颜笑平时不怎么会喊他的名字,如果要叫,也几乎是叫全名。像现在这样,脸上挂着笑地喊他"彦林",更是太阳打西边出来的事。顾彦林挺兴奋的,他脑子晕乎,几步过去搂住颜笑的腰,在她发顶上亲了口,有些用力,声音也大。

"等很久了吗?"颜笑用手臂隔开两人,往后退了一步。

"也就一会儿。前几天和朋友去试了家新开的餐厅,味道不错,我们一起去吃吧,肯定合你胃口。"

差不多的话,不过顾彦林用了"肯定"。颜笑瞥了眼还亮着的手机屏幕,语音电话已经挂了。

"不了,"颜笑收起了手机,"一会儿还有事。"

顾彦林能感觉到颜笑的态度变冷了些:"那我们晚上一起去吃?"

"再说吧。"颜笑从包里掏出一份文件,"这是你之前想要的资料,电子版我发你邮箱了,有问题的数据我都标红了,不过最后还是需要你自己分析确认,毕竟我不是专业的。"

"这么快,我昨天中午才跟你提过这事。"

"看你挺着急的,顺手就帮你理出来了。"颜笑的语气很淡,没有任何想要邀功意思。

"笑笑,"顾彦林搓着手里的资料,干笑了声,"为什么都不向我讨些东西,你可以跟我要些礼物。"

颜笑帮过顾彦林挺多忙的,可颜笑每次都不会跟他描述繁杂的过程,而会直接给他一个近乎完美的结果。人都慕强,但又偏偏都希望强者能在自己面前低头示弱。

"你把自己当皇帝了?我要跟你讨什么?恩赐吗?"颜笑扶了下眼镜,她的嘴角勾着些嘲讽,语气听来却依旧平淡温和,"你要就留着,不要就丢了吧。"

"我不是这个意思……"

颜笑打断道:"我帮你是因为你曾经也帮过我,你要我帮的也都是我能力范围内的事,所以你不用想太多。饭改天再吃吧,我直接去图书馆了,你开车小心点。"

"还活着吗?"周行撑了撑单扬的胳膊。

从上车到现在,单扬就没说过一句话,他仰头靠在那儿,闭着眼在装睡。

"嗯。"

"她不来?"周行问。

"嗯。"

"人家可能真有事。"周行安慰道。

"嗯。"

"你从前不是劝过我,别吊死在一棵树上,你不记得了?"

单扬闭着眼:"嗯。"

"'嗯'个屁,那就换一棵树上吊。"周行说。

单扬终于睁开眼睛,他的脑袋抵着车窗,呼出的热气在玻璃上显出了一层雾,他抬手在车窗上慢慢写了个"嗯"。

司机停了车:"到了。"

三人下了车,单扬走了几步又折回去敲了敲司机的车窗。

"落东西了?"

"对。"单扬指了指后座的车窗,"麻烦降一下这边的车窗。"

司机降了车窗,瞥了眼后视镜,他看到单扬往车里伸进了一只手,没从后排拿任何东西,却用袖子抹掉了玻璃上的字。

司机觉得好笑:"你落了什么呢?"

"绳子。"单扬回。

"绳子?"

单扬"嗯"了下:"上吊用。"

周五下午,排球队在校门口集合,学校安排了大巴送队员去车站。后勤队的人不多,就跟排球队的挤一辆大巴。白准之前单独拉了个联赛后勤管理群,单扬作为队长,除了在群里发了集合的时间和地点,就没在群里说过话了。

颜笑去得迟,上车的时候,就只剩最后一排的两个位置了,颜笑挑了靠窗的那个。她刚坐下来,戴上耳机,身边的位置上就多出了一个鼓囊囊的背包。

颜笑能看到座椅边蹲着一个人,从她的角度,只能瞥到一头栗色的小鬈发和那双在系鞋带的手,手很白,也很大。司机突然踩了个急刹,背包猛地动了一下,一只白绒绒的爪子从里面探了出来。

"喵!"

Ugly 刚想用爪子撑开拉链逃出来,单扬就快准狠地把它的爪子塞了回去。

单扬坐下来,把包背到了胸前,转头看向颜笑。颜笑对单扬点了下头,但单扬像是没看见,也没跟颜笑打招呼,只是抬手拉上了窗帘。

前排变得热闹起来,吴泽锐手里拿了个话筒,开始介绍接下来两天的赛程安排。大家情绪都挺高涨的,讨论的声音也大,Ugly 爱凑热闹,脑袋从背包里钻出来了好多次,但单扬不轻不重地扼住了它的脖子,它想跑也跑不掉,最后干脆不挣扎了,它脑袋一歪,直接靠到了颜笑的大腿上。Ugly 身上没有一块肉是白长的,颜笑让它靠了会儿,觉得腿都开始发麻了。

"单扬。"颜笑叫了声。

单扬没应,他戴着耳机,眼睛闭着,不知道是不是睡着了。

颜笑又喊了一次:"单扬。"

单扬还是没反应,反而是 Ugly 肆无忌惮地溜出了背包,跳到了颜笑的怀里。车里很吵,说笑声混着汽车的引擎声,颜笑叹了口气,她倾了倾身子,伸手摘下单扬的耳机,往他耳边凑过去。

"单扬……"

车子停了,窗帘一晃,阳光透进来照到了单扬的脖子上,颜笑看到单扬的喉结滚了滚。

"嗯。"单扬的声音很轻,像是真睡着了。

"Ugly 跑出来了。"颜笑提醒道。

单扬的眼皮动了下，没睁眼，头却往颜笑那边偏了偏。

Ugly似乎很喜欢颜笑，它在颜笑的怀里拱着脑袋，想用它那张丑脸撒娇，豆大的眼睛盯着颜笑，开始往她的脸上凑。颜笑伸手挡了挡，她想把Ugly抓回包里，可猫又软又烫的触感让她收回了手。车又起步了，来回晃着，颜笑能感觉到单扬的头发不时会蹭到她的肩。

"我知道你没睡。"单扬耳边是颜笑说话的热气。

单扬的眉眼没有任何表情，缩在外套里的下半张脸却勾着嘴角。车朝左打了个大弯，单扬借着"惯性"又往右倾了身子。颜笑低头看了眼虚靠在她肩头的单扬，又瞥了眼还在拱她手心的Ugly，看来这猫是随主人的。

白准给前排的人发了份材料，大家开始往后传，周行往后递了剩下的纸张，但半天没人接。

周行起身，看到单扬歪着脑袋睡着了，颜笑被单扬和Ugly挤到了角落，她头抵着玻璃窗，手里翻着一本灰色皮质封面的书，Ugly时不时会弄乱，颜笑也不生气，任由它的尾巴扫着手里的书页。

"填一下资料。"周行把材料递给了颜笑。

"好。"颜笑指了指怀里的Ugly，"能帮个忙，把它抓回包里吗？"

周行瞥了眼Ugly那张"别致"的脸，还有煤气罐一样的身形，摇了摇头："太丑了，我害怕。"

周行看了眼颜笑递回来的表格，她把单扬的信息也填了，甚至还把单扬的身高都精确到了小数点后两位。

"你好像挺了解他的，你们挺熟？"周行故意问了一句。

"瞎写的，如果有出入，你可以帮他改一下。"

Ugly能感觉到颜笑的冷淡，在她怀里折腾会儿，觉得没劲，就跑到前排去凑热闹了。就算顶着张丑脸，Ugly的人气也还是很高，像是个参展品，被车里的人来回抱着看。

单扬一直维持着同一个姿势，离颜笑的肩头不远也不近，颜笑翻书页的时候，单扬的睫毛也会跟着动。大巴开过了最后一个红绿灯，颜笑把书收进了包里。

"差不多要到了。"颜笑似乎自言自语了一句。

坐在边上的单扬终于有了些动静，他直了直身子，捏了下后颈，接着伸了个懒腰，一副睡眼惺忪的样子，看起来像是真的熟睡了一路。

"终于醒了，"颜笑拉开了窗帘，语气不咸不淡，"还以为你晕过去了。"

单扬侧头看了眼颜笑，指了指自己："你在跟我说话吗？"

颜笑也不觉得尴尬，她勾了下嘴角，扯下耳机，转头回了单扬同一句话："你在跟我说话吗？"

"没有。"单扬伸手拍了下前排的周行，有些用力地拽下了他戴在脑袋上的耳机，"跟他。"

周行一脸蒙地回过头："干吗？"

单扬没好气："没干吗。"

晚上队员训练完，白准组织了一个赛前聚餐。吃饭的餐厅是后勤部订的，单扬选了一个能看到江景的饭店，还贴心地帮队员订了接送的车子。

吴泽锐调侃单扬败家，选了这么高档的餐厅，说到时候排球队的经费不够，就把单扬一个人留下来洗盘子还钱。吃到一半的时候，单扬就去前台结了账，吴泽锐怕单扬会忘记拿小票，就跟着去了。看到小票底下的金额，吴泽锐眼睛都瞪大了，直接把单扬拽进了洗手间。

"这两桌饭，吃了这么多钱？"吴泽锐有些激动，声音不禁大了起来。

单扬捂住了他的嘴："别吼。"

"不是，本来这顿饭钱白准打算自己掏的，他都提前把钱转我了，但这也太贵了，都不够啊。"

单扬松开了吴泽锐，往手心里挤了些洗手液。

"你在干吗？"吴泽锐凑上去，"有没有在听我讲话？你不会是在嫌弃我的口水吧？"

"嗯。"单扬甩了甩手上的水，又在吴泽锐外套上擦了下，"这顿我付，你到时候就跟白准说，差了几十块，你自己补上了。"

吴泽锐瘪了瘪嘴："我去，相都给你装完了。"

"那给你装，"单扬把小票拍到吴泽锐手里，"你来。"

"我可请不起，"吴泽锐识趣地把小票塞回到单扬的口袋，"还是您装吧，我待会儿让他们挨个给您敬酒。"

"不用，就说白准请的。"

"哦。"吴泽锐点了点头，若有所思，"我觉得你最近不太一样。"

"哪儿不一样？"

"说不上来，虽然你本来就不太正常，但最近，我觉得你更神经了。"

单扬把手里的纸团砸到吴泽锐怀里："不会夸人，可以不夸。"

"不过说真的，"吴泽锐又扯回到刚刚的话题，"你这受不了别人口水的毛病，得改改。"

"为什么？"

"克服不了，你就没法体会接吻的乐趣了。"

单扬笑了："你体会过？"

"当然了。"吴泽锐不知道想到了什么，笑得有些羞涩，"你别看女孩子的嘴唇看起来软，亲起来更软，还香呢。"

吴泽锐这话刚说完，女厕就出来了一个人。颜笑的睫毛上和嘴唇上都沾着些水，鼻头上还挂着颗水珠，像是刚冲了把脸。单扬瞥了眼颜笑被水打湿的领口，视线又立马往上移，落在了颜笑泛着光的嘴唇上，眼睛没停留几秒，最后干脆偏开了头。

"你怎么了，颜笑？"吴泽锐问。

"头有些疼。"

"晚上江边风大，是不是被冷风吹感冒了？"

颜笑用手背贴了下额头，有些发烫："可能吧。"

"那回酒店吧。"单扬开了口。

"好。"吴泽锐看了眼时间，"大家应该也都吃得差不多了，我去跟他们说一声。"

"不用跟他们说了，我先送她回去，你们接着吃。"

"行，那我先过去。待会儿如果路过药店，颜笑你别忘了买些药，吃了早点休息。"

单扬脱下了外套，递给了颜笑："穿上。"

"不……"

颜笑的"用"字还没说出来，肩上就沉了几分，单扬还一鼓作气地帮颜笑拉上了拉链。单扬的外套穿在颜笑身上，有些太太太长了，空荡荡的袖子搭在腿侧，像是唱戏的戏服。

"你这样挺像杨过的。"单扬说。

颜笑低头看了眼快过膝的外套，从袖子里钻出了一只手，也笑了声："那我还缺只雕兄。"

"我怎么样？"单扬突然问。

颜笑脸上的笑收了些，过了会儿才开口："当雕吗？"

"当雕也行。"两人出了玻璃旋转门，单扬往颜笑跟前靠了靠，帮她挡住了迎面吹来的冷风，"但我更想当小龙女。"


"单扬？"

颜笑抬头看到了刚从车上下来的单芳。

单芳把钥匙递给了门童，几步走过来："还真是你，你来厦门干吗？"

"比赛。"

单芳不信："你不是不参加比赛的吗？"

冷气钻进了颜笑的鼻腔，她忍不住咳了几声，单芳才注意到被单扬挡在身后的颜笑。

单芳对颜笑招了下手："又见面了，颜笑！你们……"单芳指了指颜笑，又看向单扬，一副了然的样子，"哦。"

"我先回酒店，"颜笑对单芳点了下头，"你们慢慢聊。"

"一起。"单扬抓住了颜笑空出来的外套袖子。

单芳喊住门童，把车钥匙丢给了单扬："开我的车回去吧，晚上挺冷的。"

"那你呢？"单扬问。

单芳有点小感动，这有了媳妇，倒也没把妈抛到九霄云外。

"我在这儿又不止一辆车，待会儿叫司机来接我就是了。"

"行。"单扬又叮嘱了一句，"你酒量其实不怎么样，一会儿少喝点。"

"知道了。"单芳瞥了眼套在颜笑身上过于宽松的外套，故意问了一句，"这件外套怎么跟你的这么像？"

"就是我的。"单扬也不遮掩。

单芳笑了："行，那你们先回去吧，我也要进去聊事情了。"

单扬帮颜笑开了车门："先去趟药店？"

颜笑点了点头："麻烦你了。"

颜笑去药店量了体温，有些发烧，店员给颜笑配了药。

"吃完药再走吧。"单扬给颜笑倒了一杯温水。

颜笑吃了药，又跟店员买了几个口罩，给单扬递了一个："把口罩戴上吧，我怕传染给你。"

"不需要，我抵抗力好。"

这话听着似曾相识，当初颜笑感冒，找单扬练球，单扬也是这么说的，但他最后鼻塞头疼了一个多星期。

"戴上吧。"

单扬接过口罩，撕开了包装袋，却没给自己戴，他撑开两条带子，给颜笑戴上了："你戴吧，外面风大。"单扬收回手，指甲却不小心勾住了几根颜笑的头发，"抱歉。"

"没事。"颜笑偏头，伸手理了理缠在单扬手指上的头发。

颜笑喊了声"单扬"，示意他把手放下来些。单扬不知道在想什么，没配合，手就举在那儿半天没有动一下。

"单扬。"

单扬终于"嗯"了声，却来了句："你嘴唇有些干。"

刚刚吃的药起了效，颜笑上车没一会儿就开始犯困了。单扬能看出颜笑在强撑："困了就睡会儿，到了我叫你。"

"不困。"

单扬调低了广播的音量,从后排拽过了毯子:"给。"

"我不困。"颜笑又摆了摆手。

"知道。"单扬轻笑了声,他不明白颜笑为什么要嘴硬,"但你的眼皮在打架,如果你行行好,眯一会儿,它们也能暂时休战。"

颜笑接过了毯子:"你挺幽默。"

"我是挺幽默的,"单扬也不谦虚,"除了幽默,我还有挺多其他优点。"

"嗯。"颜笑拉过毯子盖住了腿,夸道,"你睡眠质量也挺好的。"

单扬知道颜笑指的是大巴上的事,他轻咳了声:"还行。"

"睡会儿吧。"单扬帮颜笑调整了座椅高度。

可人一旦带要睡着的目的休息,反而睡不着了,单扬注意到颜笑睁着眼,盯着车顶在发呆。

"要看会儿星星吗?"单扬问。

颜笑以为单扬是想打开天窗,可她看到单扬按了遥控,星空顶就亮了,大片的"星星"在昏暗的车厢里显得迷人闪亮。

"还有流星?"颜笑的声音染上些笑意。

"嗯,你可以许个愿。"

两人应该都想到了那次在实验室,颜笑对着锌、硫燃烧产生的"流星"许愿的事,都笑出了声。

单扬瞥了眼后视镜里的颜笑,此刻她眼底有光,眉眼也柔和了不少。这是第一次,单扬觉得单芳定制的这个星空顶不是光污染,这堆假星星好像也是有点作用的。

"女生是不是都喜欢这个?"单扬加了句,"浪漫的。"

"世人都不会讨厌。"

"所以,你也喜欢?"

"嗯,"颜笑盯着忽现又转瞬即逝的"流星","不讨厌。"

"那再浪漫些。"单扬划拉着屏幕,点出了首歌,*Future Love* 慵懒的调子开始在车上环绕着。

  I've been waiting for you.(我一直在等着你。)

  For you to wrap your arms around me when you need to most.(当你最需要的时候,等你拥我入怀。)

  For you to be in the doorway when I get home.(当回家的时候,想看到你为我守候。)

............

　　单扬能感觉到身边的人呼吸渐渐变得清晰平稳，他侧头看了眼已经睡过去的颜笑，红灯上的数字开始倒数，单扬的指尖随着音乐轻点着方向盘："好梦。"

　　凌晨的时候，颜笑醒过来了。她花了几秒钟，理了一下眼前的情况。陌生的房间，不是她原本被分到的双人间，床很大，房间也大。屋子的温度很合适，地上摆着一个加湿器，床头柜上有一壶水、一个玻璃杯，还有一条没有拆封的润唇膏。

　　颜笑想爬起来，却发现有些吃力。她整个人被裹进了被窝里，被子被压得板板正正，要不是她的脸还露在外面，她会以为自己被塞进了棺材。

　　睡了一觉，发了汗，后背的黏腻感让颜笑觉得不大舒服，她脱掉了穿在里面的打底衫，可没在房间里找到她的行李箱。

　　颜笑给单扬发了条消息：睡了吗？

　　消息发过去之后，颜笑才注意到时间，现在是凌晨三点半，单扬肯定睡了。颜笑撤回了刚发出去的那条消息，她抽了几张纸擦掉了身上的汗，里面的打底衫已经被汗浸湿了，她只能重新套上外面的那件毛衣。

　　颜笑重新躺回到床上，睡意却消得差不多了，盯着黑漆漆的天花板，不知怎么的，她想到了刚刚在车上看的那片星空顶，凭着记忆，颜笑搜到了刚才单扬在车上放的那首歌。

　　前奏刚飘出来，门却被敲响了。颜笑下了床，没出声，她往猫眼看了一眼，门外没人。可下一秒，门又被轻轻敲了一下，颜笑感觉视野黑了一片，接着，单扬的脸出现在了猫眼里。

　　"我。"

　　门的隔音不算好，颜笑能听见单扬说完之后轻咳了一声。颜笑开了门，单扬准备敲门的手顿在了那儿。

　　"哪里不舒服？"

　　单扬的头发有些乱，里面穿着睡衣，外面随意披了一件黑色外套，脚上穿着酒店的一次性拖鞋，不过左右脚穿反了，看单扬那样子，大概是被她刚发的那条消息给吵醒了。

　　"抱歉。"

　　"先测个体温。"单扬没接颜笑的那句"抱歉"，他从口袋里掏出了个耳温枪，"耳朵。"

　　颜笑没反应过来："什么？"

　　"没事，"单扬抬手拨开了颜笑耳侧的头发，"刚刚撤回了什么？"

"流了汗，想换身衣服，但没找到行李箱。"

单扬往下扫了眼颜笑身上的毛衣，毛衣宽松，领口也大，露出了一边的白色肩带。

"我想着你生病了，跟别人一起住会不舒服，所以就让你睡这儿了。"

"是你的房间？"

"嗯。"

"那你睡哪儿？"

"周行的房间正好多一张床。"单扬看了眼耳温枪，"烧退了。我去帮你拿行李箱。"

"算了，"颜笑喊住了单扬，"张鑫肯定睡了，我明早再换吧。"

单扬放下了颜笑的头发，帮她挡住了露出来的肩带，又把身上的外套披到了颜笑肩上："干净的，你先穿着。"

"我身上都是汗。"颜笑说。

单扬问："所以还是想换衣服？"

颜笑其实想说她身上都是汗，会把单扬的外套弄脏了，但她也没解释："没，算了。"

单扬冲屋子里抬了抬下巴："在听歌？"

"嗯，刚刚睡不着。"

其实如果单扬再听得仔细些，他会发现颜笑放的是刚刚车上的那首 *Future Love*。

走廊角落里的电梯"叮"了一声，从里面下来了一个中年女人。女人喝得有些醉，脚步很乱，她抬头看到站在门外的单扬，像是被吓了一跳，没好气地骂了几句挺难听的脏话。

单扬也没生气，好像压根也没去关注身后的人。那女人走了几步，自己绊住了自己的脚，"砰"地摔到了地上，那动静还挺大的。女人倒在地上，摔得应该也不轻，开始骂骂咧咧的，还诅咒起了开这家酒店的人。

单扬跟颜笑说了句"等一下"，似乎想去帮那女人一把。

"别去了。"颜笑拦住了单扬。

"嗯？"

"她走的那段路没监控，你帮了她，她如果要倒打一耙，你到时候也说不清楚。"

"那你帮我录个视频，做个证。"

颜笑摇了下头，语气挺认真的："可她刚刚骂你了。"

"没事，"单扬倒不介意，"我也没少块肉。"

"可她骂得挺难听的。"颜笑提醒道。

"是吗?"单扬盯着颜笑,被她逗笑了,"这么过分,那我不帮了。"

"去睡吧,明天还要早起。"

"好。"单扬点头,"你明天如果还是不舒服,就不用去比赛现场了,在酒店休息吧。"

"嗯,你……"颜笑能听出来单扬刚才时不时会清嗓子,"你等我一下。"

单扬也没问为什么,立刻回了句:"好。"

颜笑出来得很快,手里多了几包感冒灵:"睡之前泡一杯吧。"

"嗯。"单扬笑着接过感冒灵,扯开包装,好像就准备往嘴里倒。

颜笑伸手挡了下:"泡开喝吧。"

"不用,怪麻烦的,反正都是进肚子里。"

颜笑轻轻叹了口气,她也不知道为什么自己总是在欠单扬人情:"我帮你。"

颜笑走了几步,发现单扬还没跟进来,她回头看了眼,发现单扬还站在原地,腿没迈进来,一只手搭在门板上,从门缝里钻出了半个脑袋。

"怎么了?"单扬歪着脑袋,眨了下眼。

"你不进来吗?"

"怕你不方便。"

"没什么不方便的,"颜笑笑了声,"这不是你的房间吗?"

"那我进来了?"

单扬似乎怕烫,一小杯药喝了很久,颜笑也没有开口催。

"我……"颜笑其实想知道自己在车上睡着之后发生的事,比如她是怎么从车上下来的。

单扬吹了吹杯子里的药:"想说什么?"

"我的外套是谁帮我脱的?"颜笑问。

单扬的嘴唇抵着杯沿,顿了顿,过了几秒才答道:"酒店的女服务生。"

"里面有条皮筋,我找不到了。"

"可能掉了吧,"单扬搓了下后颈,脸颊被杯子里冒出来的热气熏得有些红,"你现在要用吗?我去前台帮你要一根。"

"不用了,我包里还有一条。"

单扬点了下头,不知道想到了什么,把左手背到了身后:"谢谢你的药。我先回去了,你早点休息。"

"好。"颜笑瞥了眼单扬插在口袋里的左手,"你也早点休息。"

单扬哼着小调回了房间,被坐在床上的周行吓了一跳:"你干吗!"

"你干吗?"周行从被子里钻出了脑袋,"刚刚跟冲刺似的往外跑,门都

137

没关。"

"不知道啊,"单扬没说实话,掀开被子,跳上了床,"可能梦游吧。"

周行白了眼躺在自己身边的单扬:"你就非要跟我挤一张床?你不是自己开了一间房吗?"

"人多热闹,"单扬搓着手腕上的黑色皮筋,"怕你寂寞。"

单扬的睡相不算好,他手长脚长,床被他占了大半。周行被挤到床边上,快天亮的时候才有了睡意,可从走廊传来的争吵声,又让他被迫清醒过来了。

周行披上外套,打开了条门缝往外望,看到有个女人站在走廊中间,身边还跟着一个酒店服务员。女人披散着头发,脚上的鞋子掉了一只,面露狰狞地指着一个房间门破口大骂,服务生一脸无奈,大概已经劝了挺久了,这会儿只在边上象征性地拦了拦。

周行瞥了眼房间号,是单扬原先订的那间,可单扬现在在他的房间里躺着,所以这疯女人是冲着谁在瞎叫唤?

女人脱掉了脚上剩下的那只鞋,用力地往门板上砸过去,砸完之后,又抬脚踹了几下。门突然开了,女人的力道没收住,脚踢了空,整个人一下子单膝跪到了地上。

"有事吗?"

周行觉得这声音听着熟悉,又往外探出了半个脑袋,才看清了开门的人,是颜笑。

女人没好气:"我摔倒了!从腰到大腿这儿都是乌青!"

"所以?"颜笑语气平静,"要帮你叫120吗?"

"昨天就是站在你门口的那个男的吓我,不然我能摔倒吗!"

一旁的服务生都有些听不下去了:"是这位女士打电话帮你叫的前台。"

"她当然得负责了!三更半夜不睡觉,和男人在门口聊什么天啊!"女人指了指颜笑,"赶紧把那个男的也叫出来,我不仅要酒店的赔偿,你们俩也得赔偿我!"

颜笑看了眼服务生:"报警吧。"

女人满脸不屑地喊了声:"报警啊!赶紧报!我还怕你想私了呢!"

服务生自然是不想把事情闹大的,他有些为难,掏出了口袋里的对讲机:"稍等,我先请示一下经理。"

等服务生走到了一边,女人阴阳怪气地来了句:"凌晨约男人,还站在走廊里谈,谈价格啊?"女人低声继续嘀咕,声音不大不小,故意想让颜笑听见,"说不定就是做什么见不得人的交易,警察要真来了,到时候可有的受了。"

"你说什么?"

女人瞥了眼从另一个房间里走出来的单扬:"哟,这不就来了。"

单扬几步走过去,脸色差极了:"你想怎么样?"

"我可不是被吓大的。"女人环着胸,仰着下巴,"这有监控,你还想动手打我啊?"

颜笑瞥了眼单扬攥在腿侧的拳头,她怕单扬冲动,就把他往后拉了拉:"别理她。"

"她骂你。"单扬说。

颜笑用了单扬之前说过的那句话:"我不会少块肉。"

"看来是被我说中了。"女人却不收敛,"不是情侣吧?哪个情侣睡完之后,还分房啊?"

"你嘴里挤了开塞露?"单扬骂道。

"你!你才吃了屎!"女人急了,挥着手就准备往单扬脸上扇。单扬攥住了女人的手腕,女人吃痛,又挥过来了另一只手。

单扬抓住女人的两只手把她按到了墙上,女人挣扎了半天,发现根本挣脱不开,就抬腿想往颜笑的腰上踹一脚。颜笑来不及躲,可预想的疼痛也没来,她低头看了眼挡在她身前的腿,那疯女人踢得使劲,正好踹在了单扬的膝盖上。

单扬虽然没出声,但他脖子上暴起的青筋说明了那一脚有多疼。原先站在一旁看戏的周行脸色也沉了下来,他一把揪起女人的领子,把她摔到了地上。

女人"哎哟"地叫了几声,从地上爬起来,像是又准备撒泼,几个保安跟着经理上来,及时拦住了女人。

"去医院?"周行问单扬。

单扬摇了下头:"没那么严重。"

颜笑知道单扬是担心眼前的事:"你先去医院吧,经理说警察已经到楼下了,她不敢怎么样。"

"真不用。"

颜笑有些坚持:"或者我陪你去?"

单扬沉默了几秒,搭上了周行的肩:"他陪就行。那你离她远点,有问题就发微信给我。"

颜笑跟着去了趟派出所。派出所大厅的冷风让那疯女人清醒了不少,女人乖乖坐在塑料椅子上,开始向警察交代事情的经过,手指还不安地戳着椅面上的小洞,半点没了刚才的嚣张跋扈。

坐在颜笑斜对面的男警察在看从酒店调出来的监控,他的效率很低,看几秒就会按下暂停键,然后嘬一口泡在保温杯里的热茶。

画面里好久都没人经过,又等了几分钟,才出现一个人的背影,那人怀里

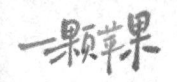

好像还抱着一个人，灯光和监控角度的问题，画质并不清晰。颜笑却留意到男人在 503 号房间的门前停下了，那是昨晚她睡的房间。房门墙上的灯光把男人的侧脸照亮了，躺在男人怀里的女人的脸也变得清晰。

警察看了眼显示屏，又瞥了眼颜笑，把嘴里的茶叶渣吐回到杯子里："这不是你吗？"

视频里的单扬抱着颜笑进了房间，监控右上角的时间一直在走着，过了一两分钟，单扬又从房间里出来了。不知道在地上看到了什么，单扬蹲了下来。

那警察又按了暂停键，冲刚进大门的年轻警察招了一下手："小凯，你来看一下，我去吃个早餐。"那警察转了转脖子，把保温杯插到口袋里，发了句牢骚，"从昨天下午忙到现在，饭都没吃上一口。"

年轻警察重新点开了视频，颜笑看到单扬从地上捡起了一个小黑圈，可没等单扬有下一个动作，年轻警察就直接按了快进。右上角的时间显示是凌晨三点多，空荡的走廊突然冲出了一个黑影，男人跑得快，左脚上的一次性拖鞋还掉了两次。

过了几分钟，年轻警察指了指屏幕，问颜笑："那个大妈说的就是这个男的吗？"

颜笑有些走神。

"是他吗？"年轻警察用手指敲了下桌子，又问了一遍。

颜笑盯着屏幕，画面里的单扬拿着耳温枪在帮她测体温，她的头发被撩起来，露出了毛衣里的白色肩带，单扬顿了几秒，偏开了头。

"嗯。"

## 第七章

### 我有说我喜欢你吗

颜笑从派出所里出来,准备直接打车去比赛现场,可刚走到路口,手机就跳出了一条消息。

颜笑点开了章鱼哥的头像,单扬发来了一张照片,是她现在站在马路边上等车的背影。颜笑没回头,她听见慢慢靠近的脚步声,最后停在了她的身后。

"早餐。"单扬在颜笑眼前晃了晃袋子。

"医生怎么说?"

"没事。"

"拍片子了吗?"

"嗯。"

"没有伤到骨头?"颜笑问。

"没。"

"你话变得有点少。"颜笑的意思是,她不信。

"可能没睡醒吧,"单扬把早餐塞到颜笑手里,"或者是被那个疯子气到了。"

"警察已经立案了,侮辱、诽谤,监控里拍得很清楚,那女的被拘留了。"

"只是被拘留?"单扬问。

颜笑看了眼单扬的膝盖:"或者你的膝盖如果伤得很严重,可以要求鉴定,说不定能送她进去待个一两年。"

单扬吸了口手里的牛奶,没被颜笑的话给套路到,说:"我膝盖没事。"

"行。"颜笑也吸了口牛奶,"那便宜她了。"

颜笑用余光扫了眼单扬的左手,单扬的袖子难得拉到头盖住了半个手背,这会儿手腕已经被遮得严实了。

陌生的城市、从没来过的街头，鼻腔里是混着不知名花香的冷空气，颜笑得承认，此刻，单扬是她视线所及里最熟悉的了，她不知道脚下站着的这条街叫什么，但她知道站在她身边的这个男生的身高是193.65cm。

"冷吗？"单扬问。

"不冷。"

颜笑和单扬到体育馆的时候，开幕式刚刚结束。大门进去的空地上立了块印着赞助商的大牌子，牌子前面架着几台相机，有几个参赛的运动员刚接受完记者的采访。

因为那优越的身高，志愿者也把单扬当作运动员了，直接把他引到了牌子前面。

记者："现在心情怎么样？"

单扬有些蒙，稀里糊涂地回了句"还行"。

"不激动吗？"记者问，"不紧张吗？"

"我，"单扬不解，"需要激动吗？"

"说明你的心态很好，"记者笑了笑，"有没有什么话想跟镜头前的观众说的？"

单扬摇头。

"那对在现场的观众，你有没有什么想说的？"

单扬觉得脑袋有些晕，鼻子一痒，打了个喷嚏："有。"

记者把话筒往单扬跟前递了递："想说些什么呢？"

"还有感冒灵吗？"单扬看向站在一边的颜笑。

记者一愣："这位同学还挺幽默的，那我们对着镜头比个手势，拍张照吧。"

单扬对记者说了句"稍等"，又侧头问了颜笑一遍："还有没有？"

颜笑从包里翻出几袋，想递给单扬。单扬朝颜笑伸出了手，没接药，却拽住她的手臂把她拉到了身边。

"拍吧。"单扬对摄影师点了下头。

摄影师提醒道："旁边的女同学也笑一笑。"

"笑一笑？"单扬低头看着颜笑。

颜笑扶了下眼镜，虽然觉得莫名其妙，她还是挤出了一个笑容："嗯。"

看台边上的更衣室里出来了一堆人，个子都很高，穿着统一的蓝黑色球服。带头的男生留着狼尾鲻鱼头，有着一双跟周行一样厌世的下三白眼。

颜笑能察觉到男生向他们这边投来的目光，不友善，甚至有些像遇到仇人的厌恶和不悦。

那男生身边还跟着一个个子挺高的女生，女生留着齐耳短发，面色看起来有些疲惫憔悴，可她眼下的黑眼圈和脸颊上的痘印也盖不住她的美。女生也朝颜笑他们这儿望过来了，她的视线停在了单扬身上，接着颜笑看到女生原本黯淡的脸上，有了笑意。

"单扬！"

金陈远伸手拦住了想要跑向单扬的李可。李可腰一弯，直接从金陈远的手臂下钻了出去。

"你也是来参加联赛的吗？"李可说着又看了眼站在单扬边上的颜笑，"交女朋友了？品位变挺多啊，她跟卡神完全不是一个类型。"

单扬偏开头咳嗽了一声："校友。"

"感冒了？"李可皱眉。

"嗯。"单扬从颜笑手里接过一袋感冒灵，扯开包装，直接倒进了嘴里。

"还是这样吃药呢。"李可笑了声，从包里掏出了一瓶水，"给。"

单扬没接，李可解释了一句："没喝过的，放心。"

"谢了。"单扬拧开瓶盖往嘴里倒了半瓶，晃了晃脑袋，把水咽了下去。

李可开始打量站在那儿一直没说话的颜笑："是单扬同专业的同学吗？怎么称呼？"

"颜笑，不是同专业的。"

"你好，颜笑。"李可冲颜笑伸出了手，"我叫李可，是单扬的……初恋。"

李可这话说完，单扬握着瓶身的手就顿住了。单扬用余光观察着颜笑脸上的表情，他紧张，却又不知道自己在期待什么，可惜颜笑还是一如往常的平静，单扬又灌了自己几口水，水有些冰，压下了他的期待，也把他到嘴的解释给压了回去。

"聊完了没？"金陈远走到李可身边，不耐烦地催了一句。

李可瞪了金陈远一眼："你先带他们去热身呗。"

"一起！"金陈远搂住了李可的腰，把她往怀里带。

李可的手肘用力撑了下金陈远的肚子，压低声音警告道："都是人，别跟我拉拉扯扯的。"

"我抱我女朋友怎么了？"金陈远攥着李可的腰不放，眼神挑衅地看向单扬，"哟！'逃兵'也来参加比赛，不会待会儿又要玩失踪了吧？"

"他傻缺，"李可帮单扬骂了金陈远一句，"你别理他。"

"谁傻缺？"李可帮单扬说话，金陈远更不爽了，"李可，你不要告诉我你还喜欢他！他哪里比我好？"

李可狠狠拍了下金陈远的后脑勺："闭嘴！"

"我不！"金陈远不服气，"我说错了吗？那时候高中排球联赛，我们辛

143

辛苦苦准备了三个月，他倒好……"

单扬不是那种会轻易被别人激怒的人，可颜笑能察觉到他情绪的变化，但比起愤怒，单扬眼底转瞬即逝的情绪更像是失落和无措。

"开了。"一直沉默的颜笑突然开口打断道，她的视线往下固定在金陈远的裤裆上。

金陈远下意识往下看了眼，才反应过来自己穿的是运动裤，哪儿来的拉链。

"耍我？"

"是开了，"颜笑抬了抬下巴，"鞋带。"

"走吧，"颜笑耍完人，看向单扬，"张鑫他们在群里找你。"

参加联赛的一共有二十六支队伍，女排十四支，男排十二支，赛程比较短，第一天安排了两轮淘汰赛，第二天是半决赛和决赛。

赛制五局三胜，白准他们运气不太好，两次淘汰赛碰见的都是强有力的队伍，每一局跟其他队伍的比分都拉得很紧，前四局分不出胜负来，第五局15分制，白准他们目前暂时12:11领先。

坐在周围的Z大后勤部成员都使劲挥着手里的加油棒，个个快喊破喉咙了，可作为后勤部长的单扬沉默得有些过分。除了刚刚抬脚给两个女生让了道，剩下的时间，单扬就坐在看台上一动不动，连眼睛都是隔了好久才眨一下。

颜笑坐在单扬身边，能听到他有些重的呼吸声，他的鼻头和脸颊都泛着些红晕，不知道是被室内的暖气熏的，还是真的被她传染了。

"鼻子堵住了？"颜笑问。

单扬才回神："什么？"

"你可能感冒了。"

单扬吸了下鼻子，终于没再嘴硬："有点。"

"他们快赢了。"颜笑说。

平时乐观派的单扬这会儿却消极悲观起来了："可比赛还没结束。"

"为什么喜欢打排球？"颜笑突然问了句。

"它很特别，不是吗？"单扬侧头咳了声，"打其他的球，人们好像只在乎进球的那一瞬间，他们盼着球能早点落地，他们迫不及待地想要一个结果。可排球不一样，只要球不落地，一切就还能继续。"单扬盯着场上的运动员，"一次又一次地把球救起来，送它去更高更远的地方，那种感觉，挺好的。"

"所以为什么不参加比赛？"

"因为我害怕，"单扬顿了顿，转头看着颜笑，然后扯了下嘴角，"怕输。"

单扬一米九多的大高个，加上那一身的肌肉，要放平时，说这话真的挺违和的，可现在他的下眼睑布着层淡红，眼底透着病态的亮，如果声音再软一些，用"楚楚可怜""弱不禁风"来形容都不为过了。

"你不是感冒了。"颜笑叹了口气。

"那我怎么了？"单扬觉得脑子晕胀，"难不成喝包感冒灵，喝醉了？"

"你发烧了。"

最后一局打得有些久，比分打得很大，来到了20:19的局点。

场上，吴泽锐准备发球，他用力呼了口气，攥着拳头捶了捶自己的胸口，然后抛球、上步起跳、发球。吴泽锐发出去的球既有速度，又有力量，没给对手反应的时间，直接砸倒了对面准备接球的自由人。

"赢了！"颜笑听到单扬笑了声。

吴泽锐直接发球得分，最后一局比分21:19，五局三胜，Z大成功拿到了明天进半决赛的资格。场上的几个队友都跑过去，抱住了吴泽锐。

"可以啊，关键时候，还得看我们锐哥！"

白准擦了擦脖子上的汗，也笑着夸道："刚刚那个跳飘球打得是不赖！"

吴泽锐平时就能嘚瑟，这下都看不到他正脸，只能看到他骄傲的下巴了："那可不是嘛！我天赋异禀！"

周行摘掉发带，甩了甩头发上的汗，故意揶揄了一句："是你单师傅平时教得好。"

"也是，"吴泽锐也没否认，"名师出高徒嘛。"吴泽锐往看台上扫了眼，"单扬他人呢？"

后勤部的一个女生给吴泽锐递了块毛巾："部长跟颜笑先走了。"

"他这后勤部长当得可真清闲啊。"吴泽锐问，"他们俩去哪儿了？"

"要你管。"周行抢过了吴泽锐手里的毛巾，开始秋后算账，"刚刚第二局，你连着两次后退，都差点骑在我脖子上了，故意的吧？"

大概这几天降温，感冒发烧的人比较多，体育馆旁边的那家药店挤满了人，一大半还是穿着比赛服的运动员。

店里的人手不多，店员抽空跟颜笑他们交代了句，扔了个额温计，就忙着去给其他客人开药了。单扬拿着红外额温计对着额头按了几下，可能因为接触不良，体温计半天没有反应。

"不行吗？"颜笑问。

单扬摇了下头："可能坏了。"

颜笑接过额温计："你蹲下来些，我试试。"

单扬拽了一旁的塑料椅坐了下来，视线正好能跟颜笑平视。颜笑试了几次，额温计也还是没有反应，她推开温度计底下的盖子，重新装了一下里面的电池。

"算了，"单扬挡了挡靠近他额头的温度计，"不用量了，肯定是烧了，不管是38℃还是40℃，反正吃的药都一样。"

可颜笑不是"差不多小姐"，她攥住了单扬的手腕，准备拿开他的手，却摸到了藏在单扬袖口里那凸起的一圈。虽然隔着外套，颜笑摸不出质感，但那粗细和硬度跟她丢的那条皮筋毫无二致。单扬似乎也察觉到了颜笑落在他手腕上的视线，他快速收回了手，背到了身后。

冰凉的温度计又贴住了单扬的额头，他觉得浑身烧得很。额温计的显示屏突然变红，上面跳出了数字"39.3"，有些尖锐的女声提示音响了起来。

"你好，你的温度是39.3℃。糟糕，高烧！"

颜笑拿着额温计的手顿在那儿，脸上难得有了些异于平时的表情，不过单扬没法确定颜笑眼底的那一丝诧异，是因为他藏在袖子里的东西，还是因为他的高烧。

颜笑又连着按了几次额温枪，结果还是一样。单扬听见那机械女声连着说了好几次"糟糕"，然后他听到了颜笑的声音。

"人不该重蹈覆辙。"

"我以为我的抵抗力还不错。"单扬看着颜笑。

"但事实证明，你的抵抗力挺一般的。"颜笑难得不拐着弯地阴阳怪气了，而是直接损人。

颜笑帮单扬去排队拿药，抽空回头看了眼，发现单扬已经从塑料椅换到了转椅上，像是嫌自己的脑袋还不够晕，单扬用一根手指抵着面前的柜台，坐在椅子上不停地转着圈。察觉到颜笑在看他，单扬用手指刹住了车，他动作有些不连贯地扶额、揉太阳穴，接着慢慢趴到了柜台上，最后还有些做作地咳了几声。

"这些是药。"颜笑把药袋放到了单扬面前。

单扬伸手准备拿药，颜笑提醒道："饭后吃。"

"没事。"

看到单扬转了转药盒，仔细观察着上面的用量，颜笑揶揄道："你有时候还挺惜命的。"

"当然要惜命，"单扬把药丢进了嘴里，"活着多好啊。"

嘴上说着惜命，单扬却仰头干掉了纸杯里已经凉透的水，他打了个冷战，把纸杯揉成团丢进了垃圾桶："回去吧。"

"嗯，我来开车。"颜笑说。

"不用，我还没烧到神志不清的地步。"

"可你刚刚吃了退烧药，做不了需要集中注意力的事。"颜笑摊了摊手，示意单扬把车钥匙给她，"我也惜命。"

单扬看了眼被颜笑调得笔直的车座，忍不住问了句："驾照拿了多久了？"

"三年零五个月。"

"多久没开车了?"单扬又问了句。

"三年零五个月。"

"所以,这是你拿到驾照后第一次碰车?"

"对。"颜笑说着看了眼单扬,"有什么问题吗?"

"没问题,你慢慢开。"

"不过学的是手动挡。"颜笑又补了句。

"那你会变挡位吗?"单扬边说边握住了车顶上的抓手,试探地问了句,"你知道哪边是刹车吧?"

"右边吧。"颜笑说。

"那什么……"单扬有些慌了,"你脚别乱动,先熄火,我来开。"单扬说着就准备下车跟颜笑换位置,却被颜笑喊住了。

"开玩笑的。"颜笑说这话时也是一脸严肃,嘴角没有半分笑意,"上车吧。"

单扬像是不放心,指了指怀挡上的字母:"知道它们的意思吗?"

颜笑诚实地摇了摇头,说:"但大概猜一下,'P'是parking,'R'是reverse,'N'应该是neutral,'D'是drive。对吗?"

单扬这四级三次郎怎么可能知道:"对……吧。"

"那你休息吧。"颜笑像是嫌单扬话多,还"贴心"地帮他降下了靠背,"眯一会儿。"

两轮比赛结束了,体育馆的地下停车场都是车,好不容易从停车场里开出来,路口也挤着一堆。堵在那儿,大家都挺烦躁的,边上有几个司机降下车窗开始骂乱窜的行人和加塞的车。颜笑倒有耐心,她坐得笔直,双手规范地握着方向盘,眼睛时不时会注意后视镜里来往的行人和车辆。

单扬躺在那儿慢慢有了睡意,却忽然听见颜笑猛地按了两下喇叭,他抬头看到车前站着一个男人。男人一脸不爽,还冲车内比了个中指,像是在抱怨颜笑冲他按喇叭,他往前走,嘴还动个不停,应该是在骂脏话。

单扬知道颜笑不会无故冲行人按喇叭,他下意识瞥了眼后视镜,旁边开上来了一辆越野,速度还挺快。单扬再朝那男人望过去,男人已经被车撞倒了,应该撞得不轻,他手里的菜撒了一路,额头上还渗出了不少血。

周围瞬间涌上来了许多看热闹的人,颜笑瞥了眼躺在地上的男人,微微打了方向盘,避开他掉在路中间的鞋子,踩下了油门。

单扬清楚,其实刚刚颜笑可以再多按一次喇叭提醒那个男人的,但他也知道,颜笑对无关紧要的人向来没有多余的感情,况且那人也活该。可他现在有一件事想要确认,他对颜笑来说,是不是无关紧要的人。

"咳咳咳！"

颜笑听到单扬突然咳了起来，她抽空瞥了眼。单扬憋红了脸，脖子鼓着青筋，那压抑又不间断的咳嗽声听起来还挺痛苦的。

"还好吗？"颜笑问。

单扬摆了摆手，微微睁着一只眼，偷偷打量着颜笑脸上的表情："不太好。"

"要停车帮你去买瓶水吗？"

"那麻烦你了。"单扬说着又咳了声。

"不会。"

看着颜笑走向便利店的背影，单扬伸手顺了顺自己的胸口，咳嗽声也戛然而止。

颜笑回来得挺快的，她敲了敲副驾的车窗，往里面递了一杯温水："便利店的水都是凉的，你喝这个吧。"

单扬应了声"好"，接过杯子。水的温度透过杯壁传到指尖，单扬喝了口水，嘴角弯了弯，看来他不是无关紧要的人。

"颜笑。"

"嗯。"

"我们现在是什么关系？"

颜笑拉安全带的手顿了顿，她不明白单扬这话的意思，但她想到了在体育馆，单扬是怎么跟李可介绍她的。

"校友。"

"哦。"单扬点了下头，似是无所谓地问了句，"算不上朋友吗？"

颜笑沉默了会儿，没接话："歇一下吧，待会儿又咳嗽了。"

当晚，单扬的烧没退，被那个女人踢伤的膝盖也开始隐隐作痛，他翻来覆去睡不着，好不容易睡着了，还做了一个不太愉快的噩梦。单扬挣扎着从噩梦里醒来，又被坐在床头的周行吓了一跳。

"你……"单扬声音哑得厉害，他清了清嗓子，试图发出点声音，"我……"

"别说话了。"周行点了下手机，"有两个坏消息，你想先听哪一个？"

单扬摇了下头，表示自己一个都不想听。

周行却自顾自说了："阿奔昨晚出去吃火锅扭了脚，现在在医院。冯肯送阿奔去医院的路上，被车碾到了脚趾。"

阿奔是二传，冯肯是替补二传，单扬大概知道周行想说什么了。

单扬拉上被子蒙住了脸，周行又伸手扯下了被子："白准想让你上。"

"可……"单扬试了半天才憋出一个字，现在他是连张嘴拒绝的能力都没有了，他在手机上打了些字，递给了周行。

——参赛名单上没我，我参加不了。

"吴泽锐帮你报了。"周行又补了句，"他其实每年都有帮你报名，可之前没出意外，所以没轮上你。"

"滚蛋。"单扬动了动嘴，虽然他没发出声音，但看他的口型，周行能猜出来。

"现在就剩你一个二传。"周行劝道，"你就上去打几场呗。"

昨天去医院，单扬支开了周行，所以周行也不知道单扬膝盖的情况。单扬跟他说没事，周行也就信了，可单扬清楚自己的膝盖这几天已经不起折腾了。

"这大概也是我们毕业前最后一次比赛了，等到大四，大家应该实习的实习，回家的回家了。"周行说着突然叹了口气，难得伤感了一把，"说真的，大学四年没跟你一起打场比赛，真挺遗憾的。"

"可我不行。"单扬终于听到了自己的声音。

"你行的，"周行拍了拍单扬的肩，"就当满足我一个愿望。"

"我不是蜡烛，"单扬咳了声，吸了吸鼻子，"别对我许愿。"

单扬出现在换衣间的时候，队员们都挺诧异的，他们知道单扬从来不参加大型比赛。颜笑也诧异，不过不是因为同一个原因，她是好奇单扬发着烧、伤了膝盖，为什么还要逞这个强。

颜笑登记完了其他队员们要订的中餐，把菜单递到了单扬面前："烧退了？"

单扬接过菜单，含糊地"嗯"了一声。

颜笑能瞥见单扬露在护膝边缘的膏药："英雄主义已经过时了。"

单扬明白颜笑指的是什么，他选了几个菜品，把表格还给了颜笑："我可能就是比较，"单扬开玩笑地蹦了一句英文，"Out of fashion.（老土）"

看到白准朝他们走过来，颜笑接过表格，没再多说什么。

"周行说你有些发烧，能坚持吗？"白准问。

"可以。"单扬打断了白准，几步走到颜笑身边，"笔忘了拿。"

颜笑伸手去接，单扬却不松手。

"谢谢。"颜笑抬了抬下巴，示意单扬可以放手了。

"能帮我给 Ugly 传个话吗？如果我当场晕了的话。"

颜笑没理会单扬的玩笑，扯下表格递给了一旁的后勤人员："全部登记好了。"

单扬不死心，跟了上去："帮个忙呗。"

颜笑转过身，视线正好落在单扬手臂的文身上："那小芳呢？要我跟她说些什么吗？"

149

"小芳?"

单扬也低头瞥了眼手臂上的文身。单芳从来不是传统的中国式母亲,她应该不会心疼他,也不会骂他胡闹,她大概会跟颜笑一样阴阳怪气地来上一句"英雄主义已经过时了",然后在他昏过去之后,"啧啧"几声。

"她就算了吧,"单扬开了句玩笑,"她不在乎我。"

颜笑轻笑了声:"那你挺痴情的。"

把一个不在乎自己的女人文在手臂上。

单扬以为颜笑指的是Ugly:"还行吧,毕竟它长得的确'特别',我万一有个三长两短,没人会要它的。"

看来单扬的恋丑癖可以追溯到挺久以前了,颜笑点了下头,又夸了句:"挺重情义的。"

"你说吧,"颜笑拿出了手机,准备做记录,"我记下来。"

单扬清了清嗓子,但声音还是哑:"斯人若彩虹,遇上方知有。"

单扬顶着这公鸭嗓说情话,实在不太唯美,而且还有些滑稽。

"它可能听不懂。"颜笑提醒道。

"你听懂了就行,能解释给它听。"单扬说完又问了句,"你懂了吗?"

颜笑盯着刚记下的那行字,没回答,一旁的女生喊了颜笑,她抓过地上的物资袋子,转过了身:"我尽量让它懂。"

颜笑和那个女生提着袋子出了更衣室,单扬感觉背后有人,他回头看到了笑眯眯的吴泽锐和一脸鄙夷的周行。

"斯人若彩虹——"吴泽锐说完"咦"了一声。

周行"吼"了下,像是没料到单扬也这么能恶心人:"遇上方知有。"

"起开。"单扬推开了吴泽锐的脑袋,问,"白准呢?"

周行没吱声,脸色变得不太好。吴泽锐指了指对面女更衣间的门:"去找白灵了,可能是那晚吹了江风,白灵也发烧了,刚刚还吐了。"

"那换替补吗?"单扬问。

"白灵说没事。"吴泽锐说着皱了皱眉,"而且小宁状态也不好,昨晚她跟男朋友闹分手呢,估计换她上场,也不会好多少。你说这次比赛怎么回事?生病的生病,受伤的受伤,还有心伤的。我觉得我们以后比赛之前应该集体去寺里烧烧香,拜一拜。"吴泽锐察觉到周行在走神,撞了撞他的胳膊,"你说呢,阿行?"

周行随口应了句"嗯"。

"你也去看看吧,如果严重的话就让白灵先去医院。"单扬支开了吴泽锐,看向周行,"你怎么了?"

"没事。"

"没事个屁,心不在焉的。"单扬拆穿道,"你头上总共就这几根金毛,每根金毛都在说'我有事'。是不是因为白灵?"

"不是。"周行摇头,"白准在,她用不着我担心,我是担心你。"

"我?"单扬耸了下肩,一脸受宠若惊的样子。

"你昨天是不是碰到金陈远了?"

"嗯。"

"他那傻缺又跟你说什么了?"

"没,就寒暄了几句。"单扬一笔带过,"怎么,他骂你了?"

"他骂得着我吗?"周行沉默了几秒,还是把手机上的消息给单扬看了,"你爸,他昨晚给我发的,他想叫你去医院⋯⋯复查。"

单扬推开了周行递过来的手机,眼眸暗了下来:"以后不用回他的消息。"

周行劝道:"别拿自己的身体跟别人怄气。"

"没怄气。"单扬伸了伸腰,"我又不是小孩了,我自己的身体,我自己知道。"

单扬上场之后,才知道周行为什么要莫名其妙跟他提金陈远,因为半决赛他们对上了金陈远的H大。

H大的实力很强,进半决赛也绝对不是靠的运气。金陈远是队长也是主攻,他发球很狠,扣球的力道让人没法招架,H大其他队员也都不是软柿子,刚开始几局的比分拉得很大,单扬他们完全不占任何优势。

主教练看出来白准他们有些失了士气,第三局刚开始没多久就叫了暂停。主教练和队员们讨论战术的时候,单扬却一个人溜达到了观众席边上。

"单扬干吗呢?"禾苗抬了抬下巴。

颜笑顺着禾苗的视线望过去,看到单扬在李可跟前停下了,单扬半蹲下来,不知道跟她说了句什么,李可的脸肉眼可见地红了。

禾苗觉得不可思议:"连输两局了,还有心思泡妞,疯了吧?"

单扬好像真跟李可聊上了,半天没归队。周行喊了声"单扬",他才慢慢悠悠晃回来,还故意绕到了金陈远的面前。金陈远的脸色看起来很差,也不顾忌这是在赛场上,要不是队友拦着,他那妒火中烧的模样,应该是真准备冲过去和单扬干一架了。

后半局的比赛刚开始,吴泽锐就发球得分,开了个好头。金陈远却变得有些心不在焉,连着两次扣球失误。

"都往3号那儿打。"单扬传球的时候对白准说。

朋友彼此了解,对手也是,更何况金陈远从前也算得上是单扬的朋友。金陈远的球技没问题，但性格不行，他很容易被激怒，失败一次后如果不及时调整心态，就会开始烦躁，失误连连。所以，单扬不准备给金陈远调整心态的机会。

第三局、第四局结束，两队都是两胜两负，第五局Z大打得也很顺利，金陈远这个主力接二连三的失误，似乎也动摇了H大其他队员的信心。

李可像是也反应过来单扬刚刚找她聊天的用意，她在观众席上拼命喊着，想让金陈远冷静下来。鼓励奏了些效，金陈远恢复了些理智，H大也追回了些比分，但想要逆风翻盘，是来不及了。

最后一下，单扬从周行手里接过球，准备把球传给白准。白准收到单扬给的眼神，也跟着跳起来，但单扬最终没把球传给白准，来了个假动作，一个吊球，得了分。

"赢了！"禾苗抱住了颜笑，高兴得不行，"他们进决赛了！"

颜笑嘴角也有笑："嗯。"

禾苗冲底下喊了句Z大的口号，又回头对颜笑夸了句："单扬不错嘛，平时吊儿郎当的。"

可下一秒，颜笑就看见禾苗脸上的笑顿住了。底下传来了一个重击声，颜笑看过去，发现单扬单手捂住了后脑勺，"肇事"的球还在单扬身边来回蹦着。光看球蹦起的高度，就能知道金陈远砸的那一下有多重。

单扬脸上没什么表情，没有愤怒也没有惊吓，而是眼神空洞，像是失了焦距，如果不是他的眼睛还睁着，颜笑会以为他已经晕过去了。

场上瞬间变得很混乱，吴泽锐和周行冲进H大的队伍，准备把金陈远揪出来，H大的其他队员挡在前面，还有两个人把吴泽锐推倒在地上，其中一个人的指甲划到了吴泽锐的脸颊，他的嘴角瞬间淌出了血。

白准本来还准备带着队员劝架，但看到吴泽锐受伤了，也没再拦着，干脆带着他们和H大的扭打在一块儿了。

单扬还站在原地，他似乎是觉得周围吵，颜笑看到单扬半蹲下来，伸手抱住了脑袋。他平时皮肤就白，运动后肌肉的充血和脸上的红晕这会儿已经消散得干净，整个人看起来越发惨白。

"还好吗？"

单扬觉得脑袋很痛，他好像又躺回了手术室，头顶是刺眼的灯光，他隐约听到有人在喊他的名字，声音算不上温柔，却让他冷静了不少。

单扬睁开眼睛，看到了递在他面前的那瓶矿泉水，他盯着映在地上的影子，伸手抓住了颜笑的手腕。

"能带我走吗？"

单扬抬头，颜笑才看清他的脸，他的嘴唇没有血色，眼睛猩红，睫毛上沾着些水,不知道是汗,还是因为痛苦分泌出来的眼泪。

"好。"颜笑说。

决赛因为这场意外延迟进行,可无论教练和队员怎么劝,单扬都不愿意再上场了。他一个人待在更衣室,不说话,也没休息,靠坐在柜子前面,手里一直捏着一瓶水,瓶身已经被捏得发皱。

周行在比赛前也进来过,但他没有劝单扬上场比赛,他拿来了一个冰袋,还有一袋罐装的啤酒。他帮单扬开了一罐,缓缓开了口:"第一次遇见你的时候,我在心里想,我也算是开了眼了,不去精神病院,也能看见疯子。"

那天是周行生日,高中不让带手机,周行不放心李明英一个人在医院,就趁吃饭的时候,在食堂偷偷给他打了个电话。周行用的是李明英换下来的老人机,一百块不到,漏音严重,他和李明英说的话,坐在后排的单扬一字不落都听见了。

李明英因为没法给周行过生日觉得愧疚,周行就骗他说,班上的同学正在帮他过生日,还给他准备了蛋糕,还有好多菜。怕年级主任来巡逻,周行也没敢打太久,正准备挂电话的时候,就莫名其妙被人拽起来了。

"借用大家一两分钟!"

周行看到一个大高个突然站到了他的身边。

"今天是我朋友阿行的生日,能不能帮他唱个生日歌啊?"

没人开口,单扬也不尴尬,带头就开始唱,中途周行几次想逃,都被单扬拽回来了。后来两人熟了,周行问过单扬,不觉得在食堂做那蠢事很尴尬吗。

单扬却不在意,他说:"这个也尴尬,那个也尴尬,那什么时候才能开始过自己真正想要的生活。"

"说真的,"周行收起回忆,撑了下单扬的手臂,"如果你当时再多唱一遍,我绝对会把你打晕了拖走。"

单扬轻笑了声,"嗯"了下。

"我去比赛了。"周行拍了拍单扬的肩,他走了几步又停下来,像是不放心,"我不会安慰人,你需要……"

"所以别安慰了,"单扬往嘴里灌了口酒,"我什么都不需要。"

外面的欢呼声慢慢响起来,单扬知道比赛开始了,他把手里喝空的罐子捏扁了,想抬手投进不远处的垃圾桶,却扔偏了。单扬又开了一罐,他几口喝完了酒,把罐子投向了垃圾桶,可罐子又"啪"的一声砸到了地上。

单扬自嘲地笑了声,声音很轻:"真没用,所以总是输。"

更衣室的门被推开了,单扬没听到脚步声,可没过几秒,眼前出现了一个人影,躺在地上的易拉罐被捡起来,"咚"的一声,终于进了垃圾桶。

"晚餐我们怎么安排?"颜笑半蹲下来,把手里的资料递给单扬,"另外,教练想在比赛结束之后安排一次外出活动,这是他选出来的几个。"

单扬没去听颜笑说的话,他的眼睛盯着颜笑的嘴唇出神,耳朵绯红,像是染上了些醉意。

"单扬?"颜笑喊了声,想让单扬回神。

"嗯。"单扬应了声,视线却还是落在颜笑的嘴唇上。

"单扬……"

颜笑能感觉到单扬慢慢向她靠近的脸,她的鼻尖离单扬的嘴唇只剩两厘米。

"你醉了?"颜笑能闻到单扬嘴里的酒气。

"没。"单扬说着,微微倾身。

颜笑感觉单扬的嘴唇划过了她的鼻尖,接着准备往下吻她的唇。颜笑侧过头,避开了:"什么意思?"

颜笑脸上的冷淡让单扬清醒了不少。

"就你想的那种意思。"

好巧不巧,颜笑的余光又扫到了单扬戴在手腕上的黑色皮筋。她眼底的困惑和不解落在单扬眼里,成了不悦和鄙夷,单扬没再去遮掩,他抬了抬手,拽了下那条黑皮筋。

"要还你吗?"

"我有男朋友。"颜笑说话的语气本来就听着淡漠,此刻,冰冷中又压上了一层明显的疏离。

单扬觉得自己像个小丑,他扯出了一丝笑:"我有说我喜欢你吗?"

单扬的呼吸里透着酒气,脸颊泛着微醺后的潮红,顶着他这张优越的脸说出这话,倒渣得毫不违和。单扬又仰头干掉了半罐啤酒,他喉结滚了滚,脑袋抵着身后的衣柜,也没再装什么好人,他眼神放肆又贪婪地欣赏着颜笑的一切,她的脸、她的脖子、她的腰。

"所以晚餐怎么安排?"颜笑迎上单扬的目光。她坦荡自在,仿佛刚刚的事没有发生过一般。

单扬把喝空的易拉罐捏扁,准备丢进垃圾桶,可手抬到一半又收回来了,他的声音透着无力:"我现在很痛。"

"需要止痛片吗?"颜笑问。

"吃过了,没用。"

"那就去医院,我出去叫人。"

颜笑起身准备往外走,单扬倒没喊住她,可更衣室的门"哐"的一声被带上了。是李可,身边还跟着一个很壮实的大高个,目测那男的比单扬还高半个头,两人都沉着脸,来势汹汹的,应该是为了H大输了比赛的事。

李可略过颜笑,直接走到了单扬面前:"解释一下。"

"解释什么?"

单扬无所谓的样子让李可觉得讽刺,她抬腿踹掉了单扬脚边的那袋啤酒:"你利用我?"

"嗯。"单扬诚实地点了下头,"抱歉。"

"他现在把自己锁在了休息室,不愿意跟我沟通了!"

单扬轻笑了声:"你在乎他。"

"我……"李可语塞,"谁在乎他?他是队长,输了比赛,其他队员的情绪还需要他来安抚。"

"你可以诚实点。"单扬揉了揉膝盖,"给你出个主意,你在门口大喊一句'我爱你,金陈远',他绝对就开门了。"

"爱个屁!"李可冲单扬吼了句,"你让我们输了比赛,你得负责!"

单扬被吵得头疼,他捂了捂耳朵,叹了口气:"没人能让你们输了比赛,如果你们想赢的心足够强大。可惜,我就只是跟你说了几句话,金陈远他就疯了,还有他的队友们,胆小愚蠢,把全部的希望都寄托在一个人身上,好像金陈远不行,他们也就不行了。"

站在李可身边的男生大概也是金陈远的队友,听完单扬的话,攥着拳头就准备干架,却被李可拦住了。

"你不也是,"李可像是也被单扬的话激怒了,"单扬,你也胆小愚蠢。"

单扬没否认,抹掉了溅在外套上的酒,太阳穴和膝盖上隐隐作痛的神经让他没了耐心:"如果想打架就快点,我现在真的,挺烦的。"

大高个脱掉了外套,侧了下脑袋,示意李可先去外面等着。

"你也先出去吧。"单扬开了口。

颜笑没回头,但她知道单扬是在跟她说话。

"好。"

颜笑退到门外,但没走远,李可带上了门,站到颜笑身边。

"他不是什么好鸟。"李可看了眼颜笑,"所以别吊在他身上了。"

颜笑知道李可是误会了:"可你说他是你的初恋。"

李可大概回忆起了些曾经的美好时光,有片刻的晃神,接着又自嘲道:"因为我也不是什么好鸟。像你这么单纯的女孩,还是离单扬远一点吧,"李可说着叹了口气,"毕竟真要尝过好的,以后就看不上差的了。"

颜笑点了下头,似乎是赞同李可说的。

"但我也不是,"李可听到颜笑说,"我也不是什么好鸟。"

更衣室里"乒里乓啷"的声音越来越大,光听动静,在外面也能大概猜到里面发生了什么。脑袋撞铁柜子的声音、拳头的声音、易拉罐被踩扁的声音，只不过没法确认，被撞、被踩、被踹的那个人是谁。

颜笑在门外站了会儿，刚抬脚准备离开，更衣室的门却打开了。

"走吧。"出来的是那大高个，脸颊上有几块红色的手指印，头顶的头发不知道是被压乱了，还是被拽了，看起来少了一小圈。

李可只往虚掩的更衣室里看了眼，就跟那个男生走了。等走远了，李可问："你没事吧？"

"怎么可能有事。"

李可瞥了眼男生已经肿胀的手臂，像是早就料到结果："装个屁，赶紧打个车去医院吧。"

颜笑避开了地上扔的椅子和毛巾往里走，却没看到单扬。她掏出手机准备给单扬发条微信，还没打几个字，就感觉有热气从她的头顶洒下来。

"以为你晕过去了。"颜笑收起了手机。

"嗯，快了。"

单扬说完这句话，就再没动静了。颜笑转身，看到单扬半靠在墙上，他看着倒没什么事，除了嘴角的小块乌青，脸上没有其他的伤了，可他脸色铁青，额头布着不断冒出来的冷汗。

接到周行的电话，单芳匆匆结束了饭局，赶来了医院。

"还活着吗？"单芳来医院问的第一句话。

"没什么大事，就是发烧了，现在在输液。"

"哦。"单芳看起来倒不怎么担心，"活着就行。"

周行注意到了单芳脚上断了跟的高跟鞋："我帮您去附近商场买双鞋吧。"

"不需要。"单芳坐到长椅上，放下包，徒手掰掉了另一边的鞋跟，"谢谢你送他来医院，医药费多少，阿姨转给你。"

"不是我送他来医院的，医药费也不是我付的。"

单芳一愣："那是谁？"

"是……"周行知道单芳爱八卦单扬，到嘴的话改了口，"一个校友。"

"行吧，那到时候记得叫单扬把钱还给人家。"单芳理了理头发和衣领，"还要麻烦阿行你帮忙看着点，我那边的事还没聊完，把人晾在那儿也不好。"

周行听单扬说过单芳心大，没想到，会有这么大，儿子差点晕倒，被送进了医院，她不看一眼就打算走了。

"要不等单扬他醒了，您再走吧。"

单芳笑了声，搓了搓手："那你去把他摇醒吧。"

周行一噎。

"开玩笑的啦!"单芳把手插进了口袋,自顾自"哈哈"地乐了几声。

"阿姨您是冷吗?"即使隔着大衣口袋,周行都能察觉到单芳的手在抖。

"是呀,外面风多大啊,这见了鬼的天气。"单芳说着抖了下身体,"能帮阿姨去倒杯热水吗?"

周行点头:"好。"

颜笑接完电话回来,看到单扬的病房门口站着一个女人。她依旧穿着高定的套装,有着优雅笔直的身姿,只不过被精心护理过的头发这会儿乱糟糟地搭在肩上,还有不少被胡乱地压在了大衣的领子里。住院部的暖气开得很足,走廊很暖,甚至可以说有些热,可她的身子在抖。

从厦门回来后,顾彦林带颜笑去了一个饭局,颜笑以为只是他们两人一起简单吃个饭,可到了以后,发现包厢里已经坐了好几个人。顾勤在,顾勤的助理也在,主位还坐着一个颜笑面熟的人,秦余安,边上坐着他的儿子,秦清。

秦清看到颜笑进来,眼底瞬间有了笑意。

"颜笑?"秦余安似乎有些意外,但看起来也是高兴的。

"秦总您和颜笑认识啊?"顾勤看向站在顾彦林身边的颜笑,最后又有些意味深长地给了顾彦林一个眼神。

"我弟从前的家教老师。"秦余安还没开口,秦清先抢了话。

"然然前几天还念着你呢。"秦余安拍了拍身边的位置,示意颜笑坐过去,"他问他妈妈,笑笑姐什么时候能回来给他上课。"

颜笑轻笑了声,自然接过秦余安的话:"这一年学业比较重,所以没怎么带学生了,然然最近还好吗?"

"还是老样子呗,皮得不行,"秦余安说着摇了摇头,"家教老师已经被他气走好几个了!"

"既然人都到齐了,我们就动筷吧。"顾勤把话题扯了回来,"今天也是好不容易才能请到秦总您,待会儿可得好好跟您畅聊一番啊!"

秦余安笑了声,举了举手里的酒:"放心,给顾律您这个机会!"

顾彦林不久前在车上跟顾勤打电话,颜笑听了个大概。几个月前,和顾勤律所对家的ZL律所因为操刀撰写了IPO项目,一单创收了一笔不菲的律师费,顾勤当然也眼红,大概也想开始跟券商抢这块蛋糕了。秦余安的联康是国内医学运营服务提供商,而正巧,联康准备上市了。

颜笑自然看出来了这饭局的用意,顾彦林不是单纯想请她吃顿饭,她在这儿遇到秦余安和秦清也不是凑巧,顾彦林把她当成牵线人了。

秦清喜欢颜笑，当初还拿着花追到了学校，顾彦林那天在场，他不可能不知道，当时要不是颜笑拉着，两人还差点打起来。

颜笑看了眼坐在自己对面的顾彦林，顾彦林对上了她的视线，有些心虚地偏开头，又起身帮顾勤添了些酒。

果然，男人的记性都"差"。

最近天气越来越冷，颜康裕的腰经常痛，吃了止痛药，贴了膏药也不管用，只能躺在家里休养。虽然颜康裕说自己在家里待着都要发霉了，叶瑾还是不准他来面馆。

店里有烨子和严瑞帮忙，叶瑾也不会像之前那样一天忙到头都闲不下来了。可人突然闲下来也不好，好几次颜笑去店里，都看到叶瑾一个人坐在收银台后面发呆，手里攥着串佛珠，也不念"阿弥陀佛"，嘴就张着，像是把身体里的愁给叹出来。

玻璃门上的那张征友海报还在，但单扬的脸已经被摸得有些褪色了，海报底下还留了不少微信号和电话号码。颜笑进门前，伸手捋了捋翘起来的角，海报平整了一两秒，可没一会儿，整张海报就"哗"地砸到了地上。

"欢迎光临！欢迎光临！"

颜笑看了眼挂在墙上发出声音的猴子玩偶，问："哪儿来的？"

听到颜笑的声音，叶瑾才回过神："笑笑来啦。"

"这玩偶，是您买的吗？"

叶瑾瞥了眼墙上的大红色猴子，笑了下："我让烨子买的，觉得挂着热闹些，没想到他眼光那么差，买了个这么难看的。"

"爸这几天腰还好吗？"

"好些了，大概前段时间降温，年纪大了，得花些时间适应，头几天夜里一直咳嗽，咳起来就一整夜。"

"我后天没课，带爸去医院看看吧，再拍个片子。"

"行。"叶瑾往后厨看了眼，"今天是烨子生日，晚上我们早点打烊，一起在店里吃个火锅。"

"晚上排球社有聚餐，算平时活动的出勤。"颜笑看了眼吴泽锐发在群里的时间，"我可能不会太早回来，如果迟了，你们就先吃吧。"

"好。笑笑，那个，宋羽霏……"叶瑾欲言又止，"她是你同班同学吧，她……"

颜笑大概能猜到叶瑾想说什么："是，但不熟。她和王叔的事，我也只在网上大致了解过，如果您想知道详细的情况，我应该说不出些什么。"

"没。"叶瑾搓了搓手里的佛珠，喃喃道，"他做错事，的确该受到惩罚的，人家姑娘才二十出头,他怎么下得去手的……"

吴泽锐订了个网红火锅店,店在一个比较偏的巷子里,连门店都没有,老板只是在墙上用绿油漆简单刷了"火锅"两个大字,但来店里吃的人还不少。

颜笑上了二楼,还没到包厢门口,就听见吴泽锐扯着嗓门在给别人劝酒,接着她又听到了一个耳熟的声音。

"再吵把你的嘴给缝了!"

是禾苗,声音已经染上不少醉意了。禾苗在的话,排球队的那帮人应该也在,排球队的在,那……

"借过。"

颜笑瞥了眼映在门上的黑影,往边上挪了一步。

"谢了。"单扬径直从颜笑身边走过去,手插着口袋,用肩顶开了门。

掉漆的木门发出了"嘎吱"声,有些松动的合页让门板只开到了一半,感觉到后头的人没有要跟他一起进来的打算,单扬顿了一秒,收回了肩,就自顾自往里走了。

过道的窗户紧闭,屋内的热气钻出来,把单扬残留在空气里的味道往外送。不同于包厢里热火朝天的油烟味,颜笑感觉鼻尖绕着一股清冽,混着不算浓烈的药膏味。

"外面还站着谁啊?"吴泽锐问单扬。

门被彻底关上之前,在一片嘈杂声中,颜笑隐约听到了单扬的声音。

"颜笑……"

## 第八章

### 你坏透了，颜笑

拐角的楼梯又上来了两个人，墙壁上的感应灯闪了两下，过了几秒才彻底亮起来。

"你刚刚不该那样跟妈说话。"一向温和的白准，脸上难得有了些怒意。

"那我该怎么说？"身旁的白灵脸色也不好，"你告诉我。"

"你知道妈有高血压，还刚做过手术……"

"你总是提她，"白灵干笑了声，打断道，"你这个养子倒是比我这个亲生女儿要孝顺多了。"

白灵说完就自顾自往前走，白准似乎想要去拽白灵的手，但注意到站在门口的颜笑，也没再有动作，只是保持一定距离地跟在白灵身后。白灵推开门就自顾自进包厢，白准想跟进去，却又停住了脚步。

"排球社的吗？"白准见颜笑眼熟，"怎么不进去？"

"准备先回个电话。"颜笑扯了个理由。

"你是联赛后勤部的吧？"白准想起来了，"那天是你送阿扬去的医院。"

"嗯。"

"这次我们拿了一等，你们后勤部也有很大的功劳。"白准帮颜笑推开了门，"电话进去打吧，包厢里有卫生间的，别站在风口了。"

吴泽锐看到颜笑，端着酒杯就过来了："进来吧颜笑！我们排球社就差你了。我们颜笑可是这次联赛的大功臣啊！"

吴泽锐那大嗓门，瞬间让包厢里的人都看过来了。

"单扬晕倒去了医院，决赛那天的后勤任务全是颜笑一人安排的。"吴泽锐说着就准备把单扬从人堆里拽出来，"你这个徒有其名的后勤队长可得好好谢谢人家！"

　　吴泽锐大概还没发现单扬膝盖上有伤，自顾自走得很快，单扬在后面跟着吃力，最后直接抬手往吴泽锐的后脑勺上来了一掌。

　　"我自己走。"单扬夺过吴泽锐手里的酒杯，倒掉了酒，又往里面灌了些茶水，他几步走到颜笑面前，"感谢颜同学代表后勤部为排球队做出的贡献。"单扬抬了抬酒杯，"我干了，你随意。"

　　颜笑手里没有酒，甚至连杯饮料都没有，单扬也没管颜笑的反应，干完就转身走了。吴泽锐自然看出了单扬的反常，替他向颜笑解释道："他可能刚生完病，还没恢复好，所以状态和情绪什么的都不太稳定，不是故意的哈。"

　　颜笑盯着单扬使不上劲的左腿，点了下头："理解。"

　　包厢有两桌，颜笑挑了靠卫生间的那桌，她把包放到空椅上，就进了卫生间。颜笑刚刚倒不是骗白准，她是真的要回个电话，六个未接来电，都是顾彦林打来的。

　　那天的饭局后，顾彦林约了颜笑好几次，颜笑都推了。刚刚快到火锅店的时候，叶瑾给她发了条消息，她说顾彦林来面馆了，知道她不在，也没走，就坐在车里等。面馆前面的那条街本来就窄，顾彦林的车堵在那儿，其他的车根本就没法过去，叶瑾说后头的司机喇叭都快按烂了，连烨子都嫌吵，摘掉了助听器。

　　电话很快就通了，顾彦林似乎就是在等着颜笑打回去给他。车里播放着激昂而忧伤的钢琴曲，顾彦林沉默了许久才开口："在忙吗？给你打了好几个电话，刚看到？"

　　顾彦林没拆穿颜笑，颜笑也没拆穿顾彦林的明知故问："嗯，刚看到。"

　　"我在'裕瑾笑'。"

　　"是吗？"颜笑和顾彦林说着话，注意力却在左眼镜片的手指纹上，"是去吃面的？"

　　顾彦林叹了口气，颜笑的淡然让他败下阵来："笑笑，你知道我是去找你的。"

　　"可我不在。"颜笑的声音变得有些冷。

　　"那你在哪儿，我去找你。"

　　"社团聚餐，才刚开始，你别来了。"

　　"你不是不爱参加这些聚餐的吗？是什么社团，你……"顾彦林的话被后头司机猛按的喇叭声打断了，"你等我一下。"

　　顾彦林把手机留在了车上，推开了车门，外面的喇叭声瞬间变得清晰刺耳，颜笑皱了下眉，拿远了手机，把手机放到洗手台上，点开了免提。顾彦林没关车门，颜笑能听见那个司机骂骂咧咧的声音，起初顾彦林还保持着一贯的绅士，可司机接连不断的脏话，终究还是让他把视之如命的体面丢到了脑后。

颜笑调小了音量，取下眼镜，从口袋里掏出了眼镜布，卫生间的门却被敲响了。

"抱歉，有人。"颜笑回了一句。

可那人像是着急，没出声，又连着敲了两下门。颜笑没来得及戴上眼镜，门锁就从外面拧开了。是个面生的中年男人，大概走错了包厢，脸红脖子粗的，应该是喝了不少酒。男人只淡淡瞥了颜笑一眼，就自顾自往里走，边走还边开始解皮带。

颜笑知道跟这种人讲不了什么道德廉耻，可她也并不想把这唯一清静的地方腾出来给他。门又被推开了，颜笑没戴眼镜，看不清来人，但那人的体型轮廓，颜笑倒觉得熟悉。

"走错地方了，大爷。"

单扬说完这句，在洗手池前面停住了，正好隔在了颜笑和男人中间。单扬拧开水龙头，眼睛扫到了颜笑放在一旁的手机屏幕，电话界面上的备注是"顾彦林"。

"让让！"男人裤子拉链拉到一半，露出了内裤，也不知道是想硌硬谁，他冲单扬举了举胳膊，像是想洗手。

单扬没让，脸色沉了下来："我刚刚是不是说了，你走错地方了。"

单扬的语气带着警告，男人根本也没醉，他舔了舔舌头，咽了下口水，开始装糊涂。

"哦哟，喝多了，"男人说着还拍了拍额头，"走错包厢了，我包厢在隔壁呀。"

男人想走，却被单扬挡住了去路。

"拉好你的拉链，"单扬扫了眼男人的裤裆，扯了下嘴角，"别丢人现眼了。"

听完单扬这话，男人的脸更红了，他拉上了拉链，几步跑出了卫生间。

"这家店生意挺好的，生意好，所以什么人都有。"单扬盯着镜子，像是在自言自语，"下次上厕所，记得锁门。"

后半句话，颜笑知道单扬不是在自言自语。

"我锁了的。"可谁知道这锁是坏的。

单扬没再开口，站在镜子前冲着手，水开得很大，水流声完全盖住了顾彦林那头的争吵声。

"你膝盖好像伤得挺严重的。"

单扬一顿，然后朝四周转了转脑袋，最后伸手指了指自己，语气带着阴阳怪气的受宠若惊："你在跟我说话吗？"

颜笑从来不是幼稚的人，但也许是从包厢里飘进来的油烟味让她有些烦躁，或者是刚刚进来的秃头男让她觉得恶心,颜笑拿起手机贴到了耳边。

"天冷了要注意保暖,别冻伤了膝盖。"

单扬嘴角玩味的笑消失得彻底,他用力甩了甩手,镜子上瞬间布满了水珠,还有好些沾到了颜笑的外套上。

单扬走了几步,又停下来,他转身用袖子蹭掉了溅在颜笑外套上的水珠。单扬张了张嘴,似乎想说什么,最后抓了下后颈,又无奈地叹了口气,像是被自己莫名其妙的行为给气到了。

"抱歉。"

颜笑的"没事"还没说出口,单扬就已经用肩撞开门出去了。瞥了眼已经静音的通话界面,颜笑挂掉了电话。

镜子上的水珠往下滑,颜笑盯着镜子,这会儿眼镜片是干净了,她却还是看不清镜子里的自己。她抽了几张纸,想要擦掉镜面上的水,可劣质的纸巾薄得很,吸不干水,还留下了不少白色的纸屑。

颜笑看了眼扒在手指上的纸巾,她有一刻的怔神,所以她为什么非要去擦这镜子?

出了卫生间,颜笑发现自己的座位已经被一个男生占了,她的包被挤到了地上。男生的背后还放了一束不大的花和一个知名口红品牌的包装纸袋,他那副局促不安的样子,应该是准备跟在场的某个女生告白。

颜笑顺着他的视线扫过去,看到了坐在禾苗身边的白灵。男生干掉了眼前的那杯酒,抓过花束和纸袋就往白灵的方向走过去,包厢里没一会儿就响起了起哄声。

"不得了啊!"吴泽锐的声音,"你这胆子可真大,当着大舅子的面,就敢跟白灵表白啊,不怕你大舅子收拾你?"吴泽锐说完撞了撞白准的胳膊,"作何感想,大舅子?"

周行和单扬在另一桌,周行一直低着头,手里的筷子没停过,单扬只回头淡淡看了眼,像是也不打算凑这份热闹。

白灵看着递到她眼前的花,余光却望向了坐在不远处沉默的白准。

"你喜欢我什么?"白灵问。

"你很漂亮,很温柔。"男生耳根通红,话是对着白灵说的,眼睛却盯着在边上看热闹的禾苗。

"温柔?"白灵自嘲地笑了声,"对不起,我……"白灵话说到一半,却突然瞥到了夹在花束里的卡片,她转了话锋,"好。"

"什么?"男生愣住了,眼底的诧异大过惊喜,"你,你答应了?"

"嗯。"

白灵伸出了手,想去接花,男生却半天不松手。

"傻不愣登的,快给人家啊!"吴泽锐带头鼓掌起哄,"快快快!"

男生还是半天没动作,白灵倒开口替他解围了:"之后给也行。"

"哎哟喂!"坐在白准身边的一个女生"啧"了几声,"白队,你看看白灵,这还没开始谈呢,就已经维护上了,以后要是到了热恋期,那得多难舍难分啊,我们到时候是要天天被喂狗粮咯。"

白准攥着酒杯的手松了松,嘴角勉强挤出了个笑,"嗯"了声。

颜康裕的腰痛越来越严重,还带着腿疼、腿麻,走不了远路。他这几天夜里几乎都辗转难眠,连带着叶瑾也没有睡过一次好觉。

颜笑带颜康裕去医院的那天下了很大的雨,叶瑾走之前把颜康裕的医保卡落在了面馆的收银台。颜笑在手机上打了个车,回面馆拿医保卡之前,把车牌号和车的颜色都发给了叶瑾。

刚从面馆里出来,颜笑就收到了叶瑾发来的语音消息,她说打的车已经到了。打车平台上也显示车辆已经到达,颜笑就让叶瑾他们先上车等了。

"这儿!笑笑!"

颜笑看了眼降下车窗在冲她招手的叶瑾,又扫了眼车型,是一辆体型很大的黑色SUV,看起来比大G还要大一些。

叶瑾又冲颜笑招了招手:"快上来,外面雨多大啊。"

颜笑对车没什么研究,但在上车的那一瞬间,内饰扑面而来的奢华感让她察觉到了不对劲,哪个司机会舍得开着这么新、这么贵的车来拉客。果然,她的手机在下一秒就响了,陌生号码。

"你好,你在哪儿啊?我的车已经到了,路边停着,打着双闪呢。"

颜笑透过玻璃窗,看到了停在对面的一辆黑色大众:"抱歉,稍等。"

"怎么了笑笑?"叶瑾问。

"我们上错车了。"颜笑说着看向了驾驶座,熟悉的背影让她有些意外,"不好意思……"

驾驶座上的人轻咳了声,摘下了口罩。

"你,不是,"叶瑾一时叫不出人名,看了看颜笑,"他……"

"单扬。"颜笑提醒道。

"哦,对对对,单同学。"

"阿姨好,"单扬摘下帽子,又冲颜康裕点了下头,"叔叔好。"

颜康裕虽然跟单扬不熟,但也笑着对他点了下头:"你好。"

"我妈看错车牌,上错车了,不好意思。"

单扬清了下嗓子:"没事。"

"我们走吧,"颜笑指了指对面的车,"打的车就在对面。"

单扬扫了眼颜笑手里X光片的袋子:"是去医院吗?"

叶瑾点头:"对,笑笑她爸腰不好,准备去看看。"

"我送你们吧,"单扬重新戴上了口罩,"我也正好要去医院开点药。"

"这样不好吧,"颜康裕摆了摆手,"太麻烦你了。"

"是的,"叶瑾也准备下车,"不麻烦单同学了。"

"那麻烦你了。"颜笑却开了口,在平台上取消了订单。

叶瑾和颜康裕同时一愣,看向了颜笑。单扬搭在方向盘上的手也一顿,他瞥了眼后视镜里的颜笑,下一秒就给车门落了锁:"好。"

颜康裕倒是个爱聊天的人,车没开一会儿,他就打量起了单扬:"同学也跟我们笑笑一样,是学化学的吗?"

"不是,我学的动画。"

"哦,动画好呀!"颜康裕也会聊天,"那以后是个艺术家啊。"颜康裕打量完单扬,又欣赏起了车的内饰,"五块大屏,两块小屏,星空顶,车配的是丹拿铂金证据音响吧?"

单扬有些意外,笑了声:"叔叔挺懂行。"

"略懂,略懂,"颜康裕说着又摸了下座椅,"都是真皮的,这车要不少钱吧?"

"没多少,小几万吧。"

"小几万也不少钱呢。"单扬这话说完,颜康裕又来回打量了下他,夸了句,"年少有为啊。"

叶瑾在底下扯了扯颜康裕,示意他别再问东问西地打扰单扬开车了。

"听单同学你说话,声音有些哑,"叶瑾问,"是不是感冒了?"

"嗯,刚好,但嗓子还是有些不舒服。"

"是着凉了?"颜康裕又抢过了话,"还是被人传染了?最近流感有些严重哦,出门要小心些,口罩要戴好。"

传染。

颜笑能察觉到从后视镜里投来的视线,车正好驶过十字路口,头顶一整排正在抓拍的监控不停闪着光。这一瞬间,颜笑想到了那个往保温杯里吐茶叶渣的胖警察,想到一直让监控画面暂停的空格键的"哒哒"声,还有画面里单扬看向她,克制又好像能溢出水的眼神,以及他偏开头时红透的耳郭。

"单同学没发烧吧?"颜康裕的身体往前凑了凑,"耳朵怎么这么红?"

单扬胡乱揉了把耳朵:"暖气吹的。"

"在想什么？"察觉到颜笑的走神，叶瑾轻声问了句。

"雨快停了。"颜笑望着窗外。

"嗯。"叶瑾也往车窗外看。

车开到了医院，颜康裕和单扬道了谢，三人就取号去了脊柱外科。刚进电梯，颜康裕又聊起了单扬："刚刚那小伙子是做什么的？"

"不是说了学动画的嘛。"叶瑾说。

"他那车，是仰望U8。"颜康裕说，"之前老岳不是来面馆了嘛，他说他儿子刚提了辆这车。"

"这么巧？"叶瑾觉得奇怪，"老岳儿子之前不是开什么路虎揽胜的吗？你不是说他开的车都贵，刚刚小单说了，他那车就几万，老岳他儿子能看得上啊？"

"你还真信啊，小几万哪能买得到。"颜康裕感叹了一句。

单扬没有去呼吸内科，而是取了神经外科的专家号。

专家号不好挂，从外地来看病的人也很多，才八点不到，看病的队伍已经从诊室门口排到走廊了。单扬扫着墙上的医生信息，最后视线落在了李云林那栏，神经外科主任医师。

诊室里面有两张桌子，一张是李云林的，还有一张前面坐了一个年纪不大的男医生。李云林的桌子前面挤满了人，年轻医生那儿却冷清得很。人都是这样，谈恋爱想找年轻的，但看病一定要找老的，即使只是想开个拍片子的单子，来的人也拼命往老专家那儿凑。

"你挂的是专家号。"

"没事，"单扬把挂号单放到了男医生桌上，"我就是想简单拍个片子。"

那男医生话不多，点了几下鼠标，电脑里跳出了单扬从前的就诊记录。男医生扫了几眼："三个月前是你的复查时间，什么原因没来？"

"没什么原因，"单扬诚实答道，"害怕呗。"单扬指了指脑袋，"害怕你们再给我把这儿开了。"

"你的是良性肿瘤，不同脑肿瘤有不同的病理类型，一般来说良性肿瘤是不会发展成恶性的，你不用太担心。"

"可也有良性胶质瘤，做完手术后，三年、五年后复发变成恶性的，对吧？"

男医生敲着键盘的手顿了下："嗯，这种情况是有可能存在。"

"不是可能，是的确存在。之前跟我同病房的男孩，"单扬回忆道，"医生跟他说是良性的，切完之后定期复查就好，可最后变成恶性的了，"单扬说着无奈干笑了声，"他比我还小了好几岁。"

"还没确实发生的事，就没什么好怕的。"男医生把单子递给单扬。

"可如果发生了呢？"

"那怕也没用了。"他回答。

"有被安慰到。"单扬笑了，他接过单子，扫了眼男医生胸前的牌子，"谢了，林医生。"

单扬准备走，却被人喊住了，是李云林。

"是要去做检查吗？"

"嗯。"单扬点了下头，脸上没了笑，指了指还等在那儿的病人们，"李医生您先忙吧，还有这么多病人需要您。"

"你也是我的病人。"李云林说。

"不是，"单扬摇了下头，嘴角噙着嘲讽，"我是你的儿子，爸。"

颜康裕最后被诊断出了脊髓型颈椎病，椎间盘压迫脊髓，情况很严重，医生说需要马上手术。叶瑾是个沉着冷静的人，可每次遇到颜康裕的事，她就会乱了分寸。

知道颜笑可能会介意，但顾彦林来面馆的时候，叶瑾还是跟他提了这事。有钱的人路子自然多，不管是怎样的麻烦事，到了他们手里，就是打几个电话的事。顾彦林当天就帮颜康裕联系了医生，帮他安排了最近的手术。

叶瑾其实想让顾彦林瞒着颜笑，可受人恩惠，她也开不了这个口，而顾彦林他当然不打算错过这个邀功的机会。在他们这段关系里，颜笑本来就一直不冷不热，那次饭局之后，颜笑连偶尔的那点"热"都不愿意给他了。顾彦林倒也不是想让颜笑来感谢他，他只是想借着"拿人手短、吃人嘴软"的道理来让颜笑稍微示个弱。

叶瑾接到颜笑的电话时，心里是不安和愧疚的，作为过来人，她怎么会不知道在感情里夹杂利益是件硌硬人的事。

"就当妈欠你一次，好吗，笑笑？"叶瑾说完后就沉默了，她等着颜笑的谴责和批判。

"是您帮我开了这口，"颜笑语气冷静，"倒让我少了些尴尬。"

叶瑾愣了几秒："笑笑……"

"'人情得往来'，这是从前爸每次醉酒应酬完，回来跟我说的。您也不必再记着这事，我也帮了他不少忙，"颜笑看着从车上下来的顾彦林，嘴角扯出了一丝笑，"这也算，他还我的人情。"

顾彦林："等久了吗？"

颜笑收起了手机："还好。"

"先陪我回趟宿舍吧。"

顾彦林想去牵颜笑的手，颜笑却把手插进了外套的口袋。

"好冷，"颜笑自顾自往前走，"快上车吧。"

周五晚上的学生宿舍楼总是会冷清些，放眼扫过去，只有几个宿舍的灯是开着的。顾彦林宿舍的卫生间里亮着灯，但从门口看，房间是暗的。顾彦林敲了几下门，没人应，他就掏出钥匙开了锁。

屋里没人，阳台的窗帘拉得严实，顾彦林拍开了墙上的灯，颜笑没往里走几步，一颗排球就滚到了她的脚边。她下意识扫了眼对面的桌子，桌子上的那台大电脑的屏幕上依旧映着地藏王的画像，桌子底下也还是放着一箱苹果。

从床上直线掉下来的球，让颜笑回过了神。

"晚上好。"单扬说。

颜笑抬头，视线往上扫，看到单扬屈腿躺在床上，手里还转着一个排球。

"晚上好。"顾彦林以为单扬的那句"晚上好"是跟他说的，"没出去啊？"

单扬没接顾彦林的话，把球往空中一抛，手掌虚握着开始垫球。顾彦林看了眼单扬戴着的耳机，对颜笑说道："可能是在打电话吧，你坐会儿，我找一下要用的资料。"

"嗯。"

"最近都在忙什么？"顾彦林问。

颜笑清楚顾彦林的言外之意是为什么要一直推掉他的邀约："忙实验。"

"那现在忙完了吗？"

"还没。"

"待会儿想去吃什么，上次那家 Omakase 怎么样？"

"嗯，都行。"颜笑戴着耳机，说话声音不大，简短的回答听着有些敷衍。其实不怎么样，厨师手指上的死皮、指甲缝里的油垢、寿司上的指纹和温度，都挺倒胃口的。

顾彦林自然也感觉到了颜笑的敷衍，他停下手里的动作，回头看着颜笑，喊道："颜笑……"

"嗯。"

"你有在听我说话吗？"顾彦林平时都没有什么脾气，一向是个温和的绅士，所以他生气时的语气就很好辨认。

颜笑还是没什么反应，反倒是单扬抛球的力道变重了，排球用力撞上了天花板后又落到单扬手里，反反复复，房间里充斥着"砰砰"声。

"所以你还想我怎么做？"顾彦林脱掉外套扔到了桌上，蹲到了颜笑面前，"你告诉我，好不好？"

"什么怎么做？"颜笑故意问道。

两人心里都清楚的事，顾彦林不愿挑明，颜笑却不配合。顾彦林一时语塞，颜笑却听到躺在床上的单扬开了口:"装什么?"

顾彦林似乎现在才想起来宿舍里还有别人,他深吸了口气,压下了刚起来的情绪。

单扬垫着手里的球,又继续说道:"你跟老何说,我下午过去,招新人的事他自己看着办,我不参与。"

颜笑收回了落在对床的视线,看向眼前沉默的顾彦林:"所以你想说什么?"

"没什么,我……"顾彦林始终不愿意把自己的自尊掰开来。

"有屁快放,"单扬手上的动作停了停,"别没完没了的。"

这话说得真挺应景的。顾彦林眼眸暗了暗,回头瞥了眼单扬,确认他是在打电话之后,脸色才好了些。

"叔叔的事你不用担心,"顾彦林扯开了话题,他伸手搭上颜笑的肩,见颜笑不排斥,又往下搓了搓她的手臂,"我都已经让我大伯安排好了。"

颜笑其实没在听顾彦林说话,她的视线又不自觉地落在了单扬手里的那颗球上,球一上一下,又开始用力地撞击着天花板。

顾彦林用余光瞥了眼对床的单扬,压低了声音:"我真的想让你高兴些,你不要再对我这么冷淡了,行吗?"

克制的低语加上顾彦林缓慢靠近颜笑的姿势,是调情,是接吻的前奏。颜笑这次没伸手推开顾彦林,她低垂着眼,能感觉到顾彦林凑上来的呼吸,还有房间里越来越重的"砰砰"声。

顾彦林轻轻吻了下颜笑的鼻尖,又准备往下去找颜笑的唇。"砰砰"声戛然而止,颜笑透过顾彦林肩膀和脖子的空隙,看到了对床上坐起来的人影。单扬的眼睛一眨不眨地盯着她,她看到单扬手一抬,接着球就朝他们的方向飞过来了,一秒以后,顾彦林吃痛地皱了下眉。

"抱歉,手抖。"单扬跳下了床,随手抓过椅背上的毛衣套到了身上。可单扬这要死不活的语气听着没有半点抱歉的意思,脸上不爽至极的表情更像是想跟人干一架。

无缘无故被球砸了,好不容易想接个吻,也被打断了,顾彦林这几天的心情本来就不好,而砸他的人偏偏又是单扬。女人有第六感,男人其实也有,尤其是在面对一只跟他实力相当的"雄孔雀"时。

人都是视觉动物,会被好奇心和新鲜感驱使着,但顾彦林知道颜笑的眼光有多高,也明白颜笑的原则底线,她没什么多余的欲望,即使有,也能控制得很好,所以在他们这段感情中,他从来不担心颜笑会出轨。

他看过颜笑收到露骨愚蠢的表白信后,嘴角的不屑,也领略过她拒绝别人时的残忍和果断。可单扬好像不太一样,他在颜笑身边出现得太频繁了,除了烨

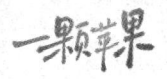

子，颜笑身边几乎没有其他异性，而她似乎允许单扬的存在。

"我不觉得你有感到抱歉。"顾彦林盯着单扬，脸上也装不出平日的绅士礼貌了。

单扬用脚背勾起了滚回来的球，无所谓地嗤笑了一声："嗯，那就没有。"

"你什么意思？"顾彦林伸手打掉了单扬怀里的球。

球撞到墙上，又反弹回来，朝颜笑的方向飞过去了，单扬身子快速一侧，抬手帮颜笑挡住了球。

"看着点，别瞎扔。"

单扬责备的语气，让顾彦林有一瞬的愣神。他有种被调换了角色的错觉，似乎单扬才是颜笑的男朋友。顾彦林攥在身侧的拳头预示着他的忍耐已经到了极限，颜笑能察觉到他的情绪可能在下一秒就会爆发。

"走吧。"颜笑开了口。

单扬回头看了眼颜笑："要谁走？"

颜笑没回答，她径直从单扬身边走过，在顾彦林跟前站定："有些饿了，吃饭去吧。"

顾彦林知道这是颜笑给的台阶，他脸色缓和了不少，牵住了颜笑的手："好。"

"站住。"单扬却说。

顾彦林警告道："都是室友，我不想闹得太难看！"

颜笑本以为按住顾彦林就好了，可她差点忘了单扬才是那只倔驴。

颜笑："如果打扰到你休息了，我们跟你道歉。"

"'我们'？"单扬扯了下嘴角，"挺恩爱啊，你们。"单扬低头拍了拍球面上的灰，"收到你的道歉了，可以走了。"

可颜笑和顾彦林没走几步，半开着的门就"啪"的一声被球给砸上了。

"不好意思，手又抖了。"单扬从颜笑身边走过，弯腰捡起了球，他拧开了门，对着颜笑做了个请的手势，"慢走。"

颜笑的脚刚迈出门，就听到单扬声音不大不小地来了句："再去配副眼镜吧，看人能看得清楚些。"

过了走廊拐角，颜笑就抽出了自己的手："以后不要再带我来你的宿舍了。"

"就因为他今天抽风了？"

"本来就不是你一个人的宿舍，"颜笑自顾自往前走，"你和我也的确打扰到了他。"

顾彦林的语气有些失控："可你不愿意跟我回家，也不愿意跟我去酒店！"

"我不是用狗绳拴住就会跟你走的Daniel。如果你想吃饭聊天，多的是地方。"

颜笑停下脚步，透过玻璃窗正好瞥见了在顾彦林车前徘徊的陈星婉，觉得讽刺，"而且那件事，你也不是非得跟我做，不是吗？"

单扬失踪了一天半，第二天下午才慢悠悠地骑着车去了工作室。单扬到的时候，老何已经在门口等着了，手里还拿着把鸡毛掸，在给那两个巴掌大的狮子石墩扫灰。

"可终于把您给盼来了！"老何看了眼单扬的膝盖，"不是伤还没好透吗，怎么不开车啊？"

"这么小的弄堂，往哪儿开？往屋檐上开吗？"

老何能察觉到单扬的心情不佳："我就问问嘛，吃炸药了？"

"有事说事，没事我走了。"单扬说着就给自行车掉了个头。

"别别别！"老何拉住单扬，把他的自行车放到一边，"新招的人到了，你作为老板，不欢迎一下人家，不太好吧？人家履历很不错！"老何说着压低了声音，"长得还漂亮呢。"

这时办公区挺热闹的，平时成天埋头于电脑前的男同事们，现在倒十分殷勤地围在那位女生的工位前。其中最殷勤的，是脸都快要笑僵的阿钟。

女生背对着门坐着，单扬看不清她的脸，只能看到她披在那儿的一头黑长发，但看她的受欢迎程度，大概也能猜出她的美貌了。

"来啦，扬哥。"林文凯给单扬扔了颗苹果。

"洗了没？"

林文凯笑了声："没。"

单扬也就形式地问了句，他接过苹果，抽了张纸，随意擦了几下，就塞进了嘴里。

谢宁揉了揉脖子："感冒好透了没？可别传染给我们了。"

"差不多吧。"单扬几口吃完了苹果，把核投进了垃圾桶。

"萧萧！"老何冲里面喊了声。

女生回过身，冲老何点了下头，又看向了单扬。谢宁抓到了单扬脸上片刻的愣神，也用余光扫了眼正准备走过来的女人。

"你选的？"单扬问。

老何摇了下头："昨天周行来找你，半天等不到，就顺便参与了一下。"老何凑到了单扬耳边，"周行说，选她不会错的。"

单扬看着在他跟前站定的人，跟某人几分相似的脸，一样的长直发，嘴角带着一样礼貌疏离的笑。

"你好，我叫应萧萧。"还有一样平淡的语气。

单扬现在明白周行昨晚发给他的那条消息是什么意思了。

周行说，换棵树吊。

老何见单扬半天没反应，有些意味深长地杵了下单扬的胳膊，提醒道："回神。"

"你好，"单扬看向应萧萧，"欢迎加入'石丽洁'。"

应萧萧点了下头："该怎么称呼您？"

"'您'字就免了，你应该比我大。"

老何觉得单扬这人是真不会聊天："萧萧也没比你大多少，去年毕业的。"

单扬"嗯"了声，弯腰捞起准备往垃圾桶里跳的 Ugly。Ugly 不乐意，在单扬怀里一直扑腾着，单扬用力拍了几下 Ugly 的屁股，它才终于消停下来。

等单扬拎着 Ugly 进了休息室，老何才开口："你要不也跟着大家叫'扬哥'得了，他不喜欢别人叫他'单总'什么的，说听着又老又土。"

应萧萧瞥了眼在休息室里逗猫的单扬："您不是老板？"

"我？"老何理了理夹克，清了下嗓子，"小老板。"老何又指了指休息室，"扬哥，大老板。新环境嘛，你如果有什么不适应的，可以跟我，或者单扬，算了，还是跟我说吧。有需要帮忙的，可以找谢宁，她什么都知道。"老何往工位上指过去，"就那个红头发的，脸看起来有些臭的。"

"何生！"谢宁敲了敲桌子。

"哎！怎么了，宁姐？"

"我听得到！"

老何"哦"了下："那我轻点说。"老何压了压嗓子，又补了句，"眼线画得有点粗的那个。"

"滚蛋！"谢宁骂道。

周行今天是晚班，他得一直在便利店待到明天早上七点。便利店的工作内容很单调，他要把面包机和关东煮的铁锅洗干净，清理桌面、椅子，拖几遍地。凌晨一点等送货员过来，补齐架子上少了的货。如果没什么人，他就稍微打个盹，然后四点的时候等冷藏的货到了，开始蒸包子、打豆浆，准备早餐。

凌晨十二点一到，玻璃柜里剩的包子和串串就都要被当作过期品处理掉了。周行扯了几个塑料袋，把里面的食物平均分成了两份，一半塞进了自己包里，另一半放到了便利店门口的小桌子上。

天冷了，晚上来便利店的人也少了很多，周行还能抽空把接的活做掉一些，但是得背着监控，之前在收银台上用电脑被老板看到了，周行被扣了一半的晚班补贴。

玻璃门被打开了，外面的冷风往里灌，周行盯着电脑屏幕，正在找代码里的 bug，被这冷风吹得一哆嗦。周行没抬头，但能感觉到有个人影径直走向了收银台，接着一盒冈本就被用力扔到了他跟前。

"结账。"

周行敲着键盘的手一顿。

"结账啊！"禾苗用手指敲了敲桌面，"愣着干吗？"

禾苗满脸潮红，嘴里都是酒气，身后还跟着一个男生。男生怀里抱着禾苗的包，表情有些无奈尴尬，伸手想去扶禾苗，却又不知道要从哪个角度下手。

"我们走吧。"男生小声说了句。

周行本来就觉得这男生眼熟，他一开口，周行终于想起来了，他是在聚餐上跟白灵表白的那个男生。

张宇宁察觉到了周行对他的打量，有些不自在地抓了下后颈，然后点开手机，把付款码递给了周行："帮忙结一下账吧。"

"不卖。"周行把那盒冈本扔回到了架子上。

"凭什么不卖！你，你又不是老，老板。"禾苗又随手抓了两盒丢到收银台上。

"你、你、你个屁，"周行学着禾苗的结巴样，问了句，"你有没有看清你待会儿要睡的人？"

禾苗回头看了眼张宇宁："看清了，挺帅的。"

"他是上次跟白灵表白的那个人。"

禾苗像是早就知道了："所以呢，我，不，不能跟他上床吗？"

"或者，"禾苗说着指了指自己，"你是在关心我？"

周行觉得禾苗是真疯了，他快速扫了商品条码："要不要袋子？"

禾苗一怔："不要。"

周行也没理禾苗，扯过一旁最大号的袋子，扫了禾苗的付款码，把那两盒冈本丢进了袋子。

禾苗看了眼塞在她手里空荡荡的大袋子："我说了不要！"

"赶紧走。"周行对张宇宁说道。

张宇宁应了声"好"，扶住了快往前倒下去的禾苗，犹豫地开了口："禾苗姐她挺喜欢你的。"

周行的眼睛盯着电脑屏幕，没给回应。张宇宁叹了口气，动作小心地搀着禾苗往外走。

"不要跟她开玩笑。"周行却突然开口了。

"谁？"张宇宁问。

"白灵。"

听到周行的回答，禾苗嘴角的自嘲再也压不住了。

张宇宁看着怀里红着眼的人，没回答，却道："我喜欢你。"

禾苗佯装潇洒地"哦"了声，勾住张宇宁的脖子，往他额头上用力亲了一口："姐也喜欢你！"

禾苗被张宇宁扶着出了便利店，一个穿着破旧军大衣的流浪汉敲了敲便利店的玻璃，里面的周行抬头冲他招了下手。隔着玻璃，流浪汉笑着用口型说了句"谢了，阿行"，他的眼底满是希望和欣喜。禾苗看到他搓了搓手，哈了口气，把周行刚刚放在桌上的那袋包子和串串塞进了大衣里。

"烦人。"禾苗苦笑了一声。

张宇宁帮禾苗挡住了吹过来的冷风，满脸担心："是不是头疼？"

"嗯，好疼……"禾苗盯着流浪汉走远的背影，喃喃道，"他但凡再坏一点，我也不会这么疼了。"

颜康裕做的是前路的微创手术，手术做完以后，手麻的症状减轻了很多，但大概是术后有些副作用，他的嗓子一直疼，浑身也有说不上来的难受。颜康裕在医院躺了六天，下午主治医师给他开了出院的单子。

叶瑾在病房收拾颜康裕的行李，颜笑拿着单子准备去一楼的窗口缴费。医院的电梯最难等，几乎在每一层都会停很久，颜笑等了一会儿，就干脆走楼梯下去了。

三楼有两个对着的楼梯，颜笑没走几步，就瞥见对面的楼梯上下来了一个人。那人穿着一身黑色长款羽绒服，帽檐压得很低，大半张脸埋在了毛衣领子里，整个人都包裹得严实，但颜笑还是通过走姿和身高认出了他。

单扬嘴里叼着一只手套，手里拿着一大张脑部 CT 片子，对着窗户外的阳光，像是在研究片子上的内容。

楼梯口突然涌上了几个人，把道儿给堵住了，单扬也没看路，就径直往前走，他的余光扫到了一个人影。单扬往边上挪了挪，可他刚抬脚，就感觉对面的人也往同方向挪了一步。单扬只能再往另一边走一步，好巧不巧，眼前的人也跟过来了。

其实说"跟"不准确，因为那人两次预判的动作都在单扬之前，其实是他挡住了别人的路。

"不好意思。"单扬说。

"没事。"

熟悉的声音让单扬停住了脚步。

"头不舒服？"颜笑问。

单扬把片子塞回了袋子："周行拍的，我帮他看看。"

颜笑点了点头，没再开口，但也没走。

"是陪叔叔来的吗？叔叔的腰怎么样了？"

"做了手术，挺顺利的，今天出院。"

"哦。"单扬沉默了几秒，像是没忍住，又问了句，"他来接你？"

颜笑知道单扬说的"他"指的是顾彦林。

"嗯。"颜笑低头看了眼叶瑾发来的消息，"我先去缴费了。"

单扬没跟上去，可压在心里的话还是憋不住从嘴里跑出来了："他没有你想的那么好。"

颜笑停下来："我知道。"

"那为什么还要跟他在一起？"

"这世上没有完美的人。"颜笑回头看着单扬，意有所指，"我也一样，单扬，我也没有你想的那么好。"

而颜笑的这个解释被单扬理解成了对顾彦林的袒护和偏爱。虽然刚刚医生说片子没有任何问题，但单扬此刻觉得自己被颜笑气得脑袋都快爆炸了。

"的确，你一点也不好。"单扬干笑了声，"你坏透了，颜笑。"

## 第九章

### 你真的很难撩

颜笑在实验室待了一下午,手机里多了一条陌生号码发来的消息。内容很简单,只有地点和时间,最后还有署名——"陈星婉"。

陈星婉选的茶餐厅很高档,有无边泳池,往下就能看到一线江景,顾彦林之前带颜笑来过几次。泳池边有很多女生在拍照,餐厅的气氛看起来慵懒轻松。陈星婉一个人坐在座位上,面前摆满了各种甜品和茶饮,她的眉头却紧锁着,没有半点享受的感觉。

"怎么知道是我的?"陈星婉看着在她对面坐下的颜笑。

"不是见过两次吗?"

陈星婉用手里的叉子戳了戳盘子里的红丝绒蛋糕,说:"果然聪明的人记性都好。"

颜笑又补了句:"你跟你妹妹长得很像。"

"嗯。"陈星婉点了下头,"可惜她太笨了。"

"卡曼橘慕斯,"陈星婉把小碟子推到了颜笑跟前,"尝尝?"

"不了,说你想说的吧。"颜笑开门见山。

"顾彦林一直背着你,在跟我交往。"

颜笑听完这话,脸上没什么表情,陈星婉看她没反应,问了句:"不信?我可以给你看看我们的聊天记录。"

"我信不信重要吗?"

"挺重要的,我希望你可以跟顾彦林分手。"

"好。"颜笑说。

颜笑的干脆让陈星婉准备拿手机的手彻底顿在了那儿,她怕自己听错了。

"什么?"

颜笑没再重复,她掏出手机打了几个字,打完之后,点了发送,给陈星婉看了眼屏幕。

"可以了吗?"

陈星婉盯着颜笑发给顾彦林的消息,好久才回过神来:"你不会不甘心吗?"

"为什么要不甘心?我丢掉的是垃圾。但你也该明白,就算不是你,也还会有其他人,你绝对不会是最后一个。"

"为什么不会?我漂亮、优秀,不比你差!"

"那祝你如愿以偿。"

"你等等!"陈星婉喊住颜笑,"为什么你一点都不意外?你不好奇我和顾彦林是从什么时候开始的吗?"

"我不爱听故事。"颜笑回。

"在你们认识之前,"陈星婉似乎就想看颜笑歇斯底里,语气挑衅,"所以算起来,你才是小三!"

颜笑回头看了眼陈星婉,云淡风轻:"可他承认过你吗?"

老何把应萧萧的迎新聚餐定在了晚上,工作室的其他人都来得很早,除了单扬。老何和阿钟轮着给单扬打了好几个电话,单扬都没接,老何帮大家点好菜之后,准备去一趟单扬的宿舍楼,可刚出了包间门,就撞上了一个人。

"抱歉抱歉!"老何连连摆手,"走急了,没撞痛你吧?你……"老何看着眼前的女生,觉得莫名熟悉,这人还有几分像应萧萧。老何刚刚喝了几杯啤酒,要不是知道自己酒量好,还真会以为是自己喝醉了。

"没事。"可颜笑记性好,她认出了老何就是之前她在"石丽洁"门口遇到的那个男人。

包间门半开着,颜笑的视线透过门缝扫到了站在阿钟边上的女生,那女生留着黑色的长发,略显淡漠的气质和那个喧闹的房间并不太搭。

老何在手机上打了一辆车,等车的时候,又给单扬拨过去几个电话。老何真有些怀疑自己是不是酒量变差了,他站在风口里,一直能听到单扬的手机铃声。他揉了把脸,自言自语了一句:"见鬼了,我不会是真醉了吧?"

再睁开眼,老何感觉有个黑影向他靠过来了,还没等他反应过来,那人就抢过了他的手机。

"催命?"单扬按掉了老何的手机。

"赶紧赶紧,就等你了!"老何拉着单扬往饭店里走,刚刚外面暗,老何没看清，这会儿他是注意到单扬嘴角的瘀青了，"不是，你干吗去了呀？跟人干架了？"

单扬拍开了老何伸过来的手："别碰，疼。"

"怎么回事啊？遇到流氓了？"

"差不多。"单扬不愿意多说。

老何点的菜量大，但男生多，胃口也大，点的菜没几下就都光盘了。可工作室好不容易出来聚一次餐，吃完饭，大家都不想走，就去了楼上的台球俱乐部，准备开始第二轮。

俱乐部也热闹，除了台球桌，里面还有一个中型的吧台，边上有一个小舞台，有个三人的小乐队在唱歌，灯光一打，氛围跟清吧差不多。

老何走到一半，发现单扬没跟上来，便又折了回去。他顺着单扬的视线望过去，看到了坐在沙发上的三个女生，其中被灌酒的那个，好像是他刚刚在包间门口撞上的那个女生。

张瑶酒量本来就不行，没喝几杯就完全醉了。她又仰头干掉了半瓶酒，接着用手背蹭了蹭颜笑的脸颊，捏住了颜笑的下巴，将剩下的半瓶酒灌进了她的嘴里。颜笑呛了一口，酒沿着嘴角滑到脖子上。知道张瑶是醉了，所以颜笑也没使劲，她只抬手轻轻挡了挡酒瓶。

人总有种变态的心理，喜欢在好看的东西上欣赏到破碎感。

齐思雅本来还在一边看热闹的，可颜笑逐渐变得绯红的脖子和耳根，还有眼底冒出的那层水雾，让她也开始想要"变态"了。颜笑的眼镜被齐思雅取下来了，长发被捋到了一侧，沿着颜笑的脖颈向下搭在了她的胸口上，那样子可怜又迷人。

单扬："失恋都这样吗？"

老何一愣："怎样？"

"买醉。"单扬说。

"不一定，爱得深的话，那肯定会。"

"深个屁……"单扬一时忘了嘴角有伤，说话一用力，扯到了伤口。

就在一个小时前，单扬准备出宿舍门，却瞥到了顾彦林放在桌上的平板，上面登着微信，最顶上是颜笑的头像。

单扬多瞄了眼，看到了一条普天同庆的消息。因为压不住嘴角的笑，单扬被从洗手间里出来的顾彦林逮了个正着。顾彦林应该是已经看过那条消息了，脸黑得不行，他把平板砸到了地上，直接就往单扬脸上来了一拳。

工作室的那群人没一会儿也玩疯了，几个稍微有些资历的男员工，开始起哄给应萧萧劝酒。应萧萧没矫情，大概不想扫兴，也笑着喝了两杯，但那几个男的酒劲上了头，有些得寸进尺，又往应萧萧的杯子里添满了酒。

"两杯怎么够啊？我们这么多人呢，你应该一个一个敬过来！"

"就是。"另一个男生起哄道，"先敬扬哥，再敬老何，然后……"

"行了啊，"阿钟在一旁看不下去了，"人家一个姑娘喝得了那么多酒吗！"可惜阿钟平时嬉皮笑脸的，这会儿就算板起脸来也没有一点威慑力。

"你别管！"男生继续给应萧萧劝酒，"这职场如战场，你得先跟战友们培养好感情，我们才……"男生瞥到了走过来的单扬，转了话锋，"扬哥来啦！萧萧说要敬你一杯呢！"

单扬看了眼默不作声的应萧萧："不用了。还有，"他从果盘里拿了块西瓜，咬了口，"别搞那些有的没的，在'石丽洁'没有前后辈的说法，能把事做好，那你就是前辈，不做事，只搞事，那我和老何也不会留你。"

阿钟悄悄撞了下林文凯的胳膊，语气酸溜溜的："瞧他那样。"

"怎样？"林文凯觉得好笑。

"帅都让他耍完了。"阿钟闷头喝了口酒。

老何看出气氛不对，抓过桌上的空酒瓶，打圆场道："来玩个真心话大冒险吧！光喝酒多无趣啊。"

谢宁搅着杯子里的果酒，语气嫌弃："我不玩。"

林文凯学着谢宁的样子靠到了椅背上："我也不玩。"

老何白了两人一眼："就你们俩成天扫兴，不玩扣绩效！"老何又问了一遍，"玩不玩？"

谢宁不爽："玩。"

林文凯屁："玩。"

第一轮酒瓶转到了谢宁，谢宁选了真心话。

老何帮忙抽了一张，扫了眼卡片上的问题后，就下意识地看向了单扬："在场有没有你喜欢的人？"

"有。"谢宁抬手指了指单扬，像回答一加一等于二那样干脆直接，"他。"

谢宁喜欢单扬，工作室的人都知道，所以对谢宁的回答没多大意外。

阿钟打量了眼脸色不大好的林文凯，扯开话题："再来一轮，我来转。"

酒瓶口指向了一个男生。

"真心话还是大冒险？"

男生想了想："大冒险吧。"

老何抽了一张卡片："在现场找一个女生，跟她表白。"

"哟，这难度大啊！"阿钟摇了摇头，"搞不好就被当成神经病，人家女生'啪'

179

地就往你脸上来一下了。"

男生长得不错，大概平时身边桃花也不少，还挺自信的，他扫了一圈台球俱乐部，最后视线被靠在沙发上的颜笑吸引过去了。

"就她。"

男生理了理发型，灌了口酒，就朝着颜笑那桌走过去了。单扬本来低着头在剥橘子，察觉到男生走的方向，手指一顿。

"哎？"阿钟盯着靠在那儿的颜笑，"我怎么觉得这女生看着眼熟啊。"

林文凯心情不好，呛了句："是美女你看着都眼熟。"

"也是。"阿钟不否认。

感觉有人靠近，颜笑以为是齐思雅和张瑶回来了，睁开了眼。

"我喜欢你。"男生直接开了口。

颜笑揉了揉太阳穴，回了句话，可周围的音乐声有些大，男生没听清。工作室的那群人看到颜笑的身子往前微微倾了倾，冲男生勾了下手指。

"看来有戏啊。"坐在单扬旁边的一个男生起哄道。

乐队主唱唱完最后一句歌词，贝斯手扫了下琴弦，台球室安静了下来。单扬看到颜笑勾了下唇，她说："滚。"

"滚？"阿钟笑了句，"真的够丢人的！"

单扬往嘴里扔了一瓣橘子，还没等大家反应过来，单扬就转动了酒瓶，酒瓶快速转了几圈，最后准确无误地指向了他自己。

"大冒险。"单扬自说自话，夺过了老何手里的那张卡片。

那个男生吃了瘪，往回走的时候，看到单扬拿着他刚刚的那张卡片，像是准备朝颜笑那边走。

"她不好搞，"男生提醒了一句，"扬哥你要不换个人吧。"

单扬没回答，径直走到了颜笑面前。颜笑的脸有些红，呼吸也透着酒气，但那双冷冰冰的眼睛看起来依旧很清醒。

"喝了多少？"

颜笑怔神了几秒，以为酒精让她生了幻觉。她吸了口气，往后靠，拉开了和单扬的距离："我说了，滚。"

"还真挺凶。"单扬轻笑了一声。

这笑透着一股熟悉的吊儿郎当，颜笑重新睁开了眼，所以不是幻觉。

"我脸上有花？"

"嗯？"现在颜笑的眼底倒是蒙上了些醉意。

单扬半蹲下来，抽了张纸替颜笑擦掉了粘在头发丝上的酒："你一直盯着我看。"

颜笑挡开了单扬的手:"有事吗?"

"嗯,有事。"单扬往后退了些,"有话想跟你说。"

"你说。"颜笑依旧盯着单扬。

"我喜欢你。"单扬脸上没了笑,表情是颜笑从未见过的正经。

"可你之前说,"颜笑学着单扬当时薄情的语气,"'我有说我喜欢你吗'。你还说,我一点都不好,"颜笑侧头靠在那儿,说话很轻,"我坏透了。"

单扬无奈地笑了声:"记仇啊?"

"嗯,"颜笑不否认,"挺记的。"

"行,"单扬点了下头,晃了晃手里的卡片,"那你再多记一个。"

颜笑看了眼卡片上的内容,又听到不远处那群人的起哄声,大概也就明白单扬跟刚刚那个男的一样,是在玩真心话大冒险。

"选的什么?"颜笑问,"真心话?大冒险?"

"你想知道?"单扬盯着颜笑湿润的嘴唇,滚了滚喉结,"不告诉你。"

颜笑无视单扬眼底的炙热,偏开了头:"哦。"

"行啊,扬哥!"一群人八卦道,"那女生说了什么?你们在那儿聊了那么久。"

"没聊什么。"单扬把卡片扔给老何,又顾自剥起了橘子,像是已经没了玩游戏的兴致,可酒瓶在下一轮又转向了单扬。

单扬叹了口气,随口说道:"真心话。"

"我来问!"老何这次倒是积极,他指了指应萧萧,"萧萧的长相是不是你喜欢的类型?"

老何问完,这桌人就静下来了,都等着单扬的回答。单扬没法否认一个事实,他喜欢颜笑的那张脸,所以看到应萧萧的第一眼,会觉得莫名的熟悉,以至于他愣神了好几秒。

"喜欢还是不喜欢?"老何不明白单扬怎么变得这么不干脆了。

单扬没回答,选择了接受惩罚,他往杯子里倒满了酒,仰头往嘴里灌。要么喜欢,要么不喜欢,不说喜不喜欢,闷头喝酒,不回答比回答还显得……

"暧昧呢。"林文凯凑到谢宁耳边问了句。

"不会。"谢宁语气肯定,"单扬看她的眼神跟看我的一样。"

林文凯好奇:"怎么说?"

谢宁戳了戳浮在杯口的冰块:"毫无波澜。"

"那怎样算有波澜?"

谢宁用余光瞥了眼颜笑那桌:"刚刚玩游戏的时候。"

就挺动情的。

"看什么呢？"齐思雅扶着张瑶坐下来，也朝单扬他们那桌看过去，"有熟人啊？"

颜笑看了眼在被灌酒的单扬，又看向了站在单扬对面，脸颊微红的应萧萧："没，我上个洗手间。"

颜笑能感觉到身后有人在跟着她，她没回头，加快了脚步，身后那人的步子也跟着迈大了。地上映着两人的影子，影子越贴越近，在两人的手臂快碰在一块儿的时候，颜笑进了左边的女洗手间，干脆利落地关了门。单扬盯着紧闭的门板，摇头笑了声："避鬼呢。"

感觉到后面来了人，单扬往边上退了一步，可来人没往里走，在单扬身后停住了。

"我不接受潜规则。"应萧萧的声音。

"你想多了。"单扬都不知道应萧萧哪儿来的这个想法，"我也不接受，退一万步讲，要潜，我想潜的也不是你。"

单扬这话刚说完，女洗手间的大门就打开了。应萧萧看有人在，也没继续往下说，她打开了水龙头，声音不大："你不是我喜欢的类型。"

单扬毫不在意地"哦"了声，眼睛盯着走到洗手台边上的颜笑："那还挺可惜的。"

"可惜？你……"应萧萧皱眉。

"客套话，"单扬打断道："就像英语书里的'How are you?''I'm fine.'（你怎么样？我很好。）"

镜子里映着两张有些相似的脸，可单扬现在仔细一看，觉得一点都不像。颜笑很少皱眉，也不会像应萧萧这样一脸吃瘪地来质问他。如果换作颜笑，要真遇上个想要潜规则的老板，她也绝不会这样天真愚蠢地和人家对峙。

等应萧萧走了，单扬靠在墙边，慢悠悠地开了口："如果是你，你会怎么做？"

颜笑看着镜子里的单扬："潜规则？"

"嗯。"

颜笑问："对象是谁？"

"有区别？"单扬指了指自己，"我呢，如果我想潜规则，你会怎么办？"

颜笑沉默了会儿，接着单扬听到她轻笑了声："Play cat and mouse.（欲擒故纵）"

"什么意思？"单扬这四级三次郎可没明白。

"你有点笨。"

颜笑这么直接地损人，单扬也不气，他几步走到颜笑身边，关掉了水龙头：

"那你教教我。"

"教不了，"颜笑摇了下头，"你不是说我坏透了吗？到时候把你也教坏了。"

单扬盯着颜笑透着红的耳根，小声问了句："别记仇了，是不是醉了？"

"可能吧，"颜笑微微侧头，对上单扬的眼睛，"毕竟喝了那么多。"

"我送你回去。"

"不用，我室友还在外面。"

"她们两个看着也不清醒，你一个人怎么带她们回去？"

"可我不想麻烦你。"

单扬给颜笑抽了几张纸巾，献着殷勤："我不觉得麻烦。"

虽然单扬平时也这样，但颜笑觉得今天单扬这殷勤献得有些明目张胆了。

"我有男朋友。"

单扬凑近颜笑，俯下身子："但你们分手了。"

颜笑脸上有片刻的诧异，可瞥到单扬嘴角的瘀青，她大概也就明白了："被打了？"

"嗯。"单扬说着皱了下眉，"挺疼的。"

"他为什么打你？"

"是啊，"单扬反问颜笑，眼里带着些笑意，"为什么不打别人，就打我？"

单扬这话刚问完，颜笑放在洗手台上的手机就响了。颜笑扫了眼来电显示，顾彦林打来的："你可以问他。"

"好。"单扬却真的伸手按了接听。单扬没收回手，他站在颜笑身后，一只手臂搭在洗手池沿上，把颜笑圈在了墙角。两人都没出声，周遭只剩水龙头的水滴声。

"笑笑，为什么不接我电话？"顾彦林那头也很安静，不过他的声音带着醉意，应该是喝了酒，"为什么突然要分手？是我哪里让你不满意吗？那你当面跟我说，不要结束得这么不清不楚，好吗？"

"彦林……"电话那头响起了敲门声，颜笑能听出门外的是顾勤。

顾彦林呼了口气，调整了声音："爸，稍等，我马上出来。"等脚步声走远了，顾彦林重新开了口，"我晚上还有饭局，明天去找你，好不好？"

颜笑没开口回答，想去按掉电话，单扬却抓住了她的手腕不让她动，他对着颜笑的耳朵轻声说道："说'不好'。"

"凭什么？"颜笑觉得喝醉的也许不是她，而是单扬。

颜笑对单扬说的话，顾彦林以为是对他说的。见颜笑开了口，顾彦林声音里有难掩的开心："那我现在就去找你？"

颜笑嘴巴微张，像是准备回答，单扬直接伸手捂住了颜笑的嘴，挂掉了电话。

"我以为你很聪明。"单扬感觉有股气堵在胸口,但他又没法冲颜笑发,就像刚刚颜笑问的那句"凭什么",他没有多管闲事的资格。"但你好像也挺恋爱脑的,只要人家冲你勾勾手,你就冲人摇尾巴。"

单扬说完,就看见颜笑嘴角噙着淡笑,他回想了一下刚刚说的那句话,倒像是在骂他自己。单扬松了手,刚刚他使了些劲,颜笑的脸颊上留了几道他的指印,口红也被他的掌心蹭得有些花了。

"口红。"单扬提醒了句,抽了张纸塞到了颜笑手里。颜笑擦了一下,却没擦对地方。

"这儿。"单扬指了指自己的嘴角。颜笑点了下头,却还是没擦到晕开的口红。

"你也不聪明。"单扬像是在报复刚刚颜笑的那句"你有点笨",他攥住了颜笑的手腕,带着她去擦嘴角。

"你也记仇。"

单扬把颜笑手里擦过的纸巾塞进了口袋里,点了点自己的太阳穴:"嗯,什么都记不住,光记仇了。你……"

单扬的话还没说完,靠墙的垃圾桶就被踢翻了,动静有点大,里面的一个易拉罐还滚到了颜笑和单扬的脚边。

"抱歉!"齐思雅抓了下额头,指了指洗手间,又指了指身后,想掩饰尴尬,反而把气氛弄得更尴尬了,"我看你半天没出来,所以过来看看,你们,你们接着来……"

"来什么?"跟在后面的张瑶开了口,看到站在颜笑身边的单扬,有些惊讶地张大了嘴,"帅哥哦!"

齐思雅快速搜索了一下记忆,终于想起了是在哪儿见过眼前这个大帅哥了,他是之前那个骑着皮纳瑞罗公路车来找猫的有钱人。

齐思雅脱口而出:"那只丑猫?"

"它不丑,"虽然单扬不知道齐思雅是怎么知道 Ugly 的,"只是漂亮得不明显。"

"这样不太好!"张瑶已经醉了,平时的正义感在这会儿爆了棚,"笑笑背着顾彦林跟其他男人在洗手间说悄悄话,不太好!"

齐思雅捏住了张瑶的嘴,以防她说出那些更不能听的话。

"她分手了。"单扬解释了句。

齐思雅和张瑶都看向了颜笑,颜笑看了眼单扬,觉得好笑,分手这事并没有昭告天下的必要。

"我叫了代驾,送你……"单扬又指了指齐思雅她俩,"们回去。"

单扬的车停在不宽的巷子里,路灯一打,像是匍匐在夜色里等待猎物的大黑豹。女人的品位看包,男人的品位看车,恰巧齐思雅两个都懂点。

"品位不错,"齐思雅摸了摸后座的真皮靠背,又意味深长地看了眼坐在她身边的颜笑,"挺小众的。"

单扬点了点头:"嗯,小牌子,代步用。"

坐在中间的张瑶已经昏昏欲睡,脑袋跟着司机打弯的方向晃着,颜笑伸手托住张瑶的脑袋,放到了自己肩上。齐思雅看了眼一旁的颜笑,以为她也睡着了,就轻声开了口:"我之前见过你的,你之前丢了猫,对吧?"

单扬其实还是没记起来,随口应了声:"嗯。"

"有次我还撞见你送颜笑回来,虽然只看到了你的背影。"齐思雅继续说,"之前颜笑送去干洗店的外套,也是你的吧。"

齐思雅这话说完,单扬终于回头看了她一眼,那眼神带着警惕和打量。

"别这么看着我,"齐思雅耸了下肩,"怪吓人的。"

"你说这些,什么意思?"

"没什么意思,"齐思雅往后一靠,手指轻敲着大腿,"我就想提醒你,顾彦林这人虽然看着绅士,但不缺手段。"

"所以?"

"你答应我一件事,我就不把你撬墙角的事告诉顾彦林。"

单扬扯了下嘴角,毫不在意:"你告诉他吧。"

"你不怕啊?"

"怕,"单扬侧头抵着车窗,"怕什么。"

"你是不怕,但万一顾彦林来找颜笑麻烦呢?"

单扬的声音不大,警告意味却十足:"你试试。"

"挺好的,"齐思雅却突然来了句,"过关。"

单扬反应过来,觉得无语:"你刚刚要再多说一句,可能就会被丢下车了。"

"所以我闭嘴了。"齐思雅心里还想着账号上的专栏内容,忍不住问了句,"你是怎么发家致富的,能不能分享一下你的创业历程?"

"发家谈不上,嘴笨,大概也分享不出什么有用的东西。"

"别谦虚了,"齐思雅的声音越来越小,"刚刚调情的时候,嘴不是利索得很?"

"什么?"单扬是真没听见。

驾驶座上的司机摇了摇头,接了个代驾,却听了一路的八卦。齐思雅自然是不会再重复一遍刚刚那话了,司机倒十分热心地接过了话,声音还挺大。

"她说,刚才调情的时候,你的嘴利索得很!"

宿舍楼的那条路在翻修，车开不进去，司机停的地方离宿舍楼还有挺长一段距离。司机问单扬："不让开进去了，停这儿行吧？"

单扬转头看了眼，发现颜笑已经醒了。

"你们可能得自己走过去了。"

"好。"颜笑拍了拍还靠在她肩上的张瑶。可张瑶没有任何反应，像是睡死过去了。

"完蛋。"齐思雅捋起了袖子，"她要是睡过去了，那就是雷打不动，看来我们俩得把她拖回去了。"

张瑶看着瘦，但实际上还挺沉，颜笑和齐思雅两人用了全力都没能把张瑶从座椅上架起来。平时作为"活雷锋"的单扬，这会儿倒站在一旁看戏了。

"我的腰真不行了。"齐思雅揉了揉腰，问了颜笑一句，"这帅哥叫什么，让他帮个忙呗。"

颜笑也觉得吃力，她看了眼单扬，但还没开口，单扬就果断地摆了下手："男女授受不亲。"

齐思雅忍不住轻"呵"了声，真是大晚上见了鬼了，单扬顶着这张能渣二十条街的妖艳脸，说出"男女授受不亲"这样清心寡欲的"书生话"，谁信？

"我来吧。"代驾不知道从哪儿冒出来的。

"您怎么还没走？"单扬轻笑了声。

代驾"嘿嘿"笑了下："刚刚忘了跟你说，记得给我个五星好评。"

齐思雅在身后护住了张瑶，回头看了眼颜笑："我先上去了。"

"嗯。"

单扬靠在车头，低着头在打字，颜笑扫到了代驾平台的评价页面，单扬点了五星好评，但意见栏填了四个字——"话有点多"。

"今天谢谢你。"

"客气。"单扬指了指颜笑的肩膀，"给她靠了一路，酸吗？"

"你看了一路？"颜笑却冷不丁来了句。

单扬一愣："我……"

"有点。"颜笑揉了下脖子，又自顾自地说，"这周六考四级，你准备得怎么样？"

"还行。"单扬看起来还蛮有信心的。

颜笑点了点头："颜有志说你学得挺认真的。"

"你关注我啊？"这次轮到单扬冷不丁了。

"他发了朋友圈。"

"哦。"单扬嘴角的笑收了些，不过下一秒又笑开了，"可你看了。"

"嗯，看了。"颜笑倒坦荡地承认了。

"为什么看？"

"为什么问？"

"我先问你的。"单扬盯着颜笑。

颜笑对上单扬的视线："但我可以选择不回答。"

两人沉默地站了会儿，一阵冷风刮走了些单扬的燥热。

"你……"单扬到嘴的话还是没说出口，"上去吧，喝了酒，早点睡。"

等颜笑进了宿舍楼，单扬才上车，呼出的酒气让他想起自己喝了酒。单扬熄了火，靠在那儿，脑子里来来回回全是颜笑因为醉意而染红的脸。

颜笑开了宿舍门，看到张瑶躺在地上，身下铺了个瑜伽垫，脑袋下还垫着齐思雅的新包。

"你这包，平时不都舍不得背吗？"颜笑问。

"她多会挑啊，就抓这最贵的，死也不撒手。"齐思雅点了几下鼠标，"随她吧，哪里刮了就让她赔钱，反正她是大小姐，每个月的生活费都多到用不完。对了，那个烨子的采访，我搞到手了。"

齐思雅说着点开了手机里的视频。视频拍得有些晃，角度也刁钻，仰拍烨子的视角，多半是齐思雅偷偷录的。

"怎么样？"齐思雅给颜笑扫了眼电脑屏幕上编辑好的文案，"说真的，我写的时候都被自己的才华给感动到了。"

"什么时候拍的？"

"就他生日那天，我准备去给他送几本俄语书，看他一个人坐在台阶上，就跟他聊了会儿。"

齐思雅的家庭是令人窒息的，她对金钱、自由的渴望是没法用感情和原则来约束的。人不可能真正设身处地地感同身受，所以觉得不对的时候，闭嘴走开就好了。

"他把你当朋友了，至少在跟你聊天的那几分钟里。"颜笑还是提醒了句。

齐思雅打着字的手指一顿，接着干笑了声："知道。"

颜笑的酒量不算差，但酒精真的不是好东西，微醺的飘然之后就是消散不掉的头疼和恶心。她本来打算冲个澡就休息的，可刚进洗手间，就收到了顾彦林发来的消息。没有文字，只有一张照片，照片上是一本不大的粉色日记本，整体设计有些过时，像是好几年前流行的样式。

不需要回忆，日记本里的内容就自动在颜笑的脑子里开始回放，她用力掐了掐手心，才让自己的呼吸平稳下来。可抬头瞥到镜子里猩红着眼睛的自己，颜笑又有些喘不上气了。

顾彦林似乎早就料到了颜笑的反应，过了一会儿，又发来了一条语音消息——"我在你宿舍楼边上的咖啡店，等你来。"

"怎么这么快就出来了？"齐思雅说着皱了皱眉，"嘴唇这么惨白，不舒服啊？"

"没，"颜笑没多说，"我去一趟超市。"

老何已经在电话那头絮叨十来分钟了，闷在车里，单扬觉得头疼，他打了个哈欠："差不多得了。"

"不是，你怎么一声不吭就走了？作为管理者，真的不能再这样随心所欲了，整个团队都跟你学的，态度散漫，没有一点纪律可言！"

"嗯。"单扬随口应着。他快睡过去了，可重新出现在视野里的身影让他又立马清醒了过来。

时间不早了，咖啡店已经临近打烊，店里除了顾彦林，就没有其他客人了。颜笑进去的时候，趴在收银台上的店员蔫蔫儿地说了句"欢迎光临"。

顾彦林冲颜笑招了下手，没起身："帮你点了摩卡。"

颜笑拉开了凳子："说事吧。"

"你好像更讨厌我了。"顾彦林把咖啡往颜笑手边推了推。

"你撒谎了。"

顾彦林点头，扯了下嘴角："你指哪个？"

这个日记本当初是颜康裕从旧箱子里翻出来的，他连带着纸箱子里其他的东西都搬去了面馆。当时颜笑陪叶瑾出去理发，顾彦林想接她去吃饭，就在面馆等她。颜笑收到颜康裕发来的照片，看到了挤在箱子角落里的日记本，就匆匆回了面馆，可她把箱子翻了个遍，也没找到。

"我问过你，你说你没有看到。"

顾彦林抿了口咖啡："那个时候，我只是单纯好奇，我好奇那个日记本里会记录着你怎样的少女心事。"

"所以你看过了，"颜笑语气肯定，"当时就看过了。"

顾彦林也没否认："因为你一直对我的态度都不冷不热，我哪里不好？除非你也跟那些愚蠢的女人一样，心里一直放着个忘不掉的白月光。说实话，我犹豫过。我想，如果这日记本里写着你肉麻幼稚的暗恋日常，那真挺掉价的，好不容易心动一次，我不想下头得那么快。"

顾彦林的指腹搓着杯沿，轻笑了声："但你也的确没让我失望，这日记可比那些少女心事精彩得多了。"

颜笑脸上没什么表情，即使顾彦林语气里充满了玩弄。

"所以呢？"

顾彦林盯着倒映在咖啡杯里的灯光:"我不想分手。"

"这世界不会都围着你转的。"颜笑觉得好笑。

"你记性从来都很好,日记的内容你肯定是倒背如流了。"顾彦林看向颜笑,"可阿姨呢,她如果看了,会怎么样?"

颜笑放在桌底的手不禁攥紧了。

顾彦林偏头望向窗外,似乎有些受不了颜笑眼底明晃晃的厌恶:"我本来真的想好好对你的,但是你不肯啊。"

咖啡店的玻璃门又被推开了,挂在门把上的铃铛响了几声,收银员有气无力地说了句"欢迎光临",整个咖啡店又安静了下来。

颜笑干笑了:"你想演什么?浪子回头?"

"我是算不上一个好人,可颜笑,我对你,够好了吧?"

"你的确不是个好人,浪子也不该有回头的机会,浪子如果回头就能得到幸福,那对被伤害的那些女生来说,就太不公平了。"

顾彦林脸色终于沉下来了:"你也不是!你比我还坏,颜笑,我伤害的是别人,你呢?你对你妈……"

"闭嘴。"

"你生气了?"顾彦林扯了下嘴角,"原来你也会生气的。"

"把日记本还给我。"

"你收回分手的话,我就还给你。"顾彦林看出颜笑对他的提防,他指了指停在对面的车,"我不骗你,就在车上。"

颜笑盯着杯子里的咖啡,半天没出声。

"我给你时间考虑,但不要让我等太久,如果你还想要那本日记的话。"

顾彦林这话刚说完,靠近门口的那桌就传来了椅子拖地面的"刺啦"声,挂在门口的铃铛又响了几下。

"我录了音。"颜笑开了口。

顾彦林一顿,又立刻笑出了声:"你忘了我是做什么的?"

顾彦林的意思是让颜笑别天真了,他背后还有顾家,还有律所,颜笑怎么可能斗得过他。

"不是今天的。"颜笑点开手机里的录音,是顾彦林在车上跟顾勤的通话内容,"你们律所想给联康写招股说明书,可秦余安一直半信半疑,他并不相信你们的能力,比起你们,他始终觉得投行才是他的最优选择。如果他听了这段录音,你说,你和爸爸这几个月的努力是不是就白费了?"

录音内容其实没有触及原则底线,只不过是顾彦林和顾勤背着秦余安,非议他和他妻子的关系,不入流的话,带着明显的傲慢和不屑。秦余安本来是找不到借口推托的，可如果有了这段录音，他就可以佯装愤懑和失望，然后正大光明地出尔反尔了。

"你威胁我？"

"我只不过用你对待我的方式来对待你，"颜笑扶了下眼镜，语气无辜，"原来这叫威胁啊。"

"你……"顾彦林的话没说完，他瞥到了窗外靠近他车子的人影。

那人很高，在夜色里看不清他的脸，但他的一头小鬈发正好打在灯光下，随着他的动作晃着。收银员也注意到了，像是清醒了不少，当那人举起椅子往顾彦林的车窗上砸的那刻，收银员瞪大了眼睛。

颜笑坐在顾彦林对面也看完了全过程，单扬扔掉了手里的椅子，车子矮，单扬只能俯下身子，他的脑袋有些笨拙地钻进了车里，折腾了好一会儿，才从里面捞出了那个失而复得的粉色日记本。

顾彦林已经气得不行了："你让他来的？"

颜笑不说话，顾彦林抬手挥掉了桌上的空杯，他踩着一地的碎玻璃往外走，推门出去前，还拖走了一把椅子。

"这是店里的椅子！"看热闹的收银员终于回过神，有些气恼地摘掉头巾丢到了收银台上，"这一个个的！我明天怎么跟老板交代啊！打烊前还遇到几个神经病……"

颜笑推开门跟了出去，袭来的冷风让她轻咳起来，嗓子里隐隐的痒意向下蔓延到全身。颜笑憋住了咳嗽，喊："单扬！"

颜笑喊出去的声音被风吹回来了大半，但单扬还是回过了头。他举起日记本笑着冲颜笑挥了挥手："拿回来了！"

"知道了，"颜笑声音里有笑意，"快跑吧！"

单扬瞥了眼向他靠近的顾彦林，他踢开了脚边的椅子，拉开外套拉链，把日记本塞进怀里，往颜笑的方向跑过去。单扬在颜笑面前站定："一起。"

单扬刚刚的大动静也惊动了警卫室的保安，顾彦林指了指单扬，跟保安交代了几句，保安就架起防暴叉朝颜笑他们这边走过来了。

"我数到三，一起跑，"单扬隔着颜笑的袖子攥住了她的手腕，"三！跑！"

"谁像你这么数数的？"

"我呗。"

颜笑没跑几下就没劲了，单扬放慢了步子，松开颜笑的手腕，搂住了她的腰。察觉到颜笑身体瞬间的僵硬，单扬解释道："这样你能省些力。"

单扬倒不是在瞎说，颜笑觉得单扬有使不完的牛劲，要是再使些劲，她的腿都可以离地了。

单扬掏出车钥匙给车解了锁，两人默契地跳上了车，甩上了车门。颜笑没缓过来，坐在副驾上咳个不停。单扬的手试探性地搭上了颜笑的后背，看颜笑没推开他，单扬就开始帮她拍背，他的动作很轻，每拍一下，都会去观察颜笑的反应。

"好些了没？"

颜笑点了点头，看着保安一步一步向他们靠近的谨慎模样，颜笑说了句实话："你大概被他们当成精神病了。"

单扬无所谓地耸了下肩："管他们呢，我又不在乎他们，神经病还是精神病，随便。"

"他那车挺贵的。"颜笑提醒了一句。

"知道。"单扬说。

"你有钱赔吗？"

单扬故意沉默了会儿才开口："大不了到时候砸锅卖铁。"

"你不该这么冲动的。"

"可你似乎很想要回这个日记本。"单扬从怀里掏出那本日记，递到了颜笑面前。

颜笑盯着日记本，却没伸手去接："帮我丢掉吧。"

单扬顿了顿，却没问理由，只应道："好。"

"你会看吗？"颜笑问。

"不会。"

"不好奇？"

"好奇。"这粉嫩嫩的日记本里说不定藏着他不知道的颜笑，娇嗔的、多愁善感的，或者羞涩的、不坦荡的，他怎么会不好奇。

颜笑却又听到单扬继续说道："但人不能活在日记里，过去的，就过去了呗，比起过去，我更好奇以后的你会是怎样的。"

三个保安轮流敲着驾驶座的车窗，示意单扬开门。单扬觉得烦，开了音乐，把音量调到了最大。

"多久以后？"

"什么？"单扬没听清，他靠近颜笑。

颜笑盯着单扬滚动的喉结，视线又慢慢向上，落在单扬的唇上。要不是车外面围着三个烦人的保安，单扬都有种错觉，颜笑会吻他。单扬感觉自己的手腕被颜笑握住了，颜笑带着他的手慢慢覆上了他的嘴角。

"外面，有人……"单扬知道颜笑不是思想封建的人，但说实话，他也怕颜笑会太过开放。

颜笑轻声"嗯"了下，她的手往上攥住了单扬的食指，力道不轻不重。

虽然来回摩挲单扬嘴角的是他自己的指腹，但颜笑的指尖也时不时会擦到他的脸颊。单扬能清楚感受到颜笑的体温，可能是一直被暖气吹着，颜笑的皮肤挺烫的，比他的还要烫一些。

"我，"单扬的喉结又不自主地滚动了一下，"我跟你说过的，我比较保守。"

颜笑手上的动作停了停："那挺可惜的。"

单扬一愣，一时说不出话："可惜吗……"

颜笑却突然勾了下嘴角，说："客套话，就像英语书里的'How are you?''I'm fine.'（你怎么样？我很好。）"

这是单扬跟应萧萧说过的话。

"这是我的台词。"单扬觉得好笑。

"嗯，"颜笑指了指单扬指腹上沾着的奶油泡沫，"这也是你的奶油。"

刚刚咖啡喝得急，单扬的嘴角沾了奶油，所以人家根本不是想调情，是好心帮他擦奶油。颜笑嘴角的哂笑说明她自然是听懂了他刚刚的胡言乱语。

车上放的 *Sexy Back*，台词正好唱到了"Dirty Babe.You see these shackles baby.I'm your slave（小坏妞。看到这些手铐了吧，宝贝，我就是你的囚奴）"。

颜笑从包里翻出了一包纸巾，递给单扬："擦擦吧。"

"这英文歌词唱的什么意思？"单扬却突然问了句。

"哪句？"

"就这句。"单扬点了下暂停。

颜笑瞥了眼显示屏，又看向准备砸车窗的保安，随口说道："要是我不乖，你可以鞭笞我。"

"好。"单扬侧头盯着颜笑。

"你也可以不赔。"颜笑抬了抬下巴，示意单扬看过去。

顾彦林脱掉了外套，手里拎着一个灭火器，正朝他们走过来。他步子迈得很快却不稳，仿佛单扬再做出半点不如他意的行为，他就会举起灭火器砸过来。

"洗耳恭听。"单扬往颜笑那边侧了侧脑袋。

颜笑没说话，而是攥住单扬的下巴，然后把唇压了上去。单扬怔了好几秒，眼睛才眨了一下。

车外的几个保安脸上也满是震惊，站在他们后面的顾彦林气红了眼，几步跑上来推开他们，直接把手里的灭火器砸到了挡风玻璃上。

颜笑似乎吻得还挺动情的，她一只手攀上了单扬的后颈，手指还插进了单扬的发丝。

"有点假。"单扬却说。

颜笑又低头吻了吻自己的指甲盖："会吗？"

"会。"单扬倾身捧住了颜笑的脸,一只手向下搂住了颜笑的腰,答非所问,"你挺会的。"

"裕瑾笑"这几天都挤满了人,一半是来看热闹的本校生,还有一大半是从校外来的做自媒体的网红博主。齐思雅偷录的那段采访小火了一把,这些博主也想抓住这波流量,还有很多 MCN 经纪公司也想来找烨子合作。

叶瑾叫来了保安室的人,但这些网红像狗皮膏药一样赶不走,他们打着想要帮助弱者的旗号,实际上只是想要借助烨子的流量帮自己的账号吸睛。颜笑最后报了警,警察来现场跟他们进行了沟通,他们才终于把那些拍摄的机器撤走了。

烨子看起来倒挺平静的,平时他一点就着,还动不动就操着菜刀给人脸色看,这会儿却捧着一本书,一个人默默坐在后厨的墙角。

颜笑把手里的信封放到烨子脚边:"上个月的薪水。"

烨子有银行卡,可到现在还是习惯用现金,他没出声,腾出了一只手,把信封塞进了外套口袋。

"在学俄语?"

"嗯。"烨子应了声。

"你放几天假吧,等热度下去了,他们应该就不会来了。"

烨子用手语比了个"不"。

"随你。"颜笑看了眼锅里已经滚烂的面条,走过去关了火,"这些面都煮过头了。"

"她别来了。"烨子开了口,一贯僵硬冰冷的语气正好适合这句话。

他把齐思雅当朋友,告诉她自己的秘密,齐思雅却把他当成博取流量的工具。

"应该不会来了。"颜笑把断了的面条从大锅里捞出来,丢进了垃圾桶,"但你要想好,即使在这面馆煮一辈子的面,你也很难攒到出国生活的钱。如果你想去俄罗斯,其实你现在面前就摆着一个机会。"颜笑补了句,"她给的。"

齐思雅常把"唯利是图"挂在嘴边,自诩薄情寡义。可她分手前给刘晨峰转了够他爷爷做心脏手术的钱,那段时间她账号的变现状况也并不太好。大二上学期,张瑶被工程学院的一个富二代骚扰,那个富二代带了几个人堵张瑶,虽然当时齐思雅吓得声音都在抖,但她还是把张瑶护在身后。

嚷着想减肥的人可能不是嫌自己不漂亮,嘴里塞满甜腻蛋糕的人可能也不是嘴馋,想要跳楼的人可能也不是真的准备自我了断,他们也许只是想要爱,但说了没人听。

齐思雅活出一副贪婪刻薄的模样可能也不是真的爱钱,她曾经向她的父母要求过本来属于她的那份爱,却得不到,所以变成了个撒娇讨不到好处,就板起脸来跟全世界对着干的问题孩子。

"她没那么坏。"颜笑转头看向烨子。

叶瑾在门口听了很久,颜笑出来的时候,叶瑾有些尴尬,低头擦起桌子。

"面馆关几天吧。您也好久没休息过了,爸刚做完手术,您正好也可以在家多陪陪他。"

"好。"叶瑾点了点头,还是忍不住低声问了句,"烨子还好吗?"

"应该不太好。"他盯着书看,但书一直是拿反的。

"那他……他妈妈真的在俄罗斯?"

"嗯。"

叶瑾诧异:"你怎么知道的?"

因为交换过秘密。烨子偶然发现了她的,所以作为交换,烨子把他的也和盘托出了,他的经历、他的罪恶。

圣诞节临近,学校图书馆一楼的大厅架起了一棵很大的圣诞树,上面挂满了红色的圣诞袜,一旁的小桌子上还放了许愿用的便笺和笔。

颜笑从电梯里出来,正好瞥到了那棵圣诞树在晃,接着大厅里有人尖叫了一声,圣诞树"哗"地砸到了地上。树底下像是压了个人,颜笑看到那人从里面钻出了脑袋,还伸出胳膊向她招了下手。

"快救救我,颜笑!"是颜有志。

颜笑帮忙喊了几个学生,虽然费了些劲,但终于还是把颜有志从树底下拖出来了。

"还好吗?"

颜有志拿掉粘在鼻子上的亮片,神色痛苦:"我的脚踝被砸到了,动不了,你可能得帮我叫辆救护车了。"

救护车来得很快,颜有志被医护人员用担架抬出了图书馆。在上车之前,不知道想起了什么,他又叫住了颜笑:"你可能还得帮我个忙……"

艺术学院教学楼的灯大多数灭了,只有一楼大厅和二楼零星亮着几盏。颜笑又确认了一遍颜有志发给她的教室号,准备上楼,却在花坛边上看到了她要找的那人。

单扬穿着及膝的灰色羽绒服、白色长裤,肩上背着黑色帆布包。他身上总带着少年感,似乎连这寒冬都挡不住,可那一头小鬈发,又给他添了几分贵气。

单扬吸了口冷气,鼻子一痒,打了个喷嚏,挺大声的。大概等了有一会儿,单扬捏着手机的手指有些红,他半张脸都缩在了衣领里,低头在看手机,为了省些力,一只脚还往后搭在了花坛边沿上。

感觉到有人向他靠近,单扬没抬头,手指还不停地点着游戏界面:"马上就好，有志老师。"说完还来了句英文，"A minute.（等一下）"

看来颜有志还没跟单扬说他受伤的事。

颜笑盯着单扬通红的指关节："不冷吗？"

单扬的手一顿，接着揉了揉自己的耳朵，那蒙圈的样子，像是怀疑自己的耳朵被冻坏了。

"别玩了。"颜笑说。

单扬终于抬头了，游戏界面也没退，直接把手机丢进了口袋里："你怎么在这儿？"

"颜有志受伤了，明天四级考试，他不放心你，让我来帮他代节课。"

"哦，"单扬盯着颜笑，其实也并不关心颜有志去哪儿了，听到什么就重复了什么，"他去考四级了？"

颜笑轻笑着摇了下头。

单扬不知道颜笑笑的原因，但也跟着笑了下："怎么了？"

"没，怕教不好你。"颜笑其实是在嫌弃单扬不怎么好的专注力。

"怎么会？我不是说过嘛，"单扬跟在颜笑身后，轻踩着她的影子，声音变小，"你挺会的。"

因为刚刚那棵倒下来的圣诞树，图书馆暂时不让学生进出了，单扬带颜笑去了"石丽洁"。

那一片工作室还亮着灯，边上的店铺都关了，只剩下一家不大的咖啡店还开着，店铺前面还排着挺长的队伍。"石丽洁"门口那个穿着女仆装的摆件应该被刷了层新油漆，看起来比上次要光亮很多。单扬捡起被吹到地上的金色假发，抖了一下灰，随手扣到了摆件的脑袋上。

"摆这儿招财吗？"颜笑抬了抬下巴。

单扬摇头，往"老何"的屁股上踢了一脚："辟邪。"

工作室里的暖气开得很足，整个空气里都飘着浓浓的咖啡味。办公区挺安静的，工位上全是人，没人说话，只有键盘和鼠标的声音。

颜笑扫了眼工作室，一共两层，装修简洁干净，里面却有不少时尚古怪的装饰和摆件，尤其是挂在墙上的那个时钟。钟只剩一半，剩下的那个半圆，是用黑色马克笔在墙上画出来的。

注意到颜笑落在时钟上的视线，单扬解释了一句："别误会，不是艺术品，是老何抠门，不舍得换。"单扬提醒道，"就你刚刚在门口看到的那个。"

"这是谁啊扬哥？看着怪眼熟的。"阿钟不知道从哪儿窜出来的。

"你管不着，"单扬推开阿钟凑过来的脑袋，"老何呢？"

"谈事情去了。"阿钟冲颜笑笑了下,"美女你好啊,你是……"阿钟说着突然顿住了,像是终于想起来了,"你不就是上次那个,那个,真心话大冒险吗!"

阿钟这大嗓门,让坐在工位上的人都往这儿看过来了。

"你们还真谈上了……"

"别瞎吼了,"单扬捂住了阿钟的嘴,"该干吗干吗去。"

阿钟还想说什么,单扬拎起了路过的 Ugly 塞到了他怀里,说:"带它出去遛一圈。"

"可外面现在冷着呢。"

单扬掏出手机给阿钟转了个红包:"行了吗?"

"行行行——"阿钟拍了拍 Ugly 的屁股,夹着嗓子,"有钱能使鬼推磨嘛。"

单扬带颜笑去了二楼的休息室,平时除了老何偶尔进来给合作商回电话,没人会上来。休息室里摆了一张床、一张挺大的沙发,还带了一个有浴缸的洗手间。设备齐全,不像是公司的休息室,倒像是酒店的套房。

单扬调了下灯光,颜笑看他按了好几次按钮,最后却选了一个不太适合学习氛围的橘黄色调。

单扬脱掉了外套,拍了拍边上的位置:"坐啊。"

"你老板不会说你吗?"颜笑好奇。

单扬也不解释:"我脸皮厚,不怕。"

这屋子的暖气比一楼的还要大,颜笑觉得背后都出了细汗,她脱掉外套搭在了沙发上:"你先看看答案给的范文。"

单扬应了声"哦",也抬手脱掉了身上的毛衣,丢到了一边。

颜笑瞥了眼单扬身上单薄的短袖:"你不冷?"

"很热。"

单扬的确没说谎,颜笑的手背几次擦到单扬的手臂,他身上的温度实在烫得厉害。

颜笑看得出单扬有些心不在焉:"听懂了吗?"

"嗯。"单扬点头。

"可我讲错了。"颜笑却说。

单扬有些不自在地拽过了一旁的抱枕,放到了大腿上:"是吗……"

"在想什么?"

"没。"

"我可能不会像颜有志那样跟你聊什么情怀和梦想。"颜笑的意思是让单扬自觉些。

"不用聊，"单扬的手指轻敲着茶几，似乎想要分散一下自己的注意力，"你继续讲。"

"但你有些像小孩，好像还需要人来鞭策你。"颜笑看了眼时间，"要不你休息一下，调整一下状态。"

"才不是小孩。"单扬往后靠，反驳了一句。

颜笑轻笑了声："生气了？"

"没生气，"单扬超级小声地喃喃了句，"就是上火了。"

"或者今天就到这儿？明天你要考试，太晚休息也不好。"颜笑穿好了外套，发现单扬还坐在那儿，脸红得有些不正常。"是不是发烧了？"

"没。"

"你……"颜笑的话说到一半就停了，她大概反应过来是怎么回事了，扶了下眼镜，"不送送我吗？"

"送。"

"那你不起来？"颜笑勾了下嘴角，"还是已经起来了？"

单扬沉默了半天也憋不出一个字，他拽着颜笑坐到沙发上："等等。"

"等多久？"颜笑瞥了眼单扬抱在怀里的抱枕。

"很快。"

单扬说着掏出了手机，刷起了搞笑视频。可单扬连着划拉好几个，注意力却还是在颜笑身上，他用余光把颜笑上上下下看了个遍，邪恶却又难以抑制的想象力让单扬羞愧不已。他终于清楚了什么叫自己也控制不住自己了。

"洗发水是什么牌子的？"

单扬试图通过聊天转移自己的注意力，可问出的这话听着有些轻浮。就像男人的三件套，"你的手好小啊""我们来比比看""你身上怎么这么香"。不过他现在的每口呼吸里都是颜笑的味道，他也问不出其他什么有内涵、有营养的问题。

颜笑觉得好笑："可以给你发个链接。"

"刚刚那支笔，"单扬开始没话找话，"也挺好用的。"

"嗯。"

单扬用脚尖轻轻碰了碰颜笑的脚背："鞋子挺漂亮的。"

"你应该穿不了。"颜笑说。

"知道。"单扬把脚放到了颜笑旁边，"你几码？"

"37。"

"那好小。"单扬最后还是进了那三件套，落入窠臼。

颜笑也低头看了眼两人的脚："你大。"

单扬捂了捂抱枕，也不谦虚："是不小。"
"看会儿电视？"
"你明天要考试。"颜笑提醒道。
"我有数，"单扬抓过遥控器，"能过。"
"那之前三次呢，也有数？"
单扬毫不犹豫地点了点头："都有。"
"嗯，"颜笑讽刺道，"但都没过。"
"你不用替我担心。"
颜笑没接话，看了眼架在电视机边上的监控器："监控开着的。"
"没事。"单扬点出了一部电影，用遥控关掉了房间的灯。
片头没放几秒，颜笑的手机就开始振动，她看了眼单扬："颜有志。"
颜笑接了电话，颜有志应该还在医院，颜笑能听到那头救护车的警鸣声。
"单同学他学得怎么样啊？"
"挺认真的。"颜笑帮忙说了谎。
"那麻烦你告诉他，要再记一遍我发他的那份作文预测卷。"颜有志想了想，"要不，你还是把电话给他，我自己跟他说吧。"

单扬这会儿正趴在边上偷听，他赶紧对颜笑摆了摆手。颜笑却应了声"好"，把手机贴到了单扬耳朵边上。不知道颜有志在电话那头说了什么，单扬有些无奈地抓了下后颈，也不说话，只回了几个"嗯"。

休息室的门被敲响了，单扬的耳边都是颜有志的唠叨，他看到颜笑起身去开了门，老何端着两盘水果站在门口。

他们聊了几句，老何接着有些失态地大笑了一声，他抬手朝单扬指了指，把果盘放到了颜笑手里，就下楼了。颜笑往嘴里塞了块橙子，把剩下的果盘放到了单扬面前。屋子里没开灯，只有屏幕上投出来的光，颜笑盯着屏幕，眼睛亮亮的，嘴唇上沾着橙汁，也亮晶晶的。

"好吃吗？"单扬侧头问。
颜笑用新叉子插了一块递给单扬。
"什么好吃吗？"颜有志纳闷了。
单扬把手机丢到了一边，又问了一遍："好吃吗？"
颜笑没回答。

单扬根本没看橙子一眼，直勾勾的眼神却落在了颜笑的嘴唇上。那句"好吃吗"，问的也压根不是橙子。单扬把颜笑手里的叉子放回了盘子里，整个人往她边上靠："回答我。"

"嗯。"颜笑能感觉到嘴角的湿意，她想抽一张纸巾，手却被单扬攥住了，她轻叹了口气,"你要干吗?"

"我说过了,老何很抠,"单扬凑到颜笑耳边,"他不让用。"

"可他刚刚说,叫我不要客气,"颜笑也凑到单扬耳边,拆穿单扬的谎话,"想用什么就用,想吃什么就拿。"

"他骗你的。"

"那你呢?"颜笑问。

"我什么?"

"真心话还是大冒险?"

单扬知道颜笑指的是上次在台球俱乐部,他说的那句"我喜欢你"。

"你在乎?"

"好奇而已。"颜笑脸上没有半点扭捏和不自在,仿佛真的只是单纯好奇。

单扬盯着颜笑的镜片,上面映着不够坦荡的自己,问:"你为什么总是这么坦荡?"

"可能因为我坏吧。"

的确,坏人总是自在真实些,他们不用想着讨好谁,可以板着脸,松弛地活着。

"那什么时候能大发慈悲?"单扬说着取下了颜笑的眼镜。

颜笑的视野变得模糊,她只能感受到向她靠近的热气:"单扬……"

"嗯。"

"他们在偷看。"

## 第十章
一颗苹果

单扬往门口看了眼，没人。
"骗我呢。"
颜笑微微偏开头，提醒道："监控。"
虽然颜笑看不清，但她还是能察觉到监控器的蓝光在黑暗中不停移动。
单扬叹了口气，抓过枕头砸向监控，朝镜头喊了声："滚蛋。"
摄像头那边的人似乎也意识到偷看被抓包了，立马调整了监控的角度。
"等我一下。"单扬套上毛衣，推开门下了楼。
办公区的工位上几乎没人了，就只剩谢宁和应萧萧。老何的办公室很热闹，一堆人凑在老何的电脑前面看监控，等到单扬"啪"地合上老何的笔记本，他们才回过神来。
"你们可以下班了。"单扬说。
"可是时间还没到呀。"阿钟可不想错过这热闹。
"是呢。"林文凯也贱嗖嗖地应和着，"公司是我家，发达靠大家！我们一定会兢兢业业，为'石丽洁'鞠躬尽瘁，死而后已的！"
"不必。"单扬伸手拨了拨墙上的那个破时钟，把时针拨到了下班时间，"现在到了，下班。"
谢宁觉得有趣，她抬头瞥了眼站在二楼休息室门口的颜笑，又看了眼坐在对面的应萧萧，似乎是反应过来了。谢宁踢了踢在她桌子底下睡觉的Ugly，至少单扬这次的审美在线。虽然不甘心，但她也替单扬开心。
"My！My！How time does fly！（天啊！时间过得真快！）"谢宁伸了个懒腰，干脆利落地关了电脑，"今天咖啡店做活动，冲三百送一百，听说只剩最后六个名额了。"

"真的假的？我刚刚去，小睿怎么没跟我说？"阿钟边说边抓过搭在椅子上的外套。

老何也不淡定了："明天就没了？"

"不然呢，他们又不做慈善。"谢宁吐掉了嘴里的口香糖，瞥了眼手机，"好像只剩五个了。"

工作室的这群人几乎每天都靠咖啡续命，没一会儿就都不见人影了。

"你不走？"谢宁问应萧萧。

应萧萧举了举泡着茶叶的保温杯："中医不让喝咖啡。"

"喝点吧。"谢宁抬眉给应萧萧使了个眼色。

应萧萧倒也不是没眼力见，可外面实在太冷："我可以选择性眼盲。"

"那去吃点消夜。"

应萧萧摇头："中医也不让吃消夜。"

"哪个中医说的？"谢宁扯了下嘴角。

"我爸。"

"吃吧，"谢宁劝道，"螺蛳粉今天送炸蛋。"

应萧萧眼睛亮了亮："今天有空心菜吗？"

谢宁点头："走吗？"

"走。"

谢宁和应萧萧走了以后，工作室彻底没人了。单扬抬头对上颜笑的眼睛，两人都偏开头，笑出了声。

"不早了，我也得走了。"

"我送你。"

颜笑没拒绝："老何是你爸？"

单扬一愣："怎么这么问？"

"感觉你不是在这儿打工的。"

"只要胆子大，公司是你家。"单扬帮颜笑开了车门，"老何才三十，生不出我。"

颜笑说得含蓄："那他长得挺沉稳的。"

"可不是嘛。"单扬笑了声，"隔壁奶茶店老板的小女儿爱扮葫芦娃，见到他就喊爷爷。"

应萧萧和谢宁一起去吃了螺蛳粉，谢宁请的客。中途应萧萧出去接了个电话，回来的时候，发现座位上已经没人了。

店内的角落围着一圈看戏的人，被围在里面的是林文凯和一个中年男人。

男人的衣服上沾满了红油,头顶还有几根粉条和青菜叶,他看着狼狈却又不敢发作。而林文凯通红着脸,一手攥着男人的领口,另一只手里操着把板凳,眼神透着从未有过的狠厉。

两人中间还拦着一个人,是慌了神的谢宁。

从"石丽洁"到颜笑宿舍楼的距离不远,原来只用几分钟的车程,单扬兜兜转转开了快二十分钟。

"导航不太灵。"在连续碰到第六个红灯的时候,单扬"解释"了一句。

颜笑也没拆穿:"你可以在前面的公交站靠边停,我自己走回去就好。"

"外面风很大,开车就几分钟。"

"嗯,"颜笑点头,看向单扬,"可走路也就几分钟。"

如果不是单扬执意要送她,她早就到宿舍了。

"其实我有点紧张。"单扬突然说了一句。

"因为考试?"

单扬没回答,似乎也没在听颜笑说话,他搓了一下手心的汗:"我心跳有些快。"

"不是说心里有数嘛。"

但他们不是在说同一件事。

"如果刚刚,"单扬悄悄看了颜笑一眼,"他们不闹那一出,你……"

"停车!"颜笑却喊了一声。

单扬顺着颜笑的视线往车窗外望,看到了叶瑾,她身边还站着一个男人,不是颜康裕。两人似乎闹得不太愉快,在争执着什么,男人抓着叶瑾的手不放,叶瑾的头发散在额前,眼里有惶恐和愤怒。

单扬没有拦住跑下车的颜笑,他跟在颜笑后面,也不问理由,只道:"如果想用暴力解决问题,你别动手。"单扬把手里的围巾裹到颜笑脖子上,"我来。"

"放心,不用暴力解决。"颜笑的步子迈得很快。

她迅速调整了表情,挤出一个笑容:"妈。"

颜笑的声音让叶瑾整个人都僵在了原地,她愣了好几秒,终于挣开了男人的手。叶瑾把散乱的头发别到耳后,让自己的声音听起来尽量自然些:"笑笑,你怎么在这儿?"

"来得正好!"一旁的王兴准备朝颜笑冲过来,"我们把账好好算一算!"

叶瑾立马拽住了王兴的胳膊,压低声音,语气里是恳求和慌乱:"你别,我求你!"

王兴狠狠甩掉叶瑾的手:"求我?你女儿找人来弄我,往我头上扣屎盆!说我猥亵女大学生!我现在没了工作,没了名声,我现在什么都不怕了!"

相比较王兴的狰狞，颜笑语气冷静："这里面应该有误会。"

"误会什么！那个贱人都招了！"

"谁都招了？"颜笑问。

"还挺能装，"王兴冷笑了一声，"谁？宋羽霏啊。"

颜笑也不慌："证据呢？"

"她亲口承认的，找她对峙不就好了！"

"可以，"颜笑点头，"但今天太晚了，改天吧。"颜笑用纸巾帮叶瑾擦掉额头上渗出来的小血珠，看了眼单扬，"能帮我个忙吗？"

没等颜笑说完，单扬就点了点头，他知道颜笑是想支开叶瑾。

"我带阿姨去处理一下。车钥匙你拿着，聊完就上车等着。"单扬把钥匙放到颜笑手里，又转头警告了王兴一句，"说话动嘴就好，如果动手了，那无论你跑到哪儿，我都会找到你。"

单扬那体型和个头，王兴自然不想自找麻烦，但他也不肯开口答应。

"说话。"单扬直接揪住王兴的衣领，把他往上一提。

王兴离地的脚不停扑腾着，只能应道："行行行！"

王兴被单扬丢到了地上，等单扬和叶瑾走远了，他才从地上慢慢爬起来，他拍了拍屁股上的灰，又把跑出来的衬衫重新塞回了西装裤里，还不忘理了理自己打了蜡的头发。

"读书好的人脑子就是好啊，知道怎么钓男人。是跟顾彦林闹掰了？又来了个便宜的小白脸。"

颜笑没有被王兴激怒，只是笑了声："他可不便宜。"

"哦，看来也是个富家子弟啊，"王兴捋了捋被单扬抓乱的衣领，"你这点跟你妈很像，会攀高枝，可惜你爸没用，做生意方面没用，那方面也……"王兴故意没把话说完，意味深长地干笑了下。

"别再去'裕瑾笑'，也别再去找我妈。"

"凭什么？"王兴抱着手臂，半眯着眼，观察着颜笑的表情，"看来你是知道了，什么时候知道的？刚刚知道的，还是那次，你根本就不是刚从学校回来，而是已经在外面偷听了很久了？"

颜笑插在口袋里的手已经攥成了拳头："你应该庆幸你只是丢掉了一份工作。"

"怎么？"王兴不怕，"你还要让我丢了这条命啊？"

颜笑看王兴的眼神，跟看爱挑衅的泰迪没什么差别："带上你所谓的证人，收集好所有的证据，再来找我。"

"行，你等着吧，我损失的钱和名誉，你都得赔。"

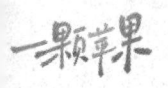

"所以你现在可以滚了。"颜笑说。

王兴拍了拍外套沾上的灰,语气不满:"说话客气点。"

"滚。"颜笑扶了扶眼镜,重复了一遍。

看着王兴小人得志的背影,颜笑压在心里的愤怒和恶心最终还是占据了她的大脑,她低头看了眼单扬留给她的车钥匙。

王兴边走边给宋羽霏打电话,但拨了好几次都没通。这条路上已经没什么人了,他感觉背后突然开来了一辆车,还打着刺眼的远光灯。

王兴回头骂了句脏话,却被光晃了眼。他招了下手,以为那司机会把灯关了,但并没有,不仅没有,那车还加速往他这儿冲过来了。王兴吓得准备往后跑,可转身的时候被自己的脚给绊倒了,脚踝扭到了,疼得他起不来。

"有人啊!停车!有人看不到吗!"

王兴拼命挥着手,想让驾驶座上的司机注意到他,可冲他开过来的车没有半点减速的迹象。这时候电话正好通了,宋羽霏不知道王兴在喊什么,但她知道王兴今天是去找颜笑了。

"你怎么了?"宋羽霏冲着电话喊了声,可王兴的手机早滚远了,他压根听不见,只能万分痛苦地喊着"救命"。

王兴害怕地闭上了眼睛,已然一副等死的样子。那辆黑色的SUV分毫不差地擦着王兴的胳膊驶过去了,接着王兴听到了清脆的"咔嚓"声。王兴"啊"地大叫起来,可过了好久,他都没有感觉到一丝疼痛。他小心翼翼地睁开眼睛往下看去,他的胳膊丝毫未伤,躺在他手边的金属铁盒却被碾得扁平。

"不长……"王兴冲那辆黑车吼道。

可"眼"字还没骂出口,那辆黑色SUV里又丢出来一个矿泉水瓶,直直地砸在了王兴的脑袋上。

"还真的差点丢了老子这条命。"王兴咒骂了一句。

单扬在药店遇到了几个熟人,一个是烨子,另外两个是谢宁和林文凯。

烨子穿着白大褂,坐在门口的小桌子旁边,在帮一个老人量血压。那老人嘴里一直念叨着些话,问东问西的,问了自己的血压,又问平时怎么没在店里见过烨子,还问烨子为什么板着脸,怪难看的。

"颧骨高,刻薄哦。"那老人指了指烨子的脸,"啧"了声。

烨子觉得烦,最后干脆把助听器给摘了:"老、不、死。"

老人拍了拍桌子:"骂谁呢?"

烨子看着口型其实能猜出老人说的字,但他故意不应,开始瞪着眼睛,摇头晃脑、表情狰狞,嘴里还咿咿发出各种恐怖怪异的声音。

"疯子嘞！"老人抓过靠在墙边的拐杖，扛到肩上就往外跑。

叶瑾知道烨子来药店打工的事，也不意外，只是捂住额头轻声跟烨子打了个招呼。烨子对叶瑾点了下头，淡淡看了眼单扬，又看了眼他不再瘸的腿。

谢宁坐在椅子上，手里拿着一管药膏，林文凯蹲在谢宁身边，整张脸都被涂了棕黄色的药，还泛着油光，看着像是烫伤药。

"差不多了。"林文凯指了指自己的脸，"没那么严重，其实你刚刚都倒衣服上了……"

可谢宁一瞪他，林文凯就立马闭了嘴。两人之间的氛围还跟平时不太一样，单扬进来很久了，他们也都没注意到。

单扬帮叶瑾买了药水和祛疤药。

"小单，药多少钱啊，我回头让笑笑转给你。"

"没多少，不用了，"怕叶瑾不肯，单扬又补了句，"钱就不用了，可以让她请我吃顿早餐。"

"行。"叶瑾看了看单扬递过来的祛疤药膏，自嘲地笑了笑，"这祛疤药就不用了吧，我这都老太婆一个了，不怕这点疤。"

"活到几岁都得爱自己，"单扬把叶瑾拒绝药膏的手推了回去，"您才多大呢，您还可以美到老。"

叶瑾盯着那一小管药膏，觉得鼻头突然发酸，也不是委屈，就是一股莫名的情绪突然在她胸口蔓延开来了。叶瑾低下头，把头发划到耳后，顺手抹掉眼角的湿润：''你说得对，我以前也读过一些书的，那时候就觉得纳闷，为什么那些大作家总是歌颂少女的苦难和悲惨，而大部分老年女性的痛苦都被理所当然地一笔带过。"

"你看，"叶瑾摩挲着药膏盒，"我现在也有些理所当然了。"

单扬回去的时候，车还停在原来的地方，他透过玻璃看到坐在驾驶座上的颜笑。

座椅调得有些低，颜笑仰躺在那儿，眼睛一瞬不瞬地盯着车里的星空顶。单扬虽然听不见车里的音乐声，但看着显示屏上面迅速跳动着的歌词，也能猜到应该是一首挺吵闹的摇滚乐。可颜笑看起来非常平静，她搭在肚子上的手指没被摇滚乐的节奏带着走，而是打着极其缓慢的拍子。

单扬轻轻敲了敲车窗，颜笑回过头，看到单扬的那刻，弯了下嘴角。

"烨子陪阿姨回去了。"

颜笑点了点头："知道，他给我发过消息了。外面是不是很冷？"

单扬用自己的手背碰了下颜笑的："你感受一下。"

"谢谢你。"颜笑却突然说了句。

"客气了。"单扬收回了手,"其实也没那么冷,就一点点冷。"

"嗯,"颜笑看了眼单扬被冻红的鼻头,"我来开车,送你回去吧。"

"不用了。"

颜笑这次却意外地有些固执,她直接发动了车子。单扬按住了颜笑的手:"真不用了,我现在不住学校,在外面租的房子,离这儿挺远的。"

"没事,我明早也没课。"

"可我不放心。"

"放心吧,我的技术还行。"

"我是不放心你待会儿一个人回学校。"单扬看了眼颜笑,又望向窗外。

颜笑侧头,车窗上映着单扬的脸,他此刻的表情像是带着少年表白时难得的腼腆,却又如说"Yes, I do.(我愿意)"时的万分真诚。

"你租的房子只有一个卧室?"

单扬没明白:"两个。"

"今晚分我一个吧。"颜笑松了刹车,语气就像是在跟单扬讨半颗苹果那样自然。

单扬愣住了:"你……"

"你不是不放心我一个人回来嘛,那我可以不回来。当然,如果你不方便,那就算了,我打车回来也行。"

单扬没有直接回答"方便"或者"不方便":"从那儿打车回来挺贵的,"他说完又补了句,"而且最近新闻上还经常报道一些变态的网约车司机。"

颜笑点了下头,应和了句:"也是。"她看向单扬,"所以方便吗?"

"我没什么不方便的。"

"之前你不是让我帮你介绍女朋友嘛,"颜笑的语气听着随意,"以防万一所以问一下,到时候就不会闹出乌龙了。"

单扬觉得颜笑的问题问得好笑:"我有没有,你不知道吗?"

"还真不知道。"颜笑回。

不知道想到了什么,单扬眼睛亮了亮,说:"你把贴在面馆玻璃门上的'征友海报'给撤下来了,为什么?"

"海报卷边了,本来想重新打印一张的,但是忘了。"颜笑语气听着真诚,"幸好你提醒我了,我明天帮你再贴一张上去。"

单扬眼神里的期待消失了大半:"谢谢你。"

"不客气。"

单扬租的是双层 loft,房子挺大的,还带了一个露台。整个房子几乎都只有黑白两个色调,装潢简洁,设计感却很强,连趴在楼梯口睡觉的 Ugly 在这屋子里看起来也像是个时尚单品。

房子很新，像是刚装修的，应该不会有房主愿意把这么好的房子租出去。

"这里租金多少？"颜笑问了一句。

单扬想了想："一千。"说完又改了口，"或者两千。"

两千哪里能租到这样的房子。颜笑虽然没租过房子，但她编出来的房租应该都会比单扬合理些，看单扬那样子，明显是不知道行情，这大概率就是他自己的房子。

颜笑也没拆穿："我今晚睡哪儿？"

"一楼有间卧室，你，"单扬说到一半，又直接指了指二楼，"你睡二楼吧。"

"好，晚安。"

"要不要一起吃点东西？"单扬喊住了颜笑。

颜笑看了眼时间："你明天要考试，还是早点休息吧。"

"行，那改天？"

Ugly被吵醒了，爬起来准备往颜笑那儿跑。单扬拎住了Ugly的脖子，干脆利落地把它丢回了笼子里。颜笑没回答，单扬就站在那儿不动，颜笑站在台阶上，单扬站在下面，微微仰着头。

"改天，还是今天？"单扬又问了一遍。

"希望你明天不要在考场上睡着了。"颜笑转身往回走，"吃什么？"

"炒面。"

单扬回答得自信，颜笑一开始还以为他的厨艺高超，可她看着单扬往垃圾桶里连着倒了三锅煮坏的面条，两分钟过后，是第四锅烧焦的面条"饼"。

"一定非要吃上吗？"

"也不一定，但让你等了那么久，总得让你吃到点东西再睡吧。"单扬说完准备去拿第五捆面条。

"不用了，"颜笑把单扬手里的面条重新放回去，"心意领了。"

"你现在一定在心里骂我。"单扬说。

颜笑不太客气地点了下头，不否认："嗯。"

"骂得难听吗？"单扬笑了。

"有点。"颜笑也笑了声。

"煮碗汤面吧，别炒了。"颜笑把面放进了一旁盛着沸水的锅里，"有围裙吗？"

"等我一下。"单扬出了客厅，回来的时候手里多了一件短外套，"围裙没有，套上这个吧，你的衣服就不会脏了。"

颜笑瞥了眼单扬递过来的外套，这个牌子的衣服以前张瑶给肖军买过，即使张瑶生活费挺多的，她也是省了好几个月才存够的钱。看颜笑不接，单扬直接抬起了颜笑的胳膊，把外套反着套在了她身上，在背后拉上了拉链。

"很期待你的作品，"单扬站在颜笑的身后，低头凑到她耳边，"颜大厨。"

第二天颜笑难得醒得晚，下床的时候，脚边凑上来了一大团毛茸茸的东西。是Ugly，身上套着件粉嫩的大码兔子装，帽子上还黏着张字条，洋洋洒洒的笔迹，就四个字：昨晚抱歉。

颜笑昨晚煮了两碗面，单扬吃得很快，吃完就在边上开了几罐啤酒，他往颜笑跟前推了一罐，但也没劝她喝。最后等颜笑吃完面，那几大罐啤酒已经全部进了单扬的肚子。

颜笑不知道单扬的酒量怎么样，但她看得出单扬有些不清醒了，因为他又跟颜笑提起了贴在"裕瑾笑"门口的那张"征友海报"。他小声抱怨起了上面的0.65cm的身高误差，接着又从茶几底下掏出了一小瓶白酒，跟放在颜笑手边的那罐啤酒碰了碰杯。

然后就是重复在"石丽洁"休息室里发生过的"三件套"，不过单扬没有说最后那句"你身上怎么这么香"，他直接低头，隔着毛衣领咬住了颜笑的脖子，力道不重，但还是留下了痕迹。

颜笑盯着镜子，伸手搓了搓落在脖子上的红痕，她手机上的电话也正好通了。那边半天不出声，颜笑先开了口："你不聪明，但我没想到你会这么笨。"

"什么意思！"宋羽霏终于说话了。

"是陈星婉吗？她给了你什么好处？"

宋羽霏一怔，她似乎没料到颜笑会这么快就猜到指使她的是陈星婉。

"她给了我什么好处，跟你没关系，你就等着看王兴他缠你一辈子吧！"

"是跟我没关系，不过提醒你一句，无论她答应要给你什么好处，没到手的，那都是空口白话。让我猜猜看，能让你心动的无非就是钱吧。可王兴他也贪财，你说如果陈星婉真的有足够的谈判筹码，她找王兴不是更直接，为什么还非要通过你？还有，你觉得王兴他最后会放过你吗？当初这所有一切，可都是你自己布的局，跟我，一点关系都没有。"

宋羽霏吼了句："是你让我去坏了王兴的名声的！"

"凡事讲证据，你手上是有录音，还是有我签字画押的认罪书？"颜笑低头看了眼在舔她脚背的Ugly，语气温柔了些，"如果没有，可别信口雌黄。"

颜笑说完就挂掉电话。一楼很安静，颜笑刚下最后一个台阶，手机就振动了两下。

单扬：早上好。

单扬：给你买了早餐。

颜笑下意识扫了眼桌子上倒扣着的大碗,回了个"谢谢",可还没朝桌边走几步,手机就又振动了一下。

单扬:不在桌上,在茶几上。

时机有些太凑巧,颜笑回了个问号。

"这儿!"

颜笑抬头发现了那台对着猫笼的监控,现在转了一圈正对着她了。

"你考完了?"颜笑对着监控说了句。

"嗯,刚出考场。"

Ugly听到是单扬的声音,有些兴奋地在地上转圈,最后跳上架子,伸出爪子猛地给监控器来上了几拳。颜笑半蹲下来,伸手扶住了快倒下去的监控器:"作文考的什么?"

"给学校报社投稿,分享自己在大学生活里印象最深刻的东西。"

"写得还顺利吗?"

颜笑离监控很近,单扬的视线落在了她脖子的红痕上:"挺顺利的……"

"写了什么?"颜笑把Ugly抱到了地上。

"你。"单扬说。

怀里的Ugly在叫,颜笑没听清,又问了一遍:"什么?"

"你。"

颜笑的身子顿了一下,手劲不觉松了,Ugly从颜笑怀里钻出来,又立马跳上架子,准备再给监控来上一拳。视野被Ugly那张大脸挡得彻底,单扬叹了口气,语气不太好地骂了声"滚"。

Ugly也还算识相,分得清什么时候不能在单扬面前撒泼,它拖着笨重的身子在地上滚了几圈,最后自己乖乖钻回了笼子里。

"我说我写的你。"单扬看颜笑没有反应,就重复了一遍,邀功似的语气。

颜笑转头看向监控,微微勾了下唇:"那真是荣幸之至。"

单扬问:"客套话?"

"实话,"颜笑捂了下胸口,"发自肺腑。"

虽然不信,但单扬还是顺着颜笑的话往下问:"那心动吗?"

颜笑轻笑了声,点了点头:"在动。"

聪明如颜笑,怎么可能听不懂他的意思。单扬知道颜笑是故意的,他无奈摇了下头:"你真的,很难撩。"

脸红心跳这种事好像不会发生在颜笑身上,她可能做过"情话"脱敏治疗。

"你在撩我?"颜笑反问。

"对啊,不够明显吗?"

颜笑半蹲下来，看着监控："可以更明显一点。"

单扬开了车门："那你等我。"

"没法等你太久，我还有事，"颜笑端过茶几上的早餐，看了眼时间，"二十分钟。"

单扬回了"好"，颜笑就挂掉了电话。

平时从学校开车回去大概要半个小时，这次单扬一路踩油门，回去只花了十七分钟。可最后等电梯等了两分钟，电梯一直停在二楼，单扬能听见从电梯井里传下来的争吵声，一男一女，还有狗叫。单扬看了眼手表，最后干脆爬楼梯上去了。他准备去开门的那瞬间，门却从里面推开了。

颜笑已经套上外套，穿好鞋子，看样子是准备走了。

"超了三十二秒。"单扬说。

"嗯。"颜笑点头。

"我还能撩吗？"

"不能。"

单扬盯着颜笑脖子上的咬痕，虽然暗红色那块被颜笑用领子遮了大半，但仔细看还是挺明显的。

"我送你。"

"不用了，你昨晚没睡好，今天又早起，去休息吧。"

单扬轻笑了声："我现在怎么可能睡得着？"

"那就眯一会儿。"颜笑说着掏出了在口袋里振动着的手机，来电显示是"顾彦林"，单扬离得近，自然也看到了。

"你是要去找他？"单扬皱眉。

"嗯，有些事得谈。"

颜笑按了接通，拿着手机往电梯那边走。她准备去按电梯，身后的人却抢先按了键。电梯门上映着人影，颜笑没回头，她知道是谁。单扬蹭上来的手背让颜笑有一瞬的走神，以至于她根本没有听到顾彦林在电话那头说了些什么。

"有在听吗？"顾彦林在那头问了句。

颜笑看了眼跟进来的单扬："嗯。"

"我已经到了，等你过来。"

这句话颜笑是听到了，站在她旁边的单扬也听到了。颜笑看到单扬伸了手，手指"啪"地戳在了开门键上。电梯门开了，单扬不出去，但他也不松手，那丧着脸的样子像极了准备挑事的流氓混混。

"知道了。"颜笑挂了电话，看向单扬，"你要出去，还是要下去？"

单扬没回答，戳着开门键的手指更使劲了。

"我约了人，要迟到了。"

"约了顾彦林？"

"你刚刚不是听到了嘛。"

"找他干吗？"

"私事。"

"都分手了，还有什么私事好谈？"

"你管的，"颜笑看着单扬，提醒道，"有点多了。"

单扬一愣，手指一松，电梯门就关上。

"我们算是朋友了吧？我不想我的朋友再执迷不悟，重蹈覆辙。"

"朋友？那你会咬周行的脖子吗？"

怎么可能。

"有时候会。"单扬开始瞎说。

"那你挺变态的。"

"你不喜欢？"

"不喜欢什么？"颜笑问，"变态还是咬痕？"

电梯又在二楼停住了，单扬憋在嘴里的"我"字还没来得及说，电梯门就开了。一对情侣带着一只狗，应该就是刚刚在吵架的那对。男的像是还没吵够，嘴里还在不停碎碎念着，女的本来脸色还不错，最后也开始反击了。金毛被狗绳牵着，大概也嫌主人烦，尾巴耷拉着，看起来也不开心，它往前走了几步，最后趴在了电梯门中间。

"先走了，"颜笑低头看了眼在舔单扬鞋子的金毛，轻笑了一声，"我的朋友。"

顾彦林约了律所边的一家茶餐厅，在商场的顶楼。商场每层进出的人流量都大，饭点时，每层电梯里还会挤进很多在跑腿的外卖员。电梯到了第五层，终于出去了一大半的人，电梯里进来了一只金毛，跟刚刚在单扬小区看到的那只很像，颜笑就多留意了一秒。

颜笑往后退了一步，接着又进来了一男一女，颜笑没抬头，但能看到两人穿着同款的情侣鞋。女生的笑声很脆，甜甜地叫了声"肖军"。

世上叫"肖军"的人很多，撞名字也不稀奇，可颜笑瞥到了男生手上戴着的手链，黑色的编绳，中间耷拉着一小段粗细不一的白色柱状体。一般人大概猜不出那条白色的是什么，但颜笑知道那是一条蛇，张瑶当初花了三个星期给肖军编出来的，因为肖军属蛇。

"我新做的美甲好不好看？"女生撒娇地靠到了男生肩上。

熟悉冷淡的男声响起："还行。"

"让一下！"

一个外卖员不耐烦地往前挤了挤，男生的鞋跟被踩了一下，他回头，看到站在角落的颜笑，愣住了。电梯门开了，女生拉着肖军准备往外走，肖军却一直盯着颜笑，眼里是少有的慌张。

"走啦。"女生拽了拽肖军的手，拉着那只金毛出去了。

顾彦林挑了靠窗的位置，头发精心打理过，身上的西装也像是新的，搭在椅背上的棕色大衣还是颜笑曾经夸过好看的那件。

"久等了。"

"没等多久。"顾彦林起身，把点好的奶茶放到颜笑手边，"律所刚刚来了个委托人，我也刚跟他聊完。"

颜笑点了点头："谢谢。"

"我挺高兴的，你还愿意跟我见面。"

"我约的你。"颜笑说。

"知道，"顾彦林笑了下，"所以我很高兴。"

"我是想跟你聊聊陈星婉的事。"

顾彦林脸上的笑一顿："你不是爱管闲事的人。"

"放心，我没那个闲心劝你接受她。"

"那你想聊什么？"

"她可能还不知道你跟我分手的事。"

顾彦林脸色沉了沉："她找你麻烦？"

颜笑没回答："如果你不介意，麻烦你告诉她，你并没有多喜欢我，你接不接受她，也跟我无关。"

顾彦林干笑了声："你还真是无情，比我还冷血。"

"谢谢。"颜笑举了举杯子。

"我们俩之间，一直都是你没有那么喜欢我，你现在却把责任推到我身上？"

"我承认，"颜笑也不否认，"但顾彦林，你也并不深情。"

"可我只喜欢你。"

"那你的喜欢真的挺恶心人的，你喜欢我，却可以跟别的女人交往、上床。"

"是因为你不让我碰你！"顾彦林看了下周围，终于忍不住低声喊了句。

"我不喜欢你。"颜笑回道。

"那你为什么要跟我在一起？"

颜笑放下杯子，语气平淡："你有很多可以让我利用的地方。"

顾彦林冷笑了下："那怎么不继续利用了？"

"因为有人说我坏透了。"

王兴没再来找过颜笑,虽然不知道这是不是暂时的宁静。
顾彦林应该是把这件事情处理好了,大概是还念着几分旧情,但主要还是因为颜笑的威胁,她手里有几份顾彦林不想公开的录音。顾彦林可能是给了陈星婉一笔可观的钱,或者是一栋别墅,也可能什么补偿都没有,反而是来了一场毛骨悚然的威胁,毕竟顾彦林和顾勤都不是会突然良心发现的人。
圣诞节当晚,宿舍楼里的人少了大半,学校附近的小旅馆却挤满了准备登记入住的小情侣。颜笑从图书馆回来,齐思雅正好刚下直播,就拉着她去逛学校后街的夜市。
齐思雅看了眼从她们身边经过的情侣,手里都拿着一个包装精致的苹果,问:"为什么圣诞节要送苹果?"
"资本家的营销。"颜笑说。
"也是,"齐思雅点头,"就像把巧克力跟情人节绑在一块儿,万恶的资本家。"
两个没什么浪漫细胞的人,似乎没法融进这温馨的节日氛围里,夜市有鲜花,有礼物,两人最后却停在了臭豆腐的摊上。等老板炸豆腐的时候,齐思雅跟边上卖苹果的聊起来了,齐思雅一阵动听恭维之后,老板就把这两天的盈利交了个底。
两块钱不到一颗苹果,外面裹个两毛钱的彩色塑料袋,用红色彩带一绑,可以卖十块钱,用六毛钱的纸盒装,再挂个小铃铛,可以卖到十七块。
"啧!"齐思雅往嘴里塞了块臭豆腐,"赚死他了,明年我也来摆。"
夜市的街走到底,往右拐就是"石丽洁"在的那片工作室,齐思雅脑子里还在想着自己错过的那笔暴利,走在她身边的颜笑却突然停下来了。
"怎么了?"
"忘了买一样东西。"
"那我陪你去买。"
"不用,你等我吧。"
颜笑回来得挺快的,外套口袋鼓起来,里面像是塞着什么东西。
"买了什么?"
"苹果。"颜笑说。
"苹果?"齐思雅似乎不相信颜笑也会掉进资本家的营销陷阱,"我刚刚跟那老板聊天,你没听见啊?当这大冤种。"
颜笑没反驳,从口袋里掏出了一个用纸盒装的苹果:"圣诞快乐。"
"快乐快乐。"齐思雅接过苹果,她眼睛尖,瞥到了颜笑另一个口袋也是鼓的,"不过,你还想祝谁圣诞快乐?张瑶的苹果自然有肖军送,你口袋里剩的那个,是给谁的?"

"我不能留给自己吗？"

"可以，"齐思雅用手指挑了挑盒子上的小铃铛，"但我不信。"

颜笑没再解释，自顾自往巷子里走。

"去哪儿啊？"

"随便逛逛。"

"这一片我之前都没怎么来过，"齐思雅的视线被一个有些丑的摆件吸引过去，"我去，这家工作室品味蛮独特的嘛，这么丑的玩意儿摆在门口，辟邪啊？"

"能帮我去旁边买杯奶茶吗？"

"为什么不一起去？你……"齐思雅的话说到一半就停了，因为她透过"石丽洁"的玻璃门，看到了一张熟悉的脸，是上次那个顶着渣男脸说出"男女授受不亲"的大帅哥。

"行吧。"可齐思雅走了几步又折回来，她把手伸进了颜笑鼓起来的那只口袋，似乎想要确认什么，塑料袋的窸窣声让齐思雅扬了下眉，"没看错你！你果然不是重色轻友的人。"

塑料袋装的苹果十块钱，纸盒装的十七块钱，差的这七块钱，齐思雅觉得是颜笑对她们友情的肯定。

齐思雅前脚刚走，一团白花花的东西就慢慢悠悠从里面走出来了，Ugly认出了颜笑，它趴到了地上，有些丑的大脸用力压在玻璃上，脸上的肉变了形。

单扬坐在工位上，在门口只能看到他的侧脸，他戴着头戴式耳机，手边放了好几杯已经喝空的咖啡。他嘴里叼着一颗苹果，一只手点着鼠标，另一只手拿起了桌上的一杯咖啡，准备往嘴里送，等杯子撞上了苹果，他才回过神来。

从那天到现在，他们都没联系过，两人微信聊天界面的最后一条消息是两天前单扬"拍了拍"她。

Ugly想要吸引颜笑的注意力，开始用舌头舔玻璃。里面开着暖气，被Ugly舔过的地方少了些雾气，视野变得清晰了。颜笑蹲下来，透过那一小片玻璃往里面看，不过Ugly似乎能感觉到颜笑不是在看自己，抬起爪子用力砸了下玻璃门。

这动静吓到了准备出来丢垃圾的老何。

"谁在那儿啊？"老何问了一句。

可没等老何走过去，门口的人影就不见了。

"你总瞎晃荡啥呀？"老何拍了拍Ugly的屁股，"到时候被人拐了都不一定。不过也没人会拐你，除了单扬，一般人还真欣赏不来你的美丽。"

老何丢完垃圾，发现门口的人形摆件的头顶上放了一颗用塑料纸包着的苹果。老何看了眼四周，没发现有人，就拿着那颗苹果进屋了。

"圣诞老人来啦。"老何把苹果放到了单扬的桌子上。

"什么?"单扬没听见老何说了什么,他取下耳机,瞥了眼苹果,"我今天已经吃过了。"

"那就留着明天吃。"

"你要买就给每个人都买一颗,别那么小气。"

"别冤枉我,不是我买的,不知道谁放工作室门口的。"

单扬皱眉:"那你还敢拿给我吃?"

"应该没毒,你又不是白雪公主,"老何瞥了眼花里胡哨的塑料包装袋,也有点怀疑了,"那要不扔了?说不定还真是颗毒苹果。"

老何说着准备去抓桌上的苹果,单扬却突然打开了老何的手。

"怎么了?"

单扬捻起了落在红丝带上的一根头发:"有根头发。"

"所以呢?"

"很长。"

"哦,"老何没明白,"所以?"

"黑的。"

老何觉得单扬有些神道:"你是不是赶稿赶傻了?要不去休息室睡会儿,我让阿钟来。"

单扬没回答,老何又悄悄去碰苹果,单扬阻止了:"别碰。"

老何提醒道:"可能真有毒,这年头,变态多得很,说不定用针筒往里面打了尿也有可能。"

"那应该是没有你变态的,"阿钟终于睡醒了,伸了个懒腰,"很少有人能有你这么变态的想法。"

老何白了阿钟一眼:"谢宁和林文凯呢?"

"吵架,"阿钟指了指后门,"两人已经在台阶上坐了半个多小时了。"

"多大的人了,"老何叹气,"没一个让人省心的。"老何拍了拍单扬的肩,又提醒了一遍,"这苹果你别吃啊,要吃我给你买。"

"扬哥买不起啊,"阿钟摇了摇头,觉得好笑,"哄小孩似的。"

谢宁和林文凯已经在台阶上坐了很久,谢宁不说话,但已经打了不下十个喷嚏。

"冷不冷?"林文凯看了眼谢宁,终于忍不住开了口。

"什么时候知道的?"

林文凯偏开头,没回答。谢宁拽过林文凯的领子,吼了句:"什么时候知道的!"

"你来'石丽洁'的第五天,那个人渣来找你,我在休息室睡觉……"

"所以你都听到了，你都知道了，"谢宁干笑了声，"你觉得我可悲可怜，所以才一直让着我。"

"不是的，我让着你是因为，"林文凯叹了口气，声音变小，"我喜欢你啊。"

"你喜欢我什么？"谢宁扯了下发带，"喜欢我干枯开叉的头发？喜欢我脸上用粉底都盖不住的雀斑？还是喜欢我钉在嘴唇上的唇钉？"

从前的谢宁也爱笑，可有一天晚上，她的继父偷偷溜进了她的房间，把她逼到了角落。他说，他真为她的笑容着迷。

"我跟我妈说过，说过两次，但她不信，她竟然能爱那样的浑蛋。"谢宁紧了紧身上的黑色皮衣，"没人救我，所以我开始染头发，打唇钉，化最浓的妆，我没再穿过裙子，也不敢再肆意地笑。他夸我的那句话像是诅咒一样，一直在我耳边响着。"

"谢宁……"林文凯的声音在抖。

"你有病吧。"谢宁瞥了眼在哭的林文凯，"你哭个什么劲？"

"我们明天去商场吧，"林文凯边哭边说，"我给你买条小白裙。"

"有病。"谢宁又骂了句。

"你以后可以做你所有想做的事，我会保护你的。"林文凯说得郑重其事，接着又点开了淘宝，"要不现在就买一条，这种闪闪的好不好？"

"滚蛋！"谢宁打开了林文凯的手机，嘴角却憋着笑，"土鳖。"

排球社的期末考核放在了一月中旬，意料之中，颜笑的自垫成绩不合格。

"放心啊，你可以拿到素质分的。"吴泽锐跟着颜笑来到洗手台。

"可我考核没及格。"

吴泽锐示意颜笑小声些："虽然你考核没及格，但鉴于你之前在联赛上帮单扬组织安排后勤，让我们队能顺利拿到一等奖，我就让你过了。"

"走后门？"

颜笑和吴泽锐都抬头看向说话的人。单扬从洗手间里出来，头上戴了顶灰色的针织帽，羽绒外套搭在肩上，单肩背着包，包的拉链上还挂着一根红丝带，红丝带下面晃着一颗用彩色塑料袋包着的苹果。

"这是新时尚吗？"吴泽锐伸手想去碰单扬挂在包上的苹果。

"嗯。"单扬拍开了吴泽锐的手。

吴泽锐好奇："哪儿买的？"

"圣诞老人给的。"

"神经。"吴泽锐觉得好笑，下意识撞了撞颜笑的胳膊，"你说他傻不傻，我五岁的侄子都知道圣诞袜里的礼物是他爸妈半夜偷偷塞进去的了。"吴泽锐冲着单扬"啧"了声,"你还说什么圣诞老人。"

"你信吗?"单扬无视吴泽锐的嘲笑,转头看向颜笑。

颜笑盯着那颗外皮已经有些发皱的苹果:"我不信。"

单扬眼里的期待没了,他扯了下嘴角,摘下帽子。

"你?"吴泽锐盯着单扬新剪的寸头,半天说不出话,"你那头卷毛呢?"

"剪了。"单扬摸了摸脑袋,"帅吗?"

虽然吴泽锐不想承认,但这家伙好像怎样都帅,这寸头一留,身上的清冷劲倒上来了。

"一般吧,没我帅。"吴泽锐说完却又问了句,"哪家剃的,地址发我一下。"

有人在馆内喊了声吴泽锐,吴泽锐应了声"来了",可走了几步又倒回来:"禁止勾引我们社团的学妹,不要坏了我的名声。"

单扬没应,打开水龙头,捧了把水直接往吴泽锐脸上泼。吴泽锐抹了把脸,对站在一边的颜笑说道:"你也是我们社团的一员,切记,千万不要被他勾引了。"

刚刚被外套挡着,现在单扬一弯腰,后脑勺上的疤就清晰地暴露在了空气中。

"受伤了?"颜笑问。

"老疤。"单扬回,"我抓到你的把柄了。"

颜笑知道他是指吴泽锐破例让她过考核的事:"所以,我需要贿赂你吗?"

单扬抬头盯着颜笑,睫毛上挂着水珠:"给点封口费。"

"要多少?"颜笑问。

单扬笑了声:"不反抗一下?"

"反抗有用吗?"

"没用。"单扬耸了下肩,"你不给的话,我会拿着喇叭到处说的,或者去你宿舍楼下拉个横幅。怕吗?"

颜笑无奈地笑了下:"有点。所以要多少?"

单扬把擦过的纸巾揉成了团:"我不要钱。"

"我不卖身。"颜笑说。

单扬看着颜笑:"你和他那天聊了什么?"

"我说过了,私事。"

单扬这次却似乎想问到底:"告诉我,用这个回答当封口费。"

颜笑沉默了几秒:"你说吧,拿着喇叭,或者拉横幅,随便你。"

单扬拽住了颜笑的胳膊不让她走:"你真的很能气人。"

"我知道,"颜笑盯着单扬映在镜子里的那道疤,"你不是说过吗?我坏透了。"

"但你不知道自己有多坏。"单扬松开了颜笑,把包上的苹果解下来,递

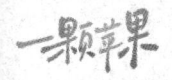

给了她,"还你。"

颜笑却不接:"我不是你的圣诞老人。"

"嗯,你不是圣诞老人,"单扬干笑了一声,抬手把苹果丢进了垃圾桶,"你是胆小鬼。"

单扬抓过洗手台上的背包往外走,没再回头。门被踹开了,有些重的木质门板"咣"地撞到墙上,又弹回来。颜笑听到馆内的人起哄喊了声"扬哥",没几秒,剩余的嘈杂声就被合上的门彻底挡在了外面。

颜笑看了眼镜子里的自己,又低头看了眼脚上的靴子。黑色的靴子,仔细些可以看到鞋头上褪了一块皮,周围一圈是清晰的炭黑状。

那天在实验室,颜笑放在架子上的手机突然亮起来,屏幕上弹出了单扬给她发消息的提示。颜笑来不及摘手套,就点开了单扬的头像,可聊天框里只有单扬撤回一条消息的记录,还有一条"单扬 tickled me(拍了拍我)"的提示语。

微信前几年把"拍一拍"的英文从"nudge"换成了"tickle","tickle"这个词的含义有些暧昧,虽然之前颜笑并不觉得。

第一次,她在做实验的时候分神了,"slap and tickle(打情骂俏)"没来由地闯进了她的脑海。如果当时不是边上的陈淮提醒她,恐怕她手里的浓硫酸可以把她脚上的靴子烧出个洞,或者渗进靴子,让她的脚背鼓起一层大水泡。

单扬说她坦荡,其实不是,她好像也没有多坦荡。

白准用上次在联赛拿的奖金给队员们安排了一次年前的聚餐,吴泽锐脸皮厚,为了帮社员省些经费,直接带着排球社的来蹭饭了。排球队的教练跟学校借了一辆大巴,但就十九座,剩下的人只能自己打车去饭店。

"颜笑!"

颜笑抬头看到了那辆熟悉的黑色SUV,禾苗坐在后排,从车窗里伸出手来跟颜笑打招呼。禾苗的头发长了些,头顶还夹了一个跟她气质不太搭的卡通发夹,她脸上多了些笑,眼神少了从前的犀利,整个人看上去柔和了不少。

"吴泽锐说你们排球社也一起来聚餐。"

"嗯。"

"那上车呗,省得你打车了。"

"不用了。"

"上来吧。"禾苗直接开了车门,把颜笑拉上了车。

后排除了禾苗,还坐了一个男生,好像是上次跟白灵表白的那个。

"张宇宁,"禾苗拍了拍那男生的肩,有些不好意思地笑了下,"她叫颜笑。"

张宇宁笑着对颜笑点了点头:"你好。"

"你好。"

相较于后座轻松的氛围，前排的两人都似乎处于低气压。周行还是一如既往地板着脸，他闭着眼，脑袋抵着车窗，一只手捂着耳朵，像是嫌弃单扬车上吵闹的歌单，或者是不想听张宇宁和禾苗在后排叽叽喳喳、毫无营养的对话。

从挡风玻璃射进来的阳光刺眼，单扬戴着墨镜，从他脸上看不出什么表情，但他抿着的嘴和攥着方向盘的力道，都说明了他现在不怎么好的心情。

"什么鸟歌，"周行像是终于受不了了，抬手连按了好几下，才终于跳过了那些摇滚乐，"狗品位。"

单扬本来也没什么反应，可车上响起了陶喆的《普通朋友》，歌词唱到"我在你心中只是just a friend（只是朋友），不是情人"的时候，颜笑听到从副驾驶传来的惨叫。

单扬松开了周行，用手背抹了抹嘴，周行捂着脖子，但是没能遮住那两排深深的牙印。禾苗和张宇宁也被周行的叫声吓到了，顿了几秒，两人又继续讨论起了明天中午是吃花甲粉丝还是新开的那家麻辣拌。

单扬从副驾驶的储物柜里掏出了一张红票子扔到了周行的怀里，那动作潇洒干脆。

"就一百？"周行嫌弃地捻了捻钱，"都不够我打狂犬疫苗的。"

单扬又开了小柜子："自己数二十张。"

"虽然不知道你发的什么神经，"周行嘴里还骂骂咧咧的，但手上数钱的动作也没停，"要不这边也给你咬一口，你给我四千。"

陶喆还在深情地"No,No,No"，单扬"啪"地关掉了车上的音乐，给周行竖了个中指："滚。"

"想什么呢？"禾苗撑了下颜笑的胳膊。

"没。"颜笑盯着周行脖子上有些惨烈的咬痕，也许单扬真的是个……变态。

聚餐结束，出来已经天黑了，但大家都不尽兴，就去了饭店边上的KTV。

周行平时看着一副看破红尘的冷酷样，但挑的都是悲伤情歌，大概要失恋一万次，才能唱出他那种悲痛欲绝、爱而不得的感觉。

"我们周行，情歌小王子嘛。"吴泽锐喝得有点多，说话的时候一直眯着眼，看起来比平时还要欠揍些。他转头看了眼颜笑，"你要不要也上去唱一首？"

"不了。"

"那吃点，吃点水果。你有点内向，不爱说话。"吴泽锐用叉子戳了个红色的圣女果递给颜笑，"但我知道你这人其实不错，"吴泽锐说着打了个酒嗝，"真的。"

"以后出了社会，避免不了要跟人打交道的，"吴泽锐又用叉子给颜笑戳了个黄色的圣女果,"如果有实力还好,没实力又没资本的人,不适合内向。"

"我,"吴泽锐拍了拍自己,"我专业前三十,但我也不敢骄傲。你这学期来我们排球社,我们也算是有缘分,明年我这社长就退下咯。"

边上的人大概觉得吴泽锐话多,抓过一旁的麦克风塞到吴泽锐手里,起哄道:"锐哥上去来一首吧。"

"行!"吴泽锐脱掉了外套,起身以后,又好像想到了什么,转头问了颜笑一句,"对了,你专业第几啊?"

"也前三十。"

"那不错啊,"吴泽锐又问,"上次第几?"

"第一。"

吴泽锐咽了咽口水:"上上次呢?"

颜笑把两个圣女果都放回了盘子里:"第一。"

吴泽锐在心里暗骂了句脏话,挤出了个笑:"那再接再厉。"

"你原来是排球社的?"

颜笑侧头看了眼,是刚刚给吴泽锐递话筒的那个人。

"不记得我了?"男生取下帽子,理了理刘海,"就是上次在台球俱乐部玩真心话大冒险的那个。我之前也在扬哥的工作室,但准备实习,出来有段时间了。"

颜笑还是没说话,男生也不确定颜笑是不是想起他了。

"上次的事抱歉啊,喝了点酒,有些不太清醒了。"男生冲颜笑伸出了手,"我叫冯凯。"

颜笑没有回握,也没有介绍自己,只是微微点了下头。男生有些尴尬,手顿了一下,插回了口袋:"你在社团是有认识的朋友吗,还是就单纯地想学习一下排球?"

"我头有点疼。"颜笑指了下自己的太阳穴。

"那要不要去买点药?"男生试探地问了句,"我陪你去?"

"不用,就是觉得有些吵。"颜笑往后靠,拉开和男生的距离。疏离的语气很明显,颜笑的"有些吵"大概也是指他,男生还没有没眼力见到这种程度。

"那你休息会儿吧。"

可男生话音刚落,颜笑就感觉到了大腿上的湿意,打翻的玻璃杯还沿着她的小腿滚到了脚踝。

"不好意思!不好意思!"男生道歉,抽了张纸准备帮颜笑擦。

颜笑挡开了男生伸过来的手:"我自己来。"

颜笑抓过包,起身出了包厢,男生准备跟出去,却被白准拦住了。

"我想帮她把衣服弄干。"男生解释道。

白准把男生按回了沙发上,警告道:"我刚刚都看到了,别闹事。"

"你去哪儿?"白灵跟着白准出来了。

"拿毛巾,冯凯把一个女生的衣服弄湿了。"

"我那天跟你说的事,你该给我一个回答了。"

白准停下了脚步:"她是你妈。"

"我知道,"白灵走到白准面前,看着他,"但你就不能自私一次吗?"

"白叔收养了我,他去世以后,是你妈妈把我养大的,我不该抛弃她,"白准偏开头,"你也不该。"

"所以这是你给我的回答?"白灵扯了下嘴角,"我知道了。"

"白灵……"白准喊住白灵,"再等等好不好?说不定她以后就能接受了。"

"不会的,"白灵往前走,"她说过,除非她死了。"

颜笑在洗手间稍微清理了一下裤子被打湿的地方。她没回原来的包厢,挑了个在角落里储物的房间。这个包厢应该已经被废弃了,颜笑按了一排的灯,最后只亮了一盏。通风也坏了,空气里充斥着沙发皮革和灰尘的味道,还混着残留在她裤子上果汁的甜腻味,不过这些也比走廊里刺鼻的香水味和酒味要好闻很多。

吴泽锐在两分钟之前给颜笑发了一条消息,说白准帮她要了两条毛巾,问她现在在哪儿。发完包厢号,颜笑就没再去看手机。

挂在墙上的时钟已经不准了,但还在走,分针每转一下,就会带着时针抖一下,仿佛下一秒这两根黑色的塑料针就会散架掉下来。有人从外面敲了两下门,颜笑听到门被拧开了,她靠在椅背上没回头,余光能瞥见进来的人把毛巾放在了她手边。

"谢谢。"

可那人没走,也没出声。颜笑准备回头时,屋子里唯一那盏灯也被灭了,站在门口的人影压过来,颜笑的后背结实地撞到了沙发上,脑袋却被人护住了。

"你可以喊,可以推开我。"

颜笑盯着单扬一眨一眨的睫毛:"你要做什么?"

"亲你。"

"沙发很脏。"颜笑却说。

"那你忍忍。"

单扬把手臂伸到了颜笑腰底下,低下了头,颜笑却伸手挡住了单扬贴过来的嘴唇。

单扬松开了颜笑的腰,自嘲道:"所以我被拒绝了,又一次,这是第几次了?绑腰上吧,外面冷。"单扬脱掉了外套盖到了颜笑身上,他准备起身,却被颜笑拽住了手腕。

"真心话，还是大冒险？"颜笑问。

虽然屋子很黑，单扬还是看到了藏在颜笑眼底的一种情绪——期待。单扬能感受到自己快要跳出嗓子的心脏，他俯身取下颜笑的眼镜，声音温柔得不行。

"真心话。"

两人离得近，其实看不清彼此的脸，颜笑感觉单扬先是轻轻吻了一下她的嘴角，接着是鼻尖，然后又向下去找她的唇，不过这次的力道重了很多。

"为什么不闭眼？"单扬问。

"你不是也没闭。"

"我是想看着你，你呢？"

颜笑没回答，抬手搓了一下单扬的后颈，又往上摩挲着他后脑勺的疤。单扬也礼尚往来地搓了搓颜笑的脖子，咬了上去。

"也给我钱吗？"

单扬一愣："什么？"

"周行。"颜笑提醒道。

单扬想起了在车上他咬周行的那一口，笑了："嗯，给。"

"你有点重。"颜笑想推开单扬又压下来的身体，屈起的膝盖却不小心顶到了单扬腿间。颜笑能感觉到单扬的身子一僵，他本来就重的呼吸这下变得更混乱了。

"抱歉……"颜笑想去摸被单扬放到茶几上的眼镜，单扬却顺势扣住了她的手。

"再待一会儿。"

"别了，"颜笑对着单扬的耳边轻声说道："到时候又要问我洗发水的牌子，问我鞋码的大小了。"

单扬笑了声，把脑袋埋进了颜笑的颈窝："饶了我吧，别说了。"

"颜笑！"

外面的人喊了一声，敲了两下门，没等两人反应过来，门就被推开了。走廊的灯照进来，吴泽锐看到了躺在沙发上的颜笑和趴在颜笑身上的单扬，颜笑脸上虽然没有笑意，但看上去温柔放松，是吴泽锐平时没见过的样子。

"我我……我刚刚敲门了，但没人应，我就……"吴泽锐的声音越来越小，"所以你们在干吗？酒后乱性？"

颜笑抓过眼镜，拍了拍单扬示意他起来："他绊倒了。"

吴泽锐又不是傻子，但也没拆穿："这里面的确是黑，你半天没回来，所以我来看看你是不是需要什么。"

"谢谢,不需要。"颜笑又拍了下单扬的胳膊,他才终于从颜笑身上起来,翻身坐到了沙发上。

"我先接个电话。"颜笑拿着手机往外走。

单扬盯着颜笑的背影:"我待会儿送你回去。"

"你不走啊?"吴泽锐靠在门边,"他们都在包厢起哄让你唱首歌呢。"

"我又不是卖艺的。"单扬仰头靠在那儿,那样子看起来有些心力交瘁。

"大家不都兴致好嘛,明年好多队员都要退赛了,说不定是最后聚一次咯。"隔壁包厢正好在唱陈奕迅的《十年》,吴泽锐也学着单扬的样子,环着胸往后靠,声音又低又轻,"从此各奔东西。"

"别装深沉。"单扬煞风景道。

"所以之前点名册上颜笑的出勤率是你改的?"吴泽锐问。

单扬闭眼开始装死。

吴泽锐看了眼群里的消息:"走不走?他们在群里喊你。"

"你先走。"

"那你留这儿干吗,黑漆漆,怪恐怖的。"

"冷静一会儿。"单扬叹气。

电话是叶瑾打来的,她说有个叫陈星婉的女生来面馆了,还从包里掏出了好几份孕检报告单,说孩子是顾彦林的。

颜笑挂了电话,回头看见单扬靠在墙上。他没玩手机,也没在发呆,眼睛一眨不眨地盯着她看,应该已经等了有一会儿了。

"送你回去?"

"不麻烦你了,你回去唱歌吧。"

单扬把手里的外套系到了颜笑腰上,给外套转了个圈,遮住了颜笑大腿上还没干的那片水渍。

"是我想要麻烦你。"

"麻烦我什么?"颜笑问。

"麻烦你不要再忽冷忽热了。"

周围是从四面八方涌上来的各种伴奏和跑调的歌声,难听得千奇百怪,颜笑觉得吵,但也觉得热闹。单扬始终应该待在人声鼎沸的地方,孤独和冷漠不适合他。

"回去吧。"颜笑重复了一遍。

"好,"单扬装作听不懂,跟在颜笑后面,"送你回去。"

颜笑看了眼单扬身上不太厚的卫衣,忍不住问了句:"不冷吗?"

"不冷。"单扬说完就打了个喷嚏。

颜笑摇了下头:"算了。"

"什么算了?"

"没,送我回去吧。"

"好。"单扬笑了。

陈星婉看起来憔悴了不少,没有化妆,眼下的黑眼圈很明显,下巴和额头都是新冒出来的痘痘。平时穿的奢侈大牌现在套在她身上,也显得有些违和。

"以为你不会来了。"

"我帮不了你。"颜笑说。

陈星婉却笑了:"我没怀孕,如果我不这么说,你大概不会来见我。不过我也骗了顾彦林,他还真信了。他之前说如果我把孩子打掉,他会给我一笔钱,补偿我。"

"你现在也可以。"

"来不及了,我都跟他撕破脸了,他怎么可能还会给我钱?他说要生就生下来好了,但他不会再为我掏一分钱了。"

"所以你来找我的目的是什么?要钱?"

"我想让你帮帮我,毕竟是你甩的顾彦林,能摆脱他,你大概也不是什么善茬。"

颜笑看了眼在后厨帮忙的叶瑾:"我没有理由帮你。"

"事成给你百分之二十。"

"一半。"颜笑却说。

陈星婉皱眉:"你要得太多了吧。"

"那就别谈了。"

颜笑准备起身,陈星婉立马开了口:"可以!你也爱钱,也贪心,"陈星婉觉得可笑,"都一样,为什么他就为你着迷。"

"因为你爱他,又试图要他的爱。"颜笑侧头望向窗外。面馆对街停着那辆SUV,单扬身上还是只穿着那件单薄的卫衣,车窗降了大半,就算车里开着暖气,从车外钻进去的冷气也够他受得了。

颜笑把绑在她腰上的外套解下来,递给单扬:"怎么开着窗户?"

"怕她突然情绪失控,"单扬冲面馆抬了抬下巴,"这样看得清楚些,能马上跑过去。"

颜笑顿了顿,偏开了脸:"单扬……"

"先上车。"

"我……"

"先上车，"单扬把头探出来，靠近颜笑，"或者我再亲你一遍，在月光底下接吻，倒也挺浪漫的。"

颜笑看着单扬没回答，单扬用手掌包住了颜笑的后颈，把她往自己跟前带。

"你可以推开我，"单扬把外套紧紧裹到颜笑身上，用手臂牢牢托着她的腰，"不推开，那我就亲了。"

接吻应该在暖和的地方，人在动情的时候会起鸡皮疙瘩，冷风一吹，那感觉像是一口气看了一百部充斥着甜腻情话的言情电影，蔓延到脚趾和头皮的酥麻感让颜笑有些站不住了。

陈星婉从面馆里出来，即使裹了好几层衣服，冷风还是狡猾地钻进来了。手机屏幕上是通话界面，备注是"亲爱的彦林"，可电话一直没接通，和这风一样冰冷的机械女声反复说着同一句提示音。

她静静看着在街道对面接吻的两人，单扬那副想要把颜笑揉进骨子里的样子，而颜笑只是耷拉着手臂任由他亲着，甚至连头都不用抬。

果然，先动情的人从一开始就失去了谈判的资格，用力又笨拙的表现，失了水准，可笑又可悲。

陈星婉突然有些释怀了，她挂掉了刚打通的电话，删掉了给顾彦林的备注。

## 第十一章
### 送花的理由有一万个

周行在便利店熬了个通宵班,早上交班的女生还迟到了半个小时。周行出来的时候,单扬的车已经停在路口了,车上没人,周行绕车走了一圈,才看到单扬躺在一旁草坪的长椅上。单扬的手臂枕着脑袋,两条长腿从长椅上垂下来,来回晃着,眼睛闭着,但嘴角带着笑,看起来似乎心情很不错。

"傻乐啥呢?"

单扬没睁眼:"你迟了半个小时。"

"交班的来晚了,"周行一屁股坐到了单扬的肚子上,"她说请我吃顿消夜做补偿。"

单扬往周行的后脑勺上来了一掌:"起开。"

周行没起来:"我没答应,她得赔我半个小时的工钱。"

"是不是穿白色外套,戴着绿色帽子的那个?"

周行回头看了眼单扬:"你怎么知道?"

"她在便利店门口转了好几圈了。"

周行骂了句脏话:"故意的?我要她赔我一小时的。"

"是故意的,"单扬用膝盖猛地顶开了周行,"她想约你吃饭。"

"为什么?我又跟她不熟。"

单扬坐起来拍了拍周行的肩,语重心长:"她想泡你。"

"听你瞎扯。"周行不信。

"爱信不信。"单扬轻笑了声,用手指把架在头顶的墨镜勾到鼻梁上。类似的拙劣方法,他也用过,不过当初颜笑比周行这木头还要难约。

李明英最近的身体状况很不好,他有尿毒症,一个月前半边脸又突然瘫了,查出了轻度脑梗死。单扬和周行到病房的时候,护士正准备推李明英去透析室做血透。

李明英瘦得脸上只剩一层皮了,他的眼眶凹下去,整个人看起来没有一点精神。看到周行和单扬来了,李明英似乎想提起劲来,但也只能勉强撑开了些眼皮,他想说话,可舌头歪着,一张嘴,口水就控制不住往外流。

周行抽了几张纸帮李明英抹掉了挂在下巴上的口水,小心架着李明英的手臂,把他抱到了轮椅上。护士看了眼李明英的体重,转头对周行轻声说了句:"他这几次做完透析,体重几乎都没变。"

说明透析已经不起作用,没法帮李明英把体内多余的水分和毒素排出去了。

周行每次去医院看完李明英之后,都会绷着脸不说话,虽然他平时的脸也臭。

"我不知道怎么安慰你,"单扬打开了副驾的储物柜,"你看着拿。"

周行瞥了眼堆在眼前的人民币,骂了句"有病"。

"你以后什么打算?"

"没什么打算。"

单扬却知道周行在想什么:"是不是不打算去深圳了?"

周行没回答,有些无奈地搓了搓脑袋:"跟你拜了那么多佛,烧了那么多香,还是没用。"

"会好的。"虽然单扬也知道这是骗人的话。

周行沉默了会儿,冷不丁冒出了句:"你报警吗?"

"什么?"

周行指了指柜子里的现金:"如果我全拿走的话。"

最后,周行从柜子里数了六百块,去彩票店买了一本刮刮乐,一共三十张,老板说保底在三百二十块左右,可周行刮了前四张,出现的最大金额都只有二十块钱。

"耐心点嘛,"老板看得出来周行有些不耐烦了,他指了指里屋,"那人连续来两个星期了,刮的还都是散张的,"老板说着压低了声音,"一分钱没中。"

"你也缺钱?"

烨子瞥了眼在他身边坐下的周行,他轻哼了声,像是不太喜欢周行的明知故问,又低头自顾自刮着手里的刮刮乐。周行也不爱热脸贴冷屁股,没再搭理烨子。

"喂。"烨子却突然拍了下周行。

"嗯?"

"他,"烨子指了指靠在店门口吃冰激凌的单扬,问了句,"腿好的,不是残疾。"

周行也看向了单扬,单扬举着冰激凌冲他挥了下手。

"好得很，"周行觉得烨子问得莫名其妙，"跑快一点的话，能飞。"

这几天，教学楼的信号都不太好，颜笑出了电梯，手机里跳出了好几条消息，最顶上那条微信是单扬在五分钟前发来的，还有一条是烨子发来的彩信。

颜笑点开了烨子发的那两条彩信，第一条是一张照片，穿着黑色大衣的男人站在马路边上吃冰激凌。脸的部分有些模糊，大概是拍的时候，那人在晃，但颜笑还认出了照片里的人是单扬，后面还停着那辆熟悉的仰望U8，挂着他的牌号。

烨子：他的腿没瘸。

颜笑又点开了单扬发给她的消息，是一张自拍照，单扬站在这栋教学楼的台阶上拍的，手里也拿了根冰激凌，嘴角还沾着一点白色奶油。

颜笑给烨子回了"我知道"。没过几秒，颜笑的手机又连着振动了几下，难得烨子消息回得这么快。

烨子：他是骗子，之前装瘸想博取你的同情。

烨子：他把你当小白兔了，你要小心。

烨子：披着羊皮的狼。

透过大厅的玻璃门，颜笑看到了烨子说的那只"狼"。单扬站在车前，一只手插进了大衣里，他抬起了另一只手冲颜笑挥了挥。

颜笑删掉了原本打好的字，给烨子重新回了一句话：放心，我没有什么泛滥的同情心，也不是小白兔。

等颜笑收起手机，正好对上单扬带着笑意的眼睛，接着她看到单扬小心地从大衣里掏出了一束五颜六色的花。花束不算大，但在阳光底下，倒把拿花的人衬得更漂亮生动了些。

但或许，单扬可以当那只"大灰狼"。

"抱歉，最近理科楼的信号不太好，所以刚看到你发的消息。"

"没事，"单扬看了眼手表，故意道，"我大概也就等了四十八分钟零……七秒。"

颜笑笑了声，故意道："那是没多久。"

"给你。"单扬把花递到颜笑面前。

"为什么送我花？"颜笑问。

"有一万个理由，你想听哪一个？"

单扬的目光真诚而热烈，呼之欲出的那三个字即使没从他嘴里说出来，也从他的眼睛里逃出来了。可颜笑没去直视单扬那双漂亮魅惑的眼睛："算了。"

单扬收起了些笑意，眨了眨眼："什么算了……"

"你不用告诉我理由。"

单扬抓着花的手耷拉下来，他站在那儿，半天没再开口，那失落的样子，像是被泼了几大盆冷水。

颜笑觉得单扬大概又要说她坏了："花挺漂亮的。"

"嗯。"

"挺漂亮的。"颜笑重复了一遍。

单扬点头，看了眼花："漂亮有什么用，你又不想要。"

"没有不要，"颜笑朝单扬伸出了手，"挺想要的。"

单扬笑了声："漂亮的都要吗？"

"可以要。"颜笑说。

单扬捻起一枝花夹到耳后："我还挺漂亮的，你要不要？"

颜笑没回答，她抬手取下单扬耳后的花，放在鼻尖嗅了嗅："是挺漂亮的。"

单扬知道自己长得不赖，也知道花是漂亮的，但他俩都比不过颜笑。

"可以亲你吗？"这话问出来单扬自己也愣了一下，人来人往的，他却想在这儿耍流氓。

"不给亲也没关系，"单扬说着，却往颜笑跟前靠了靠，"真的没关系。"

单扬的眼睛好像在颜笑的嘴唇上装了GPS，一眨不眨。颜笑瞥了眼单扬滚动着的喉结，微微扬起头对上了单扬的眼睛。单扬自然把这个对视当成了默许，他顾自俯下身，一只手轻轻搭上了颜笑的腰。

颜笑却轻笑了声，扯下一片花瓣压到了单扬的嘴唇上："抱歉，口腔溃疡，亲不了。"

颜笑说完拿开了单扬的手，单扬却又想去捞颜笑的脖子。颜笑头一低，从单扬的手臂里钻了出来。

"真亲不了。"

"上火了？"单扬问。

"没有。"颜笑扶了下眼镜，耳根微红。

"那是吃东西的时候咬破了？"

颜笑摇了下头："我没那么傻。"

单扬的牛劲也实践在了接吻上，没有技巧，只有蛮力。他那好舌头有劲得很，如果颜笑任由他搅着，也许再亲上几次，口腔里就到处都会破皮了。盯着颜笑嘴唇上还没好透的小裂纹，单扬似乎也终于反应过来了自己之前的"莽撞"。

单扬用指腹轻轻搓了一下颜笑的嘴角："抱歉。"

"花还给我吗？"

"给。"单扬低头轻声回了句。

"裕瑾笑"门口还挂着单扬的"征友海报"，这张是叶瑾在清理收银台柜子的时候翻出来的，大概是被放在里面的杂物压了，整张海报都是皱皱巴巴的。

叶瑾贴之前还用熨斗烫过两遍,温度调得太高了,所以照片上,单扬的嘴唇被烫得有些糊了。

颜笑在海报前面站了会儿,叶瑾就推门出来了。

"哪儿来的花呀?"

"朋友送的。"

有些含糊的"朋友",知道颜笑不想细说,叶瑾也没再多问。

颜笑瞥到了摆在收银台上的那一沓刮刮乐:"爸买的吗?"

"烨子买的,"叶瑾看了眼后厨,小声说了句,"一张没中。"

"他还在药店打工?"

"嗯。"叶瑾把收银台上的那一沓刮刮乐收进了抽屉,"晚上还去网吧当网管,他是真的想早点去俄罗斯。"

后厨的油烟味有些大,顾客点了一份重辣的炒面,冲鼻的辣椒味呛得颜笑轻咳了几声。烨子像是早习惯了,他手里重复着同样的翻炒动作,脸上没有任何表情,他把炒完的面盛出来,火也没关,舀了勺清水洗了下锅,又抓了把干辣椒丢进了锅里。

把外面几桌的面都做完,饭点也差不多过了,烨子拽下厨师帽,从外套里掏了包烟就出去了。

颜笑搬了个椅子坐到烨子身边:"最近没怎么看书?"

烨子指了指手里的俄语书。

"除了这个。"

烨子摇了下头,掏出打火机,似乎是想点烟,他瞥了眼颜笑。

"抽吧。"

烨子微眯着眼,深吸了口烟,抬手拍掉了落在书页上的烟灰。

"你出国的钱,我也许可以帮你解决。"

烨子把烟叼到了嘴里,打了个手语:"怎么办?"

"陪一个人一起出国,照顾她的生活起居,其间的生活费她都会承担,等她的事情办成之后,她会再给你一笔不错的报酬。"

"保姆?"

"差不多。"

"为什么是我?"烨子问。

"要听实话吗?"

烨子用手比了个"是"。烟味顺着风灌进了颜笑的鼻子,颜笑皱了皱眉,丢掉了烨子手里的烟,用脚尖碾灭了烟头:"你看着挺像杀人犯的。"

陈星婉唯一的条件就是那人得看着凶神恶煞些,否则在人生地不熟的国外,被人抓去变卖了器官都说不准。

"你可以考虑一下。"

烨子"哦"了声，突然抬手指了指摆在收银台上的那束花，问了句："你的？"

"嗯。"

"那个瘸、子。"

颜笑没否认，往前走了几步，又停下来："不是瘸子，他健步如飞。"

大部分院系的期末考在这几天都已经结束了，学校变得空荡了很多，在宿舍楼底下腻歪的情侣也少了大半，有些要备考，有些大概已经开始异地恋了。

傍晚开始下雨，雨点不大，但断断续续一直没停。吴健延刚刚给颜笑打了个电话，让她再回一趟实验室，停了的雨又开始下，颜笑没带伞，准备折回宿舍拿，可站在雨里接吻的两个人挡住了她的路。男的打着伞，女的靠在他怀里，伞往女的身上倾了很多，男的肩膀和后腰已经湿透了。

"我不回宿舍了好不好？"

女生柔柔的声音让颜笑停住了脚步，是张瑶。

箍在女生腰上的手臂收了收，颜笑瞥到了从手腕滑下来的黑色手链，还有嵌在上面那截粗细不一的白色柱状体。

肖军往后拨了拨张瑶贴在额前的碎发："我今晚还有事。"

"那我不打扰你，就在你边上坐着，不说话。"

肖军轻笑了声："你觉得我会信？"

张瑶踮起脚尖，凑到肖军耳边轻声说了句什么。肖军没应，搭在她腰上的手掌往上搓了搓她的后背。

"好不好嘛。"

"真有事。"肖军声音带着笑意，"回去吧。"

颜笑拉上口罩，低头从两人身边经过。张瑶突然说出口的一句调情的话，让颜笑捏着口罩的手顿了顿。那话也不算下流，但挺露骨。大概是看到了张瑶和平时完全不一样的一面，颜笑心里生了些怪异感，配上这冷冷的雨水，好像她又被拽回了和单扬接吻的那个晚上。

后头压上来个黑影，颜笑感觉周围的雨瞬间消失了。

"你看他们干吗？"

颜笑侧头看到了在笑的单扬，单扬揶揄道："你如果想要，我们也可以。"

张瑶刚刚说的那句话又闯进了颜笑的脑子。颜笑盯着单扬，突然有些好奇，这人如果情欲上了头，嘴里是不是也会蹦出那些露骨的字眼。

"可以怎么样？"颜笑明知故问。

单扬把伞倾到颜笑那头："接吻、拥抱。"

单扬的语气郑重又温柔，眼神里带着迷恋，却又虔诚，颜笑忽然觉得是她的思想有些龌龊了。

"给你带了药片，"单扬说着指了指嘴唇，"还有西瓜霜。"

"其实没有溃疡，"颜笑解释道，"就破了些皮。"

"那可以亲了？"单扬问。

颜笑笑着摇了摇头，吴健延的电话正好打过来了："我接个电话。"

雨声有些大，颜笑调高了些音量，吴健延应该是在车上，颜笑能听到转向灯跳动的声音。

"巧克力在哪里？"那头响起了一个女声，吴健延对颜笑说了声"稍等"，"红色的那个袋子。"

"没有。"

"你再找找，我记得你放里面了。"

"没有，"女人有些不耐烦了，"找不到。"

"那你把袋子给我，"吴健延倒满是耐心，"我来找，好不好？"

看到站在一边的单扬有些无奈地皱了下眉，颜笑才反应过来这女人的声音很耳熟。颜笑用口型问了句："你姐姐？"

"我姐？"单扬笑了，"我妈。"

"我怎么好像听到单扬的声音了。"单芳说。

"你是太想他了吧，"吴健延把找出来的巧克力递到了单芳手里，"想他就多给他打电话。"

"才不想他，"单芳说着却叹了口气，"他前些日子去复查了。"

吴健延语气跟着低了低："结果怎么样？"

"没事，"单芳轻笑了下，"幸好没事。"

"开过两次刀，小扬他……"吴健延还没说完话，单扬就伸手摁掉了电话。颜笑想起了上次在医院撞见单扬，他手里拿着脑部CT片，他还扯谎说那是周行的。

单扬感觉到颜笑的目光，他偏开脸，过了几秒，又回头看向颜笑："我也是胆小鬼。"

颜笑抬手摸了摸单扬后脑勺上的疤："你好，胆小鬼。"

单扬攥住颜笑的手腕搭上了他的肩："别可怜我。"

"不可怜你，虽然算不上聪明，但你挺帅的，你还有193.65厘米的身高，你不可怜。"

"谢谢。"单扬笑了声,"颜笑,你知道的……"单扬说到一半就停了,颜笑看向他,示意单扬继续说。

"我喜欢你。"

颜笑看着单扬被雨水打湿的那半边外套,声音有些轻:"嗯。"

"你呢?"单扬问。

"我?"颜笑眨了下眼,"我得回趟实验室。"

单扬轻轻撞了撞颜笑的胳膊:"能不装傻了吗?"

"真的得先回趟实验室。"颜笑说。

"行。"单扬无奈地笑了下,"我送你去。"

理科楼的灯都暗了,只剩一楼大厅前台还亮着一盏灯,前台后面坐着一个光头,他的脖子上戴着一条金链,整只左手的手背上都是暗青色的文身,手上还把玩着一把红柄的瑞士军刀。

颜笑进来之后,光头的眼睛就没从她身上移开过。单扬抖了抖雨伞上的水珠,瞥了眼那光头,往前走了一步挡在了颜笑身前。

"都没人了,吴教授还叫你来干吗?"

"来拿一份材料。"

颜笑推开了实验室的门,有些熟悉的场景让两人都停住了脚步。

"我堵着门,"单扬靠在门板上,抬了抬下巴,"我不太想再爬一次这堵墙了。"

颜笑下意识地瞥了眼单扬的脚,带着些调侃:"也是,可别再扭伤脚了。"

单扬有些尴尬地咳了声:"好。"

颜笑拉开了讲台的抽屉,从里面拿了吴健延给她留的那份申请表,抽屉刚合上,她就听到从走廊传来的脚步声,窸窸窣窣,大概有四五个人。单扬也回过了头,他看到了刚刚坐在前台的那个光头,身后还跟着几个男人,都是一副混混样。

"我们只找她。"光头指了指颜笑,对单扬说道:"不想给自己找麻烦,就赶紧走。"

"可我是 trouble maker(爱惹是生非的人)。"单扬却说。

颜笑无奈地轻笑了下,她觉得单扬这次大概可以过四级了。

"管你是什么'壳',边儿去!"里面蓄着胡子的胖子想要伸手去推单扬,使了劲却发现没推动。

单扬突然抽身,那胖子失了重心,就往单扬身上栽。单扬冷笑了下,往后退了步,小腿一抬,那胖子的脸就擦过了单扬的脚背。胖子恼羞成怒,嘴里脏话连篇,还没起身,就准备朝单扬挥拳头了。

"嘴真臭。"单扬抬腿往胖子的腮帮上来了一脚,劲很大,胖子往后仰,一屁股摔到了地上。

233

"你找死啊！"光头抬起手里的铁棍指向单扬，"老子成全你！"

"找死"两个字让单扬彻底沉下了脸色，单扬拽过架在桌子上的椅子，"要死你去死，我觉得活着很好。"

"单扬，"颜笑抓住了单扬的手臂，"别惹事。"

单扬搓了搓颜笑的手背："可他们不挨顿揍，就会一直拦着我们，我可不想在这儿过夜。"

单扬说完，感觉颜笑捏了一下他的腰，他侧头看见颜笑手里攥着一瓶银色块状的物体。

"待会儿往后门跑。"颜笑给单扬使了个眼色。

单扬顺着颜笑的视线看过去，默契地把墙边的那一大桶水踢到了他们面前，颜笑迅速把玻璃瓶里的东西全部倒进了水里。她扔掉玻璃瓶，拉着单扬往后门跑，没跑几步，身后就发出了剧烈的"滋啦"声。他们前脚刚出实验室，里头就发出了"砰"的爆炸声，还有很多白烟从实验室里钻出来往外冒。

颜笑跑了一会儿就跑不动了，单扬能感觉到颜笑变得混乱的步伐，他半蹲下来，动作干脆地把颜笑扛到了肩上。单扬开了车门，把颜笑放到了副驾上，收了伞，自己也上了车。

刚刚鼻腔灌进冷风，颜笑还在咳嗽，单扬单手握着方向盘，另一只手轻轻顺着颜笑的背。

"你上次也这样，"单扬眉头皱在一块儿，仿佛现在难受的人是他，"下次我注意点，不会再这样带你跑了。"

单扬把车开到小公园，看了眼靠在椅背上喘气的颜笑："好受些了没？"

颜笑点了下头。

"刚刚那个是炸药？"

"不是，钠而已。"

单扬想起刚刚颜笑往水里丢钠的样子，绝情果断，再配上她那副金丝眼镜和寡淡的表情，倒真有些像绵里藏刀的杀手。让人害怕，也莫名让人着迷。

"以后晚上不要一个人再回实验室了。"

"嗯。"

"再遇到危险就跑。"单扬想了想又道，"算了，你也跑不动，你可以马上给我打电话，或者大声呼救。"

"嗯。"

"那个钠也挺危险的，以后还是少碰吧。"

"好。"

"你……"单扬盯着在放空的颜笑，解开了安全带，身子往她那边倾了倾，

"现在怎么这么乖，我说什么，你都答应。"

"嗯。"颜笑不知道在想什么，有些走神，她伸手抹了一下车窗上起的雾气。

"那你也喜欢一下我，"单扬扣住了颜笑搭在车窗上的手，"好不好？"

雨停了。虽然没有听到单扬刚刚说的话，但转头对上单扬眼底的温柔，颜笑也大概能猜到他最后问的"好不好"指的是什么了。

"我们……"颜笑没说完，她往路边看去，脸色变得有些冷，"等我一下。"

颜笑从自助贩卖机里买了两瓶冰水，几步走到宋羽霏身后，拧开瓶盖就往她头顶上浇。原本在和宋羽霏争吵的陈淮下意识把她护在身后，看到是颜笑后，眼底的愤怒变成了诧异和慌乱。

"你有病吧！"宋羽霏抹掉头顶的水，准备去抢颜笑手里的水。

陈淮拦住了宋羽霏："你冷静点。"

"我冷静？是她泼我水！"

"你找的人。"颜笑语气肯定。

宋羽霏有些心虚地偏头："不是我。"

颜笑冷笑了下："下课的时候，就只有你听到了吴教授叫我来拿申请表的事，别装了。"

"是王兴。我劝过他的，我说事情闹大了对谁都不好。"

颜笑把剩下的水全泼到宋羽霏脸上："那你也是参与者。"

陈淮开了口："颜笑，你有点过分了！"

"你闭嘴。"颜笑警告陈淮，又看向宋羽霏，"别把自己的悲惨归结于别人，即使没有我，这世上也多的是聪明的人，你比不过我，不该怪我。有时间做些见不得人的蠢事，不如多花点时间了解自己的无知。"颜笑把空瓶投进了垃圾桶，"这场雨没把你淋醒，希望这两瓶水能让你清醒些。"

宋羽霏和那几个混混被带去了警局，颜笑做完笔录出来，正好撞上了从警车上下来的王兴。

王兴平时总会把自己收拾得体面干净，可现在看起来十分狼狈。他的外套和裤子上都是泥灰，额头上还有擦伤，大概是来警局前准备逃跑，还被铐上了手铐。看到颜笑的那刻，王兴猩红着眼，梗着脖子准备冲上来，一旁的警察按住他的肩，他才反应过来自己现下的处境，不得已收敛了些脸上的狠意和怒气。

单扬的车还停在路边，打着双闪。他靠在车头，身边还站着一个烫着大波浪、穿着貂皮外套的女人。

女人应该是喝了些酒，脸颊泛红，有些站不稳，她撩了下搭在肩上的长发，又伸手摸了摸单扬车的挡风玻璃，笑着对他说了句什么。单扬点了下头，女人从包里掏出手机递给了单扬，大概是想让单扬加她的联系方式。单扬似乎也没怎么犹豫，用手机扫了女人点出来的二维码。颜笑走过去的时候，女人正好收起了手机。

"那你有空了就随时过来。"女人指了指赶来的代驾，"我先走了。"

"认识的人？"颜笑问。

"不认识。"单扬给颜笑开了车门，"事情怎么样了？"

"有监控，也有人证，他们跑不掉的。"

"那些混混为什么来找你？"单扬能看出颜笑脸上的疲惫和无力，又补了句，"不想说也没事，你眯会儿，我送你回去。"

车开得很稳，停在了宿舍楼底下，颜笑一路闭着眼，但单扬知道她没睡着。

单扬侧头看着颜笑："到了。"

"还有西瓜霜吗？"颜笑问。

"不是说没有溃疡吗？"

"好像有一点，"颜笑指了指嘴，"底下。"

单扬翻出西瓜霜："我帮你？"

颜笑往单扬那边倾了倾身子，单扬的手指拨开了颜笑的下嘴唇，可下一秒，颜笑张着的嘴就又闭上了。盯着被颜笑含在嘴里的指尖，单扬轻咳了声："你得张嘴……"

颜笑应了声"好"，她微张着嘴，脸往单扬手边贴了贴。

"溃疡在哪儿？"单扬问。

"这儿。"

单扬低头的瞬间，颜笑正好往上仰了仰脸，嘴唇撞上了单扬的鼻尖。

"抱歉。"可颜笑语气里没有丝毫的不好意思，她直勾勾的眼神盯得单扬有种自己被调戏了的错觉。

单扬把颜笑的嘴打量了个遍，但还是没找到伤口。

"没有伤口。"

"是吗？那应该，"颜笑眨了下眼，"可以亲了。"

单扬无奈地笑了声，不是他的错觉，他的确是被调戏了。

"其实你有当女流氓的潜质。"

颜笑盯着单扬的唇："过奖了。"

"是你谦虚了。"单扬低头吻住颜笑的嘴角，但收着劲，没像之前那样用力。

对向开来的车突然闪了几下灯，挡风玻璃上变得清晰的手掌印落进颜笑的眼里，是刚刚那个烫着波浪卷的女人留下的。车从边上驶过，单扬能感觉到周围的环境由亮变暗，也感觉到了从嘴唇传来的痛感。

"嘶……"单扬捏住颜笑的下巴，他尝到了血腥味，"牙还挺尖的。"

颜笑推开单扬，擦了擦嘴角，表情变得冷淡："走了。"

单扬拉住了颜笑："为什么突然生气？"

"有吗？"

"没生气的话，为什么咬我？是因为刚刚那些混混吗？"

"可能吧。"颜笑抽回了手，把西瓜霜丢到了单扬怀里，指了指他破皮的嘴唇，"现在你比较需要，你留着用吧。"

"晚安！"单扬降下车窗喊了句。

颜笑没应，但走了几步又回过了头。

"怎么了？"单扬问。

"洗洗车吧，"颜笑指了指挡风玻璃，"有些脏了。"

年前，颜笑跟陈星婉见了一面。比起上次，陈星婉的状态好了不少，她化了淡妆，穿了件素色的毛呢大衣，整个人看上去柔和了很多。

"不知道你想吃什么，所以就想着等你来了再点。"

"不吃了，聊几句我就走了。"颜笑又提醒道，"今天是最后一天。"

"知道，答应要给你的那一半，一定会给你的。不过我挺好奇的，你怎么就这么了解顾彦林，知道他的'七寸'在哪儿。"

"你的'七寸'，"颜笑轻笑了下，像是警告，"我也知道。"

陈星婉愣了一下："你笑的时候，挺瘆人的。"

"他算不上一个好人，却又没法像顾勤那样坏得彻底，别跟他硬碰硬，让他纠结愧疚，你就能得到你想要的。"

"可他挺喜欢你的。"

颜笑抬头看向陈星婉："别告诉我你在可怜他。"

"当然不是。我只是在想，我要是能早点像你这么清醒就好了。"

"现在也不迟。"

"那个单扬好像挺不错的，也是个高富帅。"陈星婉这话说完，就察觉到颜笑沉下来的脸色，她急忙摆了摆手，"放心，我之前是想钓他的，可惜他看不上我，我有自知之明。"

"就觉得你挺幸运的，"陈星婉苦笑了下，"能有人真心对你。"

地铁快到站的时候，颜笑收到了银行发来的短信，陈星婉给她汇了那笔款，接着她的手机又振动了一下。

陈星婉发来了一张照片，照片里的两人在接吻，女人站在车外，男人探出半个身子，手臂紧紧圈着车外的女人。侧脸的角度拍的，两人脸上的表情没有任何遮挡，男人痴迷急切，女人虽然看着淡然，但红透的耳郭也暴露了她的几分动情。

陈星婉：赠品。

平时被屏蔽的各种微信群，现在霸占了微信的页面，里面多了无数条新年祝福的消息。颜笑往下划拉了好久，才看到被挤在底下的"章鱼哥"。他们聊天框的最后一条还停在两天前单扬发的那句"在干吗"。

单扬朋友圈的背影是他自己。他蹲在雪地里，背后是印着"GLASSHYTTA"的小店，他身上只穿着单薄的白T短袖和牛仔裤，手里还拿着一杯加冰的咖啡，表情不屑地指向了缩在墙角的那堆人。颜笑在那群人里认出了周行、阿钟，还有之前在"石丽洁"见到过的一些员工。即使在冰天雪地的挪威，单扬身边也还是热闹的。

单扬之前的朋友圈发得挺频繁的，什么都发，几乎把朋友圈当成了记事本，不是分享，而是单纯的记录。可最近几乎不怎么发了，最新一条是一个星期前的。两张照片，一张是拿着三支香的手，手骨节分明，但原来挂在手腕上的那条黑色皮筋不见了，还有一张是写着"莫向外求"的匾额，定位是法喜寺。

张瑶有段时间和肖军闹分手，就常拉着齐思雅去法喜寺，张瑶说那儿求姻缘很灵。是挺灵的，一个月连去五次，肖军就主动来求和。或许单扬多去几次，也真的可以"征友"成功了。

颜笑给单扬的这条朋友圈点了个赞。

看来是男人，就都耐不住寂寞的，说不定单扬已经和那个大波浪美女见面约会过了，或许下一条朋友圈就是两人的合照。

颜笑眼眸暗了暗，她取消了刚点的赞，打开了设置，直接屏蔽了单扬的朋友圈。

颜笑回去的时候，颜康裕坐在桌子边上包春卷，厨房里有炒菜声，也有说笑声，听着还挺热闹。

"烨子来了。"颜康裕笑着指了指厨房，"严瑞，小严他是新疆的，抢不到回家的票，也过来跟我们一起过年了。"

颜笑能看出颜康裕很高兴："那今年热闹了。"

"是啊。"颜康裕擦了擦手，"之前叫烨子来，他都不肯，今年倒愿意来咯。"

颜康裕话音刚落，烨子就推门出来了，手里端了盘已经处理好的白斩鸡。烨子放下了盘子，从口袋里掏出了包被捏皱的大前门，抬手指了下门口。

"少抽点吧。"颜裕劝了句。

楼道里充斥着不远处的烟花爆竹声，烨子嫌吵，就摘掉了助听器。老小区，楼层不高，对楼挡住了大半的烟花，透过楼道的窗户，只能看到夜空里剩的那零星几点光。

"差不多月底出国。"

烨子瞥了眼站在他身边的颜笑，重新戴上了助听器："什么？"

"她月底就去俄罗斯，你把国内要处理的事都提前处理好。"

烨子点了下头，伸手挥了下吐出来的烟："为什么帮我？"

"想帮就帮了。"

"你不是好人。"烨子大概的意思是想说颜笑做事都有目的，不会平白无故地帮人。可他这不太恰当的措辞，加上冰冷僵硬的语气，倒像是在"狗咬吕洞宾"。

"的确算不上，"颜笑指了指烨子手里的烟，"能尝尝吗？"

烨子有些意外，他知道颜笑并不喜欢烟味，可他还是从烟盒里抽出了一支。

"放嘴巴里，吸气。"

颜笑叼着烟，吸了口气，烨子按下打火机，下一秒烟头就着了，猩红的烟灰往下坠，跟着风飘向了窗外。颜笑学什么都快，吸烟也是，烨子以为颜笑会被呛到，可她像个老手一样熟练地抽上了好几口。

"好吗？"烨子想问这烟抽着怎么样。

"不怎么好。"颜笑直接用指腹把烟头捏灭了。

玻璃窗上映着颜笑的脸，她能清楚地看到自己不怎么好的脸色，比之前在实验室熬了几个大通宵后的脸色，还要不好。

"再帮我个忙。"

"说。"

"用你的手机帮我打个电话，"颜笑把手机递到烨子眼前，"这个。"

"要说什么话？"

"不用，"颜笑用脚尖碾了碾已经扁了的烟头，"什么都不用说。"

电话很快就通了，烨子不出声，那头的人也没开口。就这样僵持了十多秒钟，烨子被烟呛了口，忍不住轻咳了声。

那头人终于说话了："哪位？"

烨子对声音很敏感，他几乎一下子认出了电话那头的人是谁了。

"哪位？"那人又低声重复了句。

颜笑拿过了烨子的手机，把手机伸到了窗外，烟花还在放，比之前的那个还要热烈绚烂些。一场烟花放完，颜笑瞥了眼已经被挂断的通话页面，把手机还给了烨子。

烨子打了个手语："如果想说新年快乐，就告诉他，你不是哑巴。"

"新年快乐。"颜笑说。

李程和刘雯书住在云栖玫瑰园，前几年才搬进去的，虽然单芳和李云林离婚了，但每年她都会带着单扬来拜年。

李程和刘雯书还有个小女儿李楠，是战地记者，但 2008 年在报道俄格战争中丧生了。李云林一年到头在家的日子本来就没多少，过年也得做手术，所以这家里常年都只有李程他们两个老人家。刘雯书一年前在草地的纸箱里捡了一只猫，可惜是一只不黏人的猫，饿了会往人跟前凑，但吃饱了，人碰它一下，它都会炸毛。

知道单扬和单芳要来，刘雯书早早等在门口了，李程坐在院子里看书，时不时会放下书，劝刘雯书坐下来歇会儿。

吴健延把车停在了路口，怕李程他们介意就没跟进去。

"你又去庙里了？"单芳嗅了嗅单扬外套上的香火味，"你这样下去可以去剃度了。"

单扬指了指自己的寸头："不是已经剃了吗？"

"帽子戴上吧。"单芳瞥了眼单扬脑袋上的疤，"不然你奶奶待会儿又得心疼了。"

看到单扬，刘雯书高兴得不行。李程的注意力其实也压根没在书上，眼睛一直往外瞟，刘雯书喊他，他立马放下书出来了。

"新年好，爸，"单芳一下子忘了改口，有些尴尬地轻咳了声，"叔。"

李程鼻梁上搭着老花镜，藏在镜片后面的眼睛带着些笑意："新年好。"

单扬搂住了李程和刘雯书的肩："给你们带了些香榧和茶叶。"

"阿升已经送来很多了。"李程说。

单芳瞥了眼刘雯书："徐升吗？"

李程点头："嗯。"

徐升是李楠的初恋，刘雯书当初觉得徐升一无所有，不同意两人的婚事，所以两人谈了五年，到最后也没结婚。

刘雯书叹了口气，说："是我当年造孽了，他到现在还没成家，小楠不在的这些年，他还年年都来……"

因为吴健延还在车里等着，单扬他们也没留下来吃饭。吴健延刚挂完电话，看到单芳他们回来，就下车给单芳开了车门："我待会儿顺路去接个人。"

单芳也没多问："行。"

车在一栋老小区的单元门口停下了，单芳觉得有些闷，降下车窗想透口气，瞥到了蹲在墙边的两个人。一个是严瑞，手里端着一盘砂糖橘，另一个耳朵上戴着助听器，表情冷淡，正盯着他看，是烨子。

单元楼的铁门被推开，单芳透过车窗看到从里面走出来的人，下意识回头瞄了眼单扬的反应。

"颜笑，"吴健延笑着指了指后排，"坐后面吧。"

单芳降下车窗，冲颜笑挥了挥手："又见面了，你说巧不巧。"

颜笑对单芳点了下头，拉开了后座车门。看到靠窗坐在后排的人，颜笑怔了几秒。单扬似乎没有要往里面挪的打算，颜笑只能重新带上门，绕过车尾，从另一边上了车。

吴健延看了眼后视镜："剪头发啦？"

颜笑贴着车门坐下来："嗯。"

"你们之前见过的，"吴健延转头对单扬说了句，"校友，记得吧？"

单扬"哦"了声，装得还挺像："好像记得。"

"沈鹏，你还有印象吗？"吴健延问单芳。

"嗯，你之前的学生，老家在四川的那个？"

"对，他去年跟他读博的几个同学一起开了家风投公司，这家公司主要投资新能源和储能行业，需要懂行的人，我给他推荐了颜笑，所以今天安排两人见面聊聊。"

"挺厉害哦，懂行人——"后排的单扬突然开了口，语气有些欠。

单芳能听出单扬语气里的捉弄，就像青春期，为了引起喜欢人的注意，故意找碴的幼稚鬼。

"懂行人也算不上，略知一二而已。"颜笑说完转头看向单扬，"单同学的嘴怎么了？"颜笑的语气听起来，像是真不知道单扬嘴唇上的伤口是哪儿来的，"上火了吗？"

单芳瞥了眼后视镜里的两人，她难得见单扬红了耳朵，而坐在他身边的颜笑，眼睛就没从单扬的嘴唇上移开过。

"上火啦？"单芳凑了个热闹，单扬嘴上结痂的破口她昨天就注意到了，"看着不像，倒像是被咬了。"

吴健延也插了句嘴："听说自己咬到舌头、嘴唇，是想吃肉了。"

"还有这说法，"单芳转身问了单扬一句，"想吃肉了啊？"

单扬低头划拉着手机，膝盖轻轻碰了下颜笑的大腿："可能吧。"

"我陪颜笑进去，你们等我一下。"吴健延把车停在了酒店门口。

两人刚下车，吴健延就接到了一个电话，他让颜笑等他一会儿，可他拿着手机不知不觉就自顾自走远了。

一个小孩玩着滑板，斜坡没控制住，撞上了站在台阶下面的颜笑，颜笑捧在手里的资料袋被撞掉了，里面的东西从口子里撒了出来。小孩只瞥了眼散了一地的纸张，就自顾自抓着滑板跑了。可没一会儿，那小孩又回来了，颜笑扫了眼那小孩离地的脚，抬头看到了拎着小孩后领口的单扬。

241

"道歉。"单扬语气不太好。

小孩艰难侧过头,对单扬说了句:"对不起。"

"跟她。"单扬把小孩放到地上。

小孩也不想惹事,立马照做,还鞠了个躬:"对不起,姐姐!"

颜笑看了眼沾上了脚印的资料,也没法违心地说出"没关系":"下次记得看路。"

单扬看着颜笑齐肩的头发,忍不住问了句:"为什么剪头发?"

"那你为什么剪?"颜笑问单扬。

"想换个心情。"

"我也是。"颜笑说。

"心情不好?"

颜笑接过单扬递过来的纸页:"还行。"

"那为什么要换个心情?"

"没为什么。"

单扬捡起了颜笑的身份证复印件。身份证上的照片应该拍了有几年了,那时候的颜笑比这会儿青涩不少,扎着马尾,穿着衬衫,没戴眼镜,笑得很深,在右半边脸上挤出了一个浅浅的酒窝。

"你该多笑笑。"单扬冷不丁地来了句。

"你也是,你刚刚不笑的样子,还挺吓人的。"

"可现在我笑不出来。"

"为什么?"

单扬盯着颜笑,扯了下嘴角,觉得她的明知故问真是气人:"你猜。"

"不猜了,"颜笑收好资料袋,"我没那么聪明。"

单扬却抓着颜笑手里的资料袋不放:"咬完人之后就不理人了?为什么不回我消息?"

"忙起来,可能就忘了。"

单扬指了指自己的嘴,有些不要脸地来了句:"可我挺难忘的。"

吴健延挂了电话,走过来:"聊什么呢?什么很难忘?"

"没,"单扬把手里的资料塞到了吴健延怀里,"车里闷,下来透透气。"

单芳他们还在车里等着,吴健延跟着颜笑进去,和沈鹏寒暄了几句就出来了。吴健延走了之后,颜笑给沈鹏看了她准备的资料,两人也没注意时间,最后聊了一个多小时才结束。

颜笑下了电梯,在大厅看到了坐在沙发上的单扬。单扬拿了本外语杂志,两条腿岔开,手肘搭在大腿上,眼睛一眨不眨地盯着杂志,看起来挺认真的。

"好看吗?"

单扬被突然出声的颜笑吓了一跳:"什么?"

颜笑抬了抬下巴:"杂志。"

"不好看。"单扬伸了伸腰,把杂志放回到一旁的架子上,"没看懂,就插图有趣些,不过图太小了,看着累眼睛。"

"等人?"颜笑又问。

单扬指了指颜笑:"等你,禾苗待会儿的生日会,她请了我,她说她也请了你,所以我们挺顺路的。"

两人过去之前,去了趟商场,颜笑给禾苗挑了一双阿迪 Crazy Flight 系列的排球鞋。单扬不知道送什么,就直接让禾苗给他发了几个淘宝链接,帮她清空了购物车。

禾苗把生日派对定在了上次的那个网红火锅店,来的大半的人都是排球队的,只有几个面生的。

包厢里很暖和,禾苗只穿了一件黑色的抹胸及膝短裙,她又留回了"公主切",发尾挑染了亮蓝色。张宇宁拿着一件女士羽绒服跟在禾苗身边,相较于包厢里的其他人,张宇宁看起来并不是很开心。禾苗用胳膊肘撑了撑他的腰,他挤在一块儿的眉头才暂时松了松。

"生日快乐。"颜笑把礼物递给了禾苗。

禾苗笑着"哇"了一声:"颜笑你怎么知道我想要这双排球鞋的!"

"你提过一嘴。"

禾苗冲颜笑眨了眨眼:"谢咯!"

单扬把下单的截图递到禾苗面前:"你发我的,都买了。"

"让我们扬哥破费了,待会儿别客气,多吃点。"

等单扬被吴泽锐拽走,禾苗搂住了颜笑的脖子,八卦道:"你俩一起来的?"

"顺路。"

"你们又不住一起,这大过年的,你们也能顺路?"

颜笑没继续回答,她瞥到了禾苗手臂上密密麻麻的红点:"手怎么了?"

禾苗一顿,把手收到了背后,表情不太自然:"还能怎么了,打球打得呗。"

"少喝点吧。"张宇宁想拿走禾苗手里的杯子。

禾苗佯装生气地瞪了张宇宁一眼:"能别扫兴吗?"

"医生说了……"

"闭嘴!"禾苗沉下了脸色。

张宇宁叹了口气:"随你。"

大概因为生日,禾苗的心情看起来很不错,跟谁都能聊上好几句,还一个劲给别人灌酒，就连平时她看不上的那几个男队员，她都跟他们喝上了一两杯。颜笑也被禾苗灌了不少酒，她的酒量不算差，但也禁不住禾苗一杯接一杯地灌。

单扬和周行在包厢外面聊了挺久李明英的近况，聊完推门进来，单扬看到颜笑一个人靠坐在隔间的小沙发上。

颜笑脱了外套，里面穿着一件黑色的羊绒紧身打底衫，她的后脑勺抵着沙发背，头发垂在空气里，跟着从头顶吹下来的暖气轻轻晃着。灯光也是橘红色的，所以单扬看不出颜笑染红的脸颊，但从她有些迷离的眼神里，单扬还是看出了几分醉意。

"渴不渴？"

看清了来人，颜笑取下了眼镜，往单扬那边偏了偏头："什么？"

单扬蹲下来："要不要喝水？"

颜笑摇了下头，但单扬还是往她手里塞了一杯温水。颜笑盯着水杯看了会儿，最后直起身喝了几口。

单扬接过水杯放到了一旁的茶几上，颜笑往后靠，半躺到了沙发上。羊绒衫挺薄的，颜笑脖子往后仰，胸口的那层布料就毫不费劲地勒出两个高峰，还透出了两条内衣带的轮廓。单扬有些迟钝地偏开了头，他抓过颜笑刚用过的水杯，一口气把里面的水都喝光了。

"你渴了。"颜笑闭着眼，嘴巴动了动。

单扬脱掉外套盖到了颜笑身上："有点。"

快十点了，包厢还是很热闹，大家都没有散场的打算。单扬打了车，带颜笑提前走了。

开车的司机看着很年轻，像是寒假出来做兼职的大学生，等单扬他们坐下之后，还贴心地问了车里的温度是否合适。也许是看出颜笑脸上的倦意，司机把车上原本的嗨歌换成了一首慢歌，陈绮贞的《太聪明》。

歌词真挚细腻，不是近些年流行的口水歌，像是嘴硬的女孩在坦白她忽冷忽热的拧巴。单扬认真听了几句，侧头望向坐在他身边的颜笑。颜笑似乎察觉到了单扬的注视，她没睁眼，呼吸却变慢了。

前面突然插上来的车，让司机猛打了一下方向盘，因为惯性，颜笑撞进了单扬的怀里。

"抱歉啊。"司机不好意思地往后座看了眼。

单扬低头看着靠在他胸口的人："没事。"

"抱歉。"颜笑也说了声，却迟迟没从单扬怀里起来。

单扬的下巴试探性地抵上了颜笑的肩膀，他用鼻尖轻轻蹭了一下颜笑的后颈："嗯。"

颜笑从车窗倒映的影子里瞥到单扬在手机上改了目的地，前几个字没看清，但颜笑看到了最后两个字是"酒店"。

大概还是最近的酒店，车就继续开了一会儿，颜笑被单扬拉下了车。颜笑倒也没反抗，喝了酒，身子也软，就任由单扬把她带进了电梯，接着又连拉带抱地被搂进了房间。

房卡也没插，门一关，屋子里没有一点光亮。两人几步滚到了床上，单扬带着寒气的外套蹭着颜笑露在外面的那截腰，颜笑忍不住打了个寒战。

颜笑看不清单扬在黑暗里做什么，耳边布料的窸窣声倒能让她判断出单扬脱到哪一件衣服了。颜笑听到衣物被丢到地毯上，接着她身上的羊绒衫一口气被推到了锁骨，颜笑也伸手去抓单扬身上的毛衣，可突然响起来的手机铃声让两人都停住了动作。

"你的。"颜笑提醒道。

单扬下床抓过外套口袋里的手机，单手拽掉了身上的毛衣："喂。"

屋子很安静，单扬拿着手机压过来，颜笑能听到电话那头的女声，声音甜美，语调上扬，是上次向单扬要了联系方式的那个大波浪女人。

"明天不行，后天下午吧。"

单扬的心思压根也没法放在电话上了，那头的女人说了好久，他也只愣愣地回了个"嗯"。单扬低头吻了吻颜笑的唇，手绕到背后想去解胸衣的扣子，可折腾了一会儿还是没解掉。

颜笑感觉得到单扬手上在蓄力，他似乎准备用蛮力，硬生生把胸衣给拽掉。颜笑的手攀上了单扬的后背，一直往下，轻轻在他腰窝上打着圈。

"再说。"单扬深吸了口气，直接按掉电话，把手机丢到了地上。

单扬想亲颜笑，颜笑却偏开了脸："征友成功了？"

"你如果愿意的话，我就成功了。"

"你去了法喜寺，又给了别人联系方式，你是真的想谈恋爱了。"

"你偷看我朋友圈啊？"单扬笑了声，又似乎想到了什么，"你吃醋了。"

"吃不了酸的。"颜笑回道。

"但你就是吃醋了，"单扬盯着颜笑，"诚实点，颜笑。那女的是汽车美容店的老板，她的店新开业，想用我的车拍个短视频引流，她说我的太阳膜不好，有空了可以去她店里重新贴一遍。"

"哦。"颜笑沉默了会儿，语气有些硬地扯开了话题，"你偷了我的发圈。"

单扬大方地承认："捡到的。"

"那为什么又不戴了？"

"我先问你的，"单扬也步步紧逼，"是不是吃醋了？"

颜笑没回答，却勾住单扬的脖子，有些用力地咬了上去。

"这是你的回答。"单扬笑着搓了搓脖子上的牙印，"上次骑车脱外套，差点丢了，所以没舍得戴，就锁抽屉里了。这个答案，满意吗？"

颜笑轻笑了下，她微微弓起身子，带着单扬的手往后，够到了胸衣的扣子："以后别硬扯，像这样捏住，再往里面一挤。"

"你什么都教吗……"单扬咬住颜笑的下巴，"颜老师。"

亲吻和抚摸的滋味原来也是极好的，颜笑攥着单扬的手腕，又勾着他的脖子把他往上带。单扬带着湿意的指腹往下滑，在颜笑平坦的腹部打圈，两人接了好久的吻，可单扬始终没有下一步的动作。

"应该把灯打开，"单扬翻身躺到颜笑身边，揉着颜笑在抖的手指，"想看看你现在的样子。"

"不要吗？"颜笑抠了下单扬的手心。

"我说过的，我很保守，和我上了床，那以后就得跟我结婚。"

颜笑把堆在胸口的羊绒衫往下拉，轻笑了下："是吗？"

"嗯。"

夜也深了，两人吊着的神经也慢慢松下来，单扬侧头看了眼边上已经睡着的人，拉过被子罩住了他和颜笑。

"晚安，'太聪明'的姑娘。"

这晚单扬做了好几个挺"奔放"的梦，再醒来时，梦里的另一个主人公已经走了。单扬拍开了墙上的灯，他昨晚脱的衣服还凌乱地堆在地上，他上身光着，只有肚子上盖了个被子角，应该是颜笑走之前随手搭上去的。

单扬甩开了被子，有些烦躁地踢掉了放在脚边的枕头，他觉得自己像是"一夜情谜"后被抛下的可怜鬼。他准备下床，手背却擦到了床单上的一个凸起物，是一个黑色皮圈。

手机里也多了条消息，颜笑发的：十块钱一大盒，不用舍不得。

情人节那天，颜康裕带着叶瑾出去看电影了，前几天听严瑞说他和他女朋友吃的那个套餐很好，颜康裕还特地让颜笑在手机上帮忙订了那家餐厅的同款情侣套餐。叶瑾嘴上说着瞎折腾，但走之前换了好几套衣服，在镜子前照了又照，颜康裕跟在后面夸了无数次好看，叶瑾才出的门。

烨子刚给面馆送完一车面粉和盐，坐在单元楼门口抽烟。

大门口的灯前几天坏了，物业师傅大概修得心急，给装成了声控，白天要是动静大一些，这灯也会一直亮。烨子手边放着俄语音频，嘴里也不停跟着念，声控灯在烨子弹舌的时候总会亮。

扔在窗户上的小石子让颜笑回过了神。

"楼上那位漂亮的姑娘,要不要跟我约个会?"

单扬穿着军绿色的棉服夹克,里面搭了件姜黄色的皮衣,水洗牛仔裤,亮黄色的帆布鞋,头上戴了顶浅灰色的针织帽,还戴了副黑框眼镜。

烨子一下子没认出来单扬,但也觉得眼前的人挺帅,就多看了几眼。等看到颜笑下来,烨子才反应过来单扬就是那个之前装瘸的"绿茶"大灰狼。

"刚刚已经去边上的电影院取了票,"单扬冲颜笑挥了挥手里的电影票,察觉到烨子盯着他的眼神,又对烨子说了句,"你要想看,我也帮你买一张?不过不能跟我们连座。"

烨子愣了会儿,有些不自在地偏开头,嘴里又开始念着书上的俄语。

"你也近视?"颜笑问。

"不近视,"单扬摸了摸架在鼻梁上的眼镜,"没度数的,戴着会显得比较睿智。"

颜笑觉得有趣:"谁说的?"

"没谁说的,就想跟你一样,"单扬帮颜笑开了车门,压了压声音,"我是跟屁虫。"

单扬选了一部悬疑片,电影院比较老了,平时来看的人就不多,情人节看悬疑片的人就更少了。他们的位置在最后一排,整个影厅挺空荡的,除了单扬和颜笑,只有两对情侣。其中一对没看到一半就走了,另外一对不是来看电影的,是来亲嘴的,电影开场到现在,他们的嘴巴就没分开过。

颜笑能察觉到单扬落在她脸上的目光:"你害怕?"

"有点。"单扬靠到了颜笑肩上,颜笑用爆米花桶挡住了单扬准备凑过来的脸,"吃吗?"

单扬推开了纸筒:"不吃。"

"吃点吧。"颜笑勾了勾唇,往单扬嘴里塞了一小把爆米花,"好吃吗?"

单扬知道颜笑是故意的,嘴里塞着爆米花,声音含糊:"不好吃。"

"片子选着挺好的。"颜笑夸了句。

单扬是听林文凯说这个片子恐怖,本来想让颜笑跟他借肩膀的,可惜颜笑看得面不改色。

"他们在干吗?"单扬故意问了句。那对情侣的动静挺大,不看也知道他们在做什么。

"接吻。"颜笑说。

"在电影院可以接吻吗?"单扬又问。

"你想接吻?"

单扬眼里有期待。

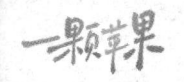

"那你去问问他们,你能不能加入。"

单扬被气笑了,抓了把爆米花丢进嘴里:"我有洁癖,吃不了别人的口水。"

回忆了一下单扬跟她接吻时的"豪放"表现,颜笑客观评价了句:"还真看不出来。"

看完电影,两人在商场吃了顿火锅,颜笑去了趟洗手间,出来的时候没找到单扬。

手机振动了一下,是单扬刚发来的消息:从二号门出来吧。

夜色降临,商场也变得热闹起来,因为是情人节,今天卖花、卖气球的商贩特别多。单扬站在一棵大树底下,一只手里抓着一个粉红色的爱心气球,另一只手背在身后,看到颜笑,他笑着晃了晃气球的绳子。

颜笑其实早就看到单扬藏在背后的花了,故意问了句:"藏在后面的那个也是气球?"

单扬自然也知道自己没藏好这花:"给。"

颜笑看了眼怀里的粉色玫瑰,又冲单扬手里的气球抬了抬下巴:"气球也很漂亮。"

单扬把细绳绕到颜笑手腕上,仔细打了个蝴蝶结:"也是给你的。"

单扬说完这句就静静盯着颜笑,半天又不说话了。见单扬迟迟不开口,颜笑提醒了句:"不说点什么?"

"能给我几秒,"单扬无奈笑了声,"让我做个心理建设吗?玫瑰、气球,你会不会觉得我老套无趣?"

"是有些老套,"颜笑低头闻了下怀里的花束,"但我不讨厌。"

单扬知道颜笑的"不讨厌"就是喜欢:"颜笑。"

"嗯?"

"那个……"单扬清了清嗓子,"我表个白。"

这么正经的预告,着实也让颜笑觉得有些不自在了。颜笑捏住了单扬的嘴,声音变小:"不用了。"

表白的话,其实单扬已经说过很多遍了。

单扬从口袋里掏出了耳机给颜笑戴上:"告白、牵手、拥抱、接吻,我们没按顺序,所以这个表白,我得补给你。"

音量调得不高,是首英文歌。

Used to hold my secrets in when we first began.(初次相遇,我将秘密埋藏于心底。)

Pouring out my heart just wasn't part of the plan……(泄露

心事不在计划中……)
............
Rest assured.（请你安心落意。）

单扬做事总是透着股神经兮兮的劲儿，这人表白还要像电影一样配上一首BGM。

"文采有限，太肉麻也怕你反胃，我想说的，这个歌词里都有。"单扬抱住了颜笑，用下巴点了点她的头顶，"请你安心落意，我是正经人，所以只跟你谈正经的恋爱。"他说完有些不好意思地靠到了颜笑的肩上，又小声补了句，"我，超级喜欢你的，颜笑。"

颜笑摸着单扬脑袋上的疤："知道。"

"所以，"单扬拍了拍飘在空中的爱心气球，"我们现在是什么关系？"

"你觉得呢？"

"能牵手，"单扬牵住了颜笑的手，又亲了亲颜笑的脸颊，"能亲吻，能互诉衷肠，我们是恋人了。"

颜笑帮单扬扶了扶他的镜框，笑了下："嗯。"

从商场到颜笑小区家，也就十分钟的车程，可单扬开着车在附近的小路里绕来绕去，开了半小时才终于把车开到了单元门口。

"今天的电影挺有趣的，花和气球也很漂亮。"

单扬似乎想说什么，但只是点了下头："你喜欢就好。"

"那我先上去了，你开车小心点。"

颜笑解开了安全带，可下一秒，单扬又扣回去了。

"还早，再这样待一会儿呗。"

"不早了，"颜笑看了眼时间，"十点多了。"

单扬搓了搓颜笑的手："你着急回去啊？"

"还好。"

单扬也没再说话，玩了一会儿颜笑的手指，接着又张开手掌和颜笑比了比大小。

"你的手好小。"

单扬这话说完，和颜笑一对视，两人都笑出了声。

"你笑什么？"单扬挠了挠颜笑的手心。

"脚也小，手也小，"颜笑问，"除了胆子，是不是所有东西都小？"

单扬没回答。他视线往下，固定在了颜笑的胸口，脑子里开始充斥着那天两人在酒店床上的画面。

249

看着单扬红透的耳朵,颜笑意识到自己问错话了:"你早点回去吧。"
再待下去,难受的也是他。

颜笑转身准备去开车门,却被单扬一把捏住了后颈。单扬的力道不大,但颜笑也挣不开。不知道是谁先亲了谁,两人戴着的眼镜好几次撞到了一块儿,觉得碍事,单扬扔掉了自己的眼镜,又小心摘下了颜笑的。

车窗开着细缝,他们偶尔能听到路人从车边经过的说话声。

"我看楼上灯灭着的,笑笑不在家啊?"

"可能出去了吧。"叶瑾顺便埋怨了颜康裕一句,"我们就不该让笑笑一个人待在家里,前几年情人节都有人陪她过,今年分手了,我怕她心里不好受。"

"小林,"颜康裕说完又立马改了口,"顾彦林,本来还以为他能和笑笑好好的,谁能想到他是这种人啊。"颜康裕说着瞥了眼边上的 SUV,"这车看着挺眼熟的。"

"好啦。"叶瑾拍了下颜康裕,"别看车了,赶紧回去了,明天还要早起去面馆准备呢。"

颜笑能感觉到单扬搭在她腰上的手在使劲,他嘴上的动作也从亲变成了咬。

"会不好受吗?"单扬在颜笑耳边问了句,颜笑没回答,单扬就一下一下咬着颜笑的耳朵,"从前都是怎么过的情人节?也看电影?牵手、拥抱、接吻?"

其实单扬知道自己是明知故问,恋人在一起,不就是会去做这世上最亲密的事情吗?单扬问完又伸手捂住了颜笑的嘴:"算了,不用回答,我不想知道。"

"那你呢?"颜笑拿开了单扬的手,"你跟你的前任做过什么?"

单扬回忆了一下:"牵过手,简单拥抱过。"

"没接过吻?"颜笑问。

"我说过了,我有洁癖。"

颜笑伸手擦了擦单扬还泛着些水光的嘴:"我也说过了,我不信。"

单扬笑了:"是不信我有洁癖,还是不信我没亲过别人?"

"都不信。"颜笑抓过眼镜戴上,又翻下了副驾的镜子,"车上有口罩吗?"

"嗯,怎么了?"

颜笑转过头,单扬才注意到她嘴唇那圈的皮肤被蹭得泛红,嘴唇连着下巴都有些红肿。单扬笑着说了声"抱歉",拆了个口罩,帮颜笑戴上了,他又接着问刚刚的问题:"为什么不信?"

"'我亦无他,唯手熟尔'。"

颜笑用《卖油翁》的话回他。单扬知道颜笑不是在夸他吻技好,而是在调侃他是个熟能生巧的老手。

"没吃过猪肉,还没见过猪跑啊?"单扬隔着口罩搓着颜笑的嘴唇,"我跟它是一回生，二回熟。"

"那你还挺不认生的。我上去了，你开回去的时候，别再绕小路了，小路光线不好。"

"知道了，到了给你发消息。"

颜笑推门下了车，走了几步又绕过车头，敲了敲驾驶座的车窗。

"嗯？"

颜笑隔着口罩指了下嘴："要不要跟它再说声晚安？"

单扬觉得颜笑才是"老手"，他笑着指了指自己的嘴："怕它俩生疏啊？"

"'说'不'说'？"

单扬探出身子，摘掉了颜笑的口罩："'说'。"

## 第十二章
### 胆小的我们，绝配

　　陈星婉偷拍的那张照片，在单扬吻上来的那刻，又闯进了颜笑的脑海。

　　颜笑睁开了眼，同样的场景，单扬还是搂她很紧，吻得投入，但她知道单扬要维持这个姿势并不舒服，他要俯下身，低着头，费腰，也费脖子。

　　"累吗？"颜笑偏开脸，轻声问。

　　单扬笑着勾回颜笑的脖子："接个吻累什么？"

　　颜笑回去的时候，颜康裕已经睡下了，叶瑾穿着睡衣，手里按着计算器，在算面馆的账。

　　看到颜笑进门，叶瑾起身接过了她手里的包："怎么戴着口罩？感冒了？"

　　"没有，外面风有些大，戴着挡挡冷风。"

　　"哦。今天是……"叶瑾欲言又止，"跟朋友出去玩了吗？"

　　"嗯，看了电影。"

　　"好。"叶瑾笑了笑，"就该多出去，别老把自己闷在实验室。"叶瑾从桌上拿了两束花，"你爸给我们买的，笑笑你喜欢哪一束？"

　　看到叶瑾拿来的花，颜笑才想起自己把单扬送的气球和玫瑰都落在他车里了。

　　"要不红玫瑰吧，"叶瑾把花塞到颜笑手里，"希望我们笑笑早日遇到跟这花一样火红的爱情。"

　　颜笑洗漱完出来，发现叶瑾托着下巴在打瞌睡。她让叶瑾回房休息，自己套了件外套，帮叶瑾接着算还没弄完的账本。账本弄好已经挺晚了，颜笑准备设个闹钟就睡了，但发现手机里多了好几条消息，都是单扬发的。

　　前面连发的三条都是"在干吗呢"。

单扬：花和气球忘在车上了，但别把我今天的告白也忘了。
单扬：我最近会住宿舍，忙完早点睡。
还有最后一条。
单扬：刚刚为什么突然那么主动？
颜笑知道单扬指的是她刚才突然捂着他的脑袋，回吻他的事。
没收到颜笑的消息，单扬也一直没睡，他冲了个澡，打算把工作室下周接到的稿子先画掉一些。快到零点的时候，宿舍门忽然开了，脚步声停在了单扬的身后。
"好久不见。"
单扬点着鼠标的手一顿。
顾彦林瞥了眼单扬放在墙角的玫瑰和气球："差点忘了今天是情人节了，花挺好看的，不过她没收吗？"
单扬没回答，顾彦林又自顾自说道："也是，颜笑其实不喜欢玫瑰花，之前送过几次，她虽然没说，但我看得出来。之后我换着花送，我观察她收花时的表情，她最喜欢洋桔梗，白色的。
"去年的情人节，我就送了她一束白色洋桔梗，我们去坐了摩天轮，学着其他的情侣，在最高点接吻，但传说都是骗人的，谁跟谁能永远在一起呢？"
顾彦林说着从衣柜里搬出了一箱东西："这些东西都是她送我的，现在都不知道该怎么处理了，扔了舍不得，留着又一直想。她送过你什么东西吗？还是，你们还没在一起……"
不嫉妒是不可能的。
单扬丢掉了鼠标，戴上耳机，把音量调到了最高。虽然听不到顾彦林的声音了，但顾彦林刚刚讲的话还是不停在单扬的脑子里横冲直撞，把他的脑子撞成了一团糨糊。
耳边的摇滚乐吵得单扬想吐，门被重新甩上之后，单扬取下耳机，砸到了地上。门外的顾彦林没走远，听到这动静，嘴角终于勾出了一抹笑。
他的确就是故意来这一趟，故意说了那些话的。他忘不掉颜笑，满街的花和情侣，让他压在心里的想念和不甘心越发不可遏制。可他开车去颜笑的小区，看到了颜笑在和车里的单扬接吻。
颜笑从来没那样吻过他，即使偶尔主动，也从来都是点到为止。这是第一次，顾彦林在颜笑脸上看到了不加掩饰的动情和渴望。他抛不下自己的尊严，没法苦苦哀求挽留，但他也没法看着颜笑就这样对别的男人动心。
屋内的单扬盯着那些堆满大纸箱的礼物，领带、鞋子、外套、袖扣、发蜡、情侣马克杯……大部分礼物都很贴合顾彦林的气质，但中间也躺着几个透露少女心事的粉嫩挂件和娃娃。

单扬打开了顾彦林的衣柜，把那箱子里的东西一股脑儿丢了进去，最后抬脚踹上了衣柜门。那一脚踢得狠，门板上被砸出了个半圆的凹坑。

第二天，单扬是被老何的电话吵醒的。凌晨才睡下，这会儿单扬头疼得厉害，其实也不都是熬夜熬的，还有一半是被顾彦林气的。

单扬跳下床，被散在地上的东西硌到了脚底，是从椅子底下跑出来的脚垫。地上不仅躺着一把断了腿的椅子，还有一扇被砸烂的衣柜门。昨晚单扬踹了一脚觉得不解气，在床上翻来覆去睡不着，干脆把顾彦林的衣柜门给卸下来了。

洗了把脸，单扬套上外套去了宿管中心，给衣柜和椅子报修。单扬扫了宿管阿姨递给他的付款码，转完账，微信突然跳出了一条消息：醒了吗？

颜笑发的。

单扬：嗯，醒了。

颜笑：禾苗说晚上还要聚餐，你去吗？

颜笑看到单扬那头"对方正在输入"了一会儿，没过几秒就接到了单扬打过来的语音电话。

"早。"单扬的情绪听起来不是特别好。

"没睡好吗？"颜笑问。

"嗯，熬夜赶了稿。"

"我吵醒你了？"

"没有，醒了有一会儿了，晚上我去接你吧。"

"我今天会去实验室。"

"好，我待会儿去趟工作室，你差不多结束了就告诉我。"

"你心情不好？"颜笑还是问出来了。

"没有，就是没睡好吧。"

颜笑没再追问："那我先挂了。"

"嗯。"

"和女朋友吵架啦？"站在一旁嗑瓜子的宿管阿姨给单扬递了把瓜子，"昨天情人节，我看你拿着束花回来，半夜三更，你们宿舍又'吭吭'地响，这椅子和衣柜不是自己坏的，是你昨晚砸的吧。"

单扬也没否认："没吵架，她不是会跟我吵架的人。"

"哟，这大帅哥也会为情所困啊！"宿管吐了吐嘴里的瓜子壳，"我懂，我跟我家那老伴也一样，有时候你想跟他闹，但就像拳头砸在棉花上一样，人家压根不在乎。看开点，我是年纪大了，随便跟他过，你这么风华正茂，她要是不在乎你，你就找别人去呗。"

"找不了别人，"单扬无奈地笑了声，"我就喜欢她。"

颜笑在实验室待到了天黑，时间差不多了，就给单扬发了一条消息。

"学姐，那台子上的硫酸铜晶体玫瑰是你做的吗？"

颜笑没抬头："嗯。"

"我也想给我女朋友做几朵，就是不会折玫瑰花，你能教教我吗？"

颜笑指了指一旁的小篮子："里面还剩几朵，是我拿来练手的，折得不怎么好，你要是觉得可以，就拿去用吧。"

男生翻了翻篮子："我能多拿几朵吗？"

"都拿走吧。"

"谢了，学姐！"男生好奇地问了句，"你是做给法律系的那个顾学长的吧？之前他来实验室接你，我见过几次，你和顾学长就是檀郎谢女！"

"这词用不到我和他身上。"颜笑说。

男生觉得颜笑谦虚了："才貌双全的情侣，怎么就用不到你们身上呢？"

"我和他早就分手了，"颜笑用镊子把蓝玫瑰放进了透明盒子里，"这花也不是做给他的。"

"哦。"男生觉得抱歉，"不好意思啊，那学姐你也别难过，虽然顾彦林他是长得帅，条件也不错，但你也优秀，肯定会找到更合适的人。"

男生说完这话，抬头就看到了站在门口的单扬。

单扬脸色算不上好，顶着寸头，今天穿了一身黑，脖子上还戴了一条银链子，说得好听些是痞帅，说不好听，就像是来实验室砸场子的，浑身写着"我不是好鸟"。

作为实验室里的唯一男士，那个男生咽了咽口水，还是鼓起勇气，硬着头皮开了口："你找哪位啊？"

单扬抬手指了指颜笑："笑笑。"

"笑笑？"男生还没听谁这么叫过颜笑，"颜笑学姐吗？"

听到有人喊自己的名字，颜笑回过了头。看到单扬的那刻，她冷淡的脸上才有了笑："再等我一下，马上就好。"

"好，不急。"单扬靠在门边，看那个男生拿着滴管把蓝色液体滴到了纸做的玫瑰花上，"这蓝色的是什么？"

"硫酸铜。"

"你们实验也做花？"单扬好奇地问了句。

"不是，"男生脸一红，"我做给我女朋友的，颜笑学姐刚刚也做了，这些花还是学姐剩下来的。"

"她也做了？"单扬自言自语了句。

颜笑和单扬上了车，单扬从后排拿出了两束花。

"你昨天已经送过我花了。"

"昨天的那束你忘了拿，这是今天的，"单扬把花递到颜笑面前，"你选一束，剩下的那束你带回去给阿姨。"

一束是粉玫瑰，还有一束是白色的洋桔梗。

单扬观察着颜笑脸上的表情，他发现颜笑的视线落在了洋桔梗上。看来顾彦林说得没错，比起玫瑰，颜笑更喜欢洋桔梗。单扬把洋桔梗塞到了颜笑怀里："那玫瑰留给阿姨吧。"

颜笑盯着怀里的洋桔梗，突然问道："你昨晚在宿舍睡的？"

"嗯，但没怎么睡好。"

"室友吵到你了？"

"没有，"单扬顿了顿，他并不想在颜笑面前提顾彦林，"昨天宿舍没人。"

"禾苗为什么最近一直在组织聚餐？"

"什么？"单扬没听清。

颜笑自然察觉到了单扬的不对劲，他上车之后就一直在走神。

"没什么。"颜笑提醒了句，"绿灯了。"

这次来聚餐的人不多，都是排球队里和禾苗关系比较好的。单扬在店门口接个电话，就让颜笑自己先上去了，单扬的电话打得有些久，禾苗起哄说单扬迟到了，开了两瓶啤酒就往他手里塞。

"今天没有可乐、泡腾片，也不砸屁股，但你迟到了，还是得罚，先干了这两瓶。"

单扬倒也痛快点头了，两瓶啤酒没一会儿就见了底。

"你也得喝，"禾苗推了一瓶到周行手边，"你刚刚也迟到了一分钟。"

"哦。"周行接过啤酒。

"白灵也迟到了。"底下有人喊了声。

"女生就算了吧。"禾苗帮白灵说了句。

"不用。"白灵自己开了瓶酒，仰头往嘴里灌，可没喝几口，手里的啤酒就被白准抢过去了。

吴泽锐知道白灵酒量不好："你这个哥哥替她喝也行。"

"我自己来。"白灵却不领这个情。

包厢里没有连着的两个座位了，禾苗拉着颜笑坐到她边上，单扬往颜笑这儿看了眼，想跟她身边的人换个位置，却被吴泽锐拽到了他和周行中间。

"别站着了，你俩好兄弟连着坐吧，赶紧开吃，我饿得慌。"

"心情不好？"周行问。

"没有，挺好的。"

周行往单扬杯子里倒满了酒："别装，你心情好的时候是什么样子，我又不是不知道。"

禾苗给颜笑递了一副碗筷，颜笑瞥到了她手臂上成片的青紫："你手上的瘀青还没好吗？"

颜笑这么一问，禾苗立刻拉下袖子遮住了手臂："一直打球，就一直有瘀青呗，可能天冷，热了就会好些了。"

"别喝了。"边上的张宇宁抢过了禾苗的酒杯。

"怪烦的。"禾苗跟颜笑抱怨了一句，"你以后要是找男朋友千万别找这么会念叨的。哦，忘了，你不是有男朋友吗，顾彦林。"

颜笑下意识看了眼单扬，两人的位置隔得不远，禾苗说话声音也大，单扬自然是听见了。他脸上没什么表情，只是接过吴泽锐递过来的酒，仰头干掉了。

"分手了。"颜笑说。

"分手了？"禾苗自动压低了声量，"你提的？"

颜笑不想再讨论这话题，她从包里拿出了在实验室做的玫瑰："这个送你。"

"好漂亮啊！还是我最喜欢的蓝色。"禾苗捧着透明盒子站起来，向大家炫耀着，"快看快看！颜笑给我做的蓝色玫瑰！"

吴泽锐"啧"了几声："偏心咯，颜笑，我还是你的前社长呢，怎么没有我的份啊？"

颜笑又从包里拿出了几盒，分给了在场的女生，解释了句："材料有限，只给女生做了。"

"哎，"吴泽锐靠到了单扬肩头，捏着嗓子，"人家也是女生，人家也想要——"

"有病吧，别恶心人。"禾苗抓过纸巾想去砸吴泽锐，却砸到了单扬的脸上，禾苗能感到单扬的低气压，"抱歉啊，没扔准……"

单扬推开了吴泽锐的脑袋："没事。"

单扬其实是有期待的，实验室的那个男生说颜笑也做了玫瑰，他本来还以为是给他的。可是这么多蓝玫瑰，没有一朵是给他的。

周行顺着单扬的视线看过去，发现他正盯着斜对面女生手里的蓝玫瑰。

"你也想要？"周行撞了下单扬的胳膊，揶揄道。

"我又不是女生。"

单扬的语气难得别扭，周行憋着笑，摇了下头。他低声对另一边的男生说了几句话，那男生又低头发了条消息，没一会儿，一个女生就把手里的蓝玫瑰往单扬这边递过来了。

"拿着吧，"周行提醒单扬，"你待会儿给张于维女朋友转两百块钱就行了。"

单扬看了眼颜笑，颜笑也正好对上了他的眼睛，可颜笑的视线只淡淡停留了两秒，就偏开头听禾苗讲话了。

"不要。"单扬没接玫瑰。

"狗样，"周行骂了句，"装吧。"

美食广场的后面是个挺大的公园，一群人聚完餐，沿着公园外围散步。不知道是谁突然一时兴起说要玩捉迷藏，剩下的人也不嫌幼稚，还真的开始讨论起了规则。

吴泽锐提议道："来点刺激的，我拉个群，大家都把位置共享打开。"

"那还是捉迷藏啊？"

"离近了就跑呗，"禾苗也同意，"不然天这么黑，玩到天亮都不一定找到。"

黑白配选出抓的人，第一轮颜笑赢了。颜笑看了眼手机，地图上到处都分散着箭头，她每往前走几步，箭头就会快速往其他方向移动开。这游戏其实不是靠运气的，靠的是肺活量，可惜颜笑跑不动。照着地图上箭头聚集的方向，颜笑绕着石子路走了几圈，就在长椅上坐下来了。

颜笑退出位置共享，回了几条消息，再点进去的时候，发现有个箭头在慢慢向她靠近，箭头上是那个熟悉的"章鱼哥"。颜笑能听到身后的那片草坪传来了脚步声，踩得落叶"沙沙"作响。如果不知道她靠近的人是谁，说实话，有些恐怖，可看着地图上离她越来越近的"章鱼哥"，颜笑忍不住轻笑了声。

"你是不是搞错规则了？"颜笑盯着映在地上的黑影，"我才是捉的人，所以你应该往反方向跑。"

"跑不动了，"单扬坐到了颜笑身边，"我认输了。"

单扬靠到了颜笑肩头，颜笑能感受到单扬微微发烫的呼吸，她碰了碰单扬的额头："怎么这么烫？"

"酒喝多了就这样。"单扬脱掉了外套盖到了颜笑腿上。

"我不冷。"

"嗯。"单扬握了握颜笑有些凉的手，"你不冷，是我热。"

"还不高兴吗？"颜笑突然问了句。

"有点。"单扬也不否认了。

"那我在群里跟他们说一下，我们先回去吧。"

"为什么不继续问？"单扬却说。

"我看得出来你不想说，每个人都有秘密和隐私，你也不需要把身边发生的每件事都告诉我。"

"可我想让你把身边发生的每件事都告诉我。"单扬叹了口气，"颜笑，你的一切，我都想知道。"

颜笑沉默了一会儿，用下巴蹭着单扬的额头："但我也有秘密，也有不想让你知道的一面。"

这话说完，颜笑的手机就响了，是一个陌生号码打来的。颜笑按了接听，那头没有出声。

"哪位？"颜笑问。

"是我。"

听到电话那头的声音，颜笑看到靠在她肩头的单扬瞬间睁开了眼。

"你先别挂！"顾彦林喝了酒，呼吸声很重，"笑笑，我特别想你，你再给我一次机会好不好？我真的放不下你，我这次真的……"

没等顾彦林说完，颜笑就干脆地按掉了电话。周围很静，单扬沉默了一会儿才开口："送我回家吧，头好痛。"

单扬叫了代驾。一路上，单扬都牵着颜笑的手，可一句话都没说。颜笑不清楚单扬的酒量，但看单扬沉默的状态，觉得他应该是喝醉了。

颜笑扶着单扬出了电梯，抓着他的手去解锁，但试了好几次都没能成功："哪根手指？"

单扬也不回答，就静静盯着颜笑看，他的脸因为酒精的作用透着红，眼睛却亮亮的，蒙着一层水雾。

"不要这么可怜巴巴地看着我，"颜笑搓了搓单扬的眼皮，把他当小孩哄了，"把门打开，好不好？"

单扬抬手按了指纹，门在下一秒就开了，颜笑还来不及反应，就被单扬拽进了屋里。两人都被摆在玄关的拖鞋绊了几脚，颜笑不知道踩到了什么软乎乎的东西，接着就听到了一声有些惨烈的"喵"叫。

"抱歉。"

"没事。"单扬托着颜笑的大腿，把她抱了起来，又抬脚把 Ugly 推到了一边，"它皮厚。"

"你真的醉了吗？"颜笑看着单扬变得清明的眼睛。

"醉了。"

"但你现在走路很稳。"

"抱着你，自然得走得稳。"

灯没开，颜笑看不清单扬脸上的表情，但就单扬吻她的力道，颜笑也能感受出单扬心里憋着气。

"疼。"

其实不疼，颜笑只是有些透不过气，不过她要是不喊疼，单扬大概不会松开她。

单扬松开了牙齿,伸手搓了搓颜笑的嘴唇:"对不起……"

"所以,"颜笑吻了下单扬的手指,"为什么心情不好?"

"比起玫瑰,你更喜欢洋桔梗,是吗?"

"你生气是因为我更喜欢洋桔梗?"

单扬吐了口气,却没回答这个问题:"我其实很期待的,我以为蓝玫瑰是做给我的,但你做了那么多,一朵都不给我。"

"还有呢?"颜笑轻笑了声。

"笑我啊?"单扬自己也跟着笑了声,他自然明白自己的幼稚,"还有很多,讲不完了。"

"那你慢慢讲,我慢慢听。"

"昨晚给你发了好几个'在干吗',你一个都没回我。"

"继续。"颜笑说。

"我昨天刚跟你表完白,我们这算是热恋期的第一天吧?可你好像特别平静,没有兴奋,也好像没有很心动。"

颜笑握住单扬的手:"还有没有让你不高兴的?"

"有。"单扬沉默了几秒,"为什么还留着他的联系方式?"

颜笑下床,打开了房间的灯,从包里掏出了一个透明盒子,放到了单扬手里:"本来就是要给你做的,但做一朵,还剩很多材料,挺浪费的,就把多的硫酸铜都用掉了。其他的玫瑰都是拿来练手的,你的这朵,是最漂亮的。"

单扬隔着盒子盯着里面的蓝玫瑰:"我的这朵最漂亮?"

"嗯,最漂亮的给你。"

单扬拿着盒子转着圈看,像是小孩终于得到心心念念的玩具。

"我没留着他的联系方式,微信、号码都拉黑了,他打来的是新号码。昨晚在帮我妈算账本,弄完已经很晚了,不想吵到你,所以才等到早上再给你发消息的。还有什么想让我解释的?"

单扬小心地把盒子放到了一边,突然坦白道:"我其实没有醉得那么厉害。"

"知道。"颜笑说。

"我就是想让你留下来,哄哄我。"

"那哄好了吧?"颜笑抓起外套,作势准备走了。

"没。"单扬把颜笑的外套丢回到沙发上,"我脾气坏得很,你还得再哄一会儿。"

"怎么哄?"颜笑歪着脑袋看着单扬,"甜言蜜语,我真不太会。"

"我教你。"

"可能教不会。"颜笑故意道,"我的嘴和我的身体差不多,柔韧性差,僵硬得很。"

想到之前教颜笑热身,颜笑"偷工减料"的模样,单扬忍不住笑了下。

"没事,我有的是耐心。"单扬说着摊开了颜笑的掌心,"让我来看看你最近的财运如何。"

"如何?"

单扬瞎说道:"看您的掌纹走向,必定是大富大贵之人。"

"是吗?"颜笑把脸往单扬跟前凑了凑,"那未来的事业线怎么样?"

"事业线?"单扬往颜笑的胸口瞥了眼,"很清晰,前程似锦,马到成功。"

颜笑遮住了单扬炙热滚烫的眼睛,忍不住小声骂了句"狗屁"。

"还会骂人呢?"单扬笑了。

"嗯,"颜笑想拿开单扬的手,"也会打人。"

单扬却不松手:"我再看看你的桃花运,你啊,一定得好好珍惜你眼前的这段桃花。"

颜笑配合道:"怎么说?"

"是万里挑一的良缘。"

"谁说的?"

单扬指了指自己:"我说的。今晚可以留下来吗?"单扬说着把脸埋进了颜笑的颈窝里,"感觉这酒还挺烈的,我现在觉得浑身都酸痛得厉害,头也疼。"

啤酒哪里会烈,颜笑觉得好笑:"不是说没有醉得那么厉害吗?"

"一阵一阵的,现在觉得有点厉害了。"

一米九多的大高个,以前装瘸,现在装醉,也真是难为单扬了。

两人从床上滚到地上,衣服脱得精光,准备进入正题的时候,单扬才反应过来家里没有"工具"。单扬只好压下那团火,重新套上衣服,帮颜笑拉上了被子。

"叫外卖太慢了,我去一趟便利店。"

像是怕颜笑会跑,单扬把颜笑脱在床上的衣服都锁进了柜子里,还拿走了钥匙。

单扬对这些牌子并没有什么研究,他也没用过,他在收银台前面站了一会儿,最后干脆把架子上不同味道、不同牌子的都拿了一盒。收银员是个四十岁左右的中年男人,脸上带着挺热情的假笑:"先生要不要再买几瓶润滑油,我们今天满三百减四十哦。"

单扬点了下头,随手抓了几瓶:"麻烦快点。"

电梯不太好等,单扬没了耐心,最后爬楼梯上去了。他按指纹开了锁,拎着那一大袋子准备进去,却瞥到了整齐摆在地毯边上的一双男士皮鞋,不是他的,但很眼熟。客厅里有说笑声,说的是老何,笑的也是老何。

拜单扬所赐，颜笑此刻身上穿着单扬的毛衣，外面套着单扬的外套。单扬的毛衣虽然给她穿着长，但也只勉强遮到了膝盖上方。相较于老何的热情，颜笑坐在沙发上没怎么开口，脸上只带着礼貌的淡笑。

"回来啦！"老何冲单扬挤了下眉毛，"颜笑说你出去买东西了，买了什么呀，这么一大袋啊？"

"没什么。"单扬给袋子打了个结放到了 Ugly 的笼子边，又脱下身上的外套盖到了颜笑腿上，"怎么这么晚过来？"

"哦，我……"老何看了眼一旁的颜笑，欲言又止，"也没什么，就……"

"有事直说，她不是外人。"

"知道知道！"老何也不傻，单扬上次带着颜笑去了工作室，这次又往家里带了，怎么可能是外人。"就是工作室的事，出了点小意外……"

"我先上楼吧。"颜笑说。

"不用，"单扬拉住了颜笑，"老何你继续说。"

老何抓了抓脑袋，看起来挺苦恼的，单扬这会儿才注意到老何头顶那块已经被他挠红了。老何不抽烟，也不喝酒，遇到事了就会挠头皮，看来是件麻烦事。

"别抓了，"单扬坐到了老何身边，"说事。"

"有家小公司起诉了我们工作室，理由还挺奇葩的。我们刚办'石丽洁'那年不是做过一个小网站嘛，后来没用了，那个网站里一条链接下面的小视频跟这家小公司稍微扯上了点关系，"老何说着被气笑了，"见了鬼了，都不知道他们是怎么弄到这版权的。"

单扬清楚这种恶意诉讼不过是赔点小钱："你是在担心和 RV 合作的事？"

"是啊。"老何眉头皱在一块儿，"RV 现在发展势头很好，要是真能顺利跟他们签了合作，我以后也不用点头哈腰地去给工作室接单子了。"

"可 RV 市场经理早就明确跟我说过了，他要选的合作方规模可以不大，但一定得清清白白，没有缠上过任何版权诉讼。他说他们以前就被广告公司坑过，被他的竞争公司狠狠搞了一顿。"

"一朝被蛇咬，十年怕井绳哦。"老何捶了捶坐僵的腰，准备起来，"我找了一个挺好的律所，先跟他们律师聊聊吧，看看该怎么处理最好。"

"嗯。"单扬拍了下老何的肩，"以后有事也别自己一个人瞎琢磨，得告诉我。"

"知道了。"老何笑着看了眼颜笑，"也不早了，那我先回去了，不打扰你们了。走啦，Ugly！"老何想过去抱抱 Ugly，却发现它在咬单扬刚买回来的那袋东西。

单扬也来不及拦，一个又一个长长方方的小纸盒子就从破口的袋子里倾出来了，还滚出了一瓶润滑液，正好停在了老何的脚边。

"哇哦——"老何都不知道该把眼睛往哪儿放了，"你们那什么，虽然年轻，但还是应该,适度,适度哈。不用送了,我先走了。"老何把桃子味的润滑液放到了茶几上,头也不敢回,抓上公文包就出去了。

颜笑安慰地拍了拍单扬的脑袋:"你名声不保了。"

"名声又不值钱。"单扬不在意。

"那什么值钱?"

单扬搂住了颜笑的腰:"春宵一刻值千金。"

可最后单扬还是没能享受到这值钱的春宵,叶瑾来了一通电话,说颜康裕闪了腰,现在在医院。颜笑和单扬赶到的时候,颜康裕在放射科拍CT,叶瑾看起来有些手足无措,她坐在过道的长椅上,身上只穿了件单薄的睡衣,看到颜笑的那刻,像是抓到了救命稻草。

"爸怎么了?"

"就不小心,使了劲,就……"

这个时间点,能在哪儿使劲,看着叶瑾能掐出血的耳朵,颜笑自然就明白了。

"应该就是肌肉扭伤了,妈您也别着急,先等结果出来吧。"

"就怕有个万一,你爸不久前不是刚做过脊椎手术嘛。"

"手术做了也有段时间了,爸恢复得也挺好的,会没事的。"颜笑拉叶瑾坐下,准备把身上的外套脱给叶瑾。

"穿我的吧,阿姨。"单扬把自己的外套递给了叶瑾。

叶瑾这会儿才注意到单扬,顾彦林叫习惯了,叶瑾又一时想不起单扬的名:"小,小林……"

"单扬。"颜笑看了眼单扬,提醒道。

"哦,对对对,单同学!你的'征友海报'之前还贴在面馆门口呢。"

单扬知道叶瑾刚才喊的那声"小林"是顾彦林,这么熟稔的称呼,说明顾彦林和他们之前一定经常往来,可现在叶瑾连他的名字都还没记住。

"阿姨可以叫我小单或者小扬。"

"好的。小单你和笑笑,"叶瑾看了看颜笑,"你们一起来的?是从学校……"

叶瑾的话还没说完,颜康裕就被推出来了。片子拍出来没什么大问题,医生只开了些药,可颜康裕还是没法坐起来,腰也弯不了,最后医生开了些药水,在急诊室给颜康裕弄了个床位。急诊室最多只能留一个家属守夜,叶瑾不肯走,但颜笑知道她一个人没法照顾颜康裕,颜康裕打了点滴,半夜肯定要起夜上厕所。

"你先回去吧。"

"你打算在这硬板凳上过夜?"单扬问。

"我爸要是想翻身或者起来,我妈一个人扶不动的。"

"去车上吧,我陪你,这个过道太冷了,你睡这儿,我不放心。"

单扬像是预判了颜笑的回答,在她开口之前把她的话堵了回去:"别再跟我说'不用''不需要'之类的话,之前是因为没有立场,但现在我们在谈恋爱,你的事就是我的事。如果你不跟我上车,那我就陪你在这儿坐到天亮。"

颜笑笑了下,拉住了单扬伸过来的手:"谢谢。"

"客气了,女朋友。"

这一夜,颜笑在车上没睡好,单扬更没睡好。颜康裕大概疼得有些迷糊了,中间起来上过三次厕所,嘴里也一直念着难受,想翻身,反复折腾了几次都是单扬去的。单扬最后一次去,天正好蒙蒙亮,颜笑在单扬开车门的时候就醒了。

"醒了?"单扬把刚买的早餐递给颜笑,"那正好,趁热吃了吧,叔叔阿姨的,我刚刚已经送过去了。"

过了一夜,颜笑能看到单扬下巴冒出来的胡茬:"你也长胡子?"

"当然。"单扬笑了声,"纯爷们,怎么可能不长胡子。"

"之前没见过。"

"因为我们没有一起过夜,"单扬帮颜笑插好了牛奶的吸管,"以后有的是机会,想看胡子,还是想看其他,都有机会。"

熬了一夜,单扬有些脱水,下颌角变得更明显,再加上胡茬,锋利中带了些颓废。

"牛奶会不会太甜?"

颜笑没回答。

"干吗盯着我看?"单扬咬了口包子,玩笑道,"现在才发现我长得帅啊?"

颜笑点了点头:"嗯。"

"'嗯'什么?牛奶太甜了?还是我太帅?"

"牛奶太甜了。"颜笑说。

"我不信,"单扬抢过颜笑手里的牛奶,吸了口,"不甜啊。"

"是吗?"颜笑用指腹擦了擦单扬嘴角沾上的牛奶,"不过是没你甜。"

单扬嘴里咀嚼的动作停了:"你干吗?"

"没干吗,"颜笑收回了手,还顺便拿回了单扬手里的牛奶,"帮你擦一下嘴。"

"你调戏我?"单扬说。

"没有。"颜笑不承认。她吸了口牛奶,又咬了口单扬买回来的卷饼。

盯着颜笑沾着牛奶的下嘴唇,单扬莫名有些燥热,他"啪"的一声按下了车窗,可吹进来的冷风也没能让他冷静多少。单扬清了清嗓子:"味道怎么样?"

单扬这么不自在的样子,颜笑之前又不是没见过,她自然知道单扬是怎么了。

"你热啊?"

"不热。"单扬把脑袋往车窗外探了探,欣赏起了街景,"就觉得日出前的城市挺美的,空气也好。"

"你也好。"颜笑轻声说道。

单扬没听清,转头看向颜笑:"什么好?"

颜笑也开了她那头的车窗,耳朵红:"空气好。"

颜康裕打了一夜的吊瓶,能下地走了,但走不了多久,几乎走几步就要停下来歇一会儿。老小区又没电梯,就算被两个人扶着,颜康裕走一节台阶也要花上挺长的时间。

单扬能看出颜康裕为了不把力压在他和颜笑身上,自己在拼命使劲,可使不上力,脸倒憋得通红:"我背您吧。"

"不用不用!"颜康裕连连摆手,昨晚疼得不清醒,让单扬跑了那么多趟,现在还要他背自己,颜康裕可不想再麻烦单扬了。

"小单,你是不是累了?昨晚还折腾了你那么多次。"叶瑾说着,想走过来换单扬。

"还是我背您吧,"单扬看了眼脸色有些泛白的颜笑,即使颜康裕已经尽量不给颜笑加力了,但扶着一个成年男人,终究也还是费体力的,"这样我们走得慢,笑笑扶久了也累。"

单扬弯下腰,小心地把颜康裕放到了背上,步子很稳地往前走了。等单扬稍微走远了些,叶瑾低声问了句:"你和小单?"

"在交往。"颜笑也没打算瞒着。

"看出来了。"叶瑾笑了声,"挺好的,小单人长得帅,力气也大。"

叶瑾看了眼走在前面的单扬,又打趣道:"以后你也不用再帮他贴征友海报了。"

叶瑾中午买了很多菜,单扬帮忙打下手,最后却没留下来吃饭。

颜笑送单扬下了楼:"刚刚有你接了个电话,是很着急的事吗?"

"老何约了律师吃饭,之前就定好的。他最近压力也大,我不想让他一个人处理这事。"

"会顺利解决的,你也别太担心。"颜笑伸手帮单扬理了理发皱的外套,"应该是刚刚背我爸的时候被压皱的,待会儿去换一件吧。"

颜笑说完听到单扬轻笑了声:"怎么了?"

单扬也不说理由:"就开心。"

"行吧,"颜笑也跟着笑了声,"那祝你天天开心。"

单扬按着老何给的地址去了餐厅,他一进去就看到了坐在窗户边上的老何,老何对面还坐着两个人,都穿着西装,应该就是老何约的律师。

"这儿！"老何冲单扬招了招手。

坐在对面的一个男律师也跟着回了头，看着四十岁上下，戴着眼镜，典型的精英白领的打扮。男律师对单扬点了点头，他边上的人也微微起身准备跟单扬握手，可看清来人的脸，那人伸出去的手顿在了那儿，脸上的笑也僵住了。

"跟单先生认识？"男律师看出了顾彦林的反常。

"大学室友。"顾彦林立马恢复了嘴角的笑，"挺巧的。"

"大学室友啊？"老何笑了，"那合作起来就更方便了！愣在那儿干吗呢？阿扬，快坐下来吧。"

"老何应该跟你们说过大致的情况了。"

"嗯。"顾彦林把那家公司的资料推到了单扬手边，"这个公司一年前才成立的，但就这短短一年的时间，涉诉七百多件，很明显，他们就是靠诉讼来赚钱的。"

"怎么解决最好？"老何问。

"达成和解，让他们撤诉。"

中途老何出去接了个电话，顾彦林喝了口咖啡，给了边上的律师一个眼神。

那个律师也有眼力见，起身拿起了自己的公文包："那你们先聊，我去上个洗手间。"

"我公私分明，不用担心我的专业度。"顾彦林说。

"不担心。"单扬笑了声，提醒道，"顾律师你当然不会砸你父亲律所的招牌。"

顾彦林抱着手臂往后靠，看了眼单扬放在座位上的袋子："伯母给你的？"

袋子里装的是腊肉和鱼干，单扬临走前，叶瑾给他的。

"这袋子我认得，之前伯母也总用这个给我装她和伯父做的一些小菜。"

"所以呢？"单扬问。

单扬沉下来的脸让顾彦林心里莫名觉得痛快："没什么，就想告诉你，他们心善，对谁都好，你别想太多，也别觉得是他们已经认可了你。"

"认不认可我，那是我的事，不用你操心。倒是你，一直在说从前，向前看吧，毕竟就算你一直怀念过去，也没法回到过去。"单扬喝了口咖啡，觉得苦极了，皱眉把杯子推到了一边，"你自己当初不好好珍惜，所以你现在没有机会了。当然，除非颜笑厌倦我了，否则这辈子我也不会给其他人机会的。"

单扬那势在必得的嘚瑟样实在有些欠，手边就是咖啡，顾彦林想抓过这杯子，狠狠往单扬脸上泼，可顾勤派来监视他的那个律师已经笑着朝他们走过来了。

顾彦林勉强挤出笑容，提醒道："下次记得给废弃的网站域名备案做注销。"

单扬直接无视了顾彦林，抓过袋子就往外走。

"怎么了？"那律师问了一句，"聊得不顺利？"

顾彦林烦躁地松了松领带:"挺顺利的。"

"累了?要不要先休息会儿再回律所?"

"不必。"顾彦林冷笑了一声,觉得憋得慌,"你现在可以打电话跟我爸打小报告了。"

新学期开学,白准去了北京的建筑事务所实习,大二的一个主攻手接任了排球队的队长。吴泽锐也从排球社里退出来了,他选了一个大一的小学弟代了他社长的位置,大概是不放心,他还是时常会来参与社团活动。

吴泽锐帮学弟整理好队伍后,拉住了准备做热身的周行:"聊聊?"

周行不愿搭理吴泽锐:"聊屁。"

"最近见过禾苗没?"吴泽锐问。

"没。"周行打掉了吴泽锐的手,"可能忙着谈恋爱吧。"

吴泽锐却把周行拽到了洗手间。

"松手,有病啊你!"

吴泽锐:"禾苗生病了。"

周行随口问了句:"感冒了,还是发烧了?"

"那天张宇宁跟我吃饭,喝了很多,醉了以后说漏了嘴……"

"所以怎么了?"

"白血病。"

周行似乎不相信:"大冒险?还是这里装了隐形摄像头,又要恶搞我?"

吴泽锐难得正经:"我不会拿这种事开玩笑。张宇宁要我别告诉别人,说禾苗不想让别人知道。那时候她手臂和小腿上不是就已经有红点了吗?我还笑她,"他有些烦躁地抓了抓脑袋,"我说她那几天都没怎么练,还能有瘀青。你别跟别人说,我也是心里实在难受,再不找个人讲,我觉得我快憋爆炸了!"

吴泽锐这话让已经从隔间里迈出一条腿的单扬定在了原地,但吴泽锐还是发现了从单扬口袋里滚出来的苹果。

"单扬?"吴泽锐试探地叫了句。

"我……"单扬弯腰捡起了苹果,打量了下周行脸上的表情,"不是故意要偷听的。"

体育馆里有队员在喊吴泽锐,吴泽锐站了一会儿,似乎受不了这低气压:"那我先出去了。"

单扬把手里的苹果递给周行:"吃吗?"

"滚过地的,你自己吃吧。"

单扬打开水龙头,搓了搓苹果,把苹果掰成了两半,塞了一半在周行手里:

"去看看她吗？"

"她不是不愿意让别人知道吗？"

"我们可不是别人，"单扬咬了口苹果，搭上周行的肩，"是朋友。"

只不过后来，禾苗不受控地在友情中掺了其他的感情。原本直率大胆的她在周行面前变得别扭委屈，她不可能退回到原来的朋友位置，却也没法明媚地站在周行身边了。

单扬和周行从洗手间出来，看到了站在门口的白灵。白灵像是有话想说，但看了眼单扬，又没开口。

"我去练球了。"单扬也识趣。

"我下个星期要走了。"

"去北京吗？"周行问。

因为白准在北京。

白灵摇了摇头："香港，我拿到 offer 了。"

"恭喜你。"

"谢谢。"白灵看着在场内打球的队员们，"好热闹，大家好像都很开心。"

"你想跟我说什么？"周行看出白灵心里藏着事。

"没什么。"白灵笑了下，"想谢谢你之前对我的鼓励，你是一个很优秀的自由人，当初看着你一步一步往前拼，我也更坚定了我想要成为自由人的决心。还有，"白灵看着周行，语气诚恳，"没办法回应你的感情，很抱歉。但我不喜欢你，从来不是因为觉得你不好，你很好，可人的喜欢有时候就很奇怪，放着对的人不爱，却偏偏挑中了不该喜欢的，明知道不可以，却还是一意孤行……"

"跟他说过了吗？"

"说过了，我不怕丢人地跟他说了好多遍。"白灵苦笑道，"说得我觉得自己的喜欢，都像是超市里打折的廉价商品了，可无论我多努力地叫卖，他都不肯试吃，不肯光顾。"

"那接下来就爱自己吧。"周行说。

"嗯。"白灵笑了声，有些释然了，"好好爱自己。"

周末，颜笑被沈鹏安排到外地做调研，下午和客户公司开会的时候，单扬给她发过几条消息。去高铁站的路上，颜笑回了消息，但单扬那边一直没有动静，动车快到站的时候，颜笑接到了单扬打来的语音电话。

不过说话的人不是单扬，是老何。老何气喘吁吁的，像是刚跑完步，可能有些着急，说话也没有什么条理，但颜笑还是抓住了关键。老何说，单扬和顾彦林打架了，现在两人都在医院。

从高铁站出来,颜笑就直接打车来了医院。老何坐在病房门口,后脑勺抵着墙,看着很疲惫,额头和鬓角那块的皮肤被他抓得通红。

"老何。"

"来啦。"老何压低了声音,"阿扬他不让我告诉你,说你在外地出差,你刚赶回来的?"

"今天本来就要回来的,我先进去看看他。"

颜笑准备开门,老何把椅子上的那袋饭菜递到了她手边:"还热的,劝他吃点吧。他脾气倔起来,谁也不听,就他妈说话还管点用,但要是他妈看到他这样,他应该又得挨顿揍了。"

屋子没开灯,单扬侧躺在床上。颜笑看不清他的正脸,但能看到他右手臂上打着的石膏。

听到动静,单扬叹了口气:"回去休息吧,老何,我真没胃口。"可单扬感觉到身后的人还是顾自在他床边坐下了,还开始拆起了饭盒。

"我真没胃口,"单扬拽过被子蒙住了脑袋,"你让我一个人静一静。"

"还是吃点吧。"

听到背后的人开了口,单扬才有些迟钝地转过身。确认是颜笑后,单扬又立马把脸转了回去:"老何跟你说的?"

颜笑没回答,打开了屋子的灯:"转过来让我看看脸。"

"没什么好看的。"

"转过来。"颜笑重复了一遍,声音冷了不少。

"挺丑的。"单扬磨磨蹭蹭地转了身。

丑倒不至于,但挂了彩的脸的确没有之前那么精致好看了。单扬的左额头和鼻子上都有一道干了的血痕,嘴角还破了口。

"不是挺能打架的吗?"颜笑把拆开的饭盒摆到了小桌板上,又给单扬递了双筷子。

"我真吃不下。"

颜笑没说话,就盯着单扬看,接着把手里的筷子丢到了桌上。单扬立马识趣地抓过筷子,往嘴里抓了一大口饭:"吃点也行。"

"他怎么样了?"

"应该还没死,放心吧。"单扬的语气很酸。

"在哪个病房?"

单扬抓着筷子的手顿了顿:"不知道。"

"你先吃,我出去一下。"

"去哪儿?"

269

"打个电话。"

单扬能听到颜笑在走廊上和老何讲话的声音，老何说了个"VIP9"。透过门玻璃，单扬看到颜笑朝着顾彦林病房的方向走过去了。

颜笑敲了敲房门，一个穿着西装的男人给她开了门。男人脸上也有擦伤，大概是劝架的时候被误伤的。

"找哪位？"

"顾彦林。"

床上的人在挂点滴，听到颜笑的声音，鼓着的被子动了动。

"欧阳你先出去吧，把门带上。"

等门关上了，顾彦林才从被子里露出脸。他的额头肿了个大包，脸颊上有好几道擦伤，鼻子和嘴唇上都有血块，眼角还带着乌青，看起来比单扬严重多了。

颜笑瞥了眼顾彦林被石膏裹着的腿："不怕你爸知道你打架的事吗？"

"他成天叫人跟着我，我每天做了什么，他都知道，还有什么好怕的。"顾彦林盯着颜笑，"你是担心我，才来看我的？"

"想多了。"

"那是为什么？想帮他报仇？"顾彦林干笑了声，"我身上可没什么好肉可以给你打了。"

"你跟他说了什么？"

"为什么一定是我跟他说了什么，就不能是他被嫉妒冲昏了头脑，主动挑衅我？"

"他不是那种人，所以一定是你做了蠢事，或者说了蠢话。"

"你们才在一起多久，你就那么了解他？说不定他就是处心积虑地待在你身边，然后趁虚而入！"

"如果我不愿意，他趁虚而入也没用。我愿意，你明白吗？顾彦林，我们已经分开了，不要再打扰我，也不要再去招惹单扬。你不在乎脸面，你爸顾勤应该会在乎。"

"你威胁我！"顾彦林伸手挥掉了手边的水杯，水杯砸到墙边，瞬间碎成了好几块。

"你知道我跟他说了什么吗？"顾彦林突然笑了声，"你日记的内容，我都告诉他了。我能接受你的阴暗面，可他能吗？他不能，他生气我毁了他美好的幻想，所以才会把我打得这么狠。颜笑，我们才合适，坏人就该跟坏人在一起。"

颜笑盯着鞋背沾上的水珠，缓缓开了口："当初那群混混，是我找的。"

顾彦林像是没听清："你说什么？"

"英雄救美的戏码，女主角是我，导演也是我。"

顾彦林有些不明白了:"为什么?你喜欢我?"

"我们在辩论队见过几次,你对我感兴趣,我看得出来。'裕瑾笑'那时的生意在慢慢变好,眼红的人也多,你能帮我,所以我找你。"颜笑嘴角勾着冷漠的笑,"这个人可以是你,也可以是任何人,你没什么特别的。"

顾彦林像是泄了气,无力地靠向床头:"你喜欢过我吗?"

"都是坏人,谈什么喜欢。"颜笑扶了扶眼镜,"我和你,只谈过利益。"

颜笑走了几步又停下,警告道:"没有下一次了,离他远一点。"

颜笑回去的时候,老何已经走了。病房很安静,单扬躺在床上,身上的被子不够长,遮住了脸,却露出了两只脚。床上的小桌板被丢到了床底下,刚刚老何买的那些饭菜,单扬也没吃几口,或者根本就没动,全部被塞进了垃圾桶。

颜笑轻轻拉过椅子,坐到了床边:"睡着了吗?"

单扬没动,过了好久才回一句:"没。"

"脸上的伤还痛不痛?"

"不痛了。"

"饿吗?"颜笑又问。

"不饿。"

"那你睡会儿吧。"

单扬掀开了被子:"你要去哪儿?"

"我感觉你现在想一个人待着。"

"你在的话,我就不想一个人了。"单扬侧头看着颜笑,"我现在很丑吗?"

"有点。"

单扬叹了口气,背过了身:"那你少看我几眼吧。"

安静了一会儿,单扬又忍不住问了句:"那他怎么样?我下了死手,他现在也不会比我好看到哪儿去。"

没听到颜笑的回答,单扬又回过了头。颜笑靠在椅子上,眼睛一眨不眨,像是在发呆,单扬能看出她眼底的倦意,问:"你是不是累了?"

"嗯。"

单扬掀开了被子,拍了拍身边的位置:"上来。"

这床又不大,单扬一个人躺着都挤,两个人怎么躺得下。颜笑摇了摇头:"我待会儿就回去了。"

"现在躺会儿。"单扬晃了晃打着石膏的那只手,"那我抱你?"

"你试试。"颜笑抱着手臂靠在那儿,笑了。

单扬用脚蹬开被子,还真下了床,他捞起颜笑的腰,直接单手把她拎到床上,还一鼓作气把颜笑圈进了怀里，拉上了被子。

"你应该去耕地。"使不完的牛劲。

"睡吧。"单扬摸了摸颜笑的脑袋。

"护士进来看到，应该会骂人的。"

"没事，我不会让她们骂你的。"

颜笑也的确是累了，她把脸埋进单扬的怀里："单扬，我睡会儿……"

"好。"单扬顺着颜笑的背，"要不要听《摇篮曲》？"

"不要。"

"听听呗。"

颜笑抬手捏住了单扬的嘴唇："不用。"

单扬却非要唱："摇摇洁白的树枝，花雨漫天飞扬……"

"什么歌？"

"情歌。"其实单扬不知道。

"后面呢？"颜笑问。

单扬凑到颜笑耳边，小声说道："其实我只会唱这两句。"

在单扬怀里，颜笑倒是很快就睡过去了，但她做了个不怎么好的梦，凌晨醒来之后，就再也睡不着了。

单扬睡得很熟，一只手搂着颜笑，打着石膏的手架在了病床的扶手上。他大半的身子都悬在床外，要保持这姿势睡一夜，明天醒来必定会浑身酸痛。颜笑想把单扬往里面拉一拉，但根本用不上劲。她低头看了眼单扬搭在她腰上的手臂，慢慢往后退了退，单扬用下巴蹭了一下她的头顶，也跟着往里挪了挪。

顾彦林刚刚的话从醒来那刻，就开始在颜笑的脑子里打转。单扬知道了她的胆怯和懦弱。

单扬的确跟她从前遇到的那些人都不一样，他有一颗颜笑也想要得到的真诚的心。可人心还是人心，人心瞬息万变。

第二天，单扬被洗手间里的动静吵醒了，他坐起来喊了声"颜笑"，可从里面走出来的是老何。

"醒啦？"老何自然捕捉到了单扬眼底的失望，他擦了擦手，"人家刚回去，你总得让她洗漱整理一下吧，况且她学校还有课。喝点骨头汤吧，"老何帮单扬打开保温盒，"我昨晚熬的，熬了两个小时呢。"

单扬瞥了眼汤上漂着的油花："没胃口。"

"喝点吧，喝了才能早些好。"

单扬推开老何递过来的勺子："先放着吧。"

"那吃颗苹果？"老何指了指地上的箱子，"给你带了一箱。"

"待会儿吧。"

"你到底怎么了？"老何不明白了，"跟自己的室友打架，更何况他还是我给工作室找的律师。打就打吧，你也打赢了，这会儿又这么垂头丧气，因为什么呀？"

"没为什么。"

"得了吧，因为颜笑？"

其实昨天单扬和顾彦林在会议室闹了那么大的动静，老何多少也听到了些，两人提到最多的名字就是颜笑。

"就算颜笑之前跟顾彦林谈过，可现在她是你女朋友，昨晚她还留下来陪了你一夜，她心里有谁，你还不明白啊？"

"可她昨天也去看了顾彦林，"单扬低头扯着纱布上的线头，"她还说我这副样子有点丑。"

"不丑，"老何实话实说，"不过的确没之前帅了。"

单扬举起手机，照了照："要是恢复不到从前的样子，颜笑会不会就对我没兴趣了？"

"她喜欢你是因为你的脸啊？"老何想了想，"不过也正常，爱美之心人皆有之。"

单扬摇了摇头。

"不是啊？那她还挺有内涵的，喜欢你的灵魂和思想？"

"没有。"单扬叹了口气，把手机丢到一边，仰头倒在了床上，"她好像还从来没说过喜欢我。"

老何一愣，但还是开口安慰道："每个人表达爱意的方式不一样，说不定颜笑她就是内敛型的，爱你在心口难开。"

"顾彦林什么时候出院？"单扬问。

"他比你伤得重多了，你出院之前，他是不可能出院的。"老何又警惕地问了句，"你干吗问这个？还想打架啊？"

单扬把手机递给老何："帮我给颜笑打个电话。"

"干吗不自己打？要说什么？"

"让她晚上别来了，这几天也别来了，跑来跑去费精力。你跟她说，你会留下来照顾我的。"

"可我今晚没法留下来，我约了兴城的人，今晚要签合同。"

"知道，嘶……"单扬说话扯到了嘴角的伤，"你就先这样跟她说。"

"行吧。"老何当着单扬的面给颜笑打了电话，前两次没接通，第三次才通了。老何把单扬的话跟颜笑复述了一遍，通话时长很短，单扬听到老何顿了几秒，说

273

了句"那你先忙",然后就挂了电话。

"颜笑忙着呢,好像在实验室。"

"她说了什么?"单扬问。

"她说她知道了,叫你好好休息。"

单扬眼底暗了暗:"她不来?"

"搞不懂你了,叫她别来的是你,失望的又是你。"老何瞥了眼在响的手机,"汤赶紧趁热喝了,我先回趟工作室,晚一点如果抽得出时间就来看你。"

老何像是不放心,又拍了拍保温盒,叮嘱道:"一滴不剩,都喝掉!"

老何下午没过来,他给单扬找了个护工。单扬不习惯身边待着陌生人,就没让护工留下来。

单扬抬着打了石膏的手,给自己冲了个澡。洗完澡后,单扬照了照镜子,脸上的伤加上刚冒出的胡茬,让他看起来颓废憔悴。颜笑说得没错,是有点丑。

单扬从包里翻出剃须刀,没有剃须泡沫,皮肤没几下就被扯红了。老何买的剃须刀单扬用得也不顺手,连续划了两次下巴后,单扬忍不住轻声骂了句。其实单扬知道他不是在烦这把剃须刀,他是在烦颜笑真的答应不来看他。

他不想让顾彦林再有接触颜笑的机会,可他和顾彦林的病房就隔了一段不长的过道,从电梯到他病房,还必须经过顾彦林的房间。如果颜笑来看他,那就有很大的可能会撞上顾彦林。

单扬随手抽了张纸擦掉了下巴上的血点,准备继续剃胡子,却听到病房的门开了。

"老何,帮我去买点啫喱或者泡沫。"

外面的人没应,但单扬听到房门又被关上了。过了六七分钟,有脚步声慢慢往洗手间这儿过来了。单扬刚用热水洗了头,镜子上蒙着一层雾气,他看不清来人的脸,只能模糊看到向他靠近的人影。

"谢了。"单扬往后伸了伸手,"兴城的合同签完了吗?"

没听到回答,单扬又问了遍:"哑巴了?"

"你自己洗的澡?"

身后的声音让单扬抹泡沫的手僵了僵。

"怎么后背也有瘀青?"颜笑避开单扬的伤口,摸了摸他的腰,"要不要我帮你?"

"老何说你很忙,不是说不来了吗?"

"忙完了,就过来了。"颜笑接过了单扬手里的剃须刀,看到单扬下巴上被刀刮出的两道小口子,颜笑脸色沉了沉,"一只手还伤着,为什么非要现在刮胡子?"

"想要帅一点。"

"你已经很帅了。"

"可你昨天说,我这样子有点丑。"

"不丑。"颜笑帮单扬抹上了剃须泡沫,"我瞎说的。"

"可我当真了。"单扬微微偏开了头,"你喜欢我这张脸吗?"

"什么意思?"颜笑问。

单扬攥住了颜笑的手腕:"喜欢,还是不喜欢?"

"喜欢。"

"只喜欢脸吗?"单扬又问。

颜笑的视线跟着水珠沿着单扬的喉结往下,最后停在了单扬腰腹的青筋上,青筋被裤腰遮了一半,剩下的一半往下蔓延,让人浮想联翩。

"不止。"颜笑诚实道。

"那还喜欢我哪里?"

颜笑觉得对着一个鼻青脸肿、打着石膏的人说流氓话,不太好。她反问道:"那你呢,你又喜欢我哪里?"

"你不一样。"单扬说。

"可每个人都不一样。"

"说不上来,但只要你一出现,我就忍不住想去看你,想离你近一些,跟你多说上几句话,说什么都行,"单扬自嘲地轻笑了声,"说胡话也行。"

颜笑过了会儿才开口:"那跟你比起来,是我肤浅了。"

"喜欢我的脸,不肤浅,"单扬俯身看着颜笑,一本正经,"你很有眼光。"

单扬抬手指了指下巴:"帮我刮胡子吧。"

颜笑用手抹匀了单扬脸上的泡沫,握着剃须刀,刮得仔细小心。

"还挺熟练的。"

颜笑听得出单扬的言外之意:"小时候养过一只狗,有皮肤病,要给它上药,所以经常给它剃毛。"

"那我跟小狗享受同等待遇了,"单扬笑了声,"现在那只狗呢?"

"被狗贩子偷走了,大概是被卖到了狗肉店。"

"你几岁的时候?"

"十二三岁吧。"颜笑抽了张纸擦掉了剃须刀上沾着的泡沫,"我后来找到了狗贩子的家,报了警。"

"当时哭了吗?"

"当时没哭,但几个月后打扫卫生,在沙发底下发现了它平时爱咬的那个娃娃,那天晚上在房间里哭了挺久的。"

单扬捏了捏颜笑的手:"小狗叫什么?是不是叫小美?"

"为什么叫小美?"

"随主人呗。"

"那Ugly也该改名叫小帅。"颜笑笑了声,"叫十一。是我十一岁的时候,我爸给我买的生日礼物。"

"是只什么狗?"

"陨石边牧。"

"那还真的是随了主人,"单扬揉了揉颜笑的脑袋,"我们笑笑也又漂亮,又聪明。"

单扬这会儿就是在占颜笑便宜,他的眼神和动作都像是在逗狗。颜笑拿开了单扬的手:"头低点,手酸。"

察觉到颜笑微红的耳郭,单扬把脖子上的毛巾垫在洗手台上,把颜笑抱了上去,自己又弯下了腰:"这样就不会酸了。"

颜笑轻轻推开了单扬靠过来的脑袋:"往后点,这样刮不了了。"

单扬叹气:"我现在光着上身站在你面前,你还真的只想着帮我刮胡子啊?"

颜笑假装听不懂,故意往下扫了眼:"那你还想刮哪里?"

"对我就没有什么非分之想吗?"单扬气笑了。

颜笑转身抹掉了镜子上的热气,捏着单扬的下巴,示意他照照镜子:"你现在这副样子,我对你能有什么非分之想?"

单扬对着镜子撞了下颜笑的脑袋:"看吧看吧,现在就嫌弃我了,等我以后年老色衰了,你是不是都懒得看我一眼了?"

单扬说完这玩笑话,颜笑半天都没有动作。任何一段关系,颜笑都不会奔着永远去相处,人高兴起来都会说永远,但喜时之言多失信。"百年好合""友谊地久天长"之类的祝福,说的时候也必定是真诚的,但能做到的少之又少。单扬说的"以后",还有他年老的模样,颜笑都没有想象过,也不确定是否会存在。

"开玩笑的。"单扬能察觉到颜笑的怔神,接过了她手里的剃须刀,"差不多刮干净了,你去外面等我吧,我再冲个脸。"

"好,注意伤口别碰到水了。"

等颜笑带上门出去,单扬盯着镜子里的自己。他收起了嘴角的笑,神色瞬间黯淡了不少。所以,颜笑可能只是想跟他谈个恋爱而已,他说的以后,颜笑大概还从来没有想过。

单扬洗完脸出来,看到颜笑坐在小椅子上,背靠着墙,大腿上还放着台笔记本。

"你要是忙的话,就早点回去吧。"

"没事，明天周末。"

"怕你这样用电脑，脖子会酸，回去吧。"

"改完这段就好了。"

颜笑打了几行字，抬头发现单扬在盯着她。单扬对上她的眼睛后，又慢慢地偏开了脸。

"怎么了？"颜笑问。

"没事。"

颜笑看到单扬从包里翻出了画笔和画纸："你左手也能画画？"

"嗯，小时候是左撇子，但每次出去，周围的人总会问我妈，左撇子是不是聪明些，可我不聪明，跟在我妈身边听烦了，后来干脆就开始学习用右手了。"

颜笑写报告，单扬就在一旁画画，两人不说话，就安静待着，但也不会觉得气氛太过静谧或尴尬。颜笑点了保存，关掉了文件，单扬还在画，手上的笔动得很快，他低着头，嘴微微抿着。

"画的什么？"

颜笑突然开口，单扬大概被吓了一跳，握着笔的手一抖。

"人。"单扬说。

颜笑瞥了眼画纸，上面画着一个躺在浴缸里的女人。女人仰着头，脸被毛巾遮了大半，胸和腿都露出了水面，她的胸被一只手臂挡着，一条小腿搭在浴缸沿上，另一只脚的脚背绷着，抵着墙。

"没有模特也能画？"

单扬点了点太阳穴："脑子里有。"

"你们写生课上有真人模特吗？"

"有，都是老师在公园找的，大爷或者大妈。"单扬说着给画上的女人点上了颗痣。

颜笑看了眼那颗痣的位置，抬手弹了单扬的脑门："流氓啊？"

单扬也不否认，他把那幅画递到了颜笑面前："像吗？"

"我的腰可没她那么细。"

"没有吗？"单扬丢掉了画笔，用两只手掌掐住了颜笑的腰，"比我画的还细呢。"单扬搓了搓颜笑的腰，又抬手帮颜笑拿开了贴着镜片的发丝，"你早点回去吧，我送你下楼。"

"就送到电梯口吧，护士在服务站，"颜笑提醒道，"你戴着住院的手环，他们不会让你下去的。你今晚好好休息，我明天再过来。"

"忙的话……就算了，我过几天也出院了。"单扬的指腹来回搓着画本的角，在等颜笑的回答。

"不忙，明天会来的。"

"那也行。"单扬终于放过了已经被捏皱的画本，嘴角有笑，"就是怕你忙。"

颜笑避开了单扬手上的石膏，轻轻抱了他一下："我走了，你早点休息。"

单扬拍了拍颜笑的后背，把那幅画对折塞进了颜笑的包里，小声说道："回去可以看看，我到底画得像不像。"

颜笑捂住了单扬的嘴，不让他再继续说下去了："真走了。"

单扬嘴里应着"嗯"，却攥着颜笑的小拇指不放。

"你不放手，我怎么走？"

单扬还是不放："甩开我就好了。"

"要不我留下来？"

"回去吧，这儿都是消毒水的味道。"单扬捏了下颜笑的手指，才终于放开了。

颜笑进了电梯，电梯门合上。看着上面的数字在慢慢变小，单扬掏出手机，打算给颜笑发条消息。他想问一个问题，但又不敢当面问。他想问颜笑，打算跟他好多久。他知道颜笑是一个信守承诺的人，所以她不会随便给出承诺，可他偏偏想要一个天真烂漫的诺言。

护士推着小车经过，看到站那儿发呆的单扬，提醒道："快点回病房哦，待会儿还要测体温。"

"嗯。"

单扬回过神，最后还是删掉了对话框里的字，他知道"永远"之类的字眼大概是不会从颜笑嘴里说出来的。

"以后别再给我做出这种蠢事！"

旁边传来声音。

单扬看了眼说话的男人，又瞥了眼站在男人身边的顾彦林。

"我身上的优点你是一点都没有遗传到，优柔寡断、感情用事，倒跟你妈挺像的，都是蠢货！"

察觉到一旁单扬的视线，顾勤轻咳了声，理了理袖口，压低了声量："养好伤就赶紧出院，律所一堆的事等着处理。最后警告你一次，别再为了一个女人而降低自己的身价，天下的女人那么多，那个颜笑有什么好的，不就稍微有几分姿色吗？你就非要被她拿捏了？"

顾彦林拄着拐杖，头一直低着："知道了。"

单扬路过顾勤身边的时候，往他边上靠了靠，打着石膏的手肘正好撞上了他的腰："抱歉。"

顾勤皱着眉，伸手揉了揉被撞痛的腰侧，虽然烦躁，但还是体面地跟单扬回了个"没事"。

单扬跟顾勤说完抱歉后，又伸脚勾了下顾彦林的拐杖。顾彦林站不稳，撞到了一边的墙上。顾彦林的脸色立马沉了下来，但因为顾勤在边上，他又不敢发作。

"站都站不稳。"顾勤用力按了几下电梯键，"赶紧回房吧，别在这儿丢人现眼了！"

单扬回病房没多久，房门就被敲响了，单扬知道是谁，他没打算去开门，顾彦林却直接推门进来了。单扬淡淡看了他一眼，自顾自背过了身。

"你刚刚故意的？"

"不然呢？"单扬回答。

顾彦林轻笑了声："你也挺幼稚的。"

"有事吗？没事就快滚。"

"你在气什么？"顾彦林拍了拍手里的拐杖，"气我把颜笑的日记内容告诉了你，你失望了？"

"闭嘴！"

"被我说中了？"

单扬直接跳下床，几步过去，揪住了顾彦林的领口："我让你闭嘴！"

"还想打我啊？"单扬眼底的愤怒让顾彦林觉得痛快，"颜笑只爱她自己，她是不喜欢我，但你也别奢望她能有多喜欢你。"

单扬掐着顾彦林的脖子，带着他的脑袋往墙上撞。顾彦林倒下来的拐杖打到了一旁的台灯，玻璃灯罩碎了一地，这动静把隔壁查房的护士引过来了。

"赶紧放手！"护士拦在了单扬和顾彦林中间，"这是医院，你们要在这儿闹事，我可要打电话报警了！"

护士扶起顾彦林，帮他捡起了地上的拐杖。她看了眼单扬："你脖子被玻璃划破了，去护士站要些药水，自己消一下毒。"

护士的话让单扬冷静了些，他伸手抹了把脖子，手掌上顿时沾了不少鲜红。单扬点开了颜笑的头像，他盯着输入框里跳动的光标发愣，却不知道该打些什么字，最后也只是"拍了拍"颜笑。

单扬关了手机，往嘴里挤了几粒药，就着杯子里的冷水，把药咽了下去。不知道药的成分是什么，大概有些催眠的效果，单扬这一觉倒睡到了天亮。

耳边熟悉的声音让单扬慢慢睁开了眼，单芳坐在床边，跷着二郎腿，脚背上勾着只红色高跟鞋，手里剥着颗鸡蛋，是护士刚给单扬发的早餐。

单芳咬了口鸡蛋，又喝了口牛奶："醒了？"

老何站在一边，给单扬使了使眼色，看起来很为难："阿姨今天去工作室找你，阿钟不小心说漏了嘴。"

"小何你多大啊？"单芳看了眼老何。

"三十一。"

"那我也就比你大了十来岁,你别叫我阿姨了,"单芳拍了拍掉在大腿上的蛋黄屑,"叫姐吧。"

老何干笑了声,点了点头:"姐。"

"饿吗?"单芳问单扬。

"不饿。"

"饿也没得吃了。"单芳把最后一口包子塞进了嘴里,"伤口还痛不痛?"

"不痛了。"

"挺能耐的,这么大年纪了,还能打架打到住院。"单芳转头问老何,"和他打架的那小子住哪间病房啊?"

老何自然不会讲,就单芳这脾气,去了绝对会把事情闹得更大。

"不清楚呢,听说在别的医院。"

单芳起身套上高跟鞋,往单扬怀里丢了一颗苹果:"吃苹果吧,早日出院,我约了客户,先走了。"单芳说着拍了拍老何的肩,"不用送了,这几天要辛苦你照顾一下他了。"

"不辛苦,不辛苦。"老何说着不自觉颔首。他自己也不知道怎么回事,每次跟单芳说话就会控制不住地露出小人嘴脸,大概是因为单芳身上自带的女王气场。

"这两碗麻辣烫我就拿走了,"单芳晃了晃手里的袋子,"反正你也吃不上了。"

等单芳出了房门,老何才敢开口:"你妈刚刚气势汹汹的样子,我以为你完蛋了,幸好她什么也没干,"老何把床头柜上的鸡蛋壳扫进了垃圾桶里,"就是吃了护士给你发的早餐。"


颜笑从电梯出来,还没走几步,就听见不远处的病房里传出的动静,颜笑能听出那是顾彦林的声音,他在骂人。

一个穿着咖色大衣的女人从顾彦林的病房里出来,是单芳,手里还拿着两个挺大的沾着红油的透明塑料碗。单芳把空碗丢到了走廊的垃圾桶里,她往病房里看了眼,嘴角勾出了一丝冷笑,接着戴上了墨镜,踩着高跟鞋,潇洒地走向了拐角的电梯。

病房里的顾彦林盯着头顶和被子上的麻辣烫,一脸蒙圈,似乎还没反应过来刚刚发生了什么。颜笑只往里面扫了眼,就径直去了单扬的病房。

单扬靠坐在床上,嘴里啃着苹果,不知道在想什么,放着一圈果肉不吃,一直在咬中间的苹果核。老何蹲在地上整理单芳刚刚送来的那箱水果,嘴里不停念叨着些什么，也没注意到已经走到床边的颜笑。

"发什么呆？"

单扬咬了口空气，转头看向颜笑："以为你早上不来了。"

"早上好啊，"老何起身给颜笑递了一根香蕉，"吃根香蕉，弟妹。"

"弟、妹？"颜笑重复了一遍。

"阿扬是我弟弟，你是他女朋友，不就是我弟妹吗？"老何说着还冲单扬眨了下眼，"对不对，阿扬？"

"问我没用，你得问她。"单扬把苹果叼进嘴里，帮颜笑剥了香蕉，重新塞回她手里，"他能这么叫吗？"

颜笑盯着手里的香蕉："都行。"

"好嘞。"老何笑着给颜笑搬了张椅子，"那弟妹你在这儿陪着阿扬，我就先回工作室了。对了，"老何拍了下保温盒，"监督他把这骨头汤喝了，这样手才能早点好。"

"我不想喝。"等老何走了，单扬才开口。

颜笑把手里的保温盒放到了小桌板上："我妈也让我给你带了。"

单扬晃了晃颜笑的手："可我真不想喝。"

"那就不喝，把肉吃了吧，喝汤其实也补不了钙，里面都是脂肪。"

单扬盯着颜笑，笑了声："果然，还是我女朋友明事理。"

颜笑帮单扬拧开了盖子："吃吧，里面还有山药和玉米。"

单扬应了声"好"，握着筷子，却迟迟没夹起一块肉。

"怎么了？"

"左手使不上劲，好像不会握筷子了。"

可颜笑记得单扬跟她说过，他小时候是左撇子，那左手应该比受伤的右手更灵活才是。颜笑也不拆穿，她接过了单扬手里的筷子："我来吧。"

"那麻烦你了。"单扬假意客气道。

"脖子怎么了？"颜笑拨开了单扬病号服的领子，"这伤哪儿来的？"

单扬伸手挡了挡："之前就弄伤了。"

颜笑盯着单扬不说话，单扬知道她不信，就改了口："那可能刮胡子的时候划到了。"单扬说着，用力搓了搓伤口，"已经结痂了，没事的。"

"之前靠墙的柜子上有一个台灯，"颜笑回头望了眼，"哪儿去了？"

"我昨晚起来上厕所，没开灯，撞到了。"

但其实颜笑的每个问题都带着答案："你知道吗？单扬，你撒谎的时候，脸上会明明白白地写着'我在撒谎'。你的演技，实在不怎么样。"

"让我猜猜看，"颜笑放下了筷子，"顾彦林来过了，他又说了些刺激你的话，所以你没忍住,动手打了他,然后顺带打翻了墙边的那个台灯。"颜笑看着单扬,"他说了什么?"

"没什么。"

颜笑也不想再逃避了:"你说,还是我来说。"

单扬抱住颜笑:"那些事情,过去了就过去了,没有必要再回忆了。"

"过不去的。"颜笑推开了单扬。

颜笑也想过要逃避,但解决阴影最好的办法就是站在有光的地方,把那些想藏起来的秘密暴露在阳光底下,一遍又一遍地直视面对,最终才有脱敏的可能。

"我其实,看过你的日记了。"单扬坦白道,"你什么也没做错,你不应该承受这些痛苦。"

颜笑高三那年,颜康裕需要一笔做手术的救命钱,颜笑也马上要考大学了。她课外兼职的事被叶瑾发现之后,就没再做了,全家所有的生活开销和颜康裕的医药费都落在了叶瑾一个人身上。

那段时间,颜笑回家,时常会撞见一个男人,叶瑾说是之前纺织厂的同事,叫王兴。叶瑾还说王兴心善,愿意借钱帮他们。可有天放学回家,颜笑却撞见了能让她恶心一辈子的事。

"我当时傻傻地以为她是自愿的,她那么爱我爸,却还是做出了这种事,我很愤怒,我觉得恶心。我想着既然她这样做了,那就随她吧,这样我爸也能做手术了,我们的日子也不会那么难熬了。"

颜笑语气平稳,也没有多余的表情,像是在回忆一件稀松平常的事。应该是稀松平常的,颜笑大概在心里逼自己回忆过无数遍,埋怨过自己无数遍。但单扬还是看到了她被自己掐得通红的手心。

"可后来每一次想起来,我都觉得不对劲。我忽视了她拧着的眉头、脸上的绝望和厌恶。人的生理反应是不受控的,即使没有拼地命反抗,不愿意还是不愿意。"

"而我,"颜笑的声音抖了抖,眼睛透着痛苦的猩红,"我胆怯、自私,我害怕我冲进去之后,她会真的告诉我,事情就是我想的那样。我怕事情被捕破之后,她再也没法面对我,面对我爸,我想,她会索性就抛下我们了。"

单扬取下了颜笑的眼镜,搓了搓颜笑的眼皮,语气里都是心疼:"十几岁的小女孩,胆子能大到哪儿去。我也胆小,"他指了指自己脑袋上的疤,"也自私,我害怕他们打开我的脑袋,用冰冷的刀子在我的脑子里搅来搅去,也害怕每次复查后,等待宣判的那几个难熬痛苦的日夜。所以有一次手术前,我干脆跑了,那是我妈第一次动手打了我,她说我是胆小鬼,说我也不想想如果我死了,她要怎么熬过她剩下的人生。"

单扬握了握颜笑的手:"所以胆小的我们,绝配。"

"你真的,"颜笑吸了吸鼻子,"不一样。"

顾彦林嘴上说着喜欢她,却只看到她的犹豫和懦弱,还用这个作为要挟她的把柄,可单扬心疼她。

"那你现在也不肤浅了。"单扬帮颜笑擤了擤鼻子,笑了声,"别光喜欢我的脸,也多爱爱我这个人。"他说着给颜笑夹了块山药,"来一口?"

颜笑咽下去之后,单扬又给她夹了块玉米,看到单扬准备继续给她夹下一块,颜笑摇了下头,说了实话:"其实我不爱吃放了山药和玉米的排骨汤。"

颜笑说完,听见单扬笑了声。

"怎么了?"

"很少听你说,你不喜欢什么或者喜欢什么。"

"所以?"颜笑没明白。

"我在垃圾堆里捡的 Ugly,它那时候特别瘦,饿得只剩一层皮毛了。它不亲人,胆子很小,从来不闹事,也不折腾人,你往它碗里放什么,它都会吃光,我当时想着它还真好养。但熟了以后,它就拣着自己喜欢的吃,生气了会挠人,无聊了就会一屁股坐在你脸上。它知道我不会丢下它,所以开始肆无忌惮地做自己。"

单扬继续道:"颜笑,你爱看的书、发呆时的姿势、无聊的时候常做什么、沐浴露的牌子,我都特别想知道,但有时候话多了怕你烦,所以你心情好的时候,也主动跟我多说说这些吧。"

"好,"颜笑轻笑了声,"也要像 Ugly 那样挠人吗?"

"嗯,如果你愿意,你也可以一屁股坐在我脸上。"

颜笑无奈摇头:"正经人说正经话。"

"很正经,只怪你想象力太丰富了。"

"我爱看的书,说了你一时也记不住,你愿意的话,以后可以把我看过的都看一遍。不太常发呆,偶尔发呆,喜欢搓眼镜腿。也不太会无聊,如果电脑盯久了,会玩一会儿 Chrome Dino。现在用的沐浴露,如果你觉得好闻,明天我买一箱送你。我不会挠人,大概也不会一屁股坐在你脸上,但你想听的那些话,我以后会多说给你听的。"

单扬知道,这些不肉麻也不直白的句子就是颜笑的情话了。

"那我会很心动。"单扬捂了捂自己的右胸口。

"哦,"颜笑用手指点了点单扬的胸口,笑了声,"可心脏在左边。"

## 第十三章

### 颜笑，我累了

单扬出院那天，阿钟他们也来了，还给单扬带了一面见义勇为的锦旗。老何没跟他们说单扬是跟顾彦林打架进的医院，只说单扬在路上遇到抢劫的歹徒，为了帮孕妇才受的伤。单扬虽然有些蒙，但也没拒绝这个锦旗，打顾彦林那个浑蛋，的确也算见义勇为了。

老何找了一家新的律所，他开车把阿钟他们送去单扬家后，就去和约好的律师谈侵权案件的细节了。

阿钟和林文凯他们在厨房做菜，单扬就躺在沙发上等颜笑的消息。单扬昨晚给颜笑发了几条消息，颜笑说她今天上午有事，没法来接单扬出院，回完这条，颜笑那边就没动静了。单扬拍了一张石膏的照片发给了颜笑，但又立刻撤回，他转头发到了朋友圈，配文：手还是隐隐作痛，难受。

阿钟出来脱外套，正好听到门铃响了，就去开了门。

单扬听到阿钟和老何说话的声音，又听到老何叫了声"弟妹"。单扬晃着的腿停了下来，他刚准备起身，阿钟那小子就过来按住了他的肩，语气里带着几分调侃："歇着吧，扬哥，嫂子来了，你俩好好说会儿话。"

老何跟颜笑聊了几句后，也很识趣地进了厨房。

"忙什么呢？"单扬问。

"有事。"颜笑只说。

"下午还要忙吗？"

颜笑摇了摇头。

"那晚上呢？"

"今天忙完了。"

"那今天晚点回去？"

"嗯。"颜笑脱了外套，准备去厨房帮忙。

单扬拽住了颜笑："他们那么多人，人手够用了。"

"那我去上个洗手间。"

林文凯端着菜出来，看到单扬肚子上盖着一件女士外套，单扬还幼稚地往袖子里挤进了一只手臂。

"她不骂你啊，扬哥？"

林文凯问完这话，颜笑正好出来了，单扬晃了晃套着颜笑外套袖子的手："骂我吗？"

颜笑坐到了单扬身边，还帮他盖了盖肚子上的外套："骂你干吗？"

林文凯嘴一瘪，悄悄给单扬竖个中指，真能秀，要是谢宁看到他撑大了她外套的袖子，他肯定得挨顿揍。

几个男的干活也利索，做这一大桌的菜也没花多少时间。

"合张影呗，"阿钟提议道，"发到朋友圈，庆祝我们扬哥见义勇为后，顺利出院。"

单扬察觉到颜笑投来的视线，小声解释了句："老何编的，他说打架进医院太丢人了。"

阿钟发完朋友圈，突然问了句："扬哥你最近怎么一条朋友圈都没发了？"

"没什么好发的。"可单扬刚潇洒地说完这话，就看到他的朋友圈多了条点赞，颜笑点的，还评论了：还难受吗？

单扬看了眼颜笑，他这条仅颜笑可见的朋友圈终于是被她看见了。

单扬：嗯嗯，难受，隐隐作痛。

单扬回完还给颜笑发了个拥抱和亲吻的表情。老何他们还在讨论那碗没煮熟的粉条，颜笑侧头低声说了句："别撒娇，单扬。"

要不是老何他们在，单扬也不用隔着手机跟颜笑调情了。

吃完饭，老何他们又在饭桌上聊起了隔壁工作室的八卦，从装修聊到了女老板开的车子，又从车子聊到了她包养的小白脸。单扬在桌底下把颜笑的手都快搓烂了，可老何他们半点也没有要结束话题的打算。

"困了。"单扬终于忍不住开了口，还作势打了个哈欠。

老何这才注意到时间："我们这顿饭吃了快三小时了，再过一会儿都能吃晚饭了。"

老何说完，就感觉自己的脚被人狠狠碾了碾。他看了眼对面黑了脸的单扬，才意识到他们成了电灯泡。

"那我们赶紧把这些碗洗了吧，"老何撞了撞阿钟的胳膊，"让病患好好休息。"

"辛苦了。"单扬帮忙把碗筷拿到厨房。要不是他手伤着,他恨不得自己三下五除二把这些碗洗了,好让他们快点走。

"我来吧。"颜笑接过了林文凯手里的锅,"吃了白食,没道理再辛苦你们洗碗了。"

"没事,今天我们去超市买菜之前,扬哥给我们发了大红包,我们也不白干,还白蹭了一顿饭呢。"

"回吧。"单扬也道,"你们在这儿叽叽喳喳的,影响我休息。"

单扬都下逐客令了,他们自然也听明白了。老何走之前,又拉着单扬说了句话。单扬再进来时,颜笑发现他的表情变得不大自然。

"老何说了什么?"

"没什么。"单扬接过了颜笑手里的碗,"我来洗吧。"

"一只手怎么洗?"

单扬动了动裹在石膏里的手指:"能动,也握得住碗。"

"别乱来了,"颜笑抢过了单扬手里的碗,"刚刚不是还说难受吗?"

单扬用下巴蹭着颜笑的头顶:"没那么难受,就是你不回我消息,我着急。所以略施了点苦肉计。"

"感觉你最近几天特别忙,每次来医院看我,没待一会儿就走了。"单扬帮颜笑捋了捋往下滑的袖子,"日理万机的,都忙些什么呢?"

颜笑沉默了会儿,突然握住了单扬的手。

"怎么了?"

"没事,"颜笑蹭了下单扬的手背,"就忽然觉得你的手挺漂亮的。"

"你的手也漂亮,"单扬说着抓起了颜笑的手,他似乎很热衷于跟颜笑的手比大小,"小小的。"

颜笑侧头,单扬的嘴唇擦过了她的眼皮,她听到单扬深吸了口气,她手里的碗被单扬丢进了水槽。

"你手还伤着。"颜笑提醒道。

"不影响发挥。"

为了给单扬省点劲,颜笑主动搂住了单扬的脖子,双腿缠上了他的腰。颜笑被单扬丢到了床上,单扬准备压下来的时候,颜笑却伸手抵住了他的胸口。

"你吃药了吗?"

单扬皱了皱眉,觉得颜笑小看他了:"为什么要吃药?"

颜笑知道他想歪了:"医生给你开的药。"

"待会儿吃。"

"现在吃。"

一天三顿的药,单扬几乎都是看着心情吃的,记得就吃,不记得就不吃。

"行。"

单扬下楼翻出了药袋,随意瞥了眼药盒上的剂量,往嘴里挤了几颗,也没喝水,直接跑上了楼。他回房,看到颜笑还保持着刚刚的姿势,两只眼睛盯着天花板,手臂和脚都耷拉在那儿,一副任人宰割的呆愣模样。

"想什么呢?"单扬用膝盖顶开颜笑的腿,低头吻了吻她。

"在想你。"颜笑取了眼镜,眼神失了些焦距,看起来却更多情温柔了。

单扬学着颜笑刚刚的话,"别撒娇,颜笑。"

"有点苦。"颜笑挡了挡单扬的嘴。

"刚吃了药,很苦吗?"

"一点点。"

单扬脱了自己的上衣,手又钻进了颜笑的衣服,解掉了她背后的内衣扣子。

"你觉得半年长吗?"颜笑突然问了句。

"不长不短。"

"那如果我们半年不见,你会忘了我吗?"

单扬抬头盯着颜笑:"不会。"

"不会吗?"颜笑却似乎不信,她摸着单扬的脑袋,"可你的记性,不太好呢。"

"你想说什么?"单扬察觉到颜笑的不对劲。

"我去年申请了 ETH 的交换生,前几天的结果出来了。"颜笑把单扬的脑袋按到了她的胸口上,她不想看到单扬眼底的失落,"我会去。"

单扬趴在颜笑身上一动不动,连呼吸声都变得很小。

过了好久,单扬才轻笑了声,他拿开颜笑的手:"我当什么事呢,去呗,以后就可以跟爱迪生当校友了。"

颜笑却觉得单扬笑得牵强:"是爱因斯坦。"

"哦……"单扬点了下头,重复道,"爱因斯坦。什么时候走?"

"下周五。"

"这么快啊,"单扬翻身躺到颜笑边上,没了兴致,"没几天了。"

颜笑说不出"能不能等我"之类自私的话。她吻了吻单扬,带着他的手钻进了她的上衣。单扬的手搭在颜笑的背上,搓了搓,笑得勉强:"有点困了,大概是药的副作用。"

"那睡会儿吧。"

"好。"单扬抱住了颜笑,"陪我睡会儿。"

这药吃了也许真的会嗜睡,颜笑能感觉到单扬洒在她脖子上的呼吸慢慢变得平稳，她低头亲了亲单扬的额头："好梦。"

可单扬睡得很浅，颜笑从床上起来的时候，他就醒了。他听到颜笑穿上外套，慢慢走下了楼，楼下的Ugly叫了几声，笼子被它撞得"哐当"响，大门被带上之后，Ugly也立马消停了。

单芳以前也总是很忙，几乎就没怎么赶上过他的生日或者学校的家长会，每次缺席之后，单芳都会给单扬买一大堆礼物作为补偿。小时候单扬也抱怨过，但长大一点之后，就觉得自己实在矫情，单芳已经给他提供了这么好的物质条件，他还有什么好埋怨的。

爱你的人也有她的山海，单芳爱他，但也不止爱他。没谁应该被困在爱里，这道理，单扬自然知道，可他舍不得颜笑。六个月，足够让颜笑开始一段新的生活，一段没有他、他也没法参与的生活。

颜笑去苏黎世的前一天，叶瑾起了个大早，忙了一个上午，做了一大桌菜，还去小超市买了一瓶葡萄酒。相较于叶瑾的开心，颜康裕看起来有些沉默，他一个人在卧室里待了一上午，午饭也没出来吃。

叶瑾指了指卧室，压低了声音："在偷偷抹眼泪呢，估计是舍不得你。煮了这么多菜，要不给小单打个电话，问他要不要来吃饭，我们等他。"

颜笑掏出手机，却又塞回了口袋。这几天，单扬还是照旧每天跟她发消息，但两人的聊天也仅限于手机上，他们已经好多天没有见过面了。颜笑提过一两次，要去工作室找单扬，但他每次都会说，改天吧。可颜笑知道，单扬其实没那么忙，他大概是不想见她。

"他这几天比较忙，应该来不了。"

可叶瑾却捕捉到了颜笑眼底的黯淡："你爸舍不得你，他也是。"

"知道。"颜笑说。

"但你的人生，你自己做主。"叶瑾往颜笑杯子里倒了些红酒，"女孩更应该多出去看看这个世界，不要那么早成家，被婚姻束缚，被责任禁锢。"叶瑾轻轻摩挲着颜笑的脸，"你拿到了去看世界的门票，我真为你骄傲，笑笑。"

"对不起，让您被家庭束缚，"颜笑握着叶瑾的手，声音微颤，"没让您看到外面更大的世界。"

"是挺可惜，"叶瑾叹了口气，脸上却有笑，"但没办法，我爱你爸，你和他对我来说，比看世界更重要。"

晚上，叶瑾和颜康裕休息得早，颜笑睡不着，套上外套，一个人去了楼道。楼下单元门口的灯还没修好，花坛里的流浪狗一直叫个不停，感应灯亮了暗，暗了又亮。颜笑往窗外望，那只流浪狗从垃圾桶里翻出了个罐子，接着就叼着罐子走远了,没了犬吠,可感应灯又亮了。

颜笑放在口袋里的手机振动了一下,跳出了一条消息:下楼跟我约个会吗?

颜笑低头,看到了在冲她招手的单扬。

怕扰民,单扬只能用口型说道:"我等你。"

颜笑下了楼,单扬已经张开手臂,准备拥抱她了,颜笑却往后退了一步。

"你最近'日理万机'。"

"不敢'日理万机'了,"单扬走到颜笑身边,"以后都不敢了。"

颜笑挡开了单扬伸过来的手:"我不知道你说的改天再见是哪天。"

"我也不知道,"单扬尴尬地搓了搓鼻尖,"说的胡话,你就把改天当成每一天吧。"

"今天为什么过来?"

"你觉得呢?"单扬反问。

"你想我了。"

"嗯,想你了。"

"那你抱抱我。"

单扬带着颜笑的手搭上了他的后背:"你也抱抱我。"

"去哪儿约会?"颜笑问。

"你说呢。"

"我不去电影院。"

"嗯。"

"也不去逛公园。"

单扬笑了声:"知道。"

"那去哪儿?"颜笑凑到单扬耳边小声问道。

单扬被颜笑说话的热气弄得发痒:"去看艺术展。"

"什么艺术?"

"人体艺术。"单扬说。

单扬这会儿的状态,没能忍到回公寓了,他在离颜笑家最近的酒店订了个房间。快捷酒店,还是比较老的那种,房间不怎么好,到处透着廉价感。

"要不换一家?"单扬不想委屈颜笑。

颜笑却拽住了单扬的手,她脱掉了自己的外套,又伸手去脱单扬的:"别浪费时间了,六点的飞机。"

单扬取下颜笑的眼镜,把她压到了床上,可他担心颜笑只是暂时被离别的情绪冲昏了脑袋,又确认了一遍:"你真的准备好了,不是感情用事?"

"在谈恋爱,"颜笑拽着单扬的领口,把他往下拉,"谁不感情用事?"

她亲了亲单扬的鼻子，催促了一句，"快点……"

两人吻得都有些缺氧了，单扬停下来，从盒子里扯下一包塞到颜笑手里。

"帮我。"

可一向聪明的颜笑，却研究了半天都没戴上去。颜笑能感觉到单扬呼吸里的难耐，其实着急的不止单扬，颜笑轻叹了口气："抱歉，不太会。"

颜笑的话让单扬呼吸一滞："你和……"

"没有，我跟你一样，不随便跟别人睡觉。"

单扬亲了亲颜笑的脖子："我不是别人了？"

"嗯。"

"那我是谁？"单扬追问道。

"男朋友。"她会开始想念的人。

单扬送颜笑去了机场，时间有些赶，叶瑾和颜康裕跟颜笑交代完他们想说的话，颜笑差不多就该过安检了。颜康裕舍不得颜笑，还打算继续絮叨，叶瑾瞥了眼等在一旁的单扬，借口要去洗手间，就把颜康裕也给拉走了。

"照顾好自己，吃好，睡好。"

"知道。"

单扬抱了抱颜笑："到了给我发消息。"

"嗯。"

"还难受吗？"单扬突然问了句。

颜笑耳朵一红："一点点。"

单扬开始耍流氓："我可不止一点点……"

"知道了。"颜笑捏住了单扬的嘴，不让他再往下说。

"记得想我。"

"好。"

单扬松开了颜笑，偏开头，呼了口气："其实舍不得你。"

"那也记得想我。"

"当然会。"单扬搓着颜笑的手，"我等你回来。"

颜笑回握："嗯。"

差不多十四个小时的直飞，七个小时的时差，飞机到苏黎世机场还是下午。吴健延大概是算好了颜笑落地的时间，颜笑刚拿完行李，他的电话就打过来了。

国内快到零点了，按照吴健延平时的作息，这会儿本来已经休息了，他应该是特地定了个闹钟，刚醒的，说话的声音还是哑。吴健延交代了一些事，还说他帮颜笑安排了接机的朋友。

颜笑挂了电话，去了到达层大厅。接机的人很多，颜笑扫了眼人群，看到了写着自己名字的纸牌。

拿着牌子的人似乎也注意到了朝他走过来的颜笑，指了指纸牌上的名字，看到颜笑点头后，他就迎面过来接过了颜笑手里的行李箱。

男人穿着一套冰川绿的意式西装，手腕上搭了件白色大衣，站在清一色黑灰沉闷的冬装外套堆里，挺显眼的。不确定那人是不是中国人，颜笑先用英文跟他打了声招呼。

"中国人。"男人笑了笑，朝颜笑伸出了手，"徐升。"

在瑞士租房不容易，颜笑提前小半年申请的，宿舍离学院比较远，不在市中心，所以房租也不算特别贵，每个月477瑞郎。颜笑的宿舍在洗衣房的对面，是单间，但要跟其他学生一起共用卫生间和厨房。

学院食堂每天会有定制的菜单，不过都是符合白人口味的快餐，薯条、汉堡或者各种冷冰冰的高糖食物。快两个月了，颜笑还是没法适应学院食堂的食物，中午那盘带着腥味的烤鸡块让她的胃到现在还难受着。

电话那头的单扬能听出颜笑的疲惫："昨晚没睡好？"

"有点。"

"最近身边有什么趣事吗？"单扬问。

"没有，老样子。"颜笑点了点鼠标，"你呢？"

宿舍门外响起了说笑声，一男一女说的日语，颜笑没听懂，但那女孩的声音，颜笑听出是谁了。单扬刚想开口，门就被敲响了。

"有人敲门，先挂了吧。"

虽然不想挂，单扬还是应了声"好"："那晚上再打给你。"

"明天吧，今晚我得把小报告完成了。"

"你昨天也说的'明天'，"单扬叹气，"好吧。"

颜笑挂了电话，去开了门。

"晚上好啊，颜美人！"

"有事吗？"

何绚往外指了指："那个开老爷车的痞帅男来找你了，又给你带了中式小炒菜。"

何绚说的是徐升。

颜笑没想到下了飞机，还能遇到何绚。飞苏黎世那天，何绚就碰巧坐在颜笑身边。起飞前，何绚痛苦绝望地跟男友打电话，说舍不得他，哭哭啼啼直到飞机落地。可事实是，何绚其实根本不是个恋爱脑，大概也没多舍不得她男友。来宿舍的第二天，颜笑就在洗衣房撞见何绚和一个日本留学生在调情，要不是当时颜笑在,何绚可能就跟那个男生一路亲回房间滚床单去了。

"能一起吗?"何绚笑眯眯地问道。

"你去吃吧,麻烦跟他说一声,我还要完成课堂报告,就不下去了。"

"行吧。"何绚走了几步又转身,"你脸色看着不大好呢,别每天都闷在房间里学习了,多出去走走吧。"

"嗯。"

颜笑的脸色是不大好,来苏黎世的这一个多月,她每晚都得靠褪黑素才能入睡。新环境,需要适应的不仅是食物,还有落差感。颜笑在班上的平均小测成绩处于中上,其实成绩不错,但拔尖算不上。颜笑是聪明的,也是努力的,可这世上不缺天才,也不缺努力的天才。

颜笑带上了门,风从关不严实的窗户缝中往屋里钻,把窗帘吹得鼓胀,这坏掉的窗户,也是让颜笑失眠的"凶手"之一。

老何新找的事务所的办事效率挺高的,工作室出了些和解金,那家小公司主动撤诉。RV 的市场经理也在前几天找老何签了合同,双喜临门,老何为了庆祝,就组织了个聚餐。

单扬订了一个挺高档的酒店,酒店隔了一条街有家 KTV,KTV 外面写着周年庆,大概在做活动,进进出出的人特别多。KTV 的路口禁停,打车和等代驾的就都堆在这个酒店门口了。酒店门口的保安也分不清哪拨是客人,哪拨是从 KTV 来的,就干脆站路中间拦着从 KTV 出来的客人。

"他可以过去!为什么不让我过?"即使女生嘶吼着,那愤怒也盖不住她原来细柔的声音。

单扬认出了那人,是颜笑的室友——张瑶。

"为什么就我不行?"张瑶扔掉了手里的包,她死死咬着嘴唇,想忍住,却还是哭出来了,"我看着很好欺负吗?"

保安也不耐烦了,用脚踩了张瑶的包,推搡了她的肩:"别惹事,不然我叫警察了!"

"我在你们酒店订了包间,"单扬打开了保安的手,"她是我朋友,你们就是这样对待客人的?"

保安也无奈:"领班要求的,我看她从 KTV 出来的,我也……"

"这路是用来走的,不是你家开的,谁都能过。"单扬捡起地上的包,看了眼坐在石墩上的张瑶,"还能走吗?"

张瑶虽然醉了,但也还保持着警惕,她没搭理单扬。

"我们见过几次,我是颜笑的男朋友,"单扬掏出了手机,"这是我和她的合照。"

张瑶盯着照片看了会儿,好不容易止住的眼泪又涌出来了。

单扬有些无措地叹了口气:"我帮你叫辆车?"

没等张瑶回答,单扬就看到她被一个男生扶起来了,是上次在雨里跟张瑶接吻的那个男生。

"滚!"张瑶触电般地避开了肖军伸过来的手。

肖军不肯松手:"我送你回去。"

"别恶心我了,行吗?"张瑶攥着拳头砸向肖军的脸颊,"求你了,离我远点吧,你现在一碰我,我就特别,特别想吐。"

肖军擦着张瑶脸上的泪和鼻涕,语气再没从前的清高和矜持,满是乞求:"再给我一次机会,好不好?"

单扬拦下肖军:"她醉了,也明确表示她不想跟你走,所以放开她。"

"别多管闲事。"肖军警告道。

单扬也不想跟肖军干架,想了个折中的办法:"那个谁……齐思雅,让她来接吧。"

单扬给颜笑发了条信息,没一会儿她的电话就打过来了。张瑶听到颜笑的声音,嘴巴委屈成了一条线。

"笑笑,我好想好想你,天下第一想你!"

单扬站在边上默默笑了声,再怎么想,也只能是天下第二。

颜笑刚开始吃午饭,还没吃上几口。张瑶却似乎有很多话想跟颜笑讲,说起来就没完没了,颜笑大部分时间都没开口,就静静听着。张瑶隔几秒就要确认一次颜笑还在不在,她也都耐心应着。

张瑶在哭,肖军的脸色自然不好。边上的单扬,脸色也不怎么好,他担心待会儿颜笑要吃一盘冷掉的饭菜,担心颜笑要匆匆赶回教室上下一堂课。

"来了。"单扬指了指从车上下来的齐思雅,直接从张瑶手里拿过了自己的手机。

齐思雅没正眼瞧肖军,她把张瑶扶起来,又看向单扬:"帮个忙,单帅哥。"

单扬帮忙把张瑶扶上了车。车开远了,肖军还站在原地,一动不动,失魂落魄。

"饭菜是不是都凉了?"单扬拿着手机往酒店走。

颜笑:"还好,苏黎世这几天挺暖和的。"

"下午什么时候上课?"

"马上要去了。"

"那你赶紧吃吧。"

"也差不多吃完了。"颜笑其实没什么胃口,她起身把没怎么动过的饭菜都倒进了剩菜桶。

"晚上我们视频一会儿？"

"可能没时间，我晚上要跟组员线上讨论小组汇报，明天吧，好吗？"

可颜笑前几次也都是说的"明天"，但到最后，每次都没有和单扬视频。

"行，"单扬语气里有失望，但还是叮嘱道，"别弄太晚了，早点休息，你……"

单扬还想说什么，颜笑就开口了："知道了，先挂了。"

单扬上去的时候，大家已经开吃了，林文凯喝得醉醺醺的，一个人坐在地上，满脸通红。

"怎么回事？"单扬问。

"谢宁不是去南疆支教了吗？"老何解释道，"阿凯觉得谢宁心里只有梦想和学生，根本没有他的一席之地。"

阿钟在旁边小声地添油加醋道："其实再忙，也不该忽略恋人的感受，时间挤一挤，每天视频个十分钟的时间都没有吗？皇帝管理国家，也有时间谈恋爱呢。"阿钟说着掏出了手机，为林文凯打抱不平，"你看谢宁发的朋友圈，跟边上站着的男生看起来那么亲密，笑得嘞。人家说不定都要开始新的生活了，就你还傻傻地等她回来！蠢不蠢啊！"

"好啦！"老何捂住阿钟的嘴，"吃你的饭去，还嫌他不够伤心啊。"

"会吗？"单扬突然问了句。

"会什么呀？"老何没明白。

单扬开了一瓶啤酒往嘴里灌，两个人分开久了，感情真的会慢慢变淡吗？可当他心里问出这个问题的时候，他其实就已经有了答案。颜笑好像总是很忙，对他的分享欲也并不多，他不知道颜笑每天做了些什么事情，遇到哪些新的人，每天的心情如何，会不会也抽空想想他。

这晚单扬喝了不少酒，他叫了代驾，自己提前回去了。在沙发上躺了会儿，快睡着的时候，单扬的手机响了两下，是单芳发来的，一张颜笑的照片。

单芳：徐升还记得吗？你姑姑的初恋，现在也在苏黎世，吴健延让他多关照笑笑，两人应该是出去兜风了。徐升发了朋友圈，拍得挺漂亮的，发给你看看，解解你的相思。

应该是抓拍的，颜笑坐在副驾上，对着镜头的时候，脸上带着茫然，但嘴角也有些笑意。

单扬没记起徐升是谁，他也没去看单芳接下来发的几条消息，他只知道，颜笑的新生活里，好像已经慢慢没有了他。不过颜笑也的确从来没说过，想要跟他地久天长之类的话，所以即使颜笑真要甩开他往前走，他也没有抱怨的立场。

瑞士的时间比国内晚了七个小时，单扬熬了一整夜，在凌晨五点的时候给颜笑打了个视频电话。颜笑挂断了三次之后，单扬也就没再打了，他其实知道颜笑在和小组讨论汇报的事，他只不过幼稚地想要和这个小组汇报比一比重要性。

其实没什么，都是成年人，凡事会分轻重缓急，但也许是酒精上了头，或者是这段时间压抑的思念爆发了，单扬在颜笑打回来的时候，说了一句不太合适的话。

"颜笑，我累了。"

颜笑能听出单扬的语气里带着醉意和疲惫，压抑又沙哑的声音透着无力，她也自然清楚单扬说的"累了"指的是什么。

"对不起。"颜笑过了好久才开口。

单扬觉得脑袋很晕，用力敲了敲太阳穴，想让自己清醒些："不要对不起。"

"我以为我能处理好的，我的追求和我的感情，"颜笑的声音也透着疲惫，"但我好像没有这个能力，让你在这段感情中觉得无力，让你一直等我，我很抱歉……"

颜笑后面说的话，单扬都没听清了，他只感觉颜笑的声音越来越轻。第二天醒来，单扬觉得脑袋昏沉得厉害，他从冰箱里拿了瓶冰水，一口气喝了一大半，脑袋是清醒了些，胃却开始有些痉挛了。单扬记得昨晚自己好像给颜笑打了个电话，他点开颜笑的头像，发现多了条消息：照顾好自己。

单扬准备给颜笑回个"你也是"，但点了发送之后，那条消息旁边出现了个感叹号。

颜笑把他删了。

单扬开始拼命回忆昨晚自己跟颜笑说的话，但除了颜笑说的那句"对不起"，他什么也想不起来了。所以颜笑什么意思，他是突然被分手了吗？

徐升周末还是来宿舍送菜了，照旧带了两份，一份给颜笑，一份给何绚。

"吃不下？"徐升看出颜笑没胃口，抛了抛手里的车钥匙，"要不要带你出去兜一圈？"

换作平时，颜笑肯定会拒绝，但她这会儿的状态，的确需要出去吹吹风。徐升这次开来的是一辆20世纪60年代的凯迪拉克大火箭，车子很长，车尾有两个向上的大尾翼和仿火箭喷火口的大后灯，车身奶灰色，车顶是一层哑光黑漆。

"《绿皮书》里的那辆？"颜笑问。

"嗯，同款，但我换了个车漆。"

夜晚的利马特河很美，徐升把车停在了桥边。

颜笑望向映着灯光的河面微微有些出神："你来送饭，是因为何绚。"

徐升搭在方向盘上的手指一顿，轻笑了声："怪不得吴健延说你聪明。"

"你喜欢她?"颜笑说着也笑了声,像是觉得这喜欢来得真简单,"可你们才见过三次面。"

"不是喜欢,"徐升也往后靠,仰头望着夜空,"她长得很像我的初恋,笑起来的时候特别像。"

"可她只能是她自己。"颜笑提醒道。

"知道。"徐升松了松领带,"其实也不像,她不会夸我做的菜好吃。"徐升叹了口气,"从没夸过。"

车沿着老城区兜了好几圈,夜景和晚风让颜笑积了几天的烦闷消散了不少。

"谢谢你带我兜风,"颜笑带上了车门,"回去小心些。"

"客气了!"徐升拧了车钥匙,发动了车子,"有事就找我,吴健延交代过了,你是他最得意的学生,叫我一定一定要好好照顾你,所以,真别客气,都是中国人嘛!"

颜笑点了点头:"好。"

等徐升的车子开远了,颜笑才转过身,上台阶的时候,撞上了迎面走来的一个人。那人的卫衣帽子罩着脑袋,外套领子拉得很高,遮住了下半张脸,加上这漆黑的夜色,颜笑没有看清那人的脸,但能看出他很高。住在这宿舍的好几个留学生都很高,眼前人跟上次和何绚在洗衣房调情的那个日本留学生的体型倒挺像的。

颜笑揉了揉被撞痛的肩膀:"Sorry。"

那人没回答,插着口袋,几步跳下了台阶。

颜笑准备把冷掉的菜重新热一下,刚进厨房,就看到了在餐桌上化妆的何绚。何绚喜欢欧美妆,她化完妆和素颜的样子完全就是两个人,不过脸上标志性的笑容倒没怎么变,只不过笑起来的嘴唇变成了夸张的土棕色。

"好看吗?"何绚问颜笑。

"挺好看的,不过为什么晚上化全妆?"

"因为……"何绚突然压低了声音,语气神神秘秘的,"这宿舍来了个大帅哥。"

颜笑觉得她和何绚的审美应该是不一样的,至少目前为止,何绚提到的那几个帅哥留学生,都没有在她的审美上。

何绚好奇地问:"你谈过几次恋爱啊?"

颜笑没回答,从微波炉里取出了热好的菜。

"都帅不帅啊?"何绚却自顾自接着问,"还是说,你是个智性恋。"

颜笑不知道想到了什么,停下了筷子,重复道:"智性恋?"

看到颜笑终于有反应了,何绚以为自己猜对了,她扔掉了手里的睫毛夹:

"你喜欢聪明的?"

颜笑摇了下头。

"也是,笨点好驾驭,精明的,说不定要被对方玩死了呢。"

颜笑洗完澡,拿着外套去洗衣房,在走廊上遇到了靠着墙在打瞌睡的何绚。颜笑瞥了眼紧闭的房门,何绚说的那个帅哥大概就住这间了。

把外套放进洗衣机,颜笑回了一下颜康裕刚发给她的消息,她拿着手机往回走,被何绚横在地上的腿绊了一下。何绚没醒,但颜笑听到有人开了口。

"看路。"

是个中国人,这倒不稀奇,可这声音让颜笑准备往前的身体顿住了。刚刚在外面台阶上撞到的,也是他。

洗衣房的洗衣机开始转了,声音有些大,吵醒了靠坐在地上的何绚。何绚打了个哈欠,睡眼惺忪的她,看到颜笑伸手拽下了一个男生的帽子,而那个男生本来是她今晚的"狩猎"目标。

单扬拉下了外套拉链:"随便摘人的帽子,不太好吧?"

单扬面无表情的样子,说实话有些吓人,再加上他的体型,何绚拍了拍发酸的大腿,立马把颜笑拉到了身后。

"抱歉啊,这儿光线暗,她,她大概是把你认成,认成……"

"认成谁了?"单扬问。

何绚胡乱编道:"认成她男朋友了。"

单扬笑了声:"她男朋友?"

何绚感觉单扬笑得有些阴阳怪气,她悄悄撑了撑颜笑的腰,小声说道:"要不你道个歉?"

颜笑没开口,她盯着单扬看了会儿,最后重新帮单扬把卫衣帽子扣到了脑袋上。这动作还有些使劲,像是故意要去盖住单扬的眼睛和鼻子。接着,颜笑顾自往前走,快到门口的时候,停下了脚步:"你刚刚在外面撞到我了。"

单扬没否认:"嗯。"

"你也应该跟我道歉。"

单扬没回头:"对不起。"

回答单扬的是"砰"的关门声,单扬摇了摇头,嘀咕了句:"脾气怎么变得这么差……"

走廊上两人的对话在颜笑进房间之后开始了。何绚说话的声音不大,但语调依旧夸张,她似乎很会聊天,无论对象是谁,即使是今天才刚跟她见过面的单扬。单扬也并不是内向的人,其实他跟谁也都能聊上几句,如果他愿意的话。

颜笑看了眼时间,早就过了她平时该睡觉的点,可她坐在沙发上,依旧没什么睡意。颜笑听到有脚步声在她的房门前停下，走廊的说话声也跟着停了，然后她的房门被敲响了。

"Guten Abend!（晚上好）"

是住在斜对面的留学生，是个德国人，却能说一口带着伦敦腔的英语。颜笑没问他的来意，他自顾自分享了一下今天在学校碰到的趣事，接着从口袋里掏出了两张画展的门票。这是他第三次约颜笑了，第一次他买了两张交响乐团演出的门票，第二次他想请颜笑去酒会品酒，但颜笑都拒绝了，也没给任何理由。

男生是标准的德国帅哥的长相，一米九的个子，肩宽腰细，棕发，冷白皮，眼睛深邃。刚夜跑完，男生身上还穿着紧身的速干衣，手臂随便一动，就衬出了他那排结实的腹肌。何绚自然也多看了几眼，可她回过头，发现单扬也正盯着那边看。

像是没料到颜笑会拒绝他三次，男生忍不住问了原因。

"You're good-looking,but you're rather cliche.（你的确好看，但你挺无趣的）"

颜笑的回答让德国男觉得不可思议，他把两张票丢到地上，走之前用德语说了句什么，听那语气，应该是骂人的话。

单扬听不懂德语，颜笑刚刚说的那句英语，他也只抓到了"good-looking"这个词。所以单扬觉得这个德国人有病，颜笑还从来没认真地夸过他好看，要是颜笑能夸他好看，他应该会嘚瑟地在原地转圈圈。

"有病。"单扬还是骂了句。

"你说谁？"何绚问。

似乎想到了什么，单扬开了口："我可以跟你约顿饭。"

何绚笑了："真的？你刚刚还不答应的。"

德国帅哥走后，走廊里的聊天声也消失了。几件外套都比较厚，洗衣机在转了一个多小时后终于停下来了，颜笑套上外套准备去洗衣房，她推开门，看到那两张画展的门票还躺在地上。

"什么时候变的品位？对外国人感兴趣了？"单扬已经在颜笑的房门外站了好一会儿了。

"人是在变的，你不也变了。"

"哪儿变了？"单扬跟着颜笑进了洗衣房。

"品位。"颜笑把外套从洗衣机里拿出来，"何绚挺漂亮的，可你不是喜欢丑的吗？"

"没变，我不也喜欢过你吗，你不就挺漂亮的？"

"喜欢过？"颜笑侧头看着单扬。

单扬以为颜笑是在意外他的坦诚："嗯，我不嘴硬。"

颜笑没再说话，拎着衣篓就准备回去了。

"我帮你。"

颜笑避开了单扬的手："理由？"

单扬笑了："这年头做好事也需要理由了？"

"那就不必了。"

"都是中国人，出门在外，互帮互助，这个理由可以吗？"

"不可以。"

颜笑从前也喜欢跟别人划清界限，但疏离的语气里总还是会保持"一丝丝"形式上的礼貌，可现在连那"一丝丝"都没有了。

"你很烦我。"这是单扬得出的结论，颜笑没回答，单扬抢过了颜笑手里的衣篓，又问了一遍，"是不是觉得我烦？"

"嗯。"

单扬沉默了几秒，嘴角勾出了个自嘲的笑："所以突然跟我分手，又删掉了我的联系方式？"

颜笑别过脸："嗯。"

单扬把衣篓用力地放到了一旁的架子上："你可真能气人，颜笑。"

半夜苏黎世下起了雨，风很大，颜笑房间的窗户关不紧，再使劲拉上也总是留条缝，风夹着雨钻进来，在米白色的窗帘上留下了一道巴掌大的印记。盯着窗帘被风吹鼓，又落下来，成了颜笑睡前的助眠活动。

可今天的褪黑素好像失了效，她看着窗帘上的水痕从巴掌大小，蔓延成了一米多的长条，窗台上的雨水沿着墙壁滴到地板上，等那雨水聚成了一小摊，颜笑才从床上起来，用纸巾擦掉那摊水，拿了条毛巾堵住了窗台。

看着慢慢被雨水浸湿的毛巾，颜笑突然有些泄了气。直面单扬的委屈和失落时，她其实也并没有那么坚强。单扬说的那句"我累了"这些天一直在她脑子里徘徊着，"我累了"其实就是变相的"算了吧"，她不想听到单扬说出这句话，所以她干脆地删掉了他。

及时止损对谁都好，拖着、吊着，最后只会更难受，可他为什么又非要找到苏黎世来。

风还在刮，颜笑干脆把窗帘拉开了。外面的天很黑，但对街的面包店已经开始营业了。

"颜美人。"何绚在外面。

颜笑开了门，何绚正准备去敲门的手停住了。

"七点半了，平时这个点你都已经醒了，"何绚说着不好意思地笑了声，"没吵醒你吧？"

"有事吗？"

"想跟你借把伞。"何绚伸手指了指单扬的那间房，"那新来的大帅哥要请我吃饭，只是外面下着雨，我是爱淋雨，但总不能让人家跟着我淋雨吧。"

颜笑才注意到何绚化了妆，还换了件露肩又露腰的紧身上衣，下身的短裙只勉强遮住了屁股，黑丝被长靴包着，露出了线条分明的紧实大腿。

察觉到颜笑的打量，何绚自信大方地转了个圈："好看吗？你觉得能拿下他吗？"

颜笑点了点头，但不知道是回答两个问题中的哪一个。

"今天挺冷的。"颜笑又道。

何绚笑了声："所以我待会儿才有借口往他怀里钻啊。"

颜笑把伞递给了何绚："记得还我。"

"一定一定。"何绚笑着拍了拍伞，"对了，如果今天那开老爷车的徐教授来，你帮我跟他说一下，没吃到他的菜，实在可惜呢。"

可何绚的语气里没有可惜，倒带着些揶揄和得意。也是，就何绚这换男人的速度，感觉不出来徐升看她时眼神里的热烈，那才奇怪。

因为租的宿舍离学校有些远，每天颜笑在通勤上大概要花两个小时，回宿舍她要先坐80路公交车，然后再转地铁。

今天下雨，公交车开得很慢，雨不大，街上也没什么人打伞。公交车又停下来了，从边上的餐厅里出来了几个人，他们上了车，司机想让他们往里走，先是用瑞士德语喊了一遍，又换成法语，最后见那几个人没反应，就换成了英语。

颜笑没回头，但感觉有人往她这儿挪过来了。那乘客刚上来，身上带着颜笑不怎么喜欢的水汽，她往边上移了一步，那人倒也没再挤上来。

车开了一会儿，提示语又响了，颜笑感觉身后的人在往车门靠，以为他想下车，颜笑就侧过了身。车门开了，可下一秒，颜笑的腰被人托住了，还没等她反应过来，她就被抱下了车。

车门"啪"地合上了，溅起的水花让颜笑稍微回过了神，看着眼前在对她笑的单扬，颜笑挥起雨伞就往他的胸口砸过去了。

"挺疼的。"单扬可怜兮兮地捂了捂胸口。

"你发什么疯？"颜笑问。

"没发疯。"单扬接住了颜笑扔过来的雨伞，"很无聊，所以想找你去河边喂鸽子。"

"你可以跟何绚去。"

颜笑说完自顾自往前走，单扬撑开伞跟了上去："何绚是谁？"

"今天跟你约会的女生。"

"哦,她叫何绚啊。"单扬像是刚知道,又解释了句,"没约会,就吃了顿饭。"
颜笑推开单扬倾过来的伞:"跟她吃饭、约会,还是睡觉,你都不用跟我说。"
"我不随便跟别人睡觉的。"单扬认真地解释道。
"我也不随便跟别人去河边喂鸽子。"
单扬凑上去,夸了句:"那你是个正经人。"
颜笑又伸手打开了伞杆,单扬一使劲环住了颜笑的肩:"正经人别淋雨。"
"松手。"颜笑掰开单扬的手,从他手臂下钻了出来。
"那你自己拿着伞,"单扬语气软了软,"你别淋雨。"
颜笑也不客气,拿过伞就走了。单扬轻轻叹了口气,跟在后面慢慢走着。
雨水打在伞上的声音变大了,颜笑瞥了眼地上的水洼,里面映着单扬的影子,单扬的上衣布着星星点点的水印。
颜笑停下了脚步,单扬也跟着停下来了,接着几步走到颜笑身边:"怎么了?"
"正经人别淋雨。"颜笑说着抬手帮单扬扣上了外套的帽子。
单扬笑着蹭了下颜笑的手背:"好,我打个车吧。"单扬看了眼颜笑沾了泥水的鞋面,"走到地铁站应该还要很久。"
"从这儿打车回去要二十五瑞郎。"
"才二十五?"
"差不多两百块人民币。"
"没事,我有钱。"
颜笑不说话,瞥了单扬一眼,单扬眨了下眼:"听你的。"
单扬也不认路,就跟着颜笑走。颜笑没带他去地铁站,倒带他来河边了。
单扬开玩笑问了句:"喂鸽子吗?"
"嗯。"
颜笑一本正经的回答让单扬愣了愣:"我刚刚开玩笑的。"
"我没开玩笑,"颜笑冲着在岸边盘旋的鸽子抬了抬下巴,"喂吧。"
单扬有些尴尬地敲了敲护栏:"我没带鸟食。"
"也能喂。"颜笑收起了伞,单扬很自然地接过。颜笑攥着拳头举高了手,几只鸽子惯性飞到了颜笑的手边,等反应过来颜笑拳头里攥着是空气,那些鸽子就飞走了。
单扬笑了声,也学着颜笑的样子来骗鸽子:"帮我拍几张照?"
可这鸽子也聪明,被骗了几次之后就不上当了。
"拍得怎么样?"
颜笑把手机递给了单扬:"自己看吧。"

301

"你拍得挺好的。"单扬也不谦虚,"这照片里的人长得也不赖,照片发我一下吧。"

颜笑不知道单扬是不是故意的:"怎么发?"

"微信发我呗。"

颜笑过了会儿才开口,提醒道:"我把你删了,你忘了吗?"

单扬抢过了颜笑的手机,点开了微信:"加回来不就好了。"

颜笑和单扬回去的时候,宿舍楼前面停了一辆亮黑色的老爷车。单扬停下来摸了摸车头:"1961年的雪佛兰英帕拉。"

"对老爷车感兴趣?"颜笑问。

"我姑姑感兴趣,所以我爷爷家还放着挺多老爷车的模型和照片,之前看过这辆。"

听到楼下的动静,二楼厨房的窗户打开了。

"回来了,颜笑!"徐升注意到站在颜笑边上的单扬,似乎有些意外,笑着冲他挥了挥手。

"谁?"单扬问颜笑。

"吴教授的朋友。"

单扬打量着靠在窗口的徐升:"跟你很熟?"

"还行。"

何绚手里端着饭盒,也探出脑袋:"你怎么和颜笑一起回来了?"

"顺路。"颜笑帮忙解释了句。

"只准备了两份,不知道你也在,"徐升看着跟颜笑一起进厨房的单扬,"都长这么高了。"

"我们认识吗?"单扬皱了下眉。

"小时候我还抱过你的,徐叔叔,记得吗?"

"徐升?"单扬像是终于记起了些。

"对!"徐升有些开心,"我相机里还存着你小时候的一些照片呢,我去车里拿。"

"你们认识啊?"何绚好奇问道。

"我姑姑的朋友。"

单扬的话让颜笑想起了徐升在车上跟她提过的那个初恋,看来这世界还真挺小的。

"你吃吗?"何绚客套地把自己已经吃了几口的饭盒往单扬跟前递了递。

"不了。"

何绚笑了声:"有洁癖啊?"

单扬也不否认:"嗯。"
　　颜笑吃饭的时候,单扬就坐在边上,余光一直往颜笑那边瞄。何绚察觉到单扬的视线,以为他是馋颜笑碗里的菜,又好心问了遍:"我分你点?"
　　"不用。"单扬托着下巴,指了指颜笑碗里的红烧肉,"好吃吗?"
　　"还行。"
　　单扬又指了指边上的冬笋炒肉:"这个呢,也好吃吗?"
　　颜笑点头:"嗯。"
　　"米饭好吃吗?"单扬又问。
　　颜笑不回答了:"你饿了就去吃饭。"
　　"我不认识菜单上的字。"单扬似乎想勾起些颜笑的同情心。
　　"你也不挑食,服务员端上什么,你就吃什么吧。"
　　颜笑和单扬的对话这么自然熟络,何绚当然看出了些什么:"你们认识啊?"
　　"认识吗?"单扬问颜笑。他搞不懂颜笑,所以不确定颜笑现在是想跟他认识,还是要跟他装不熟。
　　"校友。"颜笑说。
　　"嗯,"单扬抱着手臂,好笑地看着颜笑,"校友呢。"
　　徐升过了一会儿才上来,手里拿着相机,还顺便帮单扬去对面买了份饭。
　　徐升坐到了单扬身边,他兴致勃勃地翻出了之前给单扬拍的一些照片,可单扬看起来没什么兴趣。何绚擦了擦嘴,倒是捧场地凑了过去,夸起了徐升的拍照技术。
　　"你不吃了?"单扬看了眼颜笑没动几口的饭菜。
　　颜笑瞥了眼在和何绚聊天的徐升,小声说了实话:"太油了。"
　　单扬把徐升给他带的那份推到了颜笑面前:"那换一下,你吃这个。"
　　"我吃过的。"颜笑提醒道。
　　"我又不矫情。"单扬回道。
　　何绚耳朵尖,单扬和颜笑的小动作她也尽收眼底。
　　"怎么了?"徐升突然听到何绚叹气。
　　"没事。"何绚收回视线,笑了声,"雨停了,您能带我出去兜一圈吗?"
　　饭点,厨房进进出出几拨人,大部分学生都是买的快餐,进来热菜的,热完就端着饭盒回房了。
　　"是挺油的。"单扬放下筷子吐槽了句,却光盘了。
　　"帮我修一下房间的窗户吧。"颜笑突然说。
　　单扬有些意外,指了指自己:"我吗?"
　　"不愿意就算了。"

"别算了，"单扬笑了声，"很愿意。"

单扬洗完澡来的，颜笑能闻到他身上沐浴露的味道。楼下小超市只卖这一个牌子，所以这个宿舍楼的学生用的大多都是这款。

"晚上挺冷的。"单扬盯着颜笑看，可颜笑只穿了件白色的睡裙，外面套了件不太厚的毛线开衫。

"开了暖气，里面不冷，不用脱鞋了，直接进来吧。"

白色的裙子在暗处不透，可颜笑往灯光下一站，裙摆随着她的动作就若隐若现地衬出了身体的轮廓。

"可能我力气不够，拉不动这扇窗户。"

单扬回神，指了指："这扇吗？"

"嗯，一到晚上风就会钻进来。"

单扬试着推了推窗户，能推动，但的确要费些劲："应该是底下的两个小轮子不转了。"

"你还真修过窗户？"颜笑好奇地问了句。

"之前老工作室的有个窗户也这样，把窗户取下来，清理一下底下的两个滑轮，涂些润滑油就好了。"昨晚积在凹槽里的雨水还没干，单扬一使劲，混着泥沙的脏水溅了他一脖子，胸口也湿了一片。

"抱歉，忘记提醒你了。"

"没事。"

颜笑给单扬递了块毛巾："先擦一下吧。"

单扬做起事来跟他平时的状态不一样，还挺认真专注的。重新装上窗户前，单扬仔细地把凹槽清理了一遍，还擦掉了窗台和地上的水渍。

"好了，你可以试试看。"单扬说完，好久没得到颜笑的回应，他转头发现颜笑坐在床上，正盯着他看，"怎么了？"

颜笑摇了摇头，却不说话。

被颜笑这样盯着看，单扬觉得挺要命："也不早了，你早点休息。"单扬有些着急地收好了工具，就准备往外走。

"要不要喝点茶？"颜笑却喊住了他。

"下次吧，你早点睡。"单扬却不敢留下来，"我衣服也湿了，黏着难受，想回去换一件。"

"下次是哪一天？星期八？三十二号？十三月？"颜笑拍了拍床边的位置，示意单扬坐下，"聊会儿吧，你过几天不就要走了吗？"

单扬没坐到床上，坐到了小沙发上："想聊什么？"

"都行。"

单扬倒也没花多久想话题，似乎这些话早就已经准备好了："我一直没查四级分数，前几天查了，过了。"

颜笑眼底有笑意："恭喜你。"

"Ugly 烤小太阳的时候把自己屁股上的毛烤焦了。"

"还有吗？"颜笑轻笑了声。

"周行和吴泽锐去酒吧，被两个男生要了微信。老何的初恋回来了，我们的工作室'石丽洁'就是老何取的，他初恋的名字。我妈跟吴叔叔上个星期领证了。还有……"

"还有什么？"颜笑问。

"为什么突然把我删了？"

颜笑沉默了会儿："因为你说你累了。"

"我累了是我的事。"

"可谈恋爱是两个人的事。"

"你也知道是两个人的事，可分手是你自己决定的，你问过我吗？"单扬觉得委屈，"我想解决我们俩之间的问题，而你只想把我解决了。"

"我怕你想，却又不好意思开口。"

"放心，我脸皮厚得很，如果不喜欢，不值得，我自己会开口的。"

"那你觉得我还值得吗？"

"我说过了，我们绝配。"单扬走到床边，半蹲在颜笑面前，放软了语气，"能和好了吗？"

"那你还累吗？"

单扬笑了："能不那么记仇吗？"

"不能。"

"不累了，看到你，我现在血液里都飞满了蝴蝶。"

颜笑摸着单扬的眉毛，笑了声："油嘴滑舌。"

单扬想吻颜笑，颜笑却避开了："为什么约何绚去吃饭？"

"我听不懂你在走廊上和那个外国人说的话，她帮我翻译了，"单扬掰回颜笑的脸，"作为交换，我请她吃饭。我身上很脏，"单扬吻了吻颜笑的嘴角，"等我一下，我去洗个澡。"

"七分钟，我明天有早课。"

"七分钟？"单扬问了句，"是洗澡？还是待会儿只给我七分钟？"

颜笑凑到单扬耳边，声音很轻："洗澡。"

七分钟都不到，颜笑就听见虚掩着的门被推开了，脚步声一路从门口走到了床边。颜笑手里还敲着键盘，她感觉坐着的床在往下陷，接着有人从背后攥紧了她的腰。

"这么暗看电脑，对眼睛不好。"单扬用下巴蹭着颜笑的肩，"别看了，看看我吧。"

"看你哪里？"

"想看哪里都行。"单扬说着脱掉了上身的T恤，颜笑怀里的电脑被他放到了地上，"要不要先定个闹钟？"单扬吻着颜笑的后颈，"怕你明天醒不过来。"

"好……"颜笑的身体不自主地往单扬怀里仰，点着屏幕的手指轻轻抖了抖。

单扬突然想到了什么，笑了声："窗户是借口？"

"不是，窗户的确坏了。"

"那你怎么知道我会留下来？"

"你不会吗？"颜笑反问。

单扬认命："会。"

苏黎世这几天都下雨，何绚第二天又来找颜笑借伞，可看清开门的人后，她就怔在了原地。

"有事？"单扬没睡醒，脸看起来挺臭的，下身随意套了条拖地牛仔裤，扣子没扣，露出了紫色和绿色相间的内裤边，上身裸着，喉结和胸口上都落了好几枚红印，靠近锁骨的那枚还有些发青了。

"Dear me！（哎呀）"何绚作势捂住了自己的眼睛，却透过指缝继续打量单扬的好身材，"不好意思。"

单扬清醒了些，他掩上了些门，只露出了脖子和脸："她在睡觉，有事就跟我说吧。"

"哦，我……"何绚扇了扇微红的脸，"我来借把伞。"

"等一下。"单扬虚掩上了门，轻声往屋里走，但床上的颜笑还是醒了。

"怎么了？"

单扬钻进了被子里，吸了吸颜笑的颈窝。颜笑被弄得发痒，伸手推了推单扬的脑袋："很痒。"

"何……"单扬没记住何绚的名字，"那个女生找你借伞。"

颜笑知道是何绚："在鞋柜里。"

单扬应了声"好"，手却不老实地滑进了颜笑的腿间。颜笑按住了单扬的手，声音听起来有些没劲："先把伞拿给她吧。"

单扬捏着颜笑的下巴，把自己的脸往她嘴上凑，接着自言自语道："感谢你的早安吻。"

鞋柜就在门口，何绚透过门缝可以看到单扬弯着腰在柜子里掏了会儿，然后又往屋内轻声喊了颜笑的名字，他问颜笑有两把伞，要借哪一把。

没一会儿，颜笑也起来了，何绚能听到两人在门板后面轻声说话，伞迟迟没递出来，何绚隐约听到了有些乱的喘气声。她正准备凑上去再听仔细些，门"啪"地就被甩上了。

过了一会儿，门又打开了，颜笑只露出了半张脸，给何绚递伞的那只手有些颤："抱歉久等了。"

"没事没事。"何绚赶紧接过伞，"谢了哈，我晚上不回来，所以伞可能要明天才能还你了。"

"没事。"

颜笑刚说完，何绚就听到里头的另一个人在催了。

"好了没？"单扬扯了下颜笑的小拇指，语气软绵绵的，像在撒娇。

何绚难得在颜笑脸上捕捉到了一丝尴尬和不自在，她也不是没眼力见的人："不打扰……"

何绚的"了"字还在嘴里，门就被干脆地甩上了。

颜笑叹气，按住了单扬乱动的手："不累了？"

"这仇你要记到什么时候？"

"七老八十。"颜笑笑了声。

单扬跟着笑："行。"

把话挑开讲了之后，两人心里倒变得自在了。回国后，单扬想颜笑了，就给她打视频。忙的话，两人就什么也不说，开着视频，自顾自做事情，闲下来的空隙，就会瞄一眼彼此。安静下的对视，和激烈的热吻比起来，其实也不逊色，让人安心幸福。

最近工作室连扛了两个星期，终于熬下了一个大广告，老何让单扬去商场给员工们挑些礼物，单扬帮男生们选了，但女生的拿不定主意，他就给颜笑打了个视频。

苏黎世是下午，可颜笑穿着睡衣，像是刚洗完澡。

"怎么这个时间点洗澡？"

"出了些汗。"颜笑抬手指了指单扬手边的女包，"包包不错。"

"嗯？"单扬一愣，没反应过来的单扬以为颜笑在喊他"宝宝"。

"这个棕色的包包挺好看的。"

"哦。"单扬盯着颜笑偏低的领口看了会儿，又逼自己移开视线，"在收拾行李箱？"

"柜子里的衣服有些乱，就暂时放行李箱上了。"

颜笑那边还有事，两人也没聊多久，单扬挂了电话，从女包店里出来，看到阿钟一个人趴在栏杆上，贼头贼脑的。

"让你先去给大家挑点礼物，"单扬拽下了阿钟脑袋上的鸭舌帽，"你在这儿干吗呢？"

"嘘。"阿钟示意单扬往下看，"扬哥，那个是不是老何的初恋，石丽洁？"

"嗯，怎么了？"

"老何被戴绿帽子了。"阿钟指了指刚从洗手间出来的胖男人，"石丽洁刚刚跟这个男人亲嘴了，还是舌吻，光天化日的。"看单扬没反应，阿钟有些替老何抱不平，"老何平时对你这么好，你都不替他感到愤怒和不值吗？"

单扬没回答，拦住了准备往楼下冲的阿钟。

"你放手！"

单扬不放，就阿钟那细胳膊细腿，怎么可能反抗得了。

"不是，我不明白！扬哥你拦着我干吗呀？"

"不明白就别明白，你要是今天去把人揍了，明天就从工作室滚蛋。"

"我……"阿钟用力踢了下栏杆的玻璃挡板，"没想到你是这么胆小怕事的人！算我看错人了！"

阿钟虽然气极了，但最后也还是忍着没去闹事，不过一路上都没再跟单扬讲过一句话。到了工作室，阿钟把买的东西丢在门口，就趴到工位上开始装睡了。

"凯，你分一下东西。最近大家都辛苦了，等人到齐了，跟他们说一下晚上聚餐，我订了餐厅。"

"收到！"林文凯笑眯眯地冲单扬比了个"OK"，又看了眼趴在那儿的阿钟，"他咋啦？"

"来姨妈了，痛经。"单扬说。

单扬敲了下老何办公室的门："在忙吗？"

"刚跟RV的市场经理打完电话，"老何起身搭上单扬的肩，"聊了新的合作项目，找我有事啊？"

单扬瞥了眼桌上老何和石丽洁的合照："上个月的工资，你没打我账上。"

"没给吗？"老何抓了抓脑袋，"可能忙忘了，我下午给你转过去。"

单扬带上了门，又拉下了百叶窗。

"干吗？"老何警惕地往后退了一步，"你，要干吗？"

"跟你说个事。"

"说事就说事，你关门干吗？"

"我和阿钟在商场遇到了石丽洁，她身边还有个男人，两人挺亲密的。"

老何脸上有片刻怔神，却没有太大的意外。这也不是石丽洁第一次出轨了，单扬当初在超市门口遇到落魄的老何，也都是拜石丽洁所赐。不过准确点来说，也是一个愿打一个愿挨。那时候石丽洁拿走了老何所有的存款，跟刚认识两个月的一个电工去了云南,那银行卡还是老何亲自递给石丽洁的。这荒唐事,单扬知道,所以他拦住了阿钟。

"我想着可能你还想要个后路,如果事情闹开了,你连装傻的机会都没有了。"单扬从盒子里掏出了给老何买的领带,"决定权在你,要继续,那就当作什么都不知道,如果觉得不值得,很委屈,那就干脆跟她做个了断。"单扬对着玻璃帮老何调了调领带,夸了句,"挺帅的。"

老何盯着玻璃上的影子,苦笑了声:"帅吗?"

飞机下午两点落地,外面下着雨,整个机场也都透着些潮湿。不是周末,也不是假期,接机口还是挤满了人。

颜笑没有告诉叶瑾和颜康裕她提前回国的事,飞机落地后,她才给他们发的消息。叶瑾他们知道颜笑要回来,面馆提前就打烊了。

门上还贴着颜笑过年时写的那副对联,中间应该掉下来过一次,对联上面的透明胶换了颜色。颜笑抬手准备敲门,发现门没锁,只虚掩着,地上放着一双淡紫色的新拖鞋。家里还跟她走之前一个样子,只不过墙边多了些还没吃完的年货,红红绿绿的礼盒堆在一块儿,看着倒挺热闹。桌上已经摆了很多凉菜,厨房门开着,叶瑾在切菜,颜康裕坐在边上,在剥豆角。

"长长短短的。"叶瑾看了眼盘子里的豆角,语气有些嫌弃,但眼里带着笑。

"加水一煮都能熟,"颜康裕又仔细剥了一根,"这样行了不?"

叶瑾没回答,她似乎察觉到了什么,放下菜刀,往外面望了眼,颜康裕看到叶瑾脸上的笑,也回过了头。

叶瑾几步跑出来,往身上擦了擦手掌的水,搂住了颜笑:"要回来怎么不早点跟妈说呢!"

"想着给您个惊喜。"

颜康裕也过来拍了拍颜笑的肩:"你如果提早几天跟我们说,我们就能提前高兴好多天呢。"

颜笑吃完饭,就说自己要先回趟学校的实验室,颜康裕劝颜笑别一回来就忙,叶瑾让絮叨的颜康裕闭了嘴,还给颜笑塞了好几袋刚做好的小菜和酱牛肉。

等颜笑走了之后,颜康裕感叹了句:"怎么就这么忙!"

叶瑾摇了摇头没说话,她觉得颜康裕也是个木头脑袋,就颜笑那着急的样子,哪里会是去实验室。

颜笑先回了趟学校,宿舍里就齐思雅在做直播。陈星怡的床铺和桌子都空了,之前聊天听齐思雅说,陈星怡几个月前就搬出去了。

齐思雅直播依旧卖力,颜笑进来好久了她都没发现。颜笑帮齐思雅接了些温水，齐思雅瞥到一旁镜子里映出的人影，疲惫的眼睛突然亮了下，她把镜头转到一边，笑着用口型对颜笑说道："欢迎回来，我的朋友。"

齐思雅最近的账号做得很不错，粉丝涨得快，有流量，也能变现，每个月都能接很多推广，可她说最近她家里不太安宁。齐思雅的姐姐在国外交了个男朋友，他们想结婚，打算就在澳大利亚定居，但齐思雅的父母当然不愿意。弟弟最近在申请国外的学校，因为选专业的事也跟父母闹得不可开交。

齐思雅说她妈妈有天晚上跟她打了好久的电话，那天说的话比她们平时说的话加起来，还要多很多。

"她在电话里一直哭，她问我，她该怎么办。"齐思雅擦掉了涂在脸颊上的口红，笑了声，"我跟她说别着急，事情总会好起来的。但其实我特高兴，看，用这么多爱和时间养的两个孩子，最后还是跟他们闹掰了。我是不是特坏，特会幸灾乐祸？"齐思雅说着摆了摆手，"不说他们了，影响我心情。最近幺儿一直在找兼职，她说快大四了，她也不能像之前那样虚度光阴了。"

"找到了吗？"颜笑问。

"没，其实主要是她不知道自己能做什么，或者想做什么。她说她羡慕我们，都有梦想。"

"梦想不是什么伟大的东西，可以有，也可以没有，只要别每天叹气流泪，能时常高兴，那就没白活。"颜笑给齐思雅喂了一块牛肉，又指了指齐思雅放在桌上的光明牛奶，调侃了句，"我们都有'光明'的未来，不是吗？"

"当然。"齐思雅意味深长地笑了下，"你手里另外那两袋是给单扬的？"

"嗯。"颜笑也没否认。

"装着什么呀？"齐思雅笑着问："'光明'的未来？"

颜笑去工作室的时候，那一片的饭馆和小食店正热闹，一路走过去，全是各种饭香。每家店都坐满了人，但天一热，螺蛳粉的生意就没冬天的时候好了，店里只坐了三四个人。

颜笑认出了应萧萧，应萧萧刚喝了口汤，嘴上沾了一圈红油，看到颜笑她也微微愣神。隔着玻璃，颜笑对她点了下头，她也对颜笑点了点头。

看着颜笑走远的背影，应萧萧忽然觉得有些不对劲，刚刚她们对着玻璃看着彼此，应萧萧莫名有了照镜子的错觉。一个想法跟着这辣油猛地钻进她的身体，想到那时在饭局上跟单扬说的潜规则的那些话，应萧萧瞬间红了脖子。

工作室门口的"老何"换掉了女仆装，套上了一件藏青色的行政夹克，假发也换成了油光发亮的黑色背头。挂在那儿的"石丽洁"被撤下来了，换成了另外三个字——"笑一笑"。

颜笑透过玻璃往里望，没看到单扬，但经过的一个员工认出了颜笑，笑着给她开了门。

"扬哥在后门打电话呢,"女生给颜笑指了指路,"从这个小门进去,直走再往右拐就能到后门了。"

"谢谢。"

后门虚掩着,墙边还站着一个人,是阿钟。阿钟的额头抵着墙,整个人看起来蔫蔫儿的。颜笑看到阿钟往自己的脸上来了一巴掌,碎碎念了一句:"我这张烂嘴。"

站在路灯下的单扬半天没动,薄铁门被风往外吹开了些,颜笑才看到单扬对面还站着一个男人。男人的个子跟单扬差不多,四五十岁,身形板正,站姿儒雅,穿着一件和他气质很搭的淡蓝色格子衬衫,但衬衫的胸口和后背都被汗打湿了。

单扬微低着头,打了男人搭在他肩上的手。颜笑看不清单扬脸上的表情,但能感受到他的低落。单扬应该是有些生气,但谈不上愤怒和恨,因为他低着头,人不会对讨厌的事物低头,但委屈的时候会。

单扬和李云林在路灯下站了好久,两人谁也没开口,手机铃声打破了这死寂。单芳打来的,她把单扬工作室的地址给了李云林,却又不太放心。她怕这父子没和好,反倒把关系弄得更僵,毕竟李云林的嘴有多笨,她是见识过的。

单扬挂掉了单芳的电话,终于抬起了头:"不用一直道歉了,你没做错什么,作为医生,救人是你的职责。"

李云林叹气:"但从你出生到现在,我的确没有尽到一个做父亲的责任。"

"那你忏悔吧,"单扬扯了下嘴角,"用你的余生。"

看着慢慢走回来的单扬,阿钟转身就准备溜了,却撞上了站在后面的颜笑。

"抱歉抱歉!"看清颜笑的脸后,阿钟变得更慌乱了,"我那个,不是故意偷听的,我先,先去忙了。"

单扬用脚踢开铁门,铁门撞上墙的力道有些重。看到站在那儿的颜笑,单扬有一瞬的无措,脸上的戾气倒全消散了。

"你什么时候回国的?提前回来了?"单扬脸上立马有了笑。他带上了门,似乎不想让颜笑看到还站在外面的李云林。

"你饿吗?"颜笑晃了晃手里的袋子,"给你带了点吃的,尝尝?"

"好啊,"单扬拉住了颜笑的手,"我也正打算回去,我跟老何说一声。"

单扬的状态看着跟平时差不多,一路上,有的没的跟颜笑聊了很多,但颜笑看得出来,单扬的情绪其实不太对。

单扬开了门,从柜子里给颜笑拿了一双粉色的新拖鞋:"这几天都待工作室了,没来得及收拾,所以家里有些乱。"

Ugly听到动静,没几步就冲到了门口,注意到站在单扬身边的颜笑后,变得有些警惕,它往后退了几步,没敢马上靠近。

单扬笑了声:"可能有点认不出你了。"

"你认得出我就行。"

"这算情话吗?"单扬亲了下颜笑的额头,"怎么不多陪陪叔叔阿姨?"

"怕你会想我。"

"你就不能大方承认,你想我了?"

"是挺想你的。"颜笑搓了搓单扬的嘴唇,"要不要跟我的嘴唇重新熟络一下?"

单扬佯装苦恼地往后仰了仰头:"可我的嘴唇认生呢。"

颜笑直接勾下了单扬的脖子:"亲还是不亲?"

单扬吻了下颜笑的嘴角,把颜笑拦腰抱起来,另一只手拎着 Ugly,把它丢进了笼子里。

"我妈说家里的那些坚果、补品,都是你送的。"

"嗯,你不在,怕他们会想你,所以我有空就会去陪他们聊聊天。"

"谢谢你。"

"客气啦,女朋友,"单扬低头咬了咬颜笑露在衬衫外面的内衣肩带,"卖身报恩吧。"

"我晚上得回去。"颜笑的意思是让单扬注意分寸。

"好,待会儿送你回去。"

单扬的确注意分寸了,他避开了颜笑的脸和脖子,会露出来的地方,都没敢亲。颜笑看了眼手机,提醒单扬可以进入正题了:"已经亲了一个多小时了。"

单扬憋得也难受,他翻身躺到了颜笑身边:"真要开始了,就不想送你回去了。"

"在想什么?"颜笑能看出单扬在发呆。

"其实你刚刚都看见了,对吧。"

颜笑知道单扬指的是李云林:"嗯。"

"因为一些原因,我跟我爸的关系不太好,我妈经常劝我要跟他和好,她说我跟他闹别扭,其实是在为难我自己。"

"他做错事了吗?"

"其实没有,他做了他应该做的事,只不过作为一个父亲,他在我这儿不及格。"

"那大考官,"颜笑扣住了单扬的手,"你可以慢慢考验他,等他及格了,你再原谅他。即使一直不原谅也没事,只要你别想到他的时候心里都是烦闷。阿姨说得对,你对任何一个人有的负面情绪,厌恶、失望、愤怒,其实都是在为难自己。"

单扬好奇："你不劝我？"

"不劝。"颜笑抱了抱单扬，"我站在你这边，也只在乎你的感受。"

单扬咬了咬颜笑的耳垂："一定要回去吗？"

"嗯，我跟他们说，我是去实验室。"

"你可以说你住在宿舍了。"

"我宿舍没床单，他们怎么会信。"

单扬蹭着颜笑的脖子，深吸了口气："那我送你回去吧。"

"不再帮我找理由了？"

"嗯，因为我希望你的世界里有爱情，也有美好的友情和亲情，虽然很想，但我不能独占你。你身边该多些爱你的人，多些热闹，以后走到哪儿，都有人能念着你。"

颜笑摸着单扬的额头："你这样说话，特别正经，像一个父亲。"

"不做你父亲，想做你的爱人。"

"不用想，"颜笑说得小声，"你已经是了。"

"你在苏黎世学的什么？"单扬突然问。

"化学。"

单扬摇了下头："学的是浪漫，你最近说的话都特别浪漫。"

"你的肚子在叫。"颜笑说。

"嗯，"单扬盯着颜笑的嘴，"饿了。"

"那先吃点东西吧。"颜笑指了指放在茶几上的两袋东西。

"装的是什么？"

颜笑用指腹轻轻勾勒着单扬脑袋上的疤："光明的未来。"

在苏黎世的时候，单扬已经和颜笑提过禾苗的病情了。禾苗很幸运，找到了合适的骨髓，下个月就会做移植手术。两人第二天准备去看看禾苗，去医院前，单扬顺便带上了周行。

周行从便利店出来，应该是刚下班，他也没抬头看，惯性就去拉了副驾驶的门。看到坐在副驾上的颜笑，周行以为自己认错车了，绕到车头看了眼车牌，确认是单扬的车后，才重新去开后排的车门。周行上了车，气氛不知道怎么的，莫名变得有些尴尬。

"刚下班？"单扬问了句。

"嗯。"周行低头瞎划着手机屏幕，开始装忙。

单扬瞥了眼后视镜，周行的手机压根没解锁，还是黑屏的。

"颜笑，你之前见过的。"

"嗯,"周行抬了下头,"你好。"

其实,颜笑觉得这个介绍的环节多余又莫名其妙,但她还是回了周行一句:"你好。"

"我们在谈恋爱。"单扬又突然说了句。

"看出来了。"周行的意思是单扬可以闭嘴了。就单扬跟颜笑谈恋爱的事,单扬之前已经跟他炫耀过无数遍了。

"有志者,事竟成。"单扬不闭嘴,像是在回应之前周行叫他放弃的话。

"那恭喜你了。"周行想翻白眼。

单扬低头亲了亲颜笑的手背:"谢谢。"

单扬停好车,他们在楼梯口碰到了刚打完水的张宇宁。张宇宁手里提了两个热水壶,戴了顶帽子,但还是能看出他已经被剃光的发际线和鬓角。察觉到单扬他们脸上的意外,张宇宁干脆摘下了帽子,露出了光秃秃的脑袋:"禾苗说我没了头发更难看了,很丑吗?"

"挺帅的,"单扬拍了拍张宇宁的肩,"比周行帅多了,虽然跟我比还差了些。"

周行白了单扬一眼,但也没开口反驳。

张宇宁搓了搓脑袋,有些不好意思:"我怕禾苗一个人剃头发会难过,干脆陪着她了。对了,好像你们高中的两个校友也来了,听说以前也是你们排球队的,"张宇宁想了想,"男生的名字不知道,那个女生好像叫李什么的。"

"李可?"周行觉得有好戏可看了。

"对对对,短头发,也挺高的,个子跟禾苗差不多。"

单扬下意识看了眼身旁的颜笑,颜笑脸上倒没太多表情,好像也并不在意。

双人间的病房,飘窗和柜子上都摆了很多娃娃。禾苗和李可坐在床上,低头在看平板电脑,站在一旁的金陈远不知说了句什么,禾苗和李可都被逗笑了。

张宇宁放下了手里的水壶,轻轻扳直了禾苗的腰:"别离电脑这么近,伤眼睛。"

"知道啦,知道啦,"禾苗嫌弃地瘪了瘪嘴,"烦得很。"

张宇宁笑着摇了下头,又指了指门口,禾苗抬头瞥了眼。

"颜笑!"禾苗一激动,戴在头上的假发就溜到了一边。张宇宁眼疾手快地把那假发给捋正,又追在身后给禾苗戴上了顶针织帽。

"单扬说你去苏黎世了,你不是还有一个月才回来吗?"

"提早回来了。"单扬说。

"怎么就提早回来了?"

"提前修完了学分。"单扬又抢答。

"这么厉害啊!"禾苗好奇道:"国外帅哥多吗?"

"不多。"单扬帮颜笑回答了,"你是十万个为什么?"

"你是颜笑代言人?"禾苗损了句。

"你怎么也来了?"金陈远看了眼单扬,语气不太好。

"要你管。"单扬回道。

金陈远搂住了李可的肩:"早知道他来,我就不来了。"

"哟,林黛玉啊,"单扬怼金陈远的工夫,还能抽空拿掉禾苗一直握着颜笑不放的手,"那你是不该来,你该去葬花。"

"他什么意思?"金陈远问李可。

"读点书去吧你!"李可骂完金陈远,又对颜笑笑了下,"上次联赛,我们见过的,还记得我吗?"

李可素颜也漂亮,今天化了淡妆,气色比上次看起来好了很多。

"记得,"颜笑看了眼单扬,"单扬初恋。"

禾苗有些意外:"你们俩?在一起过?"

金陈远脸色变得更差了:"我有点累了,想回去了。"

李可还没跟禾苗说完"再见",就被金陈远拽出去了。

"还是这么粗鲁,真不知道李可怎么忍得了他的。张宇宁你出去看看,别让他们俩又闹起来了。"禾苗回头,眼尖地瞥到了单扬搭在颜笑腰上的手,"你俩,那啥了?"

"嗯,"单扬大方回了句,"男女朋友关系,我们。"

周行像是受不了单扬了,从包里掏出一个排球,扔到了禾苗怀里:"今天还打不打了?"

禾苗叹了口气,往门口望了一眼:"打不了,做了静脉导管,要是被张宇宁抓到,他能念我好几天。"

几人聊了会儿,单扬和周行他们就去买午饭了。不一会儿,周行提着饭菜回来了,却不见单扬。

"他人呢?"禾苗问。

"遇见金陈远他们了。"

"看刚刚金陈远那架势,不怕他们打起来啊?"禾苗看了眼边上没开口的颜笑,"我是怕金陈远没数,你要不要去看一眼,颜笑?"

"单扬心里有数。"颜笑却说。

单扬过了好久才回来,他一个人拉了张塑料凳贴墙坐着,半张脸缩在衣领里,低头玩着手机,大家聊天的时候,他也几乎没怎么插话。

周行吃完午饭,接到系主任的电话,就先回学校了。

从电梯到车库,除了提醒颜笑注意台阶下的水坑,一路上单扬反常地没有再说过一句话。要不是两人的手还牵着，路人大概会觉得这对情侣在玩冷战。单扬帮颜笑开了车门，想去扶颜笑的腰，颜笑却往前走了一步，避开了。

"风会不会太大？"单扬帮颜笑调了副驾的空调出风口。

"还好。"

"中午有吃饱吗？"单扬捏了捏颜笑的手，"要不要再去吃点？"

"不用。"颜笑抽出了自己的手。

"累了？"

"有点。"

"那你睡会儿，我送你回家？"单扬当然想跟颜笑独处，可颜笑才刚回来，他知道叶瑾他们肯定也想她。

颜笑盯着单扬不说话，过了一会儿才回了个"好"。

"不闷吗？"颜笑突然问了句。从上车到现在，单扬的外套衣领还是立着的，脖子和嘴巴就没露出来过。

"还好。"单扬看了眼颜笑，"你觉得闷？要不要开一会儿窗？"

"你是被亲了，还是被打了？"颜笑却来了句。

单扬握着方向盘的手僵了僵，早就编好的那些谎话在脑子里转着，但最后一个都没敢说出来。

"我……我之前不是退赛了嘛，高中的时候，的确挺浑蛋的，金陈远他气不过，就给了我一拳，算扯平了。"单扬主动拉下了外套拉链，露出了乌青的嘴角，"怕你担心，就没给你看。"

"疼吗？"颜笑皱眉。

单扬难得在颜笑脸上看到了不加掩饰的愤怒和不悦，说："还好，我皮厚，抗造，他……"

单扬的话没说完，就感觉脖子那块吹进了风，还没等他反应过来，颜笑就已经把他的拉链拉到了底。单扬脖子上有两排还没退下去的牙印，即使车里有些暗，那牙印也还是清晰明显。

颜笑有些用力地碰了碰单扬喉结边上发红的那块皮肤："这也是他咬的？或者，"颜笑的嘴角弯着，眼底却没有一丝笑意，"亲的？"

## 终章

### 永远

刚刚单扬和周行去买饭,在门诊大厅遇到了金陈远。单扬觉得高中那事也该做个了断了,他那时候怯懦,因为一份还不确定的复查报告单,在赛前临阵脱逃。他怕输,怕输给对手,怕输给脑子里的那颗"定时炸弹"。

单扬跟金陈远坦白了这些。本来两人已经聊开了,但和金陈远吵完架的李可大概还在气头上,单扬刚回握金陈远朝他伸出的手,李可就从身后蹿上来,故意往他脖子上咬了这一口。

什么都不知道的单扬,被李可当成了气金陈远的工具。金陈远好不容易压下去的妒火又上来了,他往单扬的嘴角上来了一拳,那一拳头应该还掺着些他年少时对单扬的愤怒和失望,打得怪狠的。

单扬没有立刻解释这排牙印的由来,因为颜笑沉下去的脸色已经说明她心里有答案了。没有证据的解释,这会儿注定会变成狡辩。

单扬把车开到单元楼门口,没跟颜笑上去,只说待会儿还会来找她。

颜康裕看到颜笑自己一个人回来,又往门口望了眼:"不是说小单也过来吃饭吗?"

"他今天工作室有事,比较忙,下次吧。"

"这样啊,那是不好拉着人家来吃饭的,那下次吧。"

叶瑾烧到最后一道菜,料酒用完了,就让颜康裕去了趟楼下的小超市。颜康裕往回走的时候,发现单元楼门口停了一辆眼熟的SUV,他敲了敲玻璃,车窗就降下来了。

"吵架啦?"

单扬有些不好意思地点了下头:"叔叔怎么知道的?"

"要是没吵架,你现在应该巴不得赶紧上去,还会坐在车里,"颜康裕指了指车子的星空顶,"数星星啊。"

单扬觉得不愧是父女,洞察力都一绝。

颜康裕半天不回来,叶瑾有些着急了,颜笑套上外套准备去趟小超市,还没出单元门,就碰到了并排走着的单扬和颜康裕。

颜康裕看起来有些激动,说话挺大声,手也不停比画着,像是在给边上的单扬"画大饼"。单扬手里拎着一瓶料酒,外套口袋里还插着一瓶,没出声,就在一旁乖乖点着头,看到颜笑的那刻,单扬侧开了嘴角有瘀青的那边脸。

颜康裕冲颜笑招了下手,接过了单扬手里的那瓶料酒,他不当电灯泡:"笑笑正好下来了。小单,你和笑笑慢慢走回去,我先给你伯母送料酒去了。"

颜康裕是想快些走,但年纪大了也走不快。三人的距离不远不近,话说得大声些也能听得见。

"还生气呢……"楼道清晰的回音让单扬闭上了嘴,他看了眼走在前头的颜康裕,试探地碰了下颜笑的手背。

颜笑往边上挪了一步,单扬也跟了过去,他伸手搂住了颜笑的腰,声音压得很低:"墙上都是灰,别蹭上了。"单扬又扣住了颜笑的手,轻轻搓了下,然后包着颜笑的手插进了她的外套口袋。

"干吗?"颜笑问。

"有点冷,插一会儿呗。"单扬又在颜笑的口袋里掏了一会儿,"有没有宝贝?"

颜笑没应,单扬隔着颜笑的外套搂住了她的腰,哄小孩似的拍了拍颜笑的肚子:"有一个呢。"

颜笑能感觉到走在前面的颜康裕身体一僵,他大概是听到了单扬这无厘头的情话。

颜康裕轻咳了声,似乎想开口又不知道说什么,就又咳了一声:"到了啊。"颜康裕提醒他们自己要转身了,"我要开门咯。"

颜康裕今天高兴,开了一瓶度数挺高的白酒。叶瑾平时不让他喝,这次单扬在,叶瑾也没怎么拦着。颜康裕喝了酒,话就变得更多了,叶瑾不让他说,他也不肯,提到之前做生意失败的事,颜康裕还红了眼眶,说自己没用,苦了叶瑾和颜笑,最后有些失态,被叶瑾扶回卧室了。

单扬帮着收拾桌子,叶瑾接过了他递来的碗筷:"今晚睡沙发吗?"

"我吗?"单扬有些蒙。

叶瑾往客厅望了眼:"今晚不和好啊?"

"我们没……"单扬还想狡辩。

"人和人相处，闹别扭很正常。可笑笑从小到大，还真没跟谁闹过别扭，她爱憋着事，不太喜欢沟通，她只做筛选，不去改变谁，所以能留在她身边的，都是她喜欢的人。"叶瑾压低了声音，"她挺喜欢你的，我看得出来，她在你身边有情绪变化，她在乎你。"叶瑾说着把颜康裕刚刚剩的那瓶白酒递给了单扬，"来吧。"

单扬心领神会地点了点头，接过白酒，几口闷了。

叶瑾洗漱完就早早回房了。单扬靠在沙发上，脸连着脖子都是通红的。颜笑给单扬叫了代驾，可他半天不肯动，代驾还有下一单要跑，颜笑只能在平台上取消了订单。

喝醉了的单扬也不会闹，他就呆呆坐在那儿，不过呼吸声变得有些重，手里好像也必须搓点什么东西。颜笑的毛衣袖口已经快被单扬搓起球了，颜笑拿开了单扬的手，可他没一会儿又贴上来了。

"难不难受？"颜笑问。

单扬摇了摇头，扯了下衣领："热。"

"回去吧，没有多余的房间了。"颜笑知道单扬还没醉到走不动。

单扬拍了拍沙发："睡这儿。"

"随你，"颜笑看了眼邮箱跳出来的消息，"我去回封邮件。"

是沈鹏发来的数据表格，颜笑和他通了语音电话，又花了不少时间修改整理了她之前的那个版本，等把表格内容整合发给沈鹏后，已经快零点了。

客厅里的单扬换了个姿势，他缩着身子躺在沙发上，沙发本来就不大，单扬腿又长，大半的小腿都悬在空中了。叶瑾应该出来过了，只给屋子留了盏玄关的黄灯，还给单扬盖了一件毛毯。

单扬睡得好像挺熟的，他一只手臂压着额头，另一只手垂在地上，嘴巴微微张着，喉结边上的那排牙印在酒精的作用下变得更红肿了。颜笑帮单扬拉好了滑下来的毯子，用棉签沾了药水，帮他清理了嘴角的伤，棉签碰到脖子上的牙印时，单扬微微皱了下眉。

"疼吗？"颜笑低头贴着单扬的耳朵，手上的力道重了几分，语气却温柔，"疼也是活该。"

"嘶……"单扬倒吸了口气，攥住了颜笑的手腕，"谋杀呢。"

"醒了就回去。"

"我喝了这么多酒，你放心啊。"

"文明社会，我有什么不放心的。"

颜笑想抽回手，单扬却不松。

"给你看个东西。"

"没兴趣。"

单扬叹了口气，揽过颜笑的腰，直接把人扛到肩上。他抬脚带上了门，把颜笑放到床上，倾身压了下来。颜笑没打算挣扎，她知道单扬的牛劲。

"我送你回来之后，去医院调了监控，"单扬把手机递到了颜笑面前，"他们吵架，我真的是被殃及的那条鱼。"单扬直接把进度条拉到李可窜出来咬他的画面，"就她这刁钻的角度，我根本看不到她。你看，被咬了之后，我是不是立马把她推开了。"

不是推开，单扬直接把手绕到后面，把李可整个人拎起来了，要不是金陈远接了一把，李可大概就被砸到墙上了。像是怕颜笑不信，单扬还反复倒回去放了几遍。

"知道了。"颜笑拿开了挡在眼前的手机。

"所以，能不生气了吗？"单扬捏了捏颜笑的下巴，眼睛却盯着她的嘴唇，他等着颜笑的回答，只要颜笑说"不生气了"，他就准备下嘴了。

"初恋啊？"颜笑瞥了眼视频里的李可，伸手拍了拍单扬的脸颊。

单扬轻咳了声，开始装醉，他揉了揉太阳穴，嘀咕："伯父买的这白酒度数还挺高的，还真别说，后劲十足。"

单扬被颜笑盯得发毛，干脆用力亲了颜笑几下，脑袋埋进她胸口，坦白从宽："没谈几天，我和她都对彼此做不了那些肉麻的事，也说不出那些肉麻的话，最后觉得还是适合做朋友，就分手了。"

"哪些肉麻的事，肉麻的话？"颜笑故意问道。

"就……"单扬用鼻尖蹭着颜笑的锁骨，"我喜欢对你做的那些，喜欢对你说的那些。"

"哦。"颜笑轻笑了声，她避开单扬的伤口，吻了吻他的脖子，"还痛吗？"

"挺痛的，"单扬对着颜笑的耳朵小声说了句，"想让你心疼我。"

颜笑搓了搓单扬手臂上的文身："小芳又是你的哪个心上人？"

"这问题，你是不是憋好久了？"

"随口问一句，你不想说也没事。"

"的确是心上人。"单扬观察着颜笑脸上的表情。

"是吗？"颜笑膝盖一使劲，顶开了单扬压下来的腰，"那你给她打个电话，让她心疼你。"

"她可不怎么会心疼我。"

颜笑抓过眼镜重新戴上，冷笑了下："单相思啊？"

"我就单相思过你。"单扬也不再逗颜笑了，他指了指文身，"我妈，单芳。"

单扬又把颜笑刚戴上的眼镜取下来，"嘴角特别疼，你再'心疼'我一会儿。"

颜笑贴着单扬的脸颊,人也难得放松下来。

"在苏黎世的时候想不想我?"单扬问。

"一点点。"

"一点点?"单扬皱眉。

颜笑张开手臂比了比,凑到单扬耳边:"其实有这么多。"

颜笑最近一直在沈鹏的风投公司实习,公司主要投资新能源和储能行业,颜笑免不了要经常出差,实地考察那些企业和工厂。

单芳和吴健延的草坪婚礼定在了下午,在一个新开的度假村。单芳请了颜笑做伴娘,颜笑前几天被派到外地做调研,赶了最早的高铁回来。那天的天气不算好,台风天的前奏,一会儿下雨,一会儿放晴,地上没干过。

"累不累?"单扬接过了颜笑手里的行李。

"还好。"

单扬撑开了伞:"在车上眯一会儿,婚礼下午才开始,你到了酒店还可以再休息一下。"

"怎么选了个雨天?"颜笑问。

单扬笑了下:"我妈找大师算的日子。"

单芳这几年做生意挺注重风水的,所以之前专门找大师算了个良辰吉日,婚庆公司的策划人说那天会下雨,但单芳还是没换日子,吴健延自然也随她。

单扬抽了几张纸擦掉了颜笑鞋背上的泥水:"礼服和鞋子都在后备厢,我待会儿拿到你房间。"

颜笑帮单扬拍掉了头顶沾上的雨水:"好。"

"今天要辛苦你了。"单扬搓了搓颜笑眼下的黑眼圈,"昨晚没睡好?"

颜笑盯着单扬没说话,单扬有些尴尬地轻咳了声:"我的错。"

颜笑出差之前,单扬也正好跟老何去了趟成都谈合作,两人算算也有快半个月没见面了。单扬昨晚跟颜笑打了个视频,颜笑那会儿刚洗完澡,身上就套了件白色吊带,头发吹得半干,时不时会往下滴水珠,水珠顺着颜笑的脖子往下滑,把胸口那层本来就薄的布料弄得更透了。

单扬趴在地上做了好几组俯卧撑想耗精力,最后还是实在没忍住,颜笑也惯着他,两人就隔着屏幕"解了相思"。

"以后困了就说。"

颜笑觉得好笑:"我昨晚没说吗?"

"说了吗?"单扬开始赖账,"只听见你在那儿喘了。"

颜笑耳朵一红,她往后放倒座椅,取下眼镜敲了敲单扬的嘴:"说正经话。"

"好嘞。"单扬闭了嘴。

婚礼现场的入口放了张卡通的迎宾照片,上面是Q版的单芳和吴健延。

"你画的?"周行问单扬。

"对,你觉得怎么样?"

周行随口应了声"嗯",但看着单芳被放大好几倍的脑袋,他忍不住又问了句:"你妈不打你吗?"

"不打,她从来没打过我。"单扬想了想,"除了高一那年,我在手术前偷偷逃走的那次。"

"小扬!"

周行瞥了眼不远处穿着粉色西装的男人,低声问了句:"你认识?谁啊?"

"我姑姑的初恋。"单扬侧头回了句。

徐升笑着对周行点了下头,又看向单扬:"听健延说,今天颜笑是伴娘,怎么没见到她人啊?"

"她还在房间休息。"

"哦,那待会儿我再跟她打声招呼。"大概看到熟人了,徐升对着边上招了下手,"之前的同事,那我先过去了。"

单扬点了下头:"好。"

周行回头,注意到了站在角落里的白准。白准穿了套低调的灰色西装,整个人看起来依旧精神挺拔,但眼底染上了些落寞。

"排球队的你都请了?"

"嗯,禾苗他们都来了,工作室的我也都请了,我妈说人多热闹,"单扬说着看了眼周行,"白灵在香港,就没回来了。"

"知道。"

周行脸上的淡然,单扬知道他是真的放下了,说:"你猜吴泽锐这家伙毕业后去哪儿了。"

"哪儿?"周行问。

"他说他想来个gap year,那么爱热闹的一个人,去了冰岛,"单扬笑了下,"当邮递员。"

"不会被冻死啊。"周行笑着摇了下头。

"他皮厚,会长命百岁。"

"阿扬!"老何走过来,拍了拍单扬的肩,"恭喜啊。"

老何的状态很不错,穿了单扬给他买的那套新西装,还特地染黑了头发。

老何终于和石丽洁分干净了,上周末还去了相亲角,他说他在那儿遇到了一个挺有趣的姑娘。

"恭喜啊，扬哥！"林文凯又跟边上的周行打了声招呼，接着拍了拍身上的西装，"宁宁帮我选的，帅气吗？"

谢宁难得穿了次白裙，在边上睨了林文凯一眼："逢人就问，能别这么自恋吗？"

阿钟的别扭劲似乎还没过去，他轻声喊了句"扬哥"，把一个信封塞到单扬手里，就跑开了。

"你俩有秘密？我觉得你们这段时间很不对劲，"林文凯半眯着眼，盯着单扬手里的字条，"搞地下情啊？"

"搞屁，我有女朋友了。"单扬抬手指了指站在禾苗身边的颜笑。

"哦，"林文凯小声对谢宁抱怨了句，"扬哥不也逢人就说他恋爱的事。"

"闭嘴。"谢宁骂了句。

骨髓移植手术将近，禾苗像是等到了希望，气色还不错，化了妆，戴了假发，边上的张宇宁看起来心情也挺好的。

颜笑卷了头发，穿了单扬给她挑的一字肩黑色长裙，脸上略显禁欲的金丝眼镜和性感的裙子搭在一起，让她看起来像是个欲擒故纵的高手。单扬弯腰帮颜笑理了理裙摆："很漂亮，很适合你。"

"你挑得好。"颜笑也礼尚往来地夸了句。

禾苗皱了皱鼻子："张宇宁我们赶紧闪，别碍着他俩肉麻。"

"有人给我塞情书了。"单扬凑到颜笑耳边。

"是吗？"

单扬挥了挥刚刚阿钟给他的那封信："所以你要抓牢我。"

"写的什么？"

单扬打开看了眼，皱了下眉，表情有些不自然。颜笑凑上来想看，单扬把纸条塞进了口袋里："就是夸我帅的，没什么好看的。"

这傻瓜阿钟，道歉就道歉，非要整这死出。

现场响起了 Taylor 的 *Lover*，单芳穿着一件设计简单的白色婚纱，手里抓着捧花，一个人走向了舞台。

单芳的父亲过世得早，吴健延本来想让单扬牵着单芳入场，但单芳讨厌这样的形式，她说女人不是物品，不需要从一个人的手里交到另一个人手里，她会自己一步一步潇洒地走过去。

司仪让吴健延发言，他说到动情处有些控制不住情绪，咬着牙，声音抖得厉害。单芳大概觉得他那样子有趣，凑到吴健延耳边调侃了句什么。吴健延愣了几秒，嘴角瞬间瘪了下来。单扬站在边上等着给他们送对戒，离得近，所以单芳对吴健延说的话，他是听到了。

单芳说,吴健延哭起来的时候像青蛙。

"新娘要准备扔捧花啦!"司仪拿着话筒开始引导流程。

大家都很捧场,台子底下挤满了人。单芳背过身,把碍事的头纱甩到了一边,她握着捧花抬了抬手,却还是没扔出去。单芳突然转过身,把捧花径直递到了单扬面前。

她抱住了单扬,用只有两人能听到的耳语说道:"亲爱的儿子,感谢你来到这个世上,灿烂也好,平凡也罢,你活着的每一天,我都为你骄傲。我现在很幸福,你也一定,要幸福。"

单芳难得肉麻一次,单扬接过捧花,想回抱单芳,单芳却躲开了:"我手臂和后背都涂了素颜霜,别给我蹭掉了。还有,你爸……他也来了,在度假村的大堂,待会儿去找他吧,随便跟他聊点什么,就当送给我的结婚礼物。"

单芳抓了把红包往台下撒:"大家没抢到捧花,那就抢些红包吧。"

趁着热闹,单芳走到颜笑身边,问了句:"觉得你男朋友怎么样?"

"挺好的。"

"哪儿好?"

"哪儿都好。"

"是吗?"单芳憋着笑,"那你蛮有品位的。"

相比较婚礼现场的热闹,大堂很安静,李云林一个人靠坐在沙发上,在揉太阳穴。他看起来很疲惫,身上只穿着件普通的白色衬衫,不像是特地来参加婚礼的,那状态倒像是忙了个通宵,刚从手术台上下来的。看到单扬,李云林立马站了起来,冲他招了招手。

"没刮胡子?"单扬问。

"哦,忙忘了,"李云林有些不好意思地搓了搓下巴,"是不是看着很邋遢?"

"还行。"单扬指了指不远处的会场,"不进去吗?"

"不了,下午还有几台手术,一会儿就得走了。"

单扬点了下头:"嗯。"

李云林把礼盒推到了单扬手边:"帮我跟你妈说声新婚快乐。"

"嗯。"

"听你妈说,你交女朋友了啊?"

"嗯。"

"是个怎么样的人?"

"特别的人。"

"那挺好。"李云林看得出来单扬不想跟他聊天,"既然谈了就好好对人家,别像我一样……"

"放心,不会。"

"好……那,"李云林起身理了理衬衫,"那我先走了。"

"嗯。"

李云林走了几步又回头指了指单扬手里的捧花:"捧花跟你的西装挺配的,小扬你穿西装很帅。"

单扬没抬头,他能听到李云林的脚步声越来越远,最后彻底消失。

"嗯。"单扬自言自语了一句。

婚礼现场放的 At My Worst 传到了大堂,单扬又听到了向他靠近的脚步声,清脆坚定。

"能请这位帅哥跳支舞吗?"

"当然,"单扬牵住了颜笑伸过来的手,"怎么还拿着一颗苹果?"

"饿了,"颜笑咬了口,又递到单扬嘴边,"觉得你也应该饿了。"

单扬咬了口:"很甜。"

"花很漂亮。"颜笑说。

"你更漂亮。"单扬把花塞到了颜笑手里,"我是不是很糟糕?"

"我也很糟糕,"颜笑说,"你也看过我的糟糕。"

婚礼现场不知道是谁抢过了话筒,听着像禾苗的声音。

  I need somebody who can love me at my worst.(我要的是在我人生低谷时,仍对我不离不弃的爱人。)

  Know I'm not perfect but I hope you see my worth.(我深知我并不完美,但我希望你能看到我隐藏的光芒。)

  …………

"这歌词唱得不错。"颜笑摸着单扬脑袋上的疤。

"唱的什么?"单扬笑着问道。

"四级不是过了吗?"

"险过。"单扬凑到颜笑耳边,"运气比较好。"

"所以那封情书里写了什么?"颜笑突然问了一句。

"还想着呢?"单扬笑了声,瞎扯道,"没什么,就写了'每次看见你就很心动''很喜欢你'之类的话。"单扬折了一朵花,插到了颜笑头上,"但你好像从来没对我说过这些。"

"以后会说的。"

"以后是多久以后?"

颜笑也折了一朵花，插进了单扬西装胸前的口袋，说："那要看你能喜欢我多久了。"

"Always.（总是）"单扬说。

Forever（永远）太虚伪，像是谎言，Always（总是）作为承诺，恰到好处。

"英文挺好。"颜笑夸了句。

"还行，颜老师教得好。"

颜笑理了理单扬的领带："你今天很帅。"

"就今天帅吗？"

"Always。"颜笑学着单扬的油嘴滑舌。

外面的天色暗了下来，婚礼现场的空地上放起了一大片的烟花。

"冷不冷？"单扬把颜笑裹进了自己的西装外套里，还扣上了扣子，"这烟花上次表白的时候就该放给你看的，现在还给你，喜欢吗？"

颜笑却答非所问："你这件外套要撑破了。"

"喜不喜欢？"单扬用下巴敲了敲颜笑的头顶，追问道。

颜笑把脸缩进了外套里，半天嘴里才闷出个"嗯"。

"你耳朵好红，"单扬碰了碰颜笑的手背，"你害羞了。"

颜笑偏开脸，不承认："我的眼镜要掉了。"

单扬低头，用脸颊一下一下地把颜笑的眼镜蹭回她鼻梁上："这样摩擦能生火吗？"

"不能，"颜笑在外套里回握单扬的手，声音很轻，"笨蛋。"

—正文完—

## 番外一

### 帮你斩桃花

　　迷迷糊糊间，颜笑感觉有温热的东西在舔自己的小腿，她伸手往下抓过摇着尾巴的阿美，把它轻轻放到了地上。

　　阿美是单扬在一个月前给颜笑买的生日礼物。单扬跟叶瑾要了十一的照片，去犬舍挑了大半个月才买下来的，是一只陨石边牧，蓝眼睛，跟颜康裕小时候给她买的那只几乎一模一样。

　　阿美跑下了楼，楼下没一会儿就开始"哐哐"作响，大概是Ugly又追着阿美玩了。

　　单扬被楼下的动静吵醒了，他微微蹙眉，伸手搂住了准备下床的颜笑，说："再陪我躺会儿。"

　　昨天单扬很晚才回来，工作室最近在赶一个广告，他这几天几乎都睡在工作室。小别胜新婚，单扬嘴里说着好累，但昨晚折腾颜笑的力气倒大得很。盯着单扬眼下有些严重的黑眼圈，颜笑觉得自己有点像吸人精气的女妖怪了。

　　"这文身什么时候弄的？"

　　昨晚颜笑就注意到单扬胸口的新文身了，硬币大小，是个爱心形的笑脸，红色的爱心轮廓，黑色的两点眼睛和一个半圆弧的嘴。文身用细线勾的，看着倒干净利落。

　　"前天。"

　　"文这个干吗？"

　　"没干吗。"单扬的眼睛还没睁开，他带着颜笑的手覆上了自己的心脏，声音哑哑的，"爱笑笑呗。"

　　颜笑摩挲着单扬胸口的笑脸："我得去公司了。"

"嗯。"单扬却不撒手,"我送你去。"

"不用了,"颜笑搓了搓单扬下巴上的胡茬,"你这状态,我害怕。"

单扬笑了:"怕什么?"

"怕你带着我往树上撞。"

"不至于,就是这段时间没怎么睡好,"单扬坐了起来,下巴抵着颜笑的肩,"帮你扣。"

颜笑松了手,单扬帮颜笑扣上了内衣扣子,还帮她调了调肩带:"你待会儿戴个丝巾,"单扬搓了搓颜笑脖子上的青红色,提醒道,"或者打点粉底吧。"

"嗯,我晚上不回来吃了。"

"晚上有庆功宴,还想带你去的呢,"单扬托着脑袋,躺了下来,语气略带哀怨,"就我没家属陪同了。"

颜笑套上了衬衫,弯腰理着腿上的丝袜:"沈总晚上约了HF能源的负责人。"

"沈总沈总,"单扬下了床,握住了颜笑的脚踝,帮她提了提挂在膝盖上的丝袜,"你现在叫沈鹏的名字,都比叫我的多了。"

"单扬。"

"怎么了?丝袜勾到指甲了?"

颜笑笑了声:"单扬。"

单扬才反应过来,他起身,隔着包臀裙,捏了捏颜笑的屁股:"现在叫我可来不及了。"

颜笑佯装苦恼,叹气:"你可真难伺候。"

"我难伺候?"单扬扣上了颜笑衬衫领口的扣子,笑道,"是你难伺候吧。"

想起昨晚单扬憋青的脸,颜笑想笑,但也觉得抱歉:"昨晚我也困。"

颜笑进了洗手间,解开了单扬刚给她扣上的扣子,转头发现单扬就靠在边上盯着她看。

"扣子这么扣着很呆。"颜笑解释了句。

"怎么会呆,"单扬扶了扶颜笑鼻梁上的眼镜,又帮她把胸口的扣子扣上了,"这样好看。"

颜笑自然知道单扬的心思,只淡淡应了声"行"。

晚上庆功宴的地方是老何选的,位置订了很多,但空出了好几个。谢宁跟朋友去看演唱会了,老何的女朋友最近在减脂,她说来了抵不住诱惑,干脆就待在家里啃鸡胸肉了。

"萧萧,你男朋友呢?"阿钟问。

应萧萧把虾壳吐到盘子里:"分手了。"

"不是刚交往没几天吗？"

"他受不了螺蛳粉的味道，我也不可能为了他，就不吃螺蛳粉了。"

"那是挺严重的。"林文凯玩笑地插了句嘴，他瞥了眼对面空出来的座位，"扬哥人呢？"

"和老何拿花和奖品去了。"阿钟抬了抬下巴，"喏，回来了。"

餐厅环境不错，挨着湖，一行人吹着夜风，不知不觉就聊到了挺晚。十点一过，大家放在桌上的手机就陆陆续续响了，大部分都是打来查岗的。

阿钟有些郁闷地干了口酒："老何都有女朋友了，我怎么还找不到人来爱我呢？还有扬哥，"阿钟撞了撞单扬的胳膊，低声问了句，"颜嫂子都不担心你的啊？每次出来聚餐什么的，你的手机永远安静地躺在那儿，压根没响过一声。"

"我又没什么好让她担心的。"单扬说完这话，就下意识地用余光瞥了眼一直黑着的手机屏幕。

老何挂了电话，眼里都是笑意，举了举酒杯："大家接着吃，我先回去了！"

"嫂子催你啦？"底下的人起哄道。

"是是是。"老何也不否认，"再不回去，她要生气了。"

"我也得走了。"林文凯跟着起身，"演唱会快结束了，我得去接谢宁了。"

老何和林文凯走了没多久，桌边的人就又少了一大半。

"没劲，"阿钟叹了口气，"都是妻管严。"

阿钟转头想跟单扬说话，胳膊肘却碰翻了碗里还带着热气的汤，汤水瞬间沿着桌子流下来，打湿了单扬整个手臂。

"抱歉抱歉，扬哥！"

阿钟找不到纸，对面的一个女生给他递了包湿纸巾，女生说话有些轻，脸也有些红："我有湿纸巾，给扬哥吧。"

阿钟给单扬抽了几张，剩下的半包顺手就塞进了单扬的口袋里。单扬回去的时候，颜笑已经洗完澡了，她半靠在沙发上敷面膜，腿上还放着一台笔记本。

"回来啦。"颜笑回头看了单扬一眼，又继续敲着键盘。

单扬脱了外套，在颜笑面前晃荡了会儿，见颜笑没反应，他来了句："挺晚的了。"

"嗯，你早点去洗澡吧。"

"我的意思是，我挺晚回来的。"

颜笑顿了顿，侧头看着单扬，有些没明白："累了？"

"没。"单扬泄气般地抓了抓后颈，"洗澡去了。"

单扬洗得很快，楼上浴室的水声没响一会儿就停了，颜笑能听到阿美和Ugly在卧室追逐的声音，单扬语气不太好地喊了声"下楼"，没几秒阿美和

Ugly 就乖乖跑下来了。Ugly 知道单扬的脾气，没敢造次，主动进了笼子，阿美跳上沙发，在颜笑怀里拱了会儿脑袋，见颜笑没什么反应，它似乎觉得没劲，也回了窝。

颜笑的电脑响了几声，单扬洗澡前用颜笑的电脑登了微信，给老何发了个文件，微信没有退出来，这会儿聊天界面上跳出来了几条新消息。

——谢谢你送的花。

——胸针也很漂亮，真的很高兴能加入"笑一笑"这个大家庭！

——手臂还好吗？我刚刚忘了跟阿钟说，我那个湿纸巾是带香精的，你如果烫伤破皮了，就别再用了，记得涂点烫伤膏。

发消息的是个女生，头像应该就是她本人，挺漂亮的，扎着侧边麻花，穿着白色的泡泡袖衬衫，笑得腼腆温柔。

颜笑退出了单扬的微信，瞥了眼他落在沙发上的外套，她翻了翻，从口袋里掏出了还剩一半的湿纸巾。樱花味的，刚刚单扬进门，她就闻到了。

单扬其实没睡着，听到颜笑走到床边的脚步声，他立马按掉手机，但颜笑眼尖，她还是瞥到了单扬刚刚的搜索页面——"怎么抓住女人的心"。

"手伸出来。"颜笑的语气并不太好。

"嗯？"

"手臂。"颜笑重复了遍。

虽然不知道颜笑想干什么，单扬还是立马把手臂递过去。

"烫到哪儿了？"

"什么……"单扬像是才反应过来，"哦，阿钟跟你说的？"

颜笑没说话，在棉签上挤了些美宝，涂到了单扬的手臂上。

"不是这只手臂……"单扬盯着颜笑冷着的脸，察觉到了低气压，"你在想什么？"

"在帮你想问题。"

"帮我？"

"嗯。"颜笑握着棉签，用力往单扬胸口的文身上戳了戳，"帮你想怎么抓住女人的心。"

单扬耳根瞬间红了，轻咳了声。为了逃出这尴尬，单扬干脆掐住颜笑的脖子，准备吻上去。颜笑却挡住了单扬的嘴，把那包湿纸巾丢到了他怀里："吻你的樱花去吧。"

这晚无论单扬怎么撩拨，颜笑都不给他反应了。看着颜笑憋红的脸和被她自己咬得泛白的嘴唇，单扬自然清楚自己的"技术"没有问题。

单扬拿起眼镜给颜笑戴上，捏着她的下巴，逼她看着自己，又低声在颜笑耳边说了些话。颜笑红着的脸这会儿熟透了，她有些无奈地偏开了脸，单扬又立马给她掰回来了。

两人无聊又莫名其妙的僵持，持续到了第二天单扬送颜笑去公司。

"晚上老何订的哪个酒吧？"

老何和女朋友准备领证了，今晚想开个最后的单身派对，单扬昨晚跟颜笑提过。

"你不是说去不了吗？"

"还不确定，大概率是去不了。"

"那我把地址发你，你到时候再看吧。"单扬对着后视镜搓了搓他喉结边上的咬痕，"你还挺舍得下嘴的。"

"不爽吗？"颜笑扶了扶眼镜。

"爽。"不知道为什么，单扬总觉得颜笑从昨晚开始就一直在跟他阴阳怪气，他忍不住问了句，"你是不是例假要提前了？"

"可能吧，"颜笑下了车，来了句，"樱花先生。"

单扬愣了愣，想问颜笑什么意思，迎面而来的却是干脆响亮的甩门声。

开派对的酒吧是周行帮忙订的，是他之前便利店老板的弟弟开的，包场还给打了个八折。酒吧不算太大，但灯光一打，音乐一放，还是闹腾得厉害，周行嫌吵，在舞池待了会儿，就去楼上的看台喝酒了。

瞥了眼一个人靠在沙发上发呆的单扬，周行忍不住调侃了句："怎么，老何要结婚了，你舍不得？"

单扬倒没像平时那样跟周行互怼，只淡淡回了个"滚"。

"那个女生，"周行指了指舞池，"新来的？"

"哪个？"

"扎侧麻花的，穿黄裙子的那个。"

"嗯，实习生。"

"你跟她说过你有女朋友了吗？"

单扬没明白，语气有些差："我莫名其妙地跟她说这个干吗？"

周行觉得单扬真是迟钝，那女生自从进这酒吧之后，眼睛就没从单扬身上移开过。

"吃炸药了？"周行抓过抱枕砸到单扬怀里，"凶个屁。"

"几点了？"单扬问。

"快九点半了。"

瞄了眼暗着的手机屏，单扬自言自语道："那看来是不会来了。"

单扬去了趟洗手间，回来的时候看到周行趴在栏杆上。听到脚步声，周行回头看了单扬一眼，似笑非笑地往底下指了指："你的笑笑来了。"

颜笑应该刚从公司过来的，衣服也没换，还穿着早上那身，白色V字领的衬衫，及膝的灰色包臀裙。

老何的女朋友笑着给颜笑递了一瓶酒，颜笑大方接过喝了几口，大概嫌热，她用嘴叼住瓶口，腾出手把长发盘到了脑后。颜笑随着音乐轻晃着身体，衬衫领子滑到了一侧，裙摆也往上蹭了不少，瓶口溢出来些酒，沿着颜笑的嘴角淌到了她的脖颈，又顺着脖子滑进了胸口，印出了一小片水渍。

单扬滚了滚喉结，轻骂了句"要命"，迅速伸手捂住了周行的眼睛。

周行不明所以，只觉得单扬有病："干吗？"

感觉有手掌搭上了自己的腰，颜笑微顿了下："我今天可能会多喝些酒。"

"喝吧，待会儿带你回家。"单扬取掉了颜笑脖子上的丝带，绑到了他的手腕上，"你来，我很高兴。"

"可我来，不是为了让你高兴的。"

喝了些酒，单扬的眼睛也变得湿润："那为什么？"

"张嘴。"颜笑握着酒瓶，把剩下的酒都灌进了单扬嘴里，她压低嗓音，"为了帮你斩桃花。"

颜笑最后喝了挺多的，单扬叫了代驾，他在车上就没忍住，亲了颜笑好几次。颜笑也有些醉了，没推开单扬，还热情地给了他回应。要不是单扬提醒颜笑还没到家，颜笑都准备坐到单扬大腿上了。

出了电梯，颜笑就拽着单扬往家走，颜笑似乎有些心急，她按了好几次指纹，门都没开，然后单扬听到颜笑低声骂了句脏话。

"骂谁呢？"单扬笑着捏了捏颜笑的脸，"就这么急啊？"

单扬输入密码，门开了之后，颜笑扯着单扬的领子，把他压到了墙上。

"头疼不疼？"单扬按住了颜笑探进他腰间的手。

"有点。"

"那今天不做了，"单扬搓了搓颜笑泛红的脸颊，"你明天还要早起的。"

颜笑盯着单扬沉默了一会儿，不知道在想什么。

"好。"颜笑收回了手，弯腰抱起了脚边的阿美，自顾自上了楼。

颜笑先洗的澡，单扬从浴室出来，颜笑已经上床了。单扬掀开被子的瞬间，突然后悔自己刚刚体贴地跟颜笑说不做了的蠢话。颜笑穿了单扬前几天给她买的那件情趣睡衣，单扬想象过颜笑穿上这层薄纱的样子，他知道必定是撩人的，但他没想到会这么让人抓狂。

颜笑拿开了单扬搭在她腰侧的手："你说了不做的。"

单扬吻着颜笑的肩头："那辛苦辛苦你，好不好？"

"不好。"

颜笑不让，单扬也不敢有动作，只好来回蹭着她的后背。

"最近送人花了？"

"我吗？昨天庆功宴，老何给参加上个广告项目的员工都买了花。"

"还有胸针？"

单扬亲了亲颜笑的后颈："你怎么知道的？"

"你猜。"

"猜不透你，"单扬掰过颜笑的脸，"让我研究研究？"

"研究个屁。"颜笑骂了句。

"研究个屁。"单扬学着颜笑的语气，"你好凶，颜笑笑。"

"好好说话，"颜笑咬了咬单扬的嘴唇，"单扬扬。"

单扬吸了口气："轻点……"

"难伺候，"颜笑转过身，"我睡了。"

"睡吧。"单扬又把颜笑的身子翻了过来，"你睡你的，我睡我的。"

颜笑搓着单扬手臂上鼓出来的青筋："睡你的什么？"

"我的笑笑。"

感觉手腕上多了个东西，单扬抬头看到了一个粉色的兔子皮绳，比起之前黑色的发圈，这下"名花有主"的暗示就变得明晃晃的了。

"给我的？"

"会觉得幼稚吗？"

单扬盯着皮绳，似乎明白了什么，他轻笑了声："爱不幼稚。"

"我是说皮绳。"颜笑耳朵红。

"知道，"单扬眼睛红，拆穿道，"知道你爱我了，颜笑。"

## 番外二

### 你得告诉我，你爱我

颜笑从苏黎世念完硕士回来的那个夏天，Ugly 得了猫传腹。

确诊后的没几天，Ugly 脊柱两侧的肉几乎都瘦没了，只剩一层薄薄的皮毛，肚子却因为腹水鼓得很大。Ugly 完全没了精神，也不进食，医生说它有很多并发症，建议安乐死，但单扬不肯。

单扬从药商那儿买了 441，在家自己给 Ugly 打针。打完第一针后，稍微有些好转，可打了第二针，Ugly 的状态变得更差了，它无法再站立，开始呕吐，整宿哀号。

单扬那晚一夜没睡，他坐在笼子边上一直盯着 Ugly，颜笑也陪他熬着。

"我真自私。"单扬似乎没法再忍受 Ugly 痛苦的叫声，他把脑袋埋进了颜笑的怀里，苦笑道，"说说话吧，随便说什么，出点声。"

颜笑没说话，她轻拍着单扬的后背，开始唱歌。颜笑跟单扬一样不记歌词，来来回回就重复那几句，却唱到了外面的天蒙蒙亮。大概是歌声催眠，单扬紧绷了一个多星期的神经终于松了松。

看着睡过去的单扬，颜笑听到阿美叫了声，笼子里的 Ugly 睁开了眼睛，虽然颤颤巍巍，但终于是站起来了。

"你这家伙，"颜笑吁了口气，"差点把他吓哭了。"

Ugly 能活下来，医生也觉得意外，但它恢复得慢，刚开始没法停针，精神也一直不算太好，一周以后才开始慢慢自主进食。

单扬以为自己当牛做马的日子终于快熬完了，可颜笑病了。和齐思雅她们吃完一顿火锅之后，颜笑就一直反复低烧，白天吃了药，烧能退，可一到晚上，就又烧回来了。

去医院检查,却没查出什么来,这反倒让单扬更不安了。单扬干脆请了假,在家照顾颜笑。

颜笑状态不好,单扬的话也变少了,他大多数时间都沉默地坐在颜笑身边发呆。

有一次午睡醒过来,颜笑看到单扬手里攥着串佛珠,眼睛盯着对面的那堵墙,一瞬不瞬。

"想什么呢?"颜笑好奇。

"想……"单扬好久没说话了,刚开口,声音粘在了一块儿,"想要你好好的。我们……"单扬指了指自己的脑袋,"有个群,昨晚群里多了好多条消息,之前小时候跟我一个病房的病友,前天,走了。"

颜笑张开了手臂,拍了拍自己的胸口,示意单扬靠过来。

"我只是发烧了,"颜笑解释道,"明天应该就能好了。明天不能好,后天也一定好了。"

单扬知道颜笑在哄他,笑了:"你说好就能好的?"

"嗯,我和 Ugly 都会好好的。"颜笑说着故意揉了揉单扬的眼皮,"可别偷偷哭了。"

单扬无奈:"我没。"

颜笑倒是说话算话,当晚真的就不烧了。

单扬第二天下午回了趟工作室。傍晚的时候,颜笑接到了单扬的电话,单扬让她去车库给他送一个文件夹。

颜笑去敲驾驶座的车窗,单扬降下窗户,颜笑才注意到这人已经换上了件炭灰色的双排扣西服,扣子扣得整齐,还打了同色系的领带。

单扬平时不怎么穿西装,上次穿,还是参加单芳的婚礼。西装在单扬身上倒不会显得过分隆重,他的松弛感让他到哪儿都能自得,无论多规整正式的西装,似乎也束缚不了他骨子里的不羁。

单扬接过颜笑手里的文件夹:"帮我去后备厢拿个东西。"

颜笑没应,只是盯着单扬看。单扬有时候真的觉得,颜笑太聪明也不好,他揉了下有些发烫的耳朵,轻声道:"帮个忙呗。"

后备厢慢慢往上升,颜笑看到了意料之中的白色洋桔梗。

见颜笑脸上没什么惊喜,单扬抓了抓后颈,试探问了句:"不喜欢?"

"没有,"颜笑握住了单扬的手,"很喜欢。"

可单扬清楚,颜笑很喜欢一个东西,不会是现在这个表情。单扬搓了搓颜笑的手:"在想什么?"

"没。"

"骗人。"单扬拆穿道,"怕我跟你求婚啊?"

颜笑侧开脸,沉默了会儿,又看向了单扬,只道:"人生还很长。"

"知道。"单扬抱住了颜笑,"人生还长,我清楚现阶段你有你想要追求的理想和事业。不是求婚,没想用婚姻束缚你,花很漂亮,所以就想买来送你了。"

颜笑搓着单扬的后背:"或者你也可以试试,说不定,我会答应。"

"现在不试,"单扬叹气,"被拒绝了,我说不定真会哭。"

"没见你哭过。"

"我哭起来可难看,可吓人了。"

颜笑笑了:"那还是别让你哭了。"

单扬突然又说道:"以后你还会遇到很多优秀的人,但我有信心,能让你最爱我。"

"会的。"颜笑回。

单扬有些感动:"为什么?"

"为了不让你哭得吓人。"

单扬无语,笑了声:"看来你身体是真的好了。"

又开始阴阳怪气了。

单扬解掉了西装扣子,一只手拍下后备厢,另一只手托住了颜笑的腰:"别看花了。"

"那看什么?"

单扬把颜笑扛到了肩上,拍了拍她的屁股:"看你待会儿怎么求饶。"

可能是因为Ugly和颜笑轮流生病吓到了单扬,或者是因为他试探性的求婚被颜笑"婉拒"了,单扬接下来几天的状态都不太好。有好几次,颜笑走到单扬身边,都发现他在看那个病友群。

Ugly的情况变好了很多,但每天还要打针,打针的部位有鼓包,单扬就在Ugly的脖子上绑了个彩色的蒸汽眼罩,给它消肿。

没有失而复得的难舍难分,除了给Ugly喂药、打针,单扬几乎就不再靠近它了。

那时候颜笑要去苏黎世做交换生,单扬也是现在的状态,他像是把自己浸在了水里,不敢去感受外面的阳光和空气。

有天早上,他们收到了叶瑾寄来的快递,是烨子从俄罗斯寄回国的特产,里面还夹着一张烨子的照片。

"烨子说这个站在他身边的是俄罗斯雅库特人,好像是在北极圈的土著民族,-50℃呢,烨子手里拿着的是生鱼片……"叶瑾听起来高兴极了,"人就是要换个环境,多出去走走。烨子以前多闷的一个人啊,现在这么积极阳光。"

颜笑听着叶瑾的话，下意识看了眼坐在对面吃早餐的单扬。单扬面无表情地把包子往嘴里塞，察觉到颜笑的视线，他淡淡挑了下眉，把咬过一口的包子递到颜笑嘴边。

颜笑摇了摇头，单扬把剩下的包子全塞进了嘴里。他抽了张纸擦了擦嘴，弯腰亲了下颜笑的额头。

"走了。"单扬用口型说道。

叶瑾聊了会儿就挂了电话，颜笑套了件T恤衫，坐电梯下了车库，单扬的车果然还停在那儿。

不怕热闹的单扬，最近似乎不太喜欢热闹了，每天去工作室之前他都要在车库坐上半个小时，从工作室回来，也不会马上回家。

车窗被敲响，单扬迟钝地回过头。看到站在车外的颜笑，他脸上的落寞慢慢变成了尴尬，最后勉强挤出了个僵硬的笑。

"手机忘拿了。"颜笑却没多问什么，"开车小心，等你回来。"

单扬还庆幸，以为是自己把情绪藏得好，所以颜笑没有察觉。但两天后，单扬被颜笑骗上了去厦门的飞机。

起初，单扬以为这只是他们两人的旅行，可到了酒店，在大厅，他看到了从前排球队的队友，周行、禾苗、吴泽锐、白准、白灵……他面熟的人都在。

毕业这些年，大家都变了不少。

"迟到咯，单扬！可乐还是球？"禾苗笑着转了转手里的排球。当初的手术很成功，禾苗也慢慢蓄起了长发。

"两个都给你准备好了。"吴泽锐在海南待的，皮肤黑了不少，他挥了挥手里的可乐和泡腾片，"你逃不掉的。"

但大家又好像也没怎么变，依旧幼稚、爱看戏、爱凑热闹。

"别闹了，离队都几年了，"白准还是最成熟的那个，"别折腾阿扬了。"

一群人却根本不听劝，拉着单扬就把人按在了地上。颜笑看着热闹，白灵在边上站了会儿，坐到了她身边。

"结婚了？"颜笑注意到白灵无名指上的钻戒。

"没，白准上个月跟我求婚了。"

"恭喜。"

白灵脸上有笑："嗯。"

酒店靠着海，大家吃完饭就去沙滩上打了几场排球。单扬这个二传还是跟之前一样喜欢捉弄人，吴泽锐跟他一队，也被他骗了，好几次跳起来都打了空气。

颜笑给下场的单扬递了一瓶水："累了？"

"不累，"单扬挨着颜笑坐，"不想让你一个人干坐在这儿，怕你觉得无聊。"

"你们打得很精彩，我不会无聊。"

单扬看着不远处在打球的那群人："你怎么把他们都找来的？"

颜笑没解释，只道："你想见的人，我都会让你见到的。"

单扬撞了撞颜笑的胳膊，揶揄道："这么霸道总裁，我是你的小娇妻吗？"

这话说完，单扬就带着颜笑的手，把他自己的脑袋按到了颜笑的肩上。颜笑摇头，忍不住提醒道："别忘了你 193.65cm 的身高，娇妻。"

"说真的，我最想见的人，"单扬压低声音，"是你呀。"

"拉倒吧，"颜笑不给单扬留面子，"是谁下班了不回家，在车里坐着的。"

单扬不知道该怎么狡辩，只能说了实话："我……我只是最近有些不太好的情绪，不想影响你，想着自己待会儿，能消化好的。"

"勇敢点，"颜笑摩挲着单扬脑袋上的疤，"热闹和落寞，我们都得接受。死亡和分别，在没到来之前，就都不存在，别过得战战兢兢。你捡 Ugly 的时候就已经知道了，它只能陪你十几年，别为了试图逃避还没到来的结局，就冷却你和它的感情，这样只会让你后悔。"

"什么都知道。"单扬笑道："在你面前，我一丝不挂啊？"

"又不是没有过。"颜笑觉得好笑。

单扬佯装害羞地捂了下脸："流氓哎。"

人的情绪压抑久了，突然放松下来，抵抗力反倒变弱了，在海边流了汗，吹了一下午的风，单扬第二天就感冒了。单扬说这样挺公平的，Ugly 和颜笑都生过病了，现在轮到他了。颜笑弹了弹单扬的脑门，无奈地骂了句"神经"。

颜笑从餐厅给单扬打包回来了些饭菜，进屋的时候，看到单扬撕开了一包感冒灵在往嘴里倒。想起之前单扬也是这样干吃药的，颜笑问了句："你从小就这样吃药的吗？"

单扬"嗯"了声："多方便，晃晃脑袋，咽下去就行了，不用洗杯子。"

"你知道吗？"颜笑给单扬递了一杯水，"刚认识你的时候，我觉得你这个人挺怪的。"

"是吗？"单扬笑了声，"所以你早就开始关注我了，你暗恋我啊？"

颜笑耸了耸肩，把手里的苹果丢给了单扬："我不搞暗恋。"

"是别搞暗恋，喜欢就说出来，你当时告白的话，我应该也会答应的。"

颜笑用手背碰了碰单扬的额头："只是感冒，没烧吧？"

没听出来颜笑的调侃，单扬还以为颜笑真是在关心他："没，放心吧。我身上都是捂出来的汗，先去冲个澡。"

单扬洗得很快，出来的时候，发现外面的灯是暗着的。以为颜笑睡了，单扬轻手轻脚走过去，却发现床上多了个用橘色灯串摆着的大爱心。看到捧着把红玫瑰出现在他眼前的颜笑，单扬嘴里忍不住蹦出了个"我去"，超小声。

颜笑刚把玫瑰塞到单扬手里，单扬就脱口而出一句："我愿意。"

"愿意什么？"颜笑笑了声。

"你不是，准备那什么……"

"以为我要求婚？"

"不是吗……"

颜笑摇了摇头，学着单扬之前的话："没想求婚，觉得花好看，就给你买了。"

单扬不死心："那这大爱心呢？"

"也觉得好看，所以买了。"颜笑回答。

"行吧。"单扬避开那个大爱心，仰头倒到床上，说话带着浓浓的鼻音，听着还怪可怜的，"花很漂亮，我很喜欢。"

"那这个呢？"颜笑躺到了单扬身边，抓过他的手。单扬抬了抬手，看到了套在他无名指上的金色素戒。

"一对的。"颜笑指了指自己手指上的窄款，"黄金虽然看着俗气些，但我妈说送黄金更真心实意。"

"我愿意。"单扬又自顾自来了句。

"知道了，"颜笑捂住了单扬的嘴，无奈道，"消停会儿。"

单扬拿开了颜笑的手："消停不了，要庆祝一下。"单扬抱着颜笑起来了，"跳个舞。"

颜笑踩着单扬的脚背，伸手搓了搓他光着的上身："穿件衣服吧。"

"受不了了？"单扬玩笑道。

颜笑是怕单扬着凉，她撞了撞单扬的额头："你有点毛病。"

"是有点，我不是感冒了嘛。"

也没有音乐，单扬就带着颜笑轻轻晃着身体。颜笑盯着映在墙上的人影，忍不住笑道："我们这样挺奇怪的。"

"那我唱首歌。"

"还是来来回回就那两句吗？"颜笑调侃道。

"嗯。"单扬笑着清了清嗓子，"背靠着背坐在地毯上，听听音乐，聊聊愿望……"

"然后呢？"

单扬蹭了下颜笑的鼻子："不会了。"

耳边是单扬胡乱哼着的《最浪漫的事》，颜笑搂住了单扬的脖子："如果你有信心能让我一直都最爱你，那单扬，我也希望，在未来很长的日子里，你能最爱我。"

"这是你的愿望?"单扬问。

"差不多。"颜笑说。

"别把愿望浪费在这件事上,我爱你这件事,不用许愿,我会很自觉,也会情不自禁。"

"甜言蜜语,"颜笑仰头看着单扬,笑了,"这是情绪上头时,用来骗人的情话吗?"

"不是情话,是心里话。"

"我拭目以待。"颜笑说。

"那你呢?"单扬问。

"什么?"

"爱要说出来,"单扬捧着颜笑的脸,逼她直视自己,"你得告诉我,你爱我。"

人的心软了,也就不会再嘴硬了。

颜笑的指腹摩挲着单扬胸口的笑脸文身。

"当然爱你。"

最爱你。

## 新增番外
### 求婚得有花

今天课不多，给学生上完两节实验课，颜笑就回去了。门口多了一双白色球鞋，地上还倒着一个行李箱。

洗完手，颜笑径直去了卧室，卧室没人，她又去开了客房的门。客房的窗帘紧闭，没开灯，躺在床上的人微微动了动。

颜笑轻声脱了外套，隔着被子抱住了床上的人："回来怎么不跟我说？"

没人应。

颜笑的手钻进了被子，挠了挠单扬暖和的手心："美娜多好玩吗？有没有晒黑？"

单扬还是不应。

"还在生气呢？"颜笑在被窝里搓着单扬的后颈，"你脾气好大。"

单扬终于动了动。

"算了，"颜笑叹了口气，"我在这儿自说自话，阿扬也不理我，真没劲。"

颜笑作势要起来，却被单扬攥住了腰，单扬一使劲，把颜笑拖进了被子里。

"什么时候回来的？"

"两个小时以前。"

"陈教授的母亲生病了，所以学校这次临时安排我去带比赛。"颜笑知道单扬还在跟她闹别扭，哄了句，"下次一定跟你一起去，好吗？"

单扬不信："上次你也这么说的，还有上上次。"

颜笑干脆耍赖，想糊弄过去："我挺想你的。"

"没用。"

颜笑亲了亲单扬的嘴角："真挺想的。"

单扬偏开脸,不吃这一招:"真挺想的,也、没、用。"

"哦。"颜笑应完这一声就不说话了。

单扬回过头,看到颜笑在解上衣的扣子。

"你干吗?"单扬攥住颜笑的手。

"被窝里闷,我热。"颜笑盯着单扬,眼神清明,"你热不热?"颜笑说着就去脱单扬的T恤衫,"感觉你身上也烫得很。"

单扬是有原则的,但就指甲盖那么大。

"热。"他说。

第二天,颜笑被厨房传来的"咣当"声吵醒,她起身套上了一件外套,瞥了眼摆在床头柜的手表和戒指。就如往常一样,单扬的手表圈着她的手表,单扬的那枚宽戒里面放着她的那枚窄戒,它们也像是拥抱在了一起。

看到颜笑起床了,阿美和Ugly也从沙发上跳下来,跟着她去了厨房。

只要在家,单扬就很热衷于给颜笑做饭,虽然做了这么些年,厨艺还是一如既往的差。单扬把煎焦了的午餐肉盛到了盘子里,回头就看见从门边探出来的三颗脑袋。

颜笑指了指趴在地上的Ugly和阿美,说得委婉:"它们担心你炸厨房,我顺便跟上来看看。"

单扬瞥了眼颜笑光着的脚:"怎么不穿拖鞋?"

颜笑喝了口单扬递过来的牛奶:"跟你学的。"

"别什么都学,到时候学坏了。"

单扬回房帮颜笑拿拖鞋,却看到他的那双黑色拖鞋被分开了,一左一右地摆在颜笑的白拖鞋两边。单扬笑了声,看来她还真是什么都学。

颜笑低头看着给她套鞋子的单扬:"待会儿去看臻臻,给他,还有叔叔阿姨买的东西,我都已经提前放在后备厢了。"

"嗯。"单扬咬掉午餐肉焦的部分,把剩下的塞进了颜笑嘴里,"还有点读笔,我们走之前拿上。"

"什么点读笔?"

"英语绘本的点读笔。"单扬解释道,"他可不能像我,四六级得一次过,英语学习要从小抓起。"

"像你多好,"颜笑笑了下,说得轻声,"你多好啊。"

颜笑和单扬到的时候,单芳在书房打电话,吴健延在厨房做饭,吴珂臻给他们开的门。

四岁的吴珂臻说话还不是很利索,但有两个字说得特别清楚。

"嫂子。"吴珂臻笑着晃了晃颜笑的手臂。

能不清楚嘛,单扬拿着糖果和零食,连哄带骗地教吴珂臻练习了无数遍"嫂子"的发音。

"臻臻最近是不是晒黑啦?"

吴珂臻指了指单扬:"单扬也晒黑了。"

单扬拍了下吴珂臻的后脑勺:"没大没小,叫谁单扬呢。"

吴珂臻讨好地揪了揪单扬的裤腿:"哥哥抱抱。"

单扬嘴上说着"不抱",下一秒却单手捞起了吴珂臻,故意道:吃大象啦,这么重。"

饭桌上,单芳的手机还是响个不停,吴健延小声提醒了句,单芳才把手机调成了静音。

"不好意思啊,笑笑,最近刚跟进了一个项目。"单芳说着夹走了吴珂臻刚插上的冰西瓜,"先吃饭,待会儿又拉肚子了。忙完这阵,我也该歇歇了,以前没时间,不知道要从小抓单扬的习惯,现在知道了,该趁早抓抓吴珂臻的了。"

颜笑看了眼在一旁默默吃着冰西瓜的单扬,他脸上没什么表情。察觉到颜笑的视线,单扬笑着问了句"怎么了"。

颜笑夹走了单扬碗里的冰西瓜:"你也少吃点,别拉肚子了。"

吃完饭,单扬和吴健延去洗碗,颜笑和单芳就陪着吴珂臻读绘本。

"这点读笔还挺好用的。"单芳拍了拍吴珂臻的后背,示意他坐直,"吴珂臻,哥哥和颜笑姐姐给你买了这么多好东西,有没有谢谢他们啊?"

"谢谢嫂子,"吴珂臻说完冲厨房喊了句,"谢谢单扬!"

"没大没小,"单芳捏了捏吴珂臻的脸蛋,"喊谁单扬呢?"单芳说完又剥了颗巧克力给颜笑,"尝尝,吴珂臻在幼儿园做的手工巧克力。"

前几天吃了单扬做的油面筋塞肉,两人都拉了肚子,这会儿颜笑的肠胃还不是特别好,但她还是咬了一口,甜腻的味道有些糊嗓子,刚咽下去一口,胃里就开始翻腾了。

"是不是想吐啊?"单芳看出不对劲,抬脚踹了踹吴珂臻的后背,"快去叫哥哥过来。"

"怎么了?"单扬眉头皱着,蹲到了颜笑身边,伸手准备去接,"想吐就吐出来。"

吴珂臻开始告状:"妈妈给嫂子,吃巧克力。"

单芳看着也着急:"我刚才也吃了两颗,应该不是巧克力的问题吧?"单芳说着不知道想到了什么,顿了顿,"会不会……"

"什么呀?"吴珂臻又接了茬。

"玩你的点读笔去。"

单芳打发走吴珂臻,清了清嗓子,继续道:"会不会是,怀了?"

单扬拧着的眉头松开了,沉默了好一会儿,才憋出几个字:"我去给你倒一杯水。"

"他大概是蒙了。"单芳又轻轻撞了撞颜笑的胳膊,"所以,怀没怀啊?"

颜笑摇了摇头:"应该只是肠胃不好。"

他们几乎每次都有做措施,概率并不大。

"哎呀。"单芳说着叹了口气,"笑笑你什么时候给他个名分呢?这男人年纪大了,就不值钱咯。"

回去的路上,单扬去了趟药店,出来的时候,颜笑看他手里多了一袋东西。

"肠胃药吗?"颜笑翻了翻袋子,却看到了不同牌子的验孕试纸和验孕棒,她欲言又止,"单扬……"

单扬把袋子放到后排:"先回去测测看吧。"

从下车到家门口,单扬一直牵着颜笑的手没放,颜笑能感觉到他手心里的汗。

单扬帮颜笑脱了外套,把那袋东西递给了她:"去吧,我等你。"

可等颜笑准备去的时候,单扬又抓着不让她走了。

"说实话,"单扬有些无措地抓了下后颈,"我到现在脑袋还是蒙的。我们上个月从茶山回来的那一次,没做措施。"

颜笑"嗯"了声,可她事后吃了药。

"单扬,你想要孩子吗?"

单扬沉默了会儿,认真地点了点头:"想。准确来说,"单扬又补了句,"我是想跟你要个名分。"

这滑稽的话,单扬却说得认真。

"明早吧,"颜笑捏了捏单扬的手,"听说早上测更准一些。"

其实颜笑知道结果大概会是什么,但她也不想让单扬这么快失望。

两人洗完澡在床上躺着,在黑暗中,单扬摸了摸颜笑的鼻尖、嘴唇,接着往下滑,手心覆上了颜笑的肚子。

"孩子以后会在这儿吗?"

"我今晚吃的饭在这儿,这是胃。"颜笑笑了一声,带着单扬的手再往下,"这里。"

单扬不说话了,指尖来回在颜笑的肚皮上打圈。

"干吗呢?"

"没干吗,"单扬说,"打招呼。"

但第二天的结果就如颜笑想的那样,她只是单纯的肠胃不好。单扬像是不信,给颜笑递了好几根验孕棒,可测出的结果都一样,她并没有怀孕。

单扬花了几分钟接受了这个事实,他看着倒没多失望,还自言自语地连着说了好几次,这样也好,这样他和颜笑就能再多过几年二人世界。但这话不知道是在安慰颜笑,还是在安慰他自己。

下午上完课,回办公室的路上,颜笑看到了老何发在群里的照片。

照片里,阿钟拿着束花,单膝跪地,站在他面前的女朋友早已泪流满面,边上还有一群起哄的同事,老何和他的妻子抱着孩子,也在人群中,笑得灿烂。

单扬在照片的角落里,他半靠着桌子,手里拿着个蔫了气的粉气球,看向热闹的眼睛里也带着些笑意。

这几年,身边的人陆续成了家,谢宁和林文凯在前年领的证,去年年初,张宇宁在冈仁波齐跟禾苗求了婚,今年过年的时候,吴泽锐的烧烤摊也多了位老板娘……

单扬还开玩笑地跟颜笑说,他是伴郎专业户,再当几次,他怕自己就"嫁"不出去了。

颜笑想得出神,听到有人喊自己的名字,抬头看,单扬就靠在围栏边上冲她招手。

围栏里的大学生喊了声"哥们儿",颜笑看到单扬捡起了滚到他脚边的排球。单扬后退了几步,往上一跃,球翻过高高的围栏,又翻过了球网,最后稳当地落在了球场内。场内的欢呼声此起彼伏,单扬仰了仰头,臭屁地张开了手臂,如从前一般,少年依旧。

单扬几步走到颜笑身边:"接你下班,颜老师。"

"你明天早上能请个假吗?"颜笑问。

"怎么了?"

颜笑只说:"有事。"

"什么事?"单扬撞了撞颜笑的胳膊,"还瞒着我?"

"领个证。"

颜笑说完往前走,回头,发现单扬还呆站在原地。

"你求婚啊?"单扬在笑,眼睛却是红的。

"嗯,反正迟早的事,"颜笑的语气跟去超市顺便买盒酸奶一样平常,"我们迟早会在一个户口本上的。"

"求婚得有花。"单扬有些小傲娇。

"给你买。"

"要弗洛伊德玫瑰。"

"行。"颜笑犹豫了几秒,凑到单扬耳边,小声说,"其实我觉得弗洛伊德有些艳。"

单扬搂住了颜笑的脖子:"我就想要,你给不给我买?"
"买。"颜笑无奈。
"今晚吃什么?"单扬问。
"不要油面筋塞肉就行。"
两人看了彼此一眼,默契地偏开了头,"扑哧"笑出了声。

—全文完—